€4,50

Dagmar Seifert

Ein silbergrüner Wasserfall

Dagmar Seifert

Ein silbergrüner Wasserfall

Roman

Langen Müller

Besuchen Sie uns im Internet unter
http://www.herbig.net

Schutzumschlaggestaltung: Wolfgang Heinzel
Umschlagillustration: Silvia Christoph, Berlin
Satz: Uhl + Massopust, Aalen
Gesetzt aus: 10,75/12,75 Punkt New Caledonia
Druck und Binden: Wiener Verlag, Himberg
Printed in Austria
ISBN 3-7844-2766-9

Für meinen Mann,
der mich mit Geduld und Phantasie
ans Wasser gewöhnt hat

Inhalt

1. Kapitel

In dem Dörthe Mehlig ihre betrübliche Ausgangssituation schildert – ein Verrückter im Bus dieselbe Ansicht vertritt wie Diana Ross – Monika meint, das wird ja doch nichts – wir Curd Andreesen bei seinem ersten strahlenden Auftritt beobachten – und die Zukunft neuerdings ziemlich ernstgenommen wird

Viele Leute haben Angst davor, daß sich in ihrem Leben niemals etwas ändern wird. Ich glaube jedoch, noch mehr Leute haben Angst davor, daß sich in ihrem Leben jemals etwas ändern könnte. Das kleinere von zwei Übeln scheint zu sein, daß alles bleibt, wie es ist – selbst das Unangenehme. Das kennt man wenigstens und hat gelernt, damit umzugehen.

Ich zum Beispiel hieß vor anderthalb Jahren noch Dörthe Mehlig. So was kann einen Menschen enorm behindern.

Eigentlich fing alles an diesem Montag vor anderthalb Jahren an. Zunächst ein ganz normaler Morgen: Dicky, mein Hund, sprang mit dem Weckerklingeln um halb acht auf meinen Bauch, hechelte mir ins Gesicht und wartete, bis ich aufwachte. Ich schubste ihn zurück auf den Boden, erhob mich schimpfend, kam am Flurspiegel vorbei und sagte kurz und halblaut zu meinem Spiegelbild: »Ich hasse dich, Dörthe Mehlig.« Wie jeden Morgen. Dann setzte ich die Kaffeemaschine in Gang, bevor ich ins Bad trottete.

Nach dem Frühstück zog ich Dicky sein Halsband an und ging mit ihm runter auf die Straße. Man hat mir erzählt, auf Mallorca wäre der März ganz bezaubernd. In Hamburg ist er kalt, naß und windig; außerdem hatte ich bis spät in die Nacht einen alten amerikanischen Film im Fernsehen gesehen und war sehr müde. Ich gähnte dauernd, daß mir die Augen tränten.

Nachdem er sich ausgepinkelt hatte, wurde der arme Dicky zurück in die Wohnung gebracht. Es ist kein Spaß für einen kleinen, fetten alten Hund, zwischen acht und fünf Uhr täglich allein in einer Wohnung zu sitzen und zu warten, bis Frauchen wieder da ist. Wenigstens gehörte ihm ein Sofakissen auf der Fensterbank, von dort aus konnte er die Straße beobachten.

Wenn Dicky große, schöne Hunde mit geraden Beinen sah, keifte er wie verrückt. Wenn es ihm langweilig oder zu einsam wurde, dann heulte er schwermütig. Was ich damals noch nicht wußte: die Nachbarn sammelten Unterschriften, um uns zum Auszug zu zwingen.

Ich kontrollierte, ob sich Fressen und Wasser in Dickys Näpfen befand – Wasser ja, seine Tagesration Hundefutter verputzte er gern schon zum Frühstück – zog ihm das Halsband aus, damit er's bequemer hatte, und ging. Ich kam noch mal am Flurspiegel vorbei, sah aber nicht hin. Ich wußte schließlich, wie ich aussah. Feist und seltsam.

Seltsam zum großen Teil deshalb, weil ich dauernd Schwierigkeiten mit meinen Mitmenschen bekam. Meine Haare zum Beispiel: teils glatt geschnitten, teils stufig und teils gepuschelt wie Dickys Schnauzenbart. Ich hatte mich so mit dem Friseur gestritten, daß ich während des Schneidens aufstand, mir das Riesenlätzchen vom Hals riß, bezahlte und ging. Zu Hause nahm ich mir dann eine Schere und verschlimmerte die Sache.

Oder mein weißer Lackmantel. Den kaufte ich aus purem Trotz, weil eine selbstgefällige Verkäuferin mir erklärte, er sähe komisch an mir aus. Ich wollte demonstrieren, daß ich für mich selbst entscheiden konnte. Dabei sah er definitiv komisch an mir aus.

Oder meine Schultertasche. Ich fand sie widerlich. Ich hatte sie im Schlußverkauf einer Frau weggeschnappt, die mich vorher geschubst und geknufft hatte. Bloß, um sie zu ärgern. Zur Strafe besaß ich nun diesen orange-braunen Beutel.

Ich stiefelte zur Bushaltestelle, guckte die anderen Wartenden giftig an, weil sie mich giftig anguckten, führte einen Disput mit dem Fahrer, weil ich ihm angeblich meine Dauerkarte zu kurz vor seine dumme Nase gehalten hatte, bekam einen Sitzplatz und starrte mißmutig in den naßgrauen Morgen, während wir in die Innenstadt fuhren.

Ein Kerl neben mir las im Stehen, rang in einer Kurve um Balance und stieß mir seine Zeitung gegen den Kopf. Ich grunzte: »Na – !!«

Und er murmelte eine unglaubwürdige Entschuldigung. Sein Gesicht sagte: Platzbeefsteak! Ich dachte, du mich auch, und starrte weiter aus dem Fenster.
Ich war dran gewöhnt, daß mich keiner leiden konnte. Häßliche Menschen sind unbeliebt.
Ich glubschte den chaotischen Morgenverkehr an und grübelte wie so oft darüber nach, warum das Leben mich eigentlich so gemein behandelte. Einmal mehr schien mir, als sei man von vornherein auf Niete programmiert, wenn man Dörthe Mehlig heißt.
Was den Vornamen angeht: getauft bin ich auf Dorothea, aber mein Opi hat's verhunzt. Solange er noch lebte, nannte er mich immer min lütten Dörthe. Das übernahm meine Mutter aus lauter Pietät gegenüber dem Verstorbenen. Weil er ihr stets so ein guter Vater gewesen war und weil er so grandios Mundharmonika spielte. Anstatt es aus Pietät mir gegenüber, die ich noch lebte, bleiben zu lassen! Ich konnte zwar nie Mundharmonika spielen, dafür sang ich sehr schön. Meine Stimme war schon immer das einzige, womit ich zufrieden war. Ich sang eigentlich den ganzen Tag, mit Radiobegleitung und ohne. Schüchtern schon als Kleinkind und maßlos verlegen, sobald ich aus Versehen im Mittelpunkt stand, verlor ich jede Befangenheit, sobald es hieß: Dörthe, sing was! Ich sang sofort jedes gewünschte Lied vor, laut und ungeniert. Das einzige Problem bestand für gewöhnlich darin, mich dazu zu bewegen, den Schnabel wieder zu schließen.
In der Schule riefen sie mich Dörrobst. Die anderen in meinem Jahrgang hießen Michaela und Andrea und Claudia. Und dazwischen ich als Dörrobst.
Außerdem war ich häßlich. Schnullermund und große, dicke weiße Augendeckel. Busenlos und knochig, viel zu dürr – wie mein Name schon sagte – stolperte ich in die Pubertät. Ausgerechnet in dieser Zeit, in der man für jeden Krümel Attraktivität dankbar ist, verpaßte mir ein mitleidsloses Geschick eine dicke Zahnklammer und eine dicke Hornbrille.
Weil ich so häßlich aussah und so häßlich hieß, tröstete ich mich mit Nougat und Champagnertrüffeln. Das Ergebnis war, wie sich jeder denken kann, niederschmetternd: Hängebacken links und

rechts vom Schnullermund, ein Kürbisbäuchlein, ein afrikanischer Fettsteiß und Cellulitis wie eine rosa Pampelmuse. Zwar konnte mich niemand mehr busenlos schimpfen. Aber das fiel über dem drallen Bauch gar nicht weiter auf. Wenigstens wurde ich irgendwann die Zahnklammer wieder los, weil meine Zähne klein beigegeben hatten. Die Brille blieb selbstverständlich.

Mein Schicksal verlief ununterbrochen traurig. Den Beruf, den ich anstrebte – Jazzsängerin – ergriff ich natürlich nicht, weil meine Mutter sich sonst vom Fensterbrett gestürzt hätte. Mein Vater sagte nichts dazu. Mein Vater sagte nie viel. Er war ein sehr bedrückter Mensch.

Ich wurde Verlagskauffrau. Das versprach nämlich Sicherheit. Nach der Ausbildung war ich zwei Jahre lang arbeitslos. Ich hätte genausogut singen können. Das wäre jedoch unsicher und gefährlich gewesen. Siehe Fensterbrett. Lieber vernünftig arbeitslos als singend.

Und dann traf ich Manfred Mehlig, Spediteur. Ich verknallte mich vorübergehend in seine lustigen braunen Augen. Gerade, als ich anfing, darüber nachzudenken, ob er nicht eigentlich ziemlich oberflächlich war, gerade, als mir auffiel, daß sein Frohsinn eine Menge mit seinem jeweiligen Alkoholpegel zu tun hatte – da fiel mir auch auf, daß ich schwanger zu sein schien.

Ich geriet sofort in Panik. Babys sind ja furchtbar goldig, nur behagte mir der Gedanke überhaupt nicht, mit zweiundzwanzig nicht bloß fett, häßlich und unzufrieden, sondern auch noch eine fette, häßliche, unzufriedene alleinerziehende Mutter zu sein.

Ich weiß nicht mehr genau, wie ich es machte. Jedenfalls entwikkelte ich plötzlich sehr viel Initiative und Hartnäckigkeit, und ein paar Wochen später waren Manfred und ich verheiratet. Jetzt hieß ich außer Dörthe auch noch Mehlig.

Ich feierte eine miese kleine Hochzeit mit vielen Kompromissen, mit großmäuliger Verwandtschaft des Bräutigams (Was hat Manni sich denn *da* aufgehalst?) und gramzerfurchter Verwandtschaft der Braut (Wenn das man gut geht! Ein Spediteur – ??)

Meine Tante Edith äußerte, als sie schon voll des edlen Weines war, das grenze ja an Proletariat. Ich hatte ebenfalls bereits einen im Tee und erzählte ihr, Manfred könne auch an schlechten Tagen

mindestens zweimal hintereinander. Das fand Tante Edith degoutant, woraufhin ich plärrte, sie sei ja nur neidisch. Nun war Onkel Günther beleidigt, nahm Tante Edith am Arm und ging.
Ein Freund des Bräutigams und der Trauzeuge prügelten sich zu fortgeschrittener Stunde in der Küche, ausgerechnet neben dem kalten Buffet, mein Verdacht hinsichtlich der zunehmenden Trunksucht Manfred Mehligs wurde rapide bestärkt, und meine Mutter bekam einen Heulkrampf, weil ihr neuer Schwiegersohn sie olle Zippe genannt hatte und weil mein Vater überhaupt nichts dazu sagen wollte.
Am nächsten Morgen stellte sich dann heraus, daß ich nicht im geringsten schwanger war.
Obwohl ich selbst nie begriffen habe, woran es lag, brauchte ich vier Jahre, bis ich endlich geschieden wurde. Wenigstens habe ich begriffen, woran es lag, daß es dann endlich klappte: Manni hatte den blonden Lehrling aus der Drogerie schräg gegenüber geschwängert. Diesmal war's kein falscher Alarm, es wurden Zwillinge. Ich war noch nicht mal siebenundzwanzig und kam mir uralt vor, denn der Drogerielehrling wurde gerade siebzehn.
Meine Mutter nickte mit ihrem tragischen Haupt und meinte: »So sind die Männer…« Mein Vater stand stumm daneben und sah schuldbewußt aus. Er hatte sowieso ständig ein schlechtes Gewissen, das lag an seinem Beruf. Er war Gerichtsvollzieher.
Mir blieb die Zweizimmerwohnung im ersten Stock in der Osterstraße, Manfred zog aus. Mir blieb auch der ziemlich verbaute Dackelterrier. Den hatte ich mir aus Verzweiflung gleich nach der Hochzeit angeschafft. Um nicht ganz allein zu sein mit Manni Mehlig.
Der Hund paßte optisch zu mir: die Hinterbeine etwas kürzer als die Vorderbeine und alle viere krumm, unordentlich verteilte braune Pünktchen auf weißem Fell, ein stehendes und ein hängendes Ohr und rund um die Schnauze ein vollkommen unmotivierter Puschelbart. Ich hatte ihn Moby Dick getauft, weil er als Welpe an ein glattes weißes Walfischbaby erinnerte. Da er Kekse und Kartoffelchips liebte, blieb von dem majestätischen Namen bald nur noch Dicky übrig.

Nachdem mein Gatte von der Bildfläche verschwunden war, fand ich mein Leben nicht mehr grauenhaft und tragisch. Nur noch langweilig und trostlos. Wenn ich in den Spiegel guckte, fiel mir auf, daß mein Schnullermund zunehmend ein Dreieck bildete, Spitze nach oben. Ich sah aus wie ein beleidigter Karpfen.
Und jetzt war seit langer Zeit überhaupt nichts mehr passiert. Ich arbeitete in einem Kinderbuchverlag im Vertrieb, das war öde. Ich nahm zu und machte irgendeine Diät und nahm etwas ab, dann überkam mich eines Nachts garantiert wieder der Frust, und ich schloß mich im Kühlschrank ein. Ich besaß Klamotten in Größe 42, in Größe 44 und in Größe 46. Alle paßten ab und zu. Wenn 46 anfing, zu kneifen, kaufte ich mir in der Apotheke Appetitzügler und Schlankheitsdrinks.
Seit Jahren hatte sich kein Mann mehr für mich interessiert. Außer einem Perversen im Kinderbuchverlag, der mich mal im Fahrstuhl belästigt hatte.
Ich fühlte mich wirklich nicht gerade glücklich. Was vielleicht noch schlimmer war – ich fühlte mich auch nicht unglücklich. Eigentlich fühlte ich überhaupt nichts. So, als wäre ich gar nicht da.
Ich las viele Romane, und ich guckte schrecklich viel fern. Ins Kino ging ich auch oft. Ich lebte in fremden Schicksalen, die mich davon ablenkten, daß es Dörthe Mehlig gab.

Am Dammtor stieg ein dünner, langer Mann mit fettigen Haaren in den Bus und setzte sich ausgerechnet auf den eben freigewordenen Platz neben mir. Er sah irgendwie beängstigend aus. Ich starrte so angestrengt aus dem Fenster, daß ich ihm glatt den Rükken zudrehte.
Vor uns saß ein Ehepaar, das sich seit einer Weile stritt, ohne wirkliche Leidenschaft, einfach so gewohnheitsmäßig. Sie sagte ständig: »Wann willst du denn endlich mal damit anfangen?« Und er wiederholte dauernd: »Demnächst. Ich fang bald damit an. Jetzt nicht. Nicht jetzt.«
Und plötzlich bollerte der dürre Mensch neben mir los: »Ja, du, bloß, wir *leben* nun mal im Jetzt! Nur im *Jetzt* können wir han-

deln!« Er war so laut, daß der ganze Bus zuhörte und der Fahrer besorgt in den Rückspiegel blickte. Ich kriegte vor Schreck Bauchschmerzen. Natürlich war ich herumgefahren, als es neben mir zu brüllen anfing.

»Gestern ist vorbei und nicht mehr zu ändern! Morgen kann das zu spät sein! Weißt du, ob du morgen noch lebst?!« donnerte der Verrückte mich an. Er hatte wilde, fanatische Augen.

Ich traute mich nicht, wegzugucken, und schüttelte hastig den Kopf.

»Na siehst du! Wer weiß das schon? Morgen geht das vielleicht nicht mehr. Wenn du was tun willst, denn tu das *JETZT!!* Das ist die einzigste Zeit, in der du was tun kannst! Du mußt bereit sein! Erwarte dein Schicksal! Wenn du das verpennst, denn war's das gewesen! Nur wenn du wach bist, kriegst du das mit. Sei bereit für das Lebensziel, für den wirklichen Sinn von deinem Leben! Irgendwann brettert das nämlich plötzlich auf dich zu – über dich weg – dddschschschjjjjjummm! –, und denn ist das vorbei. Jeder Mensch hat jede Möglichkeit, wenn er man will. Bloß woll'n muß er! Und sein Ziel muß er kennen! 'N Ziel, für das sich das lohnt…«

Ein stehender Fahrgast klopfte dem Prediger auf die Schulter und meinte: »Ist ja gut, Alter, nu komm man wieder runter, was?«

Daraufhin hörte er wirklich auf. Er blickte verstört um sich und aus dem Fenster. Der Bus hielt, der Beruhiger öffnete die Tür, um auszusteigen, der Verrückte sprang auf und hinterher auf die Straße. Ich hörte, wie er den Beruhiger fragte: »Hast du mal 'n büschen Geld, du?«

Jedenfalls lebte er nach seiner eigenen Devise: Er war wach genug gewesen, um dem einzigen Mann, der ihn freundlich ansprach, *jetzt* hinterherzuspringen und ihn anzuschnorren.

Die Tür ging wieder zu, und wir fuhren weiter, an der Alster vorbei, deren Fontaine im hohen Bogen in den grauen Himmel spuckte. Mein Herz klopfte immer noch aufgeregt. Mir gab die Sache einen Stich. Wo war denn eigentlich *mein* Lebensziel? Bereits – dddschschschjjjjjummm! – über mich hinweggebrettert – und ich hatte es verpennt?

Fast hätte ich meine Haltestelle verpaßt vor lauter Nachdenken.

Ich marschierte zum Verlagsgebäude. Damals hatten sie den Eingang noch nicht umgebaut, es sah alles etwas düster und eng aus. Über der Tür war das Kuchenbecker-Verlagszeichen abgebildet, die Schattenrisse zweier Kinder, eins mit einer Schaufel, eins mit einem Eimerchen in der Hand, umrahmt von einer Art Wappen. Vielleicht waren die Vorfahren von Max Kuchenbecker ja noch richtige Bäcker gewesen; sein Vater verlegte bereits Kinder- und Jugendbücher und hatte sich deshalb passenderweise die Sandkuchen backenden Gören ausgedacht.
Meine Mutter fand den Verlag solide. Er brachte Bilderbuch-Klassiker heraus wie das Mohnmännchen und Zirpe, die Grille, die hatte sie als Kind schon gelesen, und ich bekam sie ebenfalls geschenkt. Daß Kuchenbecker ansonsten ziemlich viel oberflächlichen Schund produzierte, vor allem im Jugendbuchbereich, fiel ihr nicht weiter auf.
Ich stellte mich vor den Fahrstuhl und drückte den Knopf, um nach oben zu fahren. Mein Magen grummelte vor sich hin, weil ich außer Kaffee noch nichts zu mir genommen hatte. Ich frühstückte lieber am Arbeitsplatz, dann mußte ich nicht ganz so zeitig aufstehen.
Bevor der Fahrstuhl kam, rumpelte jemand aus der Seitentür, die zu den Lagerräumen führte. Ausgerechnet der Perverse, der mich belästigt hatte. Dirk Etzold hieß er, aber alle nannten ihn Etzi. Ich fand ihn ätzend. Ein Kerl mit großer Nase und Schlitzaugen, ewig grinsend. Er arbeitete als Tischler und Packer und Allesheilmacher schon seit längerer Zeit im Verlag und erfreute sich größter Beliebtheit. Ich nannte ihn bei mir, weil er hauptsächlich im Keller zugange war, die Kellerassel. Etzi schleppte mehrere Bücherpakete und steuerte auf den Fahrstuhl zu.
Ich witschte um die Ecke und die Treppe hinauf, da ich streng darauf achtete, nie wieder mit diesem Mann allein in einem Raum zu sein, schon gar nicht im Fahrstuhl!
Im Winter war das gewesen: draußen Eisregen, ich schlitterte morgens mit Dicky von Baum zu Baum – und im Verlag war die Heizungsanlage kaputt. Wir saßen in Mänteln und mit Handschuhen an den Computern und Schreibmaschinen. Der Wartungs-

dienst war bestellt, konnte aber erst am frühen Nachmittag kommen.
Da tat Etzi sich wer weiß wie hervor, indem er den Fehler entdeckte und korrigierte. Er wurde als der Held des Tages gefeiert und bekam von Max Kuchenbecker und von Heino Frohwein (meinem direkten Vorgesetzten) und überhaupt von allen erfreuten Menschen im Verlag einen Cognac oder einen Whisky angeboten. Die Leute machen sich überhaupt nicht klar, was sie anrichten, wenn sie einen labilen, unterschwelligen Wüstling mit Alkohol versorgen.
Als endlich Feierabend war, fuhr ich im Fahrstuhl nach unten. Ich ahnte damals noch nicht, wie schicksalsträchtig dieser Kasten war. Frau Sawade, die Jugendbuchlektorin aus dem vierten Stock, stand neben mir. Und im dritten Stock stieg die Kellerassel ein, um mit nach unten zu fahren. Etzi grinste verträumt vor sich hin und verbreitete einen Dunst wie eine Kneipe.
Da fiel mir schon auf, daß etwas nicht stimmte, denn im Spiegel starrte er immer *mich* an statt Simone Sawade. Daran konnte man bereits merken, wie pervers er war. Simone Sawade ist die schönste Frau im ganzen Verlag. Mit bronzefarbenem, langem, lockigem Haar, haselnußbraunen Augen und einem traumhaften Gesicht, immer enorm hübsch und geschmackvoll gekleidet. Natürlich war sie unendlich von sich eingenommen. Sie schenkte uns Untermenschen keinen Blick – wahrscheinlich liefen wir bei ihr unter der Müllmann und die fette Tippse aus dem Fünften. Plötzlich fiel ihr wohl ein, daß sie was in ihrem Büro vergessen hatte, denn sie schüttelte ungeduldig den Kopf und drückte den Knopf vom zweiten Stock, kurz, bevor wir ihn passierten. Dann stieg sie dort aus.
Von da an starrte Etzi mich aus seinen gelblichen Wolfsaugen nicht mehr nur im Spiegel an, sondern direkt. Und er sagte: »Na, Dörthe?« Das war sehr plump vertraulich. Ich setzte eine hochmütige Miene auf und guckte auf die Wand mir gegenüber. Da schwankte dieser Mensch zu mir, umarmte mich und knutschte an meinem Hals herum! Ich schrie laut und versuchte, ihn wegzuschubsen. Wir hielten inzwischen im Erdgeschoß, und die Fahrstuhltür öffnete sich. Mein Geschrei hallte ganz nett im Treppenhaus.

Eigentlich hätten um diese Zeit überall reichlich Kollegen sein müssen – eigentlich hätte der Portier unten in seinem Glaskasten sitzen müssen. Aber wie das so ist, weit und breit keine Seele, wenn man Hilfe braucht.
Etzi knutschte weiter, es schien ihm egal zu sein, daß ich auf seinen Schultern herumboxte und ihn zu treten versuchte. Bei all dem brachte er es noch fertig, den Fahrstuhlknopf für »Keller« zu drükken! Die Tür schloß sich langsam und mitleidslos wieder, und wir schwebten nach unten. Etzi grunzte, daß er von mir geträumt hätte. Ich konnte es mir vorstellen: ein typischer Lustmördertraum, an dessen Ende ich, mit meinem Karpfenmaul nach Luft japsend, am Boden lag, neben meiner zertrampelten Brille. Ich war gar nicht mehr in der Lage, zu schreien, weil ich so heulen mußte. Vor Aufregung bekam ich auch noch Schluckauf.
Dann hielt der Fahrstuhl, die Tür öffnete sich erneut. Etzi ließ mich los und schwankte kichernd davon. Mit teuflischem Lachen, das im Kellergang sehr unheimlich klang. An dem Abend stieg ich auf dem Weg nach Hause eine Haltestelle eher aus dem Bus und kaufte mir im Supermarkt ein Fläschchen Kräutergeist. Ich hatte das deutliche Gefühl, jetzt auch einen Schnaps zu benötigen. Der Schluckauf ging übrigens den ganzen Abend nicht mehr weg, ich befürchtete schon, ich würde ihn bis an mein Lebensende behalten.
Will mir jemand verdenken, daß ich lieber die Treppe hochkeuchte, statt noch mal mit Etzi Fahrstuhl zu fahren?
Ich kam völlig außer Atem im fünften Stock an. Monika Hellwege, mit der ich das Büro teilte, war schon da und blinzelte boshaft mit ihren übergroßen dunkelbraunen Augen. »Morgen, Dörthe. Na, mein Deern – bist du von zu Hause hergejoggt? Tritt jetzt der Sport in dein Leben?«
»Nein. Nur Etzi wäre beinah in meinen Fahrstuhl getreten«, erklärte ich. Monika hatte ich damals gleich am nächsten Morgen den Überfall geschildert. Ich war mir nicht sicher gewesen, ob ich den Vorfall der Verlagsleitung melden sollte und wollte ihre Meinung einholen. Sie hatte mir abgeraten: »Das glaubt dir doch keiner, Dörthe!«

Leider traf sie damit voll ins Schwarze. Ich glaubte ja selber kaum, daß jemand was Unsittliches mit mir vorhaben könnte.
Jetzt feixte sie breit. »Denkst du denn immer noch, daß Etzi was von dir wollte?«
Ich hängte gerade meinen Mantel in den Schrank und drehte mich erstaunt um: »Was meinst du damit, ob ich das noch denke? Er hat schließlich …«
»Kindchen, der Mann hat dich auf den Arm genommen. Der hat dich voll verarscht! Und du bist drauf reingefallen …« Monika zeigte ihren Überbiß in ungebremster Heiterkeit.
Ich bemühte mich um einen gelassenen Gesichtsausdruck, doch ich konnte fühlen, wie meine Mundwinkel auf meine Schultern stippten. »Ach, Monika, das ist jetzt ja auch egal …« sagte ich ganz ruhig. Dann machte ich Kaffee und packte meine zwei Stück Butterkuchen aus. Ich aß, während ich den Computer anwarf, immer noch mit möglichst heiterer Miene. Monika beobachtete mich genau. Ich begann einen Brief einzutippen. Natürlich hatte sie recht. Das einzig Merkwürdige war, daß ich den Grund für Etzis Überfall so falsch deuten konnte. Ich würde diesen Kerl in Zukunft nicht mehr fürchten, sondern mit Verachtung strafen.
Der weitere Tag verlief soweit ganz normal. Ich arbeitete lustlos vor mich hin. Nachmittags bekam ich einen groben Anpfiff von Heino Frohwein, weil ich ein wichtiges Fax vergessen hatte. Monika an ihrem Schreibtisch saß mit funkelnden Glubschaugen in der ersten Reihe und ließ sich kein Komma entgehen.
»Sie sind völlig desinteressiert! Es ist Ihnen egal, was Sie tun!« wütete Frohwein. Ich protestierte empört. Im Prinzip hatte er absolut recht: Mein Job war sterbenslangweilig. Schon deshalb, weil *ich* ihn ausübte.
Heino Frohwein ist stämmig und borstig. Über seinem rötlichen Gesicht wuchert eine enorme Tolle harter Locken, aus seinen rötlichen Ohren und seinen rötlichen Nasenlöchern kringeln sich ebenfalls Borsten, seine Handrücken sind so dicht und drahtig behaart, daß ihn die sieben Geißlein bestimmt nie ins Haus lassen würden. Ein ehrgeiziger Mann, sehr bewundert von den meisten Mitarbeitern. Manche glaubten, er würde sich von Max Kuchen-

becker adoptieren lassen und den Verlag übernehmen. Andere meinten eher, er würde eines Tages einfach aussteigen und seine eigene Firma gründen. Er war immer überall gleichzeitig zugange und machte nicht nur seinen eigenen Job, sondern half auch allen anderen, notfalls mit guten Ratschläge.

Monika schwärmte für Frohwein. Sie fand, er hätte was Animalisches. Da konnte man wirklich nicht widersprechen. Sie hätte ihn gern geheiratet, weil sie die Zusammenstellung des Doppelnamens Hellwege-Frohwein so positiv fand. Das stimmte zweifellos. Man durfte nur nicht wissen, daß Frohweins Lieblingsspruch lautete: Verdammter Mist, verdammter!, während Monika ständig der Ansicht war: Das wird ja doch nichts…

Damals stimmte ich ihr übrigens meistens zu. Es wurde ja wirklich alles nichts.

Frohwein seinerseits konnte Monika nicht ausstehen. Während er mich hin und wieder zu Recht anfauchte, war er zu ihr immer richtig gemein. Er hatte sogar einmal »Sie magere Ratte!« zu ihr gesagt. Monika weinte und erwog kurz, zu kündigen, ihn wegen Beleidigung zu verklagen oder vor's Arbeitsgericht zu gehen. Sie ließ natürlich alles bleiben: Das wird ja doch nichts…

Sie tröstete sich damit, daß sie ihm nicht gleichgültig war. Haß, sagte sie, ist der Liebe sehr nahe verwandt. Nur, wenn er sie so gelangweilt behandeln würde wie mich, wäre sie traurig. Dann wüßte sie nämlich, daß sie ihm egal sei. Solange er sie ungerecht anbrülle und auf ihr rumhacke und zusammenzucke, sobald sie ihn berühre, sei völlig klar: »Der hat was mit mir laufen, Dörthe! Der wehrt sich zwar noch, aber ich mache ihm zu schaffen…«

Nach der Predigt von Frohwein legten wir eine kleine schöpferische Pause ein. Monika las mir aus der Zeitung vor, einen Artikel über Mammographie. Vorsorge jeder Art war ihre Spezialität. Sie selbst hatte das erst kürzlich machen lassen, erzählte sie.

Ich blickte nachdenklich auf ihren Pullover. In meinem ganzen Leben ist mir keine busenlosere Frau als Monika Hellwege begegnet. Sie ist nicht einfach nur knabenhaft. Da, wo Ausbuchtungen zu sein haben, sitzen bei ihr leichte Vertiefungen. Ich rätselte, wie die Leute um Himmels willen etwas an ihr zu packen bekom-

men hatten, um es in den Mammographieapparat zu klemmen. Das einzige, was hervorragt, sind die Vorderzähne.
Dann mußte sie los, weil sie noch zum Orthopäden wollte. Die Zeitung ließ sie mir da. Ich blätterte gedankenlos darin herum und traf auf folgendes:

Madame Fátima
befragt die Sterne –
löst Ihre Probleme –
weiß alles über Ihre Zukunft –
erklärt Ihnen den Sinn Ihres Lebens!

Und die Telefonnummer von Madame Fátima. Ich schnitt die Anzeige mit meiner großen Papierschere aus. Neuerdings interessierte ich mich für den Sinn meines Lebens.
Nicht viel später schaukelte ich im Bus nach Hause. Ich herzte meinen Hund und stürmte mit ihm nach unten zur nächsten Laterne. Nach dem Abendbrot schaltete ich nicht wie sonst den Fernseher ein. Ich setzte mich vielmehr mit dem Telefon auf's Sofa und wählte die Nummer von Madame Fátima.
Ein Anrufbeantworter spielte mir zunächst geheimnisvolle orientalische Bauchtanzmusik vor. Eine ebenso geheimnisvolle orientalische oder sonstwie fremdländische Männerstimme verkündete: »Madame Fátima is zu Zeit nich anwesen. Bitte teilen Sie Ihr Wunsche und Adreß und Nummer hier auf...« – da wurde der Orientale durch ein Knacksen unterbrochen, und eine recht gewöhnliche Frauenstimme meinte in breitem Hamburgisch: »Bohne! Wer ist denn da?«
Ich war gerade kurz davor gewesen, wieder aufzulegen, da ich nicht die Absicht hatte, einem wildfremden männlichen Orientalen meine Adresse anzuvertrauen, und schon gar nicht meine Wünsche. Jetzt mußte ich mich hastig sammeln: »Mehlig, guten Abend! Sind Sie Frau Fátima?«
»Was wollen Sie denn?«
»Ich – ich würde mich gern beraten lassen. Zukunftsweisend«, sagte ich.

»Wann? Morgen nachmittag? Gegen vier?«
Ich kraulte Dickys Puschelbart. »Ich bin berufstätig und habe einen Hund, mit dem muß ich nach Feierabend erst mal raus... Ginge es abends?«
»Punkt sechs!« verkündete Madame Bohne. »Morgen also. Dann geben Sie mir man jetzt schon mal Ihr Geburtsdatum.«
Ich verriet es ihr.
»Hier in Hamburg geboren?«
»Im Marienkrankenhaus. Ich...«
»Kennen Sie auch die Geburtszeit?«
»Ja. Ich bin nämlich zufällig Punkt vier Uhr morgens geboren, das weiß ich ganz genau. Meine Mutter hat mir oft erzählt, wie die Uhr...«
»Tje. Bis morgen abend denn«, unterbrach mich Madame Fátima.
Ich legte nachdenklich auf. »Ob das jetzt richtig war?« fragte ich Dicky. Er wedelte. Er wedelte aber nicht zustimmend zu meiner Verabredung mit einer Wahrsagerin – er wedelte vielmehr unsere Nasch-Schublade an. Die Idee war im Grunde nicht verkehrt. Ich stand auf, holte eine Tüte »Cheese and Onion Chips« hervor, öffnete sie und fütterte abwechselnd Dicky und mich selbst.

Das war am Montag passiert. Und dann kam dieser schicksalhafte Dienstag. Die Sonne schien. Es lag ein Hauch von Frühling in der Luft. Und ich begegnete zum ersten Mal Curd Andreesen.
Nachmittags war ich noch ausgesprochen frustriert gewesen, und ich sagte zu Monika: »Warum kaufen wir uns nicht eins von den tollen Nougat-Stücken aus der Konditorei Wanda?«, und Monika sagte: »Wozu? Ich bin noch satt vom Mittagessen, dieser Braten war gräßlich, wie konntest du soviel davon essen?« Wobei sie sich wohlgefällig über ihre superschmalen Hüften strich. »Wenn du schon gehst, Dörthe, dann bring mir wenigstens auch die »Neue Frauenwelt« mit, die hab ich letzte Woche nicht gekriegt, und Donnerstag gibt's schon wieder die neue.«
Nun kam ich also mit zwei Stück Nougattorte und einem kleinen Florentiner in Seidenpapier sowie der bunten Zeitschrift unter dem Arm zurück zum Verlag. Vor der Eingangstür – im Haltever-

bot – parkte ein blutrot-metallic schimmerndes Cabrio. Irgendein Oldtimer, bestimmt sehr teuer.
Ich überquerte vorsichtig mit dem Kuchenpaket die Straße. Ein weiteres Cabrio schoß auf mich zu (wenn es in Hamburg wirklich mal aufhört zu regnen und die Sonne ein bißchen scheint, meinen alle Leute sofort, sie müßten ihr Autodach aufreißen), das Radio spielte überlaut, ein alter Song von Diana Ross dröhnte heran: »Get ready! Get ready! Tweedelidee and Tweedelidam, look out, Baby, 'cause here I come, get ready, get ready!« Ich rettete mich mit einem uneleganten Hopser eben noch auf den Gehweg (ich trug gerade mal wieder meine Sachen in Größe 46, und alles spannte. Deshalb brauchte ich auch dringend Kuchen, um meinen Frust wegzukauen).
Das Cabrio rauschte an mir vorbei, Diana Ross verklang – und ich bemerkte Curd Andreesen in der Tür des Verlags.
Max Kuchenbecker stand neben ihm, einen Arm um seine Schulter gelegt, redete auf ihn ein und zupfte ihm irgendwelche Fussel von der Jacke. Sein verschmitztes braunes Dschingis-Khan-Gesicht leuchtete vor angestrengter Freundesliebe. Darüber wogten seine weichen weißen Haare wie Badeschaum. Aber ihn betrachtete ich nicht genauer, denn Kuchenbecker kannte ich.
Curd Andreesen sah ich zum ersten Mal. Ich meine: direkt. Im Fernsehen hatte ich ihn natürlich schon öfter erlebt. Er hatte bis vor kurzem eine Talkshow im Fernsehen geleitet. Bei anderen hockte er ständig als Gast rum. Und seit er ein erfolgreiches Kinderbuch (bei Kuchenbecker) herausgegeben hatte, machte er sogar manchmal in einer Nachmittags-Kindersendung mit.
Bisher war er mir nie besonders aufgefallen. Warum auch? Falls er jemals vorher den Verlag besucht hatte, dann war es mir entgangen. Jetzt stand ich ihm in einigen Schritten Entfernung gegenüber, und ich fand ihn auf der Stelle umwerfend.
Hinterher dachte ich oft: wenn nicht ganz genau eine halbe Sekunde vorher das Lied an mir vorbeigefahren wäre, das mich aufforderte, bereit zu sein, Get ready! –, und wenn nicht am Tag vorher ein Irrer im Bus neben mir gefaselt hätte, daß man jederzeit bereit sein sollte, seinem Schicksal zu begegnen – dann hätte ich

Curd Andreesen vielleicht nur mit einem kurzen, gelangweilten Blick gestreift, hätte mich geärgert, daß ich den Fahrstuhl nicht für mich allein hatte, um dann die zwei Stück Torte sowie die Hälfte vom Florentiner zu essen. Dann wäre wahrscheinlich nichts weiter passiert, sondern alles so geblieben, wie es war. Und ich wäre bis zum heutigen Tag immer noch Dörthe Mehlig.

So aber fühlte ich mich wie elektrisiert. Ich starrte Andreesen an – weder er selbst noch mein Chef schienen mich auch nur zu bemerken. Sie schlenderten unter intensivem Gerede langsam auf den Fahrstuhl zu, ich schlich ebenso langsam mit meinem Kuchenpaket und der blöden Zeitschrift hinterher. Kuchenbecker drückte den Knopf, und der Fahrstuhl riß sofort sein Maul auf. Die beiden Männer stiegen ein und drehten sich zu mir um. Die Tür schloß sich langsam – doch Curd Andreesen schob seinen Arm dazwischen und lächelte mich strahlend an. »Na, hopp, Zaubermäuschen!« sagte er.

Zaubermäuschen! Und es klang nicht mal ironisch.

Tweedelidee, Tweedelidam ... Ich hüpfte verschämt mit ins Kabäuschen. Max Kuchenbecker redete ungebremst weiter. Andreesen nickte fortgesetzt verständnisvoll. Dann plötzlich glitten seine dunklen Augen hinüber zu meinem Gesicht, und er zwinkerte mir ganz kurz zu! Natürlich rutschte mir die Zeitschrift unter dem Arm weg und platschte auf den Fahrstuhlboden. Max Kuchenbecker starrte verdutzt auf das Titelbild zu seinen Füßen, das Prinzessin Viktoria von Schweden mit Brillantkrönchen und Ordens-Sicherheitsgurt zeigte.

Curd Andreesen hob das Blatt auf, rollte es zusammen und steckte es mir vorsichtig unter den Arm. »Alles wieder beisammen?« fragte er ganz nett.

Dann stiegen die beiden im dritten Stock aus. Kuchenbecker, ohne mich zur Kenntnis zu nehmen. Curd Andreesen jedoch drehte sich, bevor die Tür sich hinter ihm – und vor meiner Nase – schloß, wahrhaftig um und zwinkerte mir *noch* einmal zu!

Als ich im fünften Stock an Land krabbelte, hatte ich weichgekochte Knie.

Monika schilderte mir sofort ihr letztes Gespräch mit Frohwein:

»Und ich so: ›Bis wann soll das denn fertig sein?‹ – und er so: ›Hurtig, meine Liebe!‹ – und ich so: ›Was denn nun – die Muster müssen doch auch ganz schnell raus?‹ – und er so: ›Dann beeilen Sie sich doch einfach mal!‹ –« In Monikas Berichten sprachen die Leute nicht miteinander, sie machten alle »so«.
»Rate mal, mit wem ich gerade im Fahrstuhl war!« unterbrach ich sie.
»Mit Etzi?« Sie blinzelte listig.
»Nein doch! Mit Kuchenbecker – und mit diesem Curd Andreesen.«
»Und?«
»Er hat mit mir geflirtet. In gewisser Weise jedenfalls.«
»Kuchenbecker?!«
Ich setzte mich stumm an meinen Schreibtisch. Was tat ich da eigentlich? Warum vertraute ich so was ausgerechnet Monika an?
»Du meinst doch nicht etwa, Curd Andreesen hätte sich in dich verguckt, mein Deern?«
»Natürlich nicht. Er hat bloß ein Auge zugekniffen.«
»Ihm war was reingefallen!« vermutete Monika.
Es war schrecklich mühsam, sie wieder von diesem Thema abzubringen. Andererseits muß ich zugeben, daß es sich dabei um mein Lieblingsthema handelte. Indessen wußte Monika auch nicht mehr über ihn als ich; was man eben so in den Klatschmeldungen las. Ursprünglich war er Journalist und Kulturkritiker gewesen; weil er so gut aussah, kam unweigerlich das Fernsehen; er war dreiundvierzig oder vierundvierzig Jahre alt, mit einer blonden Frau verheiratet, die neben ihm optisch ein wenig abfiel, und hatte zwei Töchter.
Während ich den Kuchen aß, blätterte Monika angeregt in ihrem Herz-und-Schmerz-Blatt. Und da entdeckte sie prompt die neueste Geschichte über Curd Andreesen! Sie las sofort alles vor: Er hatte sich soeben von seiner Frau und den Töchtern getrennt, um seine Affaire mit Tanja Bausch voll auszuleben. Das Prachthaus ließ er seiner Familie. Bei Tanja Bausch handelte es sich um eine schöne TV-Nachrichtensprecherin. Sie war genauso alt wie ich: zweiunddreißig!

Ich kaute am Kugelschreiber und träumte aus dem Fenster.
»Der wird ja schon grau!« bemerkte Monika abfällig und hielt mir das aktuelle Foto zum Artikel hin: Curd Andreesen kam, den Arm um Tanja Bausch gelegt, aus einem Restaurant. Stimmt, sein lockiges Haar war mit Grau durchsetzt. Dafür funkelten seine Augen tiefschwarz. Er hielt den Kopf leicht gesenkt und guckte auf interessante Weise von unten nach oben. Übrigens trug er auf dem Bild dieselbe Wildlederjacke, die er eben auch angehabt hatte. Ich verschlang ihn mit den Augen.
»Bist du jetzt verknallt in den, oder was?« fragte Monika. Sie wollte sich totlachen: »Endlich mal 'n Mann, der zu dir paßt, Dörthe!«
Ich bereute inniglich, die Sache überhaupt erwähnt zu haben.

Nachdem ich an diesem Abend mit Dicky alle Runden gedreht hatte, zog ich meinen Mantel gar nicht erst aus, sondern erklärte sofort: »Frauchen muß nochmal los, Frauchen muß ins Büro – du weißt doch, da kann man nichts machen! Frauchen geht ins Büro, und du machst es dir hier hübsch gemütlich... Frauchen ist ganz schnell wieder zurück...«
Dicky hob die Schnauze steil nach oben, schloß die Augen und ließ einen anschwellenden Heulton los.
Ich streichelte seinen runden glatten Kopf, als er im Bus neben mir saß. Er hatte ja recht: Neun Stunden am Tag allein zu sein reicht wirklich.

2. *Kapitel*

In dem Madame Fátima aussieht wie Hilde Bohne – Dicky einen Alptraum zerbellt – jemand um einen Gefallen gebeten wird – ein Leopard und eine Milchkuh im Café Wanda sitzen – Eimsbüttel bei aller Liebe nicht die Steppe ist – und die intelligenten Frauen des Kuchenbecker-Verlages eine Kreativitätsgruppe gründen

Madame Fátima wohnte in der Rothenbaumchaussee, in einem wuchtigen dunkelroten Altbau. Die Haustür stand offen, und Dicky hoppelte vor mir her die gebohnerten Treppen hinauf. Es roch nach angebratenen Zwiebeln. Im zweiten Stock rechts hing ein verschnörkeltes Messingschild mit Löwenkopf:

Fátima Maravilha. Sprechstunde 10.00-17.30

Ich klingelte hoffnungsfroh. Nach fast zehn Minuten warten und dem vierten Klingeln gab ich niedergeschlagen auf. Ich wollte gerade Dicky die Treppen wieder hinunterziehen, als ich an der gegenüberliegenden Tür ein weißes Plastikschild entdeckte:

Hilde Bohne
A. Maravilha

Ich läutete also auch an dieser Tür. Drinnen war ein lebhafter Gedankenaustausch in einer Fremdsprache zu hören, dann wurde mir von einem Mann mit pechschwarzem Schnauzbart geöffnet. An seinem linken Ohr funkelte ein kleiner Brillant. Zwiebeldunst umwölkte ihn. Er betrachtete mich, wie alle Menschen mich betrachteten: mißmutig und leicht angeekelt. Als hätten sie unvermutet eine fette Spinne entdeckt.

»Guten Abend – Mehlig. Ich hatte ... Ich war mit Madame Fátima um sechs – also um achtzehn Uhr – verabredet ...«

Der Mann blickte auf seine Armbanduhr und teilte mir streng mit: »Es is schon eben eine Viertel na sechs!«

Ich erwiderte beleidigt: »Ich hab die ganze Zeit an der Tür gegenüber geklingelt ...«

Er schüttelte den Kopf über soviel Blödheit, beugte sich nach hinten und rief etwas Ausländisches in den Flur.
Eine ordinäre, grelle Frauenstimme – die Stimme von Frau Bohne, ich erkannte sie wieder – antwortete auf deutsch: »Jungenochmal, denn laß sie doch rein, Antonio! Ich komm gleich!«
Antonio nahm unwirsch ein Schlüsselbund von irgendwoher, trabte an uns vorbei zur gegenüberliegenden Wohnungstür, schloß sie auf, ging voran und knipste im Flur Licht an. Er öffnete eine Zimmertür, machte hier ebenfalls Licht und wies auf einige Stühle. »Ja, bitte sehr hier. Madame Fátima komm' gleich!«
Nachdem er noch einen ausgesprochen diskriminierenden Blick auf den armen Dicky geworfen hatte, schüttelte er erneut den Kopf und verschwand.
Ich nahm Platz. Dicky setzte sich eingeschüchtert unter meinen Stuhl. Ein großes Poster an der Wand zeigte eine geheimnisvolle, schöne Frau mit einem Schleier über dem Haar, die in eine Kristallkugel schaute. Sie sah ganz genau so aus, wie man sich eine Madame Fátima vorstellte.
Auf einem Tischchen lag ein kleiner Stapel lila- und goldfarben gedruckter Heftchen. Ich hob eins hoch und las:

Madame Fátima
Astrologische Beratung,
Zukunftsvorhersagen,
Partnerzusammenführung
Gespräche nur nach Voranmeldung

Als ich das Heftchen aufblättern wollte, trat eine grobknochige Frau um die Fünfzig mit kurzem, dauergewelltem graublonden Haar ein. Sie trug eine Kittelschürze und Gesundheitssandalen und sah nicht im geringsten so aus, wie man sich eine Madame Fátima vorstellte. Sie wirkte ganz und gar wie Hilde Bohne. Ich stand erschrocken auf. Dicky zog sich noch etwas tiefer unter den Stuhl zurück und knurrte leise.
»Guten Abend!« sagte die Frau und schüttelte energisch meine Hand. »Kommen Sie man mal mit! Das Tier lassen Sie hier …«

Ich sagte beflissen »Platz!« und »Sitz!« und »Bleib jetzt hier!« zu Dicky. Er wollte jedoch unbedingt mitkommen. Madame Fátima schubste mich schließlich in den Flur, schob Dicky mit dem Fuß zurück und schloß die Tür vor seiner entsetzten Schnauze.
Mich führte sie durch eine Tür mit der Aufschrift Sprechzimmer. Der Raum war klein, aber sehr interessant. Auf einem Glastisch stand tatsächlich eine Kristallkugel. An den Wänden hingen astrologische Zeichnungen. Alles sah sehr magisch aus – bis auf den Computer auf Frau Fátimas Schreibtisch. Ein mittelgroßer, flacher Monitor, der auf einem Sockel wie auf einem Hals saß, das Gesicht schräg nach oben gerichtet. Bis auf den Bildschirm schien der Computer aus silbernem Metall zu bestehen. So etwas Tolles besaß nicht einmal Max Kuchenbecker. Diese Frau schien sehr gut zu verdienen. Diese Frau mußte eine hervorragende Wahrsagerin sein, und wenn sie hundertmal aussah wie eine Putzfrau! Ich setzte mich vertrauens- und erwartungsvoll auf den Stuhl jenseits des Glastisches.
»Tja, Frau Mehlig – ich hab schon Ihr Horoskop berechnet…« sprach Hilde Bohne. Sie raschelte mit irgendwelchen Papieren und suchte mit der Zunge zwischen ihren Zähnen nach Abendbrotsresten.
Naja, dachte ich, du meinst: Dein *Computer* hat mein Horoskop berechnet…
Madame Fátima schenkte mir einen kurzen, mißtrauischen Blick, und ich zügelte meine Gedanken. Vielleicht konnte sie die ja wirklich lesen.
»Sie wollen was über Ihre Zukunft wissen…« fuhr sie fort. Sie nahm meine rechte Hand, drehte sie um, starrte in den Handteller und nickte. Dann sah sie durchdringend in meine Augen und nickte. Dann blätterte sie wieder in den Papieren, die vor ihr lagen, und nickte zum dritten Mal.
»Also… Sie sind das einzige Kind… Als Kleinkind immer bloß krank, später war die Gesundheit stabiler… Ihr Vater steht im Staatsdienst?«
»Er – was? Ach so, ja, stimmt. Er ist… Er arbeitet für's Finanzamt…«
Diesmal warf sie mir einen müden Blick zu, als hätte sie so ihre ei-

genen Erfahrungen mit dem Finanzamt, bevor sie fortfuhr: »So. Eine wichtigere Beziehung haben Sie mit Anfang Zwanzig gehabt, das hat man ungefähr vier Jahre gehalten …«
»Richtig!« stimmte ich beeindruckt zu.
»Sie arbeiten in einem mittelgroßen Betrieb, und Sie reißen sich da ja wohl kein Bein aus!« Madame Fátima sprach Heino Frohwein aus dem Herzen. »Geldsorgen haben Sie keine, nicht wahr, trotzdem Sie auch nicht Spitzenverdiener sind. Der Saturn klebt am MC, da kann Ihnen ja nicht viel passieren.«
»Und – meine Zukunft? Wie geht's weiter?«
Sie blätterte in den Computerausdrucken und zuckte dann mit den Schultern: »Wie geht's weiter … 'n recht gutes Auskommen, gute Gesundheit … Wenn Sie nicht in dem Betrieb bleiben, wo Sie gerade zugange sind, dann wechseln Sie in so'n ähnlichen über. Sie werden immer in Geborgenheit leben, Saturn im zehnten Haus im Steinbock, rundum gut aspektiert. Also große Schicksalsschläge seh ich nirgends …«
»Und – in der Liebe?«
Wieder bekam ich einen müden Blick zugeworfen. »Mhm. Tja, also …«
Madame Fátima stockte, denn jetzt begann Dicky im Wartezimmer zu heulen. Ich erklärte: »Manchmal hört er von selbst wieder auf, wenn man sich nicht drum kümmert …«
Madame Fátima seufzte. »Also mit der Liebe … Da kommt nicht so viel. Nein.«
Ich starrte sie ungläubig an: »Gar nichts?! Nie wieder?«
Sie legte die Computerdrucke ungeduldig zusammen: »Mein Zeit, doch … Hier und da … Bloß harmonisch wird das auch nicht. Gucken Sie mal, Sie haben die Venus im zwölften Haus. Da ist sie schüchtern, einsam und enttäuscht. Und denn noch im Quadrat zu Uranus, 'n bildschöner Scheidungsaspekt. Sonne, Venus, Aszendent, alle im Stier. Sie sind bockbeinig und träge in Beziehungen. Stur wie ein Panzer. Sie suchen die Schuld nie bei sich selbst …«
Dicky heulte jetzt sehr laut. Ich war auch den Tränen nahe: »Aber … Wie – ? Ich meine … bekomme ich keine Kinder? Mache ich nicht irgendwie Karriere? Keine große Liebe …?«

»Ach, liebe Frau Mehlig!« sagte Hilde Bohne ungeduldig. »Was wollen Sie denn mit der großen Liebe? Zur großen Liebe gehört doch die große Tragödie, was soll Ihnen die nützen? Und Karriere... Sei'n Sie man vorsichtig. Sonne im Quadrat zu Pluto, vielleicht haben Sie ja so'n unterdrückten Ehrgeiz. Damit lösen Sie bloß Abneigung bei anderen aus. Wer nach oben will, muß beliebt sein. Beleibt reicht nicht. Der Mond im Quadrat zum Jupiter, der läßt natürlich immer Fett ansetzen. Gucken Sie mal, Sie werden demnächst dreiunddreißig, und bis zum dreißigsten Lebensjahr sind die Weichen gestellt. Sie werden nie große Geldsorgen haben, immer 'ne solide Gesundheit... Wenn Sie wüßten, was für verzweifelte Menschen mir hier oft gegenübersitzen! Die wären dankbar für so'n Schicksal wie Ihrs! Keine Katastrophen, Jungenochmal, kein großes Leid... 'ner Klientin von mir sind ihre drei Enkel weggestorben...«
»Aber...« Ich zupfte nervös an meiner Tasche herum, »wenn ich nun etwas ganz anderes will? Wenn ich was Besonderes will und alles dafür tue?«
Madame Fátimas müder Blick glitt über mein Gesicht, meine Frisur, meine Figur, mein Outfit. »Sie? Also sei'n Sie mir man nicht böse – Sie haben gar nicht die Ausstrahlung. Sie sind kein Mensch, der sein Schicksal selbst in die Hand nehmen kann. Mit Ihrem Mond in den Fischen wissen Sie ja nicht mal genau, was Sie eigentlich wollen.« Sie musterte mich noch gründlicher von oben bis unten. »Sie sind nicht dynamisch. Zuviel Erd-Energie. So Menschen wie Sie können immer erklären, wieso alle anderen schuld sind...« Sie schob ihren Stuhl zurück, stand auf und fügte trocken hinzu: »Zahlen Sie bar oder mit Scheck?«
Ich zahlte mit Scheck. Dafür bekam ich die Computerausdrucke. Die Wahrsagerin schüttelte mir verabschiedend die Hand und zog mich gleichzeitig zum Wartezimmer, aus dem Dicky jaulte. Ob sie mir etwas anderes – oder jedenfalls etwas Ausführlicheres – gesagt hätte ohne Dickys schlechtes Benehmen?
Ich ließ ihre Hand nicht los: »Und wenn ich nun – wenn ich mein Leben doch noch mal ganz anders in den Griff bekäme?«
Madame Bohne entzog mir ihre Hand. »Sie bekommen ja noch nicht mal Ihren Hund in den Griff...« sagte sie trocken.

Wenige Minuten später ließ ich Dicky auf der Moorweide völlig neue Bäumchen schnuppern. Das schöne Wetter hatte sich nicht gehalten: Es nieselte schon wieder. Es machte also überhaupt nichts aus, daß ich leise vor mich hinflennte.
Wir fuhren im Bus durch den nassen Abend nach Hause. Ich würde mir die Pralinenschachtel zu Gemüte führen, die ich eigentlich für Monika Hellweges Geburtstag gekauft und geschenkmäßig hatte verpacken lassen. Mußte ich ihr eben eine neue besorgen.
Ich kraulte Dickys feuchten Puschelbart, starrte in die dunkle, reflektierende Fensterscheibe und sah etwas sehr Unerfreuliches: mich. Mein Haar klebte feucht an meinem Kopf, und meine Nase glänzte wie lackiert. Ich war froh, als mir durch die Wärme im Bus die Brille beschlug.

Am nächsten Morgen wachte ich auf, weil Dicky auf meinem Bauch herumsprang und mich schrill ankläffte. Obwohl es erst kurz nach sechs Uhr war, schimpfte ich diesmal nicht. Ich knuddelte ihn vielmehr voll Dankbarkeit und stand auf, um ihm einen Keks zu geben. Ich selbst trank ein Glas Milch, legte mich wieder ins Bett und starrte vor mich hin. Dicky hatte mich geweckt, weil ich gealpträumt hatte. Seit meiner frühesten Kindheit überfiel mich ab und zu derselbe schreckliche Traum. Immer ein wenig anders – und im Grunde doch stets gleich:
Um mich herum ist alles milchig-blaugrün. Ich höre merkwürdige Geräusche – eine Art Lärm, wie durch Watte. Ich blicke nach oben: Da schweben zwei riesige dunkle Wolken nebeneinander. Und ein paar kleinere dunkle Flecken. Ich kann nicht wirklich deutlich sehen. Abgesehen von diesen dunklen Wolken ist es oben hell, und ich bewege mich langsam immer tiefer, in eine schreckliche Dunkelheit. Eigentlich passiert in diesem Traum nie etwas Schlimmes. Keine Ungeheuer, niemand, der mich bedroht. Ich scheine ganz allein zu sein. Und trotzdem bin ich jedesmal halb verrückt vor Angst! Ich will schreien, und ich weiß, daß ich nicht schreien darf. Ich will weglaufen, und ich weiß, daß ich nicht weglaufen kann. Ich will Luft holen, und ich weiß, daß ich verloren bin, wenn ich es jetzt wage, zu atmen.

Ich glaube, ich gebe irgendwelche Geräusche von mir, wenn ich das träume. Manfred Mehlig hat mich manchmal nachts geschüttelt: »Dörthe! Wach bloß auf, Mensch! Das ist ja nicht mitanzuhören!«

Seit ich Dicky habe, weckt er mich erfreulicherweise, sobald ich wieder in diesem Grauen versinke. Das fand Manni übrigens nicht so gut. Er hatte wohl mehr Spaß daran, mich selbst zu schütteln, als durch Dickys Gebell aufzuschrecken.

Ich überlegte, ob ich versuchen sollte, wieder einzuschlafen. Ich hatte Angst, daß der Traum noch nicht weit genug weg war – vielleicht kam er zurück? Also las ich ein Weilchen. Dann stand ich auf. Sonst wusch ich mich immer abends, um morgens länger schlafen zu können, aber jetzt tat ich es zur Abwechslung morgens. Anschließend machte ich mir ein richtiges Frühstück, anstatt einfach nur Kaffee zu trinken. Ich kochte mir sogar ein Ei. Und ich ging viel ausführlicher als sonst mit Dicky. Ich fühlte mich großartig. Sauber und ordentlich und aktiv.

Ich war vor Monika Hellwege im Büro. Das passierte selten.

Als sie endlich auftauchte, strahlte ich sie an: »Guten Morgen!«

Sie blinzelte mißtrauisch einmal im Zimmer herum, bevor sie ihren Mantel auszog: »Was ist denn mit dir los? Hast du im Lotto gewonnen?«

»So was ähnliches. Ich glaube, ich fange ein neues Leben an«, erklärte ich. Ihre Antwort hätte ich mir denken können: »Das wird ja doch nichts.«

Natürlich beschäftigte sich Monika damit, herumzutratschen, daß ich seit gestern unsterblich in Curd Andreesen verliebt war. Vielleicht fügte sie als besonders amüsante Beilage hinzu, daß ich deshalb ein neues Leben anfing. Ich redete mir ein, daß es mir egal war, was andere Leute von mir dachten.

Bedauerlicherweise war mir das jedoch über alle Maßen wichtig. Da ich ziemlich schlecht über mich dachte, hoffte ich immer, daß meine Mitmenschen das im Grunde anders sahen. Ich wollte geliebt, bewundert und verehrt werden. Dabei war ich selbst weit davon entfernt, andere Leute zu mögen.

Ich litt darunter, als ich merkte, wie mir in der Kantine hinterhergekichert wurde. Ich sah keine Möglichkeit, mich davor zu bergen. Dick und häßlich, wie ich war, mußte ich mich mit meinem Tablett voll Grützwurst, Kartoffelmus und Apfelkompott zwischen den höhnischen Blicken hindurchwinden. Eigenartig, daß ich nicht lang hinschlug und mit dem Gesicht im Kompott landete. Auf jeden Fall bildete mein Magen einen soliden Knoten, in den kaum etwas hineinpaßte. Ich beschloß, das als willkommenen Anlaß zu einer neuen Diät zu benutzen.
Manchmal fragte ich mich: Redest du dir das nicht nur ein, daß dich keiner leiden kann, daß sie alle über dich lachen? Vielleicht finden sie dich ja ganz nett – oder jedenfalls uninteressant. Nimm dich nicht so wichtig, Dörthe!
Damit hatte ich mich in der Kantine auch gerade wieder getröstet, als ich mein Tablett zurückbrachte. Und dann hörte ich, kurz bevor ich in den Fahrstuhl stieg, wie ein Kollege aus der Promotion-Abteilung auf dem Flur leise zu einem anderen sagte: »Weia, hat der Andreesen ein Glück! *So* eine heiße Frau!« Und dann lachten beide wie verrückt. Und guckten mich an.
Die Fahrstuhltür ging hinter mir zu. Ich drehte mich um und blickte in den Spiegel. Meine Haare ähnelten Dickys Ohren: Teils standen sie in die Höhe, teils fielen sie platt herunter. Ich trug eine pinkfarbene Bluse zu einer normalen blauen Jeans – Größe 46. Damit man die Speckröllchen in meiner Taille nicht so sehen konnte, hatte ich über die Bluse eine blau-gelb geringelte Weste gezogen. Ich bemerkte plötzlich, wie wenig alle Farben zusammenpaßten. Und die orange-braune Umhängetasche paßte eigentlich auch nicht zu meinen schwarzen, klobigen Halbstiefeln. Genau wie Madame Fátima Bohne gesagt hatte: Sie lösen bloß Abneigung bei anderen aus …
Ich holte einmal tief Luft. Jetzt, hatte der Dünne im Bus gesagt. Wenn du was tun willst, dann tu das JETZT!
Anstatt im fünften Stock auszusteigen, drückte ich den Knopf für den vierten. Vierter Stock: Jugendbuchlektorat. Ich las an den Türen die Namensschilder – hier, Simone Sawade – und klopfte an.

»Bitte sehr?« erklang Simones arrogante Damenstimme.
Jetzt! Ich zerrte die geringelte Weste über meinen Fettsteiß und trat ein.
Simone hob erstaunt den Kopf, als sie erkannte, wer da kam. Vielleicht hielt sie's für einen Irrtum. Ihr Zimmer duftete zart nach ihrem Parfum. Sie trug einen olivgrünen Anzug, die Ärmelmanschetten und der Kragen waren aus dunkelgrünem Samt oder Plüsch. Dazu hatte sie Schnürschuhe mit hohen Absätzen an aus olivgrünem Wildleder, deren Kappen aber aus dunkelgrünem Lack bestanden! Als hätte jemand die Schuhe zum Anzug entworfen – oder umgekehrt … Und beides sah phantastisch aus zu ihrem bronzebraunen Haar und den haselnußbraunen Augen. Warum konnte ich das alles so genau erkennen und bewundern, ohne mich selbst ähnlich anzuziehen?
»Frau … äh …« Simone klopfte ungeduldig mit ihrem Kugelschreiber auf den Schreibtisch … »Mehlrich –?«
»Mehlig. Guten Tag, Frau Sawade. Ich habe eine große Bitte. Könnten Sie mir einen Gefallen tun?«
Sie starrte mich verblüfft an. »Einen Gefallen –?«
»Ja. Könnten Sie mir bitte beibringen, wie man gut aussieht?«
Simone öffnete den Mund, erst vor Erstaunen, dann vor Heiterkeit. Sie lachte laut los. Wenigstens klang es nicht gehässig. Nur furchtbar amüsiert. Als sie wieder reden konnte, sagte sie, weiter lächelnd: »Was –?!!«
Ich nickte nur. Verstanden hatte sie mich ja, sonst hätte sie nicht gelacht.
Simone schüttelte den Kopf: »Ich weiß nicht … Wie soll denn –? Wie stellen Sie sich das denn vor?« Sie lachte wieder. Jetzt klingelte ihr Telefon. Sie hob ab und meldete sich mit einem Lachen in der Stimme. Dann wurde sie ernst: »Was soll das heißen? – Was fällt Herrn Kuchenbecker denn ein –? Die Verträge sind doch perfekt, da kann er doch jetzt nicht mehr … Das ist doch Schnickschnack!« Zwischen ihren Augenbrauen bildete sich eine scharfe Falte.
Ich stellte bekümmert fest, daß diese Falte intelligent und entschieden aussah. Wenn ich überhaupt ein paar Falten hatte, dann ganz unentschlossene.

Simone Sawade hatte mich völlig vergessen. Sie telefonierte energisch weiter. Ich schlich rückwärts aus dem Zimmer und schloß die Tür möglichst lautlos.
Vor meinem Schreibtisch sackte ich zusammen, holte einen Schokoladenriegel aus der Schublade und verschlang ihn mit zwei Happen. Monika sah entzückt zu: »Eines Tages werden sie dich über die Straße rollen müssen! Du kommst doch eben aus der Kantine, nicht?«
Ich verzichtete darauf, ihr zu erklären, daß mein Magen in der Kantine noch ein abweisender Knoten gewesen und erst kürzlich wieder zu einem gierigen Hohlraum mutiert war.
Ich konnte gar nicht fassen, was ich da eben angestellt hatte. War ich denn völlig übergeschnappt? Wie konnte ich mich freiwillig noch viel lächerlicher machen, als ich sowieso schon war? Was hatte ich denn vorgehabt? Erwartete ich, daß die Sawade mich mit einem Zauberstab berührte wie die gute Fee von Aschenputtel, worauf aus mir – pling! – ein schöner Mensch wurde?
Ich hatte vollkommen spontan und unüberlegt gehandelt. Sehr selten tat ich so etwas. Fast immer bereute ich es.
Ich holte den zweiten Schokoladenriegel aus meinem Schreibtisch und wickelte ihn aus.
»Das mit deinem neuen Leben hat wohl nichts damit zu tun, daß du schlanker wirst?« erkundigte sich Monika scharfsinnig. »Wie soll das denn sonst aussehen? Willst du einfach jeden Morgen früh aufstehen?«
Ich antwortete nicht und verleibte mir trotzig den zweiten Schokoriegel ein. Quatsch, neues Leben.
Madame Fátima hatte ja so recht. Ich besaß nicht das Format, um an mir und meinem Geschick irgend etwas zu ändern.
In einer Packung befanden sich drei Schokoriegel. Gerade, als ich nach dem dritten tastete, klopfte es an unsere Tür. Monika rief: »Herein!«
Simone Sawade trat ein. Mit ihr kam ein leichter Hauch Parfum. Sie warf ihre seidigen Locken zurück, lächelte mich spitzbübisch an und meinte: »Frau Mehlig, können wir nachher in der Konditorei Wanda einen Kaffee miteinander trinken? So gegen Viertel vor fünf?«

Ich konnte nur wünschen, daß Dicky es heute mal etwas länger aushielt. Kurz vor halb fünf verließ ich fluchtartig das Büro. Monika quetschte sich trotzdem noch mit in den Fahrstuhl. Seit Simone Sawade sich mit mir verabredet hatte, war ich von Monika mit Fragen bombardiert worden.
»Sie so: ›Können Sie einen Kaffee mit mir trinken?‹ – Was kann sie denn nur von dir wollen, Dörthe?«
»Keine Ahnung.«
»Du mußt das doch wissen! Mit der haben wir doch sonst nie zu tun – ?«
»Nein. Eigentlich nicht.«
»Was, glaubst du, will sie von dir?«
»Keine Ahnung.«
»Vielleicht will sie, daß du irgendwas für sie tust?«
»Ja, vielleicht.«
»Könnte ich nicht einfach mitkommen, Dörthe?«
»Nein! Kannst du nicht!«
»Nun sei doch nicht gleich sauer. Na gut, tschüs, mein Deern! Aber erzähl' mir morgen ganz genau, was sie wollte, hörst du?«
Wir waren unten angekommen. Monika machte sich auf den Weg zur U-Bahn-Station. Sie drehte sich noch zweimal nach mir um, bevor sie endlich um die Ecke verschwand.
Ich war um zwei Minuten nach halb fünf im Café Wanda und bestellte mir Cappuccino und Champagnertorte. Ich war sehr nervös. Wenn ich Monika versicherte, daß ich keine Ahnung hatte, wieso die Sawade mich sprechen wollte, dann war das nicht gelogen. Was konnte sie wollen? Mich bitten, sie nie mehr zu belästigen? Mir einen Schönheitschirurgen empfehlen? Mir zum Kauf einer beliebigen Frauenzeitschrift raten, der ich entnehmen konnte, wie ich das Beste aus meinem Typ machte?
Simone Sawade kam um zehn vor fünf. Da hatte ich die Champagnertorte schon verputzt. Sie setzte sich zu mir an den Tisch. Ihr Blick war amüsiert und neugierig. »So! Jetzt können wir uns in Ruhe unterhalten. Nun sagen Sie mir vor allem eins: Wie sind Sie bloß auf die Idee gekommen, ausgerechnet *mich* danach zu fragen?«

Das war einfach zu beantworten: »Sie sind die schönste Frau, die ich kenne. Und Sie haben soviel Geschmack …«
Es war bestimmt nicht das erste Mal, daß Simone so was zu hören kriegte. Sie sah jedoch aus, als hörte sie's immer wieder gern.
Sie bestellte grünen Tee und nichts zu essen. Ich meine: wir waren bei Wanda, es duftete nach Schokolade und Vanille und Sahne – und sie bestellte nichts zu essen! Die Serviererin räumte meinen kahlgekratzten Teller ab. Simone betrachtete ihn kurz mit einer hochgezogenen Augenbraue. Dann guckte sie wieder mich an, als wäre ich etwas sehr Originelles, Lustiges.
»Wissen Sie, warum ich mich mit Ihnen verabredet habe?«
Wie ich schon mehrfach versichert hatte: »Keine Ahnung!«
»Weil mir Ihr Mut imponiert. Außerdem, nachdem ich ein bißchen drüber nachgedacht hatte, fing das Ganze an, mich zu reizen. Aber!« Sie hob warnend eine Hand: »Sowas geht nicht von heute auf morgen, das ist Ihnen doch klar? Wenn wir Erfolg haben wollen, müssen wir eine Weile am Ball bleiben. Wir müssen Zeit und Energie investieren …«
»Und Sie haben natürlich keine Zeit …« murmelte ich schuldbewußt.
»Wie kommen Sie darauf? In meinem Privatleben hat's kürzlich eine Wende gegeben … Jetzt habe ich erst mal ziemlich viel Zeit …« Sie lächelte ein schiefes kleines Lächeln. »Und vor allem: Ich habe Lust dazu! Es ist kreativ. Wenn ich ehrlich bin, ich hab bei Ihrem Anblick schon öfter gedacht, ich würde Sie gern umkrempeln und einen Menschen aus Ihnen machen!«
Ich blickte verlegen auf's Tischtuch. Ich war ja froh, daß sie mir zustimmte. Aber ein kleines bißchen weniger Zustimmung hätte es auch getan.
»Vor allem müssen Sie sich gerade halten – Rücken durchdrücken! Brauchen Sie diese gräßliche Brille eigentlich wirklich?
»Naja – ich sehe nur alles Entfernte verschwommen.«
Simone nahm vorsichtige Schlückchen heißen grünen Tees. Er mußte gallebitter sein: Sie hatte keinen Zucker hineingeschüttet.
»Im Prinzip ist gegen Brillen nichts einzuwenden. Es gibt Gesichter, denen verleihen sie den intellektuellen, kühlen Touch. Ande-

rerseits gibt es Gesichter, die wirken durch eine Brille besonders hilflos. Ich unterstelle, daß Sie nicht unbedingt eine Sehhilfe brauchen. Sie sind eher der Typ Mensch, der sich dahinter verkriecht und versteckt. Nehmen Sie das Ding bitte mal ab? Aha! Na also – das ist doch schon viel besser! Jetzt kann man endlich Ihre Augen sehen ...«

Ich knallte sofort die Brille wieder auf meine Nase. »O Gott. Dabei sind die so häßlich ...«

»Ihre Augen? Wieso?«

Ich knüllte die Tischtuchecken zusammen. »Sie sind glotzig – und ich hab' Augendeckel wie 'ne Leiche, so dick und weiß ...«

»Das ist doch Firlefanz! Ihre Augen sind sehr hübsch!« Simone langte über den Tisch, riß mir die Brille ab und behielt sie in der Hand. »Sehr groß und ausdrucksvoll. Klares Graugrün ... Sie haben ja sogar ganz besonders dichte und lange Wimpern ... Ihr Mund ist interessant ... Warum schminken Sie den nicht?«

»Diesen Mund?! Ich hatte in der Schule einen Freund, der hat sich geweigert, mich zu küssen, weil ich so einen häßlichen Mund hab'... Das Monstrum auch noch anmalen, damit's jeder besonders deutlich sieht! Nein, das geht nicht.«

Simone schenkte sich grünen Tee nach und setzte sich gerade hin. Ihr Blick wurde wieder so hochmütig und gelangweilt, wie ich es gewohnt war. Sie legte meine Brille neben meine Tasse.

»Hören Sie mal, Frau Mehlig – soviel Zeit hab' ich nun auch wieder nicht. Wenn Sie wirklich was an sich ändern wollen, bin ich gern bereit, Ihnen dabei zu helfen. Wenn das Ganze jedoch darauf hinausläuft, daß ich Ihnen Vorschläge zur Verbesserung mache, und Sie erwidern nur stereotyp, wie häßlich Sie sind und daß das alles doch keinen Zweck hat – dann ist das Schnickschnack. Dann lassen wir's lieber bleiben. Wäre Ihnen das lieber?«

Ich senkte den Kopf und schwieg. Von seitwärts kam der Duft nach Karamel. Es roch sehr appetitlich. Ich war keineswegs satt.

»Gucken Sie mal hin!« forderte Simone Sawade mich auf. Sie wies mit dem Kinn nach links. Ich folgte ihrem Blick – und sah uns beide im Spiegel. Simone ließ ihren sadistischen Neigungen freien Lauf: »Wer von uns beiden sieht bis jetzt besser aus?«

Gott sei Dank erkannte ich es ohne Brille nur verschwommen. Auch so war es schlimm genug. Wir sahen aus wie ein gestriegelter Leopard neben einer schwangeren Schleswig-Holsteiner Milchkuh mit Mumps und Fellräude. Ich brauchte nicht zu antworten. Ich blickte Simone traurig an.

»Ich, stimmt's? Und was bedeutet das? Ganz einfach, es bedeutet, bis jetzt verstehe *ich* mehr von gutem Aussehen als Sie! Deshalb hat es keinen Sinn, wenn wir beide über Geschmacksfragen diskutieren. Sie haben mich um Hilfe gebeten. Ich werde Ihnen helfen. Jedoch nur, wenn Sie es zulassen. Das bedeutet, Sie müssen auf diesem Sektor tun, was ich sage. Ohne Widerspruch. Sogar ohne Zweifel. Sie müssen daran glauben, sonst verschwenden wir beide unsere Zeit. Ich bin der Boß – oder wir vergessen das Ganze! Also – ?«

Ich überlegte kurz, was mir schon groß passieren konnte. Daß ich noch schlimmer aussah als vorher? Haha.

»Gut. Sie sind der Boß. Das ist bestimmt richtig. Und ich find's sowieso enorm nett von Ihnen …«

»Schon gut. Ich sage ja, es reizt mich selbst. Sie geben mir Ihr Wort, daß Sie mir freie Hand lassen?«

»Abgemacht!« Wir schüttelten uns über unseren Tassen die Hände. Mir tat der Rücken weh vom Geradesitzen. Ich war das nicht gewohnt.

»Wann wollen wir anfangen? Heute?« fragte Simone unternehmungslustig.

Ich guckte auf die Uhr und fuhr erschrocken hoch: »Nein! Mein Dicky … der pinkelt inzwischen wahrscheinlich auf den Teppich.«

»Ein Hund?«

Da sie ihn sicher kennenlernen würde, war es besser, keine allzugroßen Erwartungen zu wecken. Ich antwortete vorsichtig: »Im weitesten Sinne.«

Wir verabredeten uns gleich für den nächsten Nachmittag: »Wozu rumtrödeln?« meinte Simone. »Und wir müssen natürlich Ihren Dicky einkalkulieren. Am besten komme ich mit zu Ihnen.«

Im Treppenhaus empfingen mich Dickys Gejodel und die alte Frau Benatzki, ein einziger Vorwurf: »Frau Mehlig, Ihr Köter

heult seit Stunden wie eine ganze Wolfsmeute, da wird man ja schwermütig! Wenn ich in der Steppe leben will, dann ziehe ich in die Steppe, aber wir sind hier in Eimsbüttel, bei aller Liebe!«
»Höchstens seit einer Dreiviertelstunde, Frau Benatzki. Er erwartet mich seit ungefähr fünf… Tut mir leid…« Ich hetzte an ihr vorbei die Treppe hoch, den Schlüssel steckbereit in der Hand. Sobald ich die Tür einen Spalt breit geöffnet hatte, schoß Dicky heraus wie eine Kugel. Seine Pfoten prasselten die Treppe hinunter, er rempelte Frau Benatzki gehörig an (vermutlich aus Versehen, das gute Tier) und raste aus der Gott sei Dank geöffneten Haustür. Ich griff mir die Hundeleine und hetzte hinterher. Frau Benatzki hatte sich inzwischen in ihre Wohnung gerettet.
Als ich Dicky erreichte – am ersten Baum neben unserem Haus – strullerte er immer noch angestrengt. Ich stellte mich seitwärts auf den Kantstein, um meine Stiefel im trockenen Bereich zu halten, während ich ihm das Halsband umschnallte. »Komm, sei nicht eingeschnappt, Dickylein! Wir gehen gleich zum Schlachter, der hat noch auf, und kaufen dir ein Hackbällchen…«
Dicky verstand genau, was ich sagte. Er versuchte, bei seiner konzentrierten Tätigkeit zustimmend zu wedeln.

Am Morgen darauf kam ich wieder später als Monika. Sie sprang mir gleich mit hervorquellenden Augen entgegen: »Morgen, Dörthe – nun sag mal: Was wollte sie?!«
Ich zog langsam meinen Mantel aus und murmelte mit unglaubwürdiger Zerstreutheit: »Wer?«
Darauf fiel Monika nicht herein. Sie grinste bloß mit ihren Biberzähnen. Sie war offenbar völlig sicher, daß es nur eine Frage der Zeit sein konnte, bis sie alles aus mir herausgefoltert hatte.
»Naja, Frau Sawade will mit mir… Es geht um Kreativität…« Das war ja nicht gelogen.
»Wieso?«
»Sie brauchte noch jemanden für eine kreative Frauengruppe.«
»Und da hat sie *dich* gefragt?«
»Ich glaube, sie hat alle intelligenten Frauen im Verlag gefragt«, antwortete ich bescheiden und setzte Kaffeewasser auf. Monika

lächelte überlegen, nicht im allergeringsten gekränkt, und faltete ihre Zeitung auseinander.
»Na, ich krieg' schon noch raus, was wirklich war!« verhieß sie gelassen. »Paß mal auf, daß die eingebildete Sawade nicht zuviel Einfluß auf dich kriegt. Das Netteste an dir war immer, daß du nicht eitel bist, mein Deern.«
Den ganzen Tag bekam ich Zustände, sobald es an der Tür klopfte. Konnte es Simone sein? Und was würde sie sagen? Und jedesmal, wenn es an der Tür klopfte, rollte Monika ihre großen runden Tintenfischaugen lauernd in meine Richtung.
Als sie zur Toilette ging, suchte ich mit fliegenden Fingern Simone Sawades Durchwahl auf der Telefonliste, wählte hastig und schnatterte, sobald sie sich meldete: »Ich bin's, Dörthe Mehlig – Frau Sawade – meine Kollegin hier, Frau Hellwege, wissen Sie, die wollte wissen, was gestern war – ich hab gesagt, Sie brauchen mich für eine kreative Frauengruppe …« und schmiß den Hörer schon wieder auf, weil Monika im Sturmschritt zurückkam. Sie hatte angeblich ihren Kamm vergessen.
Nachmittags steckte Simone Sawade ihren hübschen Kopf in unser Zimmer und flötete mir zu (ohne Monika auch nur zu bemerken): »Frau Mehlig – nicht vergessen: heute abend findet die Kreativitätsgruppe bei *Ihnen* statt! Soll ich Sie im Auto mitnehmen?«
Ich nickte hingerissen. Simone grinste mir zu und schloß die Tür wieder. Monika blickte aus dem Fenster und summte einen Schlager. Jetzt war sie wirklich stinksauer.

»Was ist mit Ihrem Haar passiert?« fragte der Boß der Kreativitätsgruppe und starrte mir streng auf den Kopf. Simone hatte Dicky unbekannterweise einen Büffelkauknochen mitgebracht, an dem er jetzt herumsabberte.
»Das hab ich teilweise selbst geschnitten. Selbst gefärbt sowieso. Mahagoni.«
»Das sieht man – hinten ist es rostig, vorn schillert es grünlich. Wir gehen nächsten Samstag zu Ario, das ist mein Friseur. Ich hol Sie um zehn Uhr ab.«

»Und Dicky?« fragte ich. »Er hat mich ja nur am Wochenende mal für sich ...«
»Der kann mitkommen. Ario mag Hunde.«
Simone durchforstete ohne jede Verlegenheit meinen Kleiderschrank und geriet ganz außer sich bei nahezu jedem Stück, das sie herausholte und auf mein Bett warf: »Um Gottes willen, was soll *das* denn sein?! Sieht aus wie halbverdauter Himbeerpudding... Wie kann man sich so eine Farbe anschaffen?«
Sie sortierte haufenweise aus. Ich mußte ihr zwei gelbe Säcke geben, in die füllte sie alle Klamotten, die sie für indiskutabel erklärt hatte. Danach war in meinem Schrank schön viel Platz.
»Kennen Sie jemanden, der das haben möchte? Sonst geb ich's meiner Putzfrau, die hat eine Riesenfamilie, irgendwem von denen paßt das bestimmt«, versicherte sie. Dann ging es weiter: »Sie sollten sich Kontaktlinsen anschaffen, gehen Sie zum Augenarzt und zum Optiker. Und melden Sie sich in einem Fitneßclub an! Ihre Haltung ist grauenhaft. Außerdem ernähren Sie sich vermutlich völlig falsch. Sie sollten sich Diätkochbücher kaufen und ...«
»Ich hab Diätkochbücher. Mehrere. Und ich bin Mitglied in einem Fitneßclub. Seit fast zwei Jahren!« sagte ich.
Simone musterte mich von oben bis unten, wie Madame Fátima.
»Ach?«
»Ja.«
»Und wie oft gehen Sie zur Fitneß?«
»Ich war, glaub ich, zweimal da. Nein – dreimal.«
»In fast zwei Jahren? Wenn das was bringen soll, muß man doch mehrmals die Woche hin. Tut's Ihnen nicht um den Beitrag leid?«
»Schon. Nur – was soll ich denn mit Dicky machen? Und wo soll ich den armen Hund hintun, wenn ich zum Augenarzt und zum Optiker gehe?«
Simone strich sich nachdenklich ihre glänzenden Locken hinter die Ohren. »Schnickschnack! Diese ganzen Einwände ... Wenn Sie wirklich Ihr Ziel erreichen wollen, dürfen Sie sich nicht von solchen Widerständen zurückhalten lassen. Sie müssen sie durchbrechen oder drunter durchkriechen oder drüberwegklettern. Wahr-

scheinlich könnten Sie Dicky häufig mitnehmen und denken nur nicht daran …«
Ich wandte vorsichtig ein: »Wenn er sich langweilt, jault er. Ziemlich laut.«
Simone stöhnte ungeduldig. »Dann müssen wir ihn wohl einschläfern lassen. Schon gut, das war ein Witz. Frau Mehlig, alle durchschnittlichen Verlierer scheitern an den feindlichen Umständen. Gewinner tricksen die Umstände aus. Haben Sie keine Freunde, die Ihnen den Hund abnehmen könnten?«
Ich überlegte. Meine Freundin Yasmin – noch aus der Schulzeit – hatte sich vor zwei Jahren von mir getrennt, mit der Erklärung, daß sie mich nicht mehr aushielte. Monika Hellwege konnte Hunde nicht leiden. Und meine Mutter hatte mir gleich, als ich Dicky anschaffte, gesagt: Zu uns kannst du das Tier nicht bringen, das merke dir!
»Nein«, sagte ich traurig. »Ich habe keine Freunde …«
»Wie ist das möglich? Man muß doch Freunde haben! Notfalls nehme ich ihn eben mal zu mir …« Simone betrachtete Dickys naßgesabberten Puschelbart mit einiger Sympathie. Vielleicht wegen der Feuchtigkeit kam sie auf die Idee: »Sie sollten auch schwimmen gehen, das ist vorteilhaft für das Bindegewebe …«
»Ich kann nicht schwimmen.«
»Wie bitte?!«
»Ich kann's wirklich nicht.«
»›Ich kann nicht‹ heißt ›Ich will nicht‹.«
»Ich hab Angst vor Wasser.«
»So schmutzig sehen Sie gar nicht aus«, meinte Simone ironisch.
»Oh, ich wasche mich. Ich bade auch. Aber duschen kann ich zum Beispiel nicht.«
»Sie können nicht duschen?« fragte Simone. »So was hab ich noch nie gehört!«
»Es liegt daran, daß ich Herzrasen kriege, sobald mir Wasser ins Gesicht spritzt«, erklärte ich verlegen.
»Das ist doch nicht zu glauben!« stöhnte Simone.
Um sie abzulenken, bot ich an: »Darf ich Sie zum Abendessen einladen? Ich hab Tiefkühlpizza …«

Es stellte sich heraus, daß Simone sich nur sehr gesund ernährte und Tiefkühlpizza für völlig indiskutabel hielt.
»Wo sind denn Ihre Diätkochbücher?«
Sie blätterte die Kochbücher mit streng gefalteter Stirn durch, zwei davon entzog sie mir gleich und erklärte die anderen beiden für vernünftig: »Es reicht leider nicht, wenn Sie die im Regal stehen haben, Frau Mehlig. Essen Sie bloß nicht in der Kantine, das tu ich nie! Das Essen dort ist spießbürgerlicher Fettfraß und macht unweigerlich eine spießbürgerliche Fettfigur! Essen Sie im Verlag Obst und eventuell mitgebrachte Rohkost – die verliert zwar Vitamine, behält aber immer noch Ballaststoffe. Und abends kochen Sie sich dann was Vernünftiges.«
Ich blickte mit Grauen in die Zukunft. Meine Abende würde ich mehrmals in der Woche im Fitneßclub verbringen und ansonsten gesund vor mich hin kochen. Vielleicht konnte ich ja noch ein kleines bißchen fernsehen, während ich die Rohkost für den folgenden Tag schnippelte …
Der nächste Tagungspunkt lautete: »Wie pflegen Sie Ihr Gesicht?«
Ich zeigte die rosa Tube, die ich benutzte: »Die gab's im Sonderangebot.«
Simone drehte sie mit spitzen Fingern: »Was soll das denn sein – eine Tages- oder eine Nachtcreme?«
»Ach so, also … ich glaube, beides …«
»Und wie reinigen Sie Ihr Gesicht?«
»Naja … Mit Wasser und Seife …?« gestand ich schuldbewußt.
Daraufhin klemmte sie mich unter die Hundert-Watt-Stehlampe und studierte meine Poren. Nachdem sie mehrmals Gott, den Allmächtigen, angerufen hatte, erläuterte sie: »Soweit ich es beurteilen kann, brauchen Sie zunächst Produkte für Mischhaut. Vielleicht ändert sich Ihr Hautbild später, wenn Sie sich eine Weile anders ernähren. Da wir ganz sicher *keine* Sonderangebote kaufen, könnte das etwas teurer werden. Haben Sie ein bißchen Geld übrig?«
»Haufenweise«, antwortete ich wahrheitsgemäß. Ich verdiente nicht schlecht und gab sehr wenig aus, deshalb besaß ich ein üppiges Sparkonto.

Simone sah zum ersten Mal, seit ich sie in ihrem Büro um Hilfe gebeten hatte, wieder verblüfft aus. »Ja – warum kaufen Sie sich dann nur so eine Allerweltscreme für Ihr Gesicht?«
»Weil ich oft gelesen habe... Die Verbraucherforschung sagt auch immer...«
»Oh, ich weiß! Teure Cremes bringen auch nicht mehr als ordinäres Melkfett, stimmt's? Ich möchte gern mal wissen, was für eine Haut diese Verbraucherforscherinnen haben. Die großen Kosmetikfirmen besitzen Labors, in denen für teures Geld geforscht wird. Die leisten sich Professoren und Kraftmikroskope für Nanotechnik, um die Wirkung ihrer Produkte zu testen. Das sind doch keine Jahrmarkts-Scharlatane, auf die nur törichte Gemüter reinfallen!« regte Simone sich auf.
Sie ging gegen neun und pries den Schlaf vor Mitternacht, der hielte optisch jung, überhaupt sei Nachtschlaf ein unbezahlbares Schönheitsmittel. Ich half ihr noch, die gelben Säcke ins Auto zu tragen. Vor Hunger war ich halb verschmachtet und ich machte mich sofort daran, die Tiefkühlpizza aufzubacken. Nicht aus Trotz, sondern weil ich im Moment noch nichts Gesundes und Schönmachendes im Haus hatte.
Dann öffnete ich meinen Kleiderschrank und sah auf die paar Sachen, die übriggeblieben waren: eine blaue Jeans, ein schwarzer Rock, ein blauer Rock. Eine weiße Bluse, ein blaues T-Shirt, ein weißer Pullover und ein blauer Pullover. Simone war schlimmer als ein Schwarm Motten. Sie hatte mich auch meines weißen Lackmantels beraubt (endlich war er weg!) und mir eine alte schwarze Jacke gelassen: »Die ist wenigstens schlicht.«
Während die Pizza bruzzelte, blickte ich aus dem Fenster in die Nacht. Gerade, als ich hinguckte, fiel in anmutigem Bogen eine Sternschnuppe vom Himmel. Ich hatte einen Wunsch frei. Daß Curd Andreesen mich in seinem roten Cabrio entführte? Es war nicht fair, so eine kleine Sternschnuppe hoffnungslos zu überfordern. Was hatte Simone gesagt – »Man muß doch Freunde haben!« –? Menschen mochten mich nicht, und ich mochte sie nicht. Widerliche Bande, die gemeinsam über mich kicherte und gegen mich zusammenhielt. Trotzdem wünschte ich mir jetzt von

der Sternschnuppe Freunde. Richtige Freunde. Nicht solche gehässigen Allerweltstypen wie Monika, sondern intelligente, ungewöhnliche, originelle, verrückte Menschen.

Gegen elf schaute ich mir eine Talkshow mit Curd Andreesen an. Ich nahm sie auf Video auf und ließ später die Szenen, in denen er zu sehen war, immer wieder laufen. Mich entzückte seine süße Art, mit dem Zeigefinger in ganzer Länge über seine Nase zu streichen, wenn er nachdachte. Und wie er schon mit den Augen lachte, bevor sein Mund sich verzog. Die interessante Weise, mit leicht gesenktem Kopf von unten nach oben zu gucken …
Ich kam erst um halb zwei ins Bett. Ich war todmüde. Aber ich lächelte beim Einschlafen.

3. Kapitel

In dem ein Antiquitätenhändler aus allen drei Bärten tropft – Dörthe trotz Abneigung einen Bob auf den Kopf bekommt – sich erweist, daß die Sternschnuppe prompt geliefert hat – eine Queste keine Quaste ist – die Sternennacht Dodo getauft, Schokocurly energisch verjagt und aufrichtiger Eifer gezeigt wird

Als ich am folgenden Morgen im Büro ankam, fühlte ich mich hundekaputt und wie verkatert, und ich sah bestimmt auch so aus. Monika meinte jedenfalls nach einem Blick auf meine Augenringe, in meinem neuen Leben scheine es ja hoch herzugehen.

Bevor ich auch nur den Mantel auszog, rief ich den Rest der Kreativitätsgruppe an: »Frau Sawade? Hier Mehlig. Guten Morgen. Ich wollte Ihnen nur mitteilen, daß ich heute leider keine Zeit habe. Ich muß nach Feierabend zur Polizei …«

»Zur Polizei? Wieso denn das plötzlich?« wunderte sich Simone.

»Heute nacht ist was passiert«, sagte ich leise. Ich drehte mich mit meinem Stuhl so, daß Monika nur meinen Hinterkopf sah. »Ich bin Zeugin und muß eine Aussage machen. Oder vielmehr eine Aussage vervollständigen …«

»*Was* ist denn passiert?«

Monika war um mich herumgegangen, stützte beide Arme auf meinen Schreibtisch und guckte mir wißbegierig ins Gesicht.

»Also, der Knochen, den Sie Dicky geschenkt haben – der ist ihm nicht bekommen …«

»Wieso bekommen? Er sollte ihn doch nicht essen, sondern bloß drauf rumkauen –?«

»Ich weiß. Aber Dicky ist nun mal so … Er hat wohl Stückchen davon runtergewürgt, ohne daß ich's gemerkt hab.«

»Und deshalb ist gleich die Polizei angerückt?«

Mir wurde warm. Ich versuchte, mir während des Telefonierens den Mantel auszuziehen. Monika half mir beflissen dabei und hängte ihn sogar in den Schrank.

»Deshalb doch nicht. Dicky ist nachts übel geworden. Ich hatte den

Eindruck, das wollte nicht nur nach oben raus. Da hab' ich mich also angezogen… Um Viertel nach drei war das…«

»Ist ja zum Brüllen«, fand Simone, und Monika zeigte mit breitem Grinsen ihre Kaninchenzähne. Vielleicht klang es wirklich komisch, am hellichten Tag und wenn man selbst gut geschlafen hatte.

»Also wir sind die Straße auf und ab und Dicky hat sich erleichtert. Genau als ich dachte, jetzt können wir wieder nach oben, haben wir's beide gehört.«

»Was?« fragte Simone im Hörer.

»Was?!« fragte Monika auf meinem Schreibtisch.

»So ein Klatschen und Krachen… Wie sich das im Film anhört bei einer Schlägerei. Stöhnen und Schmerzenslaute waren auch dabei. Es klang nicht, als würde eine Frau verprügelt, eher so, als ob Männer was unter sich abmachen. Ich wollte auch weg – man muß sich ja nicht in alles einmischen. Aber Dicky ist drauf los und hat angefangen zu kläffen. Und da sind auf einmal zwei Kerle aus diesem Hauseingang gestürmt – haben uns fast über den Haufen gerannt… Ich bin in den Hausflur und hab das Treppenhauslicht angeknipst. Dann sah ich diesen Mann da zusammengekrümmt auf dem Boden liegen, mit dem Gesicht über einer roten Pfütze. Er hat in die Pfütze getropft, aus dem Mund oder der Nase. Dann hab ich auch gesehen, wer das ist. Ihm gehört das Antiquariat bei uns an der Ecke. Ich hab ihn am Zickenbart erkannt. Er hat drei lange, dünne Bärte, zwei auf der Oberlippe und einen am Kinn. Eigentlich sieht er sehr gut aus.«

»War er bei Bewußtsein?« fragte Simone. »Hat er was gesagt?«

»Hat er. Aber nur ziemlich zischelig. Ich hab gefragt, ob ich ihm helfen kann. Und da sagt er: ›Falls Sie gerade nichts Besseres vorhaben, Gnädigste, wäre das allerdings ganz goldig…‹«

»Was –?!« riefen Simone und Monika gleichzeitig.

»Wäre das allerdings ganz goldig… Der redet eben so. Außerdem hat er noch gesagt, daß seine Tür offensteht und ich von da aus telefonieren könnte. Das hab ich auch gemacht. In der Wohnung konnte man sehen, daß sie da drin wohl schon damit angefangen haben, ihn zu verprügeln. Als ich zurück ins Treppenhaus kam, war

er inzwischen ohnmächtig geworden. Aber dann kamen auch ziemlich schnell die Polizei und ein Krankenwagen. Sie haben ihn nach Eppendorf gebracht.«
Monika hatte mir inzwischen einen Kaffee hingestellt. Ziemlich unüblich.
Simone fragte spöttisch: »Und dann hat man Sie ins Kreuzverhör genommen?«
»Endlos. Die wollten immer noch was wissen. Ich war doch die einzige Zeugin. Sie haben gesagt, falls der Überfallene seinen Verletzungen erliegt, hätte wohl nur ich die mutmaßlichen Mörder gesehen. Blöder Gedanke, nicht? Und sie haben gefragt, in welcher Beziehung ich zu diesem Schöttler stehe. Oder nein, Schättler heißt er. Der verhauene Antiquitätenhändler…«
»Egal, wie er heißt. Ich werd ihn sowieso nie kennenlernen«, wehrte Simone ab. Monika fragte: »Und? In welchem Verhältnis stehst du zu ihm?«
Das hatte Simone mitgekriegt. Sie wiederholte: »Ja. In welchem?«
»In gar keinem! Ich kenne ihn doch überhaupt nicht. Ich war noch nie in meinem Leben in dem Laden. Auf dem Schaufenster steht: Antiquitäten Schättler. Und manchmal hab ich ihn da durch die Scheibe gesehen«, beteuerte ich. Das hatte ich schon nachts der Polizistin erklärt, die mich ausfragte.
»Fast eine Stunde lang haben die mich ausgequetscht. Zum Schluß bin ich richtig zickig geworden und hab gesagt: In ein paar Stunden muß ich im Büro sein, und ich seh' schon alles doppelt vor Müdigkeit! Ich kann nicht mehr! Ich will ins Bett!« (Ich hatte nicht hinzugefügt, daß Nachtschlaf der Verschönerung diene, aber es hatte die ganze Zeit schwer mein Gewissen geplagt.) »Und heute nachmittag soll ich eben auf dem Revier erscheinen, um meine Aussage zu vervollständigen. So, das wollte ich nur schnell sagen.«
Ich erwähnte nicht, daß ich mit Hose und Pullover ins Bett gekrochen war, weil ich so fror: Simone hatte mir am Anfang des Abends sowohl meine gelbe Steppjacke als auch meine dicke rote Cordhose entwendet. Ich war viel zu dünn angezogen gewesen in meinen übriggebliebenen halbwegs geschmackvollen Sachen – jedenfalls für ein langfristiges Verhör in der Kälte der Nacht.

»Gut, dann bin ich informiert. Dann erholen Sie sich mal von dem Schreck. Wir sehen uns Samstag, wie verabredet, um zum Friseur zu fahren. Bis dann!« sagte Simone geschäftsmäßig und legte auf.
Ich nahm einen Schluck Kaffee und lächelte Monika müde an.
»Du hast bestimmt den Rest der Nacht nicht mehr einschlafen können, vor Angst, daß die Mörder dich als nächstes kaltmachen, weil du sie gesehen hast«, vermutete sie.
Ulkigerweise hatte sie damit sogar recht. Obwohl ich mich vor Müdigkeit wirklich ganz elend fühlte, war ich zu nervös gewesen, wieder einzuschlafen. Aber nicht, weil ich die Rache der Entlarvten fürchtete. Sondern weil ich, sobald ich die Augen zumachte, den zusammengekrümmten Mann mit den drei dünnen Bartzipfeln, aus denen sein Blut tropfte, wieder vor mir sah.

Nach meinem abschließenden Verhör am Nachmittag erkundigte ich mich, wie's dem Opfer ginge. Ich erfuhr, Herr Schättler läge auf der Intensivstation. Sie hatten ihm in der Nacht ein paar kaputte Rippen aus der Lunge operiert, doch der Arzt meinte, er hätte gute Chancen.
Anschließend holte ich noch bei WOM unterm Alsterhaus meine bestellte Tonbandkassette mit Soul-Oldies ab, auf der sich auch »Get Ready!« von Diana Ross befand. Zu Hause hörte ich das Lied ununterbrochen. Ziemlich schnell konnte ich den Text auswendig mitsingen. Mein Hund bohrte schon ganz wehleidig seine Schnauze ins Sofa. »I never met a boy who makes me feel the way that you do…«
Ich sah dabei immer Curd Andreesens Gesicht vor mir. Wie er lächelte, bevor er etwas Pfiffiges sagte.

Ario, der Friseur, trat zurück – Dicky genau auf die Pfote – und löste den Umhang von meinen Schultern. »Fertig!« sagte er triumphierend über Dickys Quietschen hinweg.
Simone urteilte: »Großartig! Schön schlicht – ein überaus eleganter Farbton.«
Ario hatte die künstliche Farbe aus meinem Haar gezogen. Jetzt schimmerte es naturmausgraubraunblond und war rundum gleich

kurz geschnitten – halbe Halslänge – und glattgefönt. Unglaublich langweilig.
Ich hätte gern mal wieder Dauerwellen gehabt. Simone sah so gut aus mit ihren Locken. Das lehnten die anwesenden Experten ab. Da ich's mit Simone ausgemacht hatte, meckerte ich nicht. Sie erklärten mir, ich hätte jetzt einen klassischen Bob auf dem Kopf. Na phantastisch. Bob hieß der Kerl aus meiner Klasse, der mich nie küssen wollte, weil er meinen Mund so häßlich fand.
Ich bezahlte ein Vermögen für den farblosen Bob. Gleich danach wurde ich noch einen Batzen Geld los für den teuren Kosmetikkrempel, den Simone mir verordnete. Die Verkäuferin war ganz hingerissen von diesem Großeinkauf und überhäufte uns beide mit Parfumproben.
Nach dem Parfümeriebesuch trennten wir uns für das Wochenende mit einer Verabredung für Montagnachmittag. Simone tätschelte mir zum Abschied aufmunternd die Schulter. Sie warf sich wirklich in diese Angelegenheit, als ob sie es bezahlt bekäme. Oder als ob es ihr Riesenspaß machte.
Ich blickte ihr hinterher, wie sie, schlank und energisch, die Straße überquerte, in ihren hellbraunen Leinenhosen unter dem grünbraun karierten Blazer. Die glänzenden Locken wogten bei jedem Schritt anmutig um ihre Schultern.
Im Fenster der kleinen Boutique an der Ecke neben Schättlers Antiquitätengeschäft (in dessen Glastür ein Schild hing: Vorübergehend geschlossen) sah ich einen olivgrünen Anzug, herabgesetzt! Ich zerrte Dicky hinter mir her in den Laden. Größe 44, aber wenn ich den Bauch einzog, paßte ich einigermaßen hinein, und wenn ich mir meinen Kopf wegdachte, sah ich darin beinah aus wie Simone Sawade.
Zu Hause studierte ich meine verschiedenen Diätkochbücher. (Ich hatte mir im Alsterhaus noch zwei weitere zugelegt.) Mit dem Ergebnis völliger Verwirrung.
Das eine behauptete, um schlank, schön, gesund und erfolgreich zu sein, dürfe man den ganzen Vormittag über nichts als rohes Obst zu sich nehmen. Ab mittags dann – möglichst rohes – Gemüse. Und abends gekochtes und eventuell ein bißchen Fleisch.

Das nächste warnte mich eindringlich davor, vormittags Obst zu mir zu nehmen, sofern ich in kalten Zonen wohnte – was ich in Hamburg ja wohl weiß Gott tat – weil es mich übersäuern würde. Anschließend könnten mir überall Pilze wachsen.
Ein weiteres erklärte, ich dürfe nie Eiweiß und Kohlenhydrate zusammen einwerfen, weil die Natur dagegen sei, und gab mir komplizierte Tabellen vor, nach denen ich mein Essen auseinandersortieren sollte.
Ich konnte mir lebhaft vorstellen, wie ich in Zukunft entweder den Braten oder die Kartoffeln rigoros vom Teller sammelte, wenn ich meine Eltern besuchte. Wir würden meine Mutter wieder mal von der Fensterbank holen müssen.
Immerhin waren sich alle Bücher in einer Beziehung einig: Wenige und große Mahlzeiten waren ihnen unsympathisch. Sie rieten samt und sonders dazu, den ganzen Tag leckere, kalorienarme und vitaminreiche Kleinigkeiten vor sich hin zu mümmeln. Auf den appetitlichen Farbfotos konnte man sehen, wie reizend diese Kleinigkeiten angemacht und dekoriert waren.
Um die Zeit zu haben, das alles entsprechend oft und entsprechend hübsch herzustellen, mußte ich entweder meinen Job aufgeben und mich nur noch dem Zubereiten und Dekorieren widmen – oder einen Koch einstellen.
Als ich mit meinen Überlegungen so weit gekommen war, klingelte das Telefon. Eine Männerstimme zischelte: »Sie haben es für nötig gehalten, mein Leben zu verlängern, Gnädigste. Jetzt sind Sie mir verpflichtet. Ich bürde Ihnen die Verantwortung für mein weiteres Schicksal auf. Ich liege auf Station acht, Zimmer 33. Sie sollten mir einen gewaltigen, fusselnden Blumenstrauß und eine große Pralinenschachtel mitbringen, ferner einige gesunde Säfte und einen guten Kriminalroman.«
»Herr Schättler?« fragte ich verblüfft.
»Seine Reste«, zischelte die Stimme. »Das, was schließlich übrigblieb vom großen Rüdiger Schättler.«
»Was denn für Säfte? Soll ich sofort kommen? Ist denn jetzt Besuchszeit? Ich weiß gar nicht, wo ich meinen Hund lassen soll...«
»Oh Verzweiflung und Verwirrung, Probleme über Probleme. Die

Säfte und den übrigen Zinnober dürfen Sie weglassen, sogar die Blumen. Ich hasse Blumen, schweigsames Gesindel, schlimmer als Zierfische, die bewegen sich wenigstens noch. Lassen Sie alles weg, auch den Hund, und kommen Sie gleich. Ich muß mit Ihnen reden, Frau Mehlig. Dringlich, meine Liebe.«
»Wenn Sie sich bei mir bedanken wollen …«
»Stundenlang, und Ihre Füße küssen. Aber es gibt noch etwas Wichtiges, und das kann ich am Telefon nicht sagen! Also, bis gleich!«
Zum Schluß hatte er scharf und ungeduldig geklungen – und aufgelegt.
Armer Dicky.

Ich kaufte einen mickerigen Blumenstrauß – so ungefähr den vorletzten, den der Blumenladen noch hatte –, fuhr mit dem Bus zur Uniklinik und fragte mich durch.
Auf der Intensivstation lag der Antiquitätenhändler nicht mehr. Er thronte vielmehr halb aufrecht in den Kissen in einem hübschen Zweibettzimmer, aber allein. Aus einem Glasbehälter über seinem Kopf lief eine Flüssigkeit in seine linke Armvene. Die Jalousie filterte das Sonnenlicht. Trotzdem sah ich es sofort: »Ihre Bärte sind abrasiert!«
»Und noch mehr Bejammernswertes gibt es!« stimmte Schättler zischelnd zu. »Beispielsweise fehlen einige meiner Vorderzähne. Die sind Ihnen nicht in meiner Wohnung begegnet?«
Ich schüttelte den Kopf und hielt ihm die Blumen hin. Sein Gesicht war kaum zu erkennen, aus der geschwollenen Haut blitzten wasserhelle Augen, die Nase trug einen Verband, die Lippen verkrustete zum Teil noch schwarzer Schorf. Im Gegensatz dazu trug der Mann irgendein raffiniertes Kleidungsstück aus türkisgrüner, glänzender Seide mit kleinem Stehkragen und stoffbezogenen Knöpfen.
Mir fiel auf, wie ungewöhnlich schön seine rechte Hand aussah, die aus der seidenen Manschette ragte: lang und schmal, mit gepflegten Nägeln. Am Zeigefinger saß ein goldener, verschnörkelter Ring. Die linke Hand war von einem Verband umwickelt.

»Ah, also doch Blumen … Wie entzückend von Ihnen. Werfen Sie das Zeug dort ins Waschbecken. Wollen Sie sich nicht setzen?« fragte Rüdiger Schättler. Von seinem Gezischel abgesehen – das lag wohl an den fehlenden Vorderzähnen – klang seine Stimme geziert und reichlich überheblich. »Die Polizei behauptet, *Sie* haben mich gefunden, liebe Frau Mehlig?«
»Ja. Das war Zufall … Ich kam eben gerade vorbei. Ich glaube, das hätte jeder getan …«
»Zweifellos. Keine Sorge, Gnädigste, wenn es Ihnen Freude macht, gering von sich selbst zu denken – Bescheidenheit nennt man diese schöne Eigenschaft – will ich Ihnen nicht in den Arm fallen. Ich werde Ihnen kurz und trocken danken – Danke sehr! – und damit lassen wir's gut sein. Nun zum wichtigeren Teil unseres Gesprächs. Sie haben der Polizei weisgemacht, zwei junge Männer hätten mir dies angetan?«
Ich setzte mich vor Verblüffung jetzt wirklich. »Ja, natürlich. Ich …«
»Sie waren spät noch unterwegs – kamen von einem Bier- und Schnapsgelage? Sahen nicht mehr klar – Brille fettverklebt? Bereit zu kapitalen Irrtümern?«
»Ich habe …«
»Sie haben sich geirrt!« zischelte der ramponierte Mann im Bett energisch. »Irren ist menschlich. Sie sind doch wohl menschlich?«
»Soviel ich weiß, ja!« antwortete ich patzig. »Und ich habe menschliche Augen im Kopf. Meine Brille war sauber, und ich war nüchtern. Ich habe die beiden Kerle genau gesehen, wie sie aus Ihrem Haus …«
»Wer weiß, welche mir unbekannten Jünglinge da aus dem Hause spazierten, in aller Harmlosigkeit des Herzens und ohne böse Absicht. Was mich betrifft, so bin ich über meinen Teppich im Flur gestolpert und unglücklich mit dem Gesicht in den Garderobenspiegel gestürzt, pardauz. Hinweg, ihr Vorderzähne, hinfort, du Liebreiz der ausdrucksvollen Züge! Dann prallte ich auch noch gegen die Kommode und brach mir ein paar Rippen … kroch blutend ins Treppenhaus und sank dort nieder … bis Sie kamen.«
Normalerweise wäre ich jetzt aufgestanden und gegangen. Ich

hatte keine Geduld mit meinen Mitmenschen. Auf Angriffe reagierte ich mit Gegenangriffen. Ich war nicht verständnisvoll. Warum benahm ich mich Rüdiger Schättler gegenüber von Anfang an anders? Weil neuerdings überhaupt alles anders war? Weil mir vor Hunger schwindlig war?

Plötzlich tat er mir leid. Ich legte den Kopf in ironischem Verständnis schief. »Meine Kusine war mal sehr unglücklich verheiratet. Die sah auch ab und zu so aus und hat dann genauso geredet wie Sie. Ständig ist sie gestolpert und ausgerutscht und gegengestoßen.«

»Sie fangen langsam an, zu begreifen, wo mein Problem liegt, liebste Frau Mehlig.«

Ich konnte es nicht glauben: »Verprügelt Ihre Frau Sie – oder Ihre Freundin?«

»Sie unschuldiges kleines Geschöpf – hat Ihnen noch keiner aus der Nachbarschaft getratscht, daß ich am jenseitigen Ufer wandle?« fragte Rüdiger Schättler würdevoll.

Ach, so einer war das? Ich überlegte, ob es mich schockierte, und stellte fest: Es machte mir nichts aus. Solange meine Mutter nichts davon erfuhr...

»Die Nachbarschaft tratscht nicht mit mir. Die beschwert sich bloß bei mir, weil mein Hund jault.«

Schättlers helle, glitzernde Augen betrachteten mich, am Nasenverband vorbei, mit neuem Interesse. »So sind auch Sie eine Ausgestoßene der Gesellschaft? Ein Paria?«

Ich wußte nicht, was ein Paria war, deshalb antwortete ich vorsichtig: »Naja, so ähnlich.«

Schättlers schwarzer, verkrusteter Mund lächelte. »Dann schlage ich vor, daß wir elegant die Zeit der weiteren Bekanntschaft überspringen, flott die nähere Bekanntschaft überqueren und mit einem Plumps in der Freundschaft landen – abgemacht?«

Ich nickte zögernd. Gefiel mir dieser seltsame Mann eigentlich? Ich war völlig ungeübt in Freundschaft. Andererseits hatte ich mir Freunde gewünscht. Sogar ausdrücklich (wieso eigentlich?) verrückte Freunde.

»Öffnen Sie mal den Schrank dort drüben – unten, in dem roten Beutel, muß eine Flasche sein...«

Es war eine Champagnerflasche. Schättler fragte: »Verstehen Sie sich drauf, das Ding zu öffnen, Gnädigste?« – und auf mein Kopfschütteln: »Törichtes Lämmchen – vermutlich schaffe ich das mit einer Hand...«
Er schaffte es wirklich mit einer Hand – ohne rausknallenden Korken oder überschäumenden Champagner. Die Flasche sagte wohlerzogen plop – und Schättler goß den Plastikzahnbecher für mich voll, den ich ihm hinhielt. Dann stieß er mit der Flasche an den Becher: »Zum Wohlsein, Rosenschnute – wie heißt denn meine neue Freundin vornedran?«
»Dörthe.«
Statt zu trinken, ließ der Patient die Flasche sinken. »Pfui Deibel. Warum nicht gleich Kunigunde? Haben Ihnen die werten Eltern denn keinen zweiten Namen gegönnt? Und sei es Gerda – oder Frieda...«
Dieser kaputte Kerl stürzte mich von einer Gefühlsaufwallung in die nächste. Eben hatte ich angefangen mich über die Freundschaft mit einem Irren zu freuen – jetzt überlegte ich, ob ich ihn mit seinem blöden Champagner begießen und gehen sollte.
»Nein!« sagte ich trotzig. »Ich heiße einfach nur Dorothea. Mehr hab ich nicht zu bieten.«
Schättler lächelte wieder. »Ich kannte mal eine Dorothea, die war schön wie eine Sternennacht. Ihre Verehrer nannten sie Dodo. Du wirst meine Dodo sein, Frau Mehlig, Retterin in ungestirnter Nacht. Ich heiße Rüdiger. Prost!«
Er trank aus der Flasche, ich, wieder besänftigt, aus dem Zahnbecher.
Der Champagner schmeckte herb, teuer und warm, mit leichtem Plastik-Zahnpasta-Aroma. Meine Aufmerksamkeit war sowieso ganz von meiner Taufe gefangengenommen.
»Dodo? Klingt das nicht ein bißchen wie ein Papagei?«
»Da Dörthe klingt wie das übriggebliebene Grätengerippe eines Herings, wird es doch eine Lust sein, wie ein Papagei zu heißen!« gab Rüdiger zu bedenken.
»Eigentlich haben Sie recht. Nebenbei: Die Nacht neulich war nicht ungestirnt. Ein paar Stunden vorher fiel sogar eine Stern-

schnuppe.« Ich wurde mitteilsam. Das war neu für mich. Mitteilsam durch Champagner und nagelneue Freundschaft.

»Eine Sternschnuppe! Hätte ich die doch gesehen. Ich hätte mir gewünscht, daß bei etwaigen Vorfällen meine Vorderzähne drinbleiben. Und was hast du dir gewünscht, Dodo?«

»Komischerweise Freundschaft«, sagte ich leise. »Mit irgendwem. Ehrlich gesagt – ich habe mir verrückte Freunde gewünscht. Ich weiß nicht, warum.«

»Und einige Stunden später rettest du den verrückten Rüdi vor dem Verbluten und Ersticken? Das nenne ich prompte Lieferung!« meinte Schättler und schenkte nach.

Ich merkte, wie der Champagner mir in den Kopf stieg und in die Knie krabbelte. Rüdiger genehmigte sich tiefe Schlucke aus der Flasche.

»So war demnach Freundschaft dein innigster Wunsch, mein Honigkind?«

»Nein. Mit meinen innigsten Wünschen wollte ich die Sternschnuppe nicht belästigen. Ich dachte, das schafft die sowieso nicht.«

»Du bist mir eine kleine Halbgläubige. Mir jedoch vertraust du sie an, deine größten Sehnsüchte? Rüdi, dem besten deiner Freunde?«

Ohne Champagner hätte ich es bestimmt nie getan. Mir war angenehm schwindelig. Normalerweise sprach ich nicht von mir, aber normalerweise interessierte sich ja auch niemand für mich. Nichts war mehr normal. Ich redete wie ein Wasserfall. Ich berichtete von dem Irren im Bus, von Madame Fátima, von Diana Ross und ihrer Aufforderung: Get ready!, von Curd Andreesen im Fahrstuhl und von meinen Bemühungen, eine tolle Frau zu werden.

»Diese Frisur ist zum Beispiel völlig neu. Hat Frau Sawades Friseur heute vormittag geschnitten. Etwas langweilig, oder?«

»Sieh an, das ist ja eine Queste!« äußerte Rüdiger Schättler, als ich mich zurücklehnte und noch einen Schluck Champagner nahm.

»Eine was?« Ich dachte immer noch über meine Frisur nach und hatte Quaste verstanden.

»Eine Queste. Im Mittelalter suchten Ritter sich gern eine schwierige, komplizierte Aufgabe – ein gefangenes Fräulein befreien oder einen Drachen töten –, an der sie ihr ganzes Geschick erproben konnten, ihre Tapferkeit, ihren Einfallsreichtum. Die Queste, das ist die Hohe Suche. Dabei erweitert ein Ritter gleichzeitig seinen Horizont, er arbeitet an sich und lernt und gewinnt dazu. Just, was du gerade tust. Endziel: Herr Andreesen. Gewinne auf dem Weg dorthin: körperliche Schönheit, Beweglichkeit und Aktivität. Willst du den Fernsehknülch heiraten, oder genügt es dir, sein Herz zu brechen?«

Ich knabberte nachdenklich am Becherrand. »Ich weiß nicht... Will ich so was überhaupt? Ich glaube, ich möchte erst mal gern eine Frau sein, für die er sich wirklich interessieren *könnte*. Vielleicht ist er ja nicht mal nett, wenn man ihn näher kennenlernt...«

Rüdiger lachte meckernd. »Ein gütiges Geschick bewahre uns vor netten Liebhabern. Laß dich mal ansehen, Kleine – steh auf und dreh dich um... Naja, ein bißchen Speck zuviel... Ein Spürchen gerader müßten wir uns halten, streck dem Leben den Busen entgegen... Dein Gesicht ist gut geschnitten. Das Doppelkinn und der mürrische Ausdruck sind von Übel. Du solltest lächeln.«

»Ich kann nicht lächeln, wenn ich angeguckt werde!«

»Wenn du *nicht* angeguckt wirst, ist es überflüssig. Soviel zur Fassade. Die ist das Wichtigste, ganz unbestritten. Natürlich gibt das niemand zu. Alle Welt behauptet, das Äußere sei maßlos unwichtig. Allein auf den Inhalt komme es der Menschheit an. Werbefirmen lachen sich tot über so etwas.«

»Ich will nicht mehr häßlich sein. Ich möchte andererseits auch nicht gern eitel werden...« meinte ich zögernd. Mir fiel ein, was Monika zu diesem Punkt gesagt hatte. Schließlich war bisher das einzig Sympathische an mir meine fehlende Eitelkeit gewesen.

»Oh, die böse Eitelkeit! Alles ist eitel. Vanitas vanitatum. Eitelkeit ist Sünde. Ich weiß, wovon ich rede, denn ich bin der Eitelste von allen. Die reife menschliche Gesellschaft haßt selbstverständlich dergleichen. Für sie zählt, wie schon erwähnt, allein der Inhalt. Deshalb müssen auch wir uns fragen: Was ist mit deinem Inhalt? Wenn du ganz und gar bezaubern willst, nicht nur interessieren, brauchst du in der Tat mehr als Schönheit. Du mußt dich unter-

halten können, charmant über vielerlei plaudern. Kannst du das? Hast du ein großes Allgemeinwissen? Viel Ahnung von Kultur?«
»Bestimmt nicht.«
»Dann werden wir dich mit Bildung auffüllen, Dodo. Sobald ich wieder zu Hause bin, kommst du zu mir, und ich verabreiche dir dann Sophokles, Shakespeare und Strindberg, bis du röchelst.«
Er goß meinen Becher noch einmal voll und trank den Rest aus der Flasche. Ich blickte besorgt auf den Tropf über ihm: »Wird sich der Champagner mit dem Zeugs da in der dicken Flasche vertragen, Herr Schättler? Sie sind doch erst vor drei Tagen operiert worden und lagen einen Tag auf der Intensivstation – also, ich fühl' mich ganz schön benommen ...«
»Die Fläschchen werden sich schon untereinander verständigen. Ich bin den Stoff besser gewöhnt als du, meine Sternennacht. Wenn du noch einmal Sie zu mir sagst, mußt du auch Onkel Schättler sagen. Und dann bin ich beleidigt, und du kriegst dein Geschenk nicht.«
»Wasnfürngeschenk?« fragte ich in einem Wort – woran ich merkte, daß ich wirklich bereits reichlich betrunken war.
»Hier bitte – Glück und Segen für dich, Dodo, und für deinen Köter, weil er sich in dieser Nacht auf unserer Straße auskotzen mußte.« Rüdiger holte eine längliche Schachtel aus seiner metallenen Nachtschrankschublade und reichte sie mir. Ich klappte sie auf und starrte das silberne Armband an, das darin lag. Filigranarbeit: zwei quadratische Platten, verbunden durch viele feine Kettchen. Irgendwie orientalisch. Ich stellte es mir an meinem fetten Handgelenk vor. Es würde nicht einmal drumrumpassen.
»Das ist ein Armband für eine schöne Frau!« sagte ich mit schwerer Zunge, bemüht, jedes Wort einzeln auszusprechen.
Rüdiger klappte den Deckel wieder zu und drückte es mir in die Hand: »Genau das ist es!« erwiderte er mit Nachdruck.
Ich dachte angestrengt nach. Irgend etwas Wichtiges mußte ich jetzt sagen.
»Ach so, ja: Danke, Rüdiger! Vielen Dank!«
Er nickte nur und ließ die leere Flasche neben das Bett fallen. Sie rollte über den Boden. Ich setzte mich noch einmal hin, obwohl

ich eigentlich gehen wollte. Da war noch etwas Wichtiges. Was war es gleich?

»Herr... Dingsda... nein, ich weiß schon: Rüdiger. Also, soll ich zur Polizei und sagen, ich hab' mich geirrt?«

»Nein, Schätzchen, nicht nötig. Ich habe behauptet, du müßtest ein kleines Träumerlein sein und hättest dir da was zusammenphantasiert.«

»Ach?« sagte ich erstaunt. »Hamsie dir geglaubt?«

»Sicherlich nicht. Wer jedoch ist schon am Glauben interessiert, außer den Pfaffen? Wenn ich keine Anzeige erstatte, ist das meine Sache. Die dicksten Lügen werden durch die stärksten Gesetze behütet. Das sagt ein Freund von mir, und der ist Jurist.«

Es klopfte an der Tür. Dreimal, nicht sehr energisch.

Rüdiger fuhr im Bett hoch und klammerte seine heile Hand an die Decke. Ich schoß vom Besucherstuhl hoch, obwohl ich nicht genau wußte, was los war. Rüdiger sah ängstlich und nervös aus, und das kam mir ungewöhnlich an ihm vor. Er zischelte hastig – und sehr leise: »Verflucht – die Schwestern pflegen nicht anzuklopfen – wenn das – sieh bitte nach! Geh hin! Laß ihn nicht hinein, wenn er schwarz ist, hörst du? Gib vor, ich sei meinen Verletzungen erlegen!«

Ich war schon unterwegs zur Tür, bemüht, geradeaus zu gehen. Ich öffnete sie nur einen Spalt und schlängelte mich hindurch auf den Flur.

Hier tänzelte ein Junge von vielleicht achtzehn Jahren unruhig herum, eine rote Rose in der Hand. Er trug kunstvoll zerfetzte und geflickte Jeans, ein knallbuntes Hemd unter einem knallbunten Blouson und dicksohlige Tennisstiefel. Sein Haar fiel in Rastalocken, in denen bunte Plastikspangen klemmten, auf seine Schultern. Sein Gesicht war zwar nicht schwarz, aber von samtigem Braun, der Mund dick und aufgeworfen, die Augen riesig. Er schaute mich unsicher an: »Sag mal eben, kann das sein, daß Schättler da drinne liegt?« Im Gegensatz zu seinem exotischen Aussehen klang seine Stimme nach breitestem Barmbek.

»Herr Schättler ist gestern nacht gestorben!« belehrte ich ihn würdevoll. Ich nahm mir Zeit für jedes Wort.

»Ö!?« machte er ungläubig – und eine Bewegung, als wollte er an mir vorbei nach der Türklinke greifen.
»Wenn Sie nicht auf der Stelle vom Krankenhausgelände verschwinden, gibt es hier einen ungeheuren Krach!« versicherte ich ebenso langsam wie vorher, nur viel lauter. Es hallte wunderschön in dem langen Flur.
Der Bengel zog den Kopf ein. Wäre ich nicht volltrunken gewesen, hätte ich niemals den Mut gehabt, mich mit so einem Kerl anzulegen.
»Und zwar einen Riesenskandal!« fügte ich schrill hinzu.
Er schmetterte wütend die Rose auf den Fußboden, drehte sich um und zottelte von dannen. Ich wartete, bis die Schwingtür hinter ihm zuklappte, dann hob ich die Rose auf und kam zurück zu meinem Freund Rüdiger. Seine Augen glitzerten amüsiert.
»Wirf das Ding zu den anderen. Du bist mein kleiner Schutzengel, Dodo.«
»Jadanke. Aber wieso –? Sie sagen – nee, dusagst der Polizei, er hat nichts damit zu tun? Und hast aber Angst vor ihm –? Wie denn nun?«
»Ich bin kaum in der Lage, meine verworrenen Gefühle selbst zu überblicken. Wie soll ich sie da dir verständlich machen ... Hör mal, du bist doch nicht etwa mit dem Auto gekommen, Schätzchen?«
»Ich kann überhaupt nichfahren.«
»Das solltest du lernen. Ich räume allerdings ein: Im Moment bist du wirklich zu besoffen dazu. Hier, Rüdi gibt dir ein Scheinchen – nimm dir ein Taxi, ja? Daß du mir heil nach Hause kommst mit dem Armband, das ist kostbar – so, wie du derzeit beisammen bist, läßt du's in der Bahn liegen ...«
»Dankesehr. Das *war* doch dein Freund eben?«
Es dauerte eine Weile, bis er zischelte: »Nicht unschwer mit ja oder nein zu beantworten.«
»Also der, der dich verhauen hat?«
Rüdiger lächelte bitter. »Schokocurly? Du hast sicherlich bemerkt, wie zart er ist, der dunkle Knabe. Sogar ich würde mit dem fertig werden. Nein, er hat viele, viele gute Freunde. Und alle sind mächtig stark ...«

»Aber jetzt brauchst du nicht mehr drüber nachdenken. Jetzt ist Schluß mit ihm!« sagte ich zufrieden vor mich hin.
Rüdiger blickte nachdenklich durch die Lamellen der Jalousie in den Himmel. »Wenn du das Wort brauchen benutzt, füge bitte stets ein zu bei. Es klingt einfach gebildeter«, empfahl er.
Ich hangelte mich am Geländer der Treppe und an den Wänden entlang nach draußen, eierte vorsichtig über das Klinikgelände und ließ mich schließlich in ein Taxi plumpsen.
Ich war noch nie am hellichten Tag so betrunken gewesen. Nicht mal am Tag meiner Hochzeit. Kein Mittagessen – statt dessen Diätkochbücher – und dann drei Zahnputzbecher voll Champagner auf leeren Magen. Ich schlief im Taxi ein, der Fahrer schüttelte mich vor meiner Haustür wach. Dabei hatte ich mal gelesen, Sekt würde munter machen.

»Ey – neuer Anzug – neue Frisur!« nölte Monika, als ich am Montagmorgen ganz in Olivgrün erschien. »Wir sind wohl bannig kreativ, was?« Meine Frisur fand sie doof: »Das sah früher aber flotter aus, mein Deern.« Über den Anzug äußerte sie: »Ist das Ziel eurer Kreativgruppe, daß hinterher alle genauso aussehen wie die Sawade?«
Die Sawade bekam meinen neuen Dreß zu Gesicht, als wir uns zufällig am Faxgerät begegneten. Sie reagierte ungnädig: »Was soll das denn? Dieser Anzug...« Sie schritt naserümpfend um mich herum. »Paßt Ihnen nicht und paßt nicht zu Ihnen. Sie können Hosen nicht gut tragen. Darüber hinaus macht oliv Sie blaß. Sie sind ein Sommer! Ein kalter Farbtyp.«
Das klang diskriminierend. Was hatte ich denn nun schon wieder falsch gemacht?
Simone klärte mich auf: »Es gibt zwei warme und zwei kalte Farbtypen. Sommer und Winter haben bläuliche Schattierungen, Frühling und Herbst goldene. Ich bin beispielsweise ein Herbst. Ich brauche gelbtonige Farben, um gut auszusehen. Sie dagegen blautonige. Deshalb sieht dieser Anzug an Ihnen unter anderem so unvorteilhaft aus. Wir wollten doch gemeinsam Kleidung für Sie einkaufen! Na, egal. Heute abend kommen Sie zu mir, und ich

zupfe Ihnen die Augenbrauen in Form. Sie sehen ja aus wie ein Politiker…«

»Heute abend geht's nicht«, erwiderte ich. »Um neunzehn Uhr fängt das ›Bodyforming‹ in meinem Fitneßclub an. Ich hatte gehofft, Sie passen inzwischen auf Dicky auf?«

Simone rang kurz um Fassung, dann meinte sie kühl: »Nun, Sie liefern ihn bitte gefüttert und gassigegangen bei mir ab, ja?« und zog eine Visitenkarte aus ihrem schottischkarierten Westchen. In feiner Schreibschrift standen darauf ihre Adresse und ihre private Telefonnummer. Ich nahm die dünne Karte und schnupperte daran. Vielleicht, weil sie in der Westentasche gesteckt hatte, duftete sie leicht nach Simones Parfum.

»Das ist sehr nett von Ihnen. Aber…«

»Was?!«

»Naja… Sie haben doch ein Auto. Ich müßte erst mal mit der U-Bahn nach…« Ich guckte auf die Karte, »… nach Winterhude fahren, um Dicky zu Ihnen zu bringen, dann mit der U-Bahn zurück zu meinem Fitneßclub. Und dann wieder mit der U…«

»Ja, ja, ich hab schon begriffen. Also schön, ich komm kurz vor sieben vorbei und hol den Hund ab. Ist er dann fertig?«

»Abgefüllt und ausgeleert. Danke, Frau Sawade.«

»Bitte, Frau Mehlig. Übrigens bin ich der Ansicht, Sie sollten bei nächster Gelegenheit den Führerschein machen.«

Im Fitneßclub hatten sie umgebaut. Daran merkte ich, wie lange ich nicht dagewesen war. Ich merkte es auch am Blick in die riesigen Spiegel unter der gnadenlos hellen Beleuchtung. Ich quoll aus meinem Gymnastikdreß wie eine Grützwurst aus der Pelle. Sehr peinlich. So hatte ich vor einem Jahr noch nicht ausgesehen.

Eine strahlende Blondine turnte vor. Bis zur zehnten Wiederholung fand ich die Übungen noch ganz angenehm, nach der fünfzehnten bekam ich alle möglichen Schmerzen an allen möglichen Körperstellen, und ab der zwanzigsten begann ich innerlich zu winseln.

Mein Muskelkater fing schon in der U-Bahn an. Im Rücken und in den Waden bekam ich dauernd Krämpfe. Meine Muskeln und

Nerven, aus jahrzehntelanger Ruhe aufgeschreckt, waren ganz außer sich. Ich schleppte mich fast auf allen vieren die Treppen hoch zu Simones Wohnung.
Sie öffnete in einem bodenlangen Hauskleid aus apfelgrünem Nicki, die Locken zurückgebunden. Die Frische und Anmut in Person. Dicky stand neben ihr wie der Hausherr und wedelte mich gönnerhaft an. Ihm fiel gar nicht auf, wie wenig er zu der perfekten Simone paßte.
»Ihr Haar sieht ja so fettig aus – ist das noch naß?« wollte sie sofort wissen.
»Nein. Es *ist* fettig. Ich werd's nachher zu Hause waschen…« brummelte ich.
»Wieso haben Sie's denn eben nicht gewaschen? Unter der Dusche?«
»Das kann ich nicht unter der Dusche. Das mache ich immer über'm Waschbecken! Ich bin stolz drauf, daß ich überhaupt geduscht hab. Das kann ich doch eigentlich auch nicht.«
Simone schüttelte überlegen den Kopf: »Wir müssen mal rausfinden, was Sie da für Widerstände haben…«
Sie rumorte in der Küche herum, während Dicky mir die Wohnung zeigte.
Naturholz, Leinen und Leder, Parkett, das nur hier und da mit Zottelziegenfellteppichen bedeckt war. Ich bewunderte Simones Entschiedenheit, einfach kahle Kommoden und nackte Tische stehenzulassen. Auf dem Boden stand eine weiße Vase mit bizarren Zweigen ohne Blätter. Es erinnerte daran, wie sie meine Person herrichtete: schlicht und schmucklos. Nur kein Schnickschnack.
Simone hatte Saft aus verschiedenen Früchte- und Gemüsesorten bereitet. Ich trank ihn dankbar, denn durch das sportliche Getobe war ich halb verdurstet. Indessen ging mir durch den Kopf, daß eins meiner Diätbücher Obst- und Gemüsesaft zu so später Stunde streng verurteilte, weil sie über Nacht im Darm Fäulnisvorgänge veranstalteten.
»Frau Sawade – warum tun Sie das alles für mich?«
Simone zog das Band aus ihren Locken. »Ich hab doch schon gesagt, daß ich gerade privaten Schiffbruch erlitten habe, nicht? Das

hier lenkt mich ab – und Sie imponieren mir mit Ihrem aufrichtigen Eifer.«

Aufrichtiger Eifer? Diese Eigenschaft hatte Fátima Bohne nicht erwähnt. War sie ihr entgangen – oder hatte ich sie erst in den vergangenen Tagen entwickelt?

»Ich habe über Dicky nachgedacht«, meinte Simone und streichelte seine unterschiedlichen Ohren. »Ich will mal mit Heino reden. Ich seh gar nicht ein, wieso der Hund nicht tagsüber unter Ihrem Schreibtisch auf einer Decke liegen kann, solange er sich ruhig verhält. Besser, als zu Hause eingesperrt zu sein – er fühlt sich dann nicht allein, er ist mit Ihnen zusammen, und wenn Sie am späten Nachmittag mit ihm spazieren waren, wird er in der Wohnung hinterher sicher nicht mehr heulen, während Sie beim Sport sind.«

»Mit *wem* wollen Sie reden? Was für ein Heino?«

»Frohwein. Er ist ein sehr netter Kerl!« versicherte Simone.

Der Borstige – ein sehr netter Kerl? Na vielleicht, wenn er Dicky wirklich erlaubte, mich ins Büro zu begleiten…

4. Kapitel

In dem Dicky zum Bürohund aufsteigt, während mit dem inneren Schweinehund Rangeleien stattfinden – Monika Hundehaarallergie bekommt und genau erklären kann, was normal ist – Dodo langsam mit Kultur aufgefüllt wird – Lorenz Maurelius für ein Killerkommando plädiert – und Ali Schimmelmann fürs Gewinnen

Kommst du echt nie mehr mit in die Kantine? Du bist doch mall!« beschwerte sich Monika übelgelaunt ein paar Tage später kurz vor Feierabend. »Seit du ständig mit der hochnäsigen Sawade zusammensteckst, tickst du nicht mehr richtig. Du trägst immer nur dieselben farblosen Klamotten, du mampfst Kohlrabistäbchen und Karottenstifte wie'n überdrehter Stallhase – was kommt denn nun als Nächstes?«

In diesem Augenblick rauschte Heino Frohwein in unser Zimmer und gab uns eine Liste der Leute, die alle für ein Rundschreiben am nächsten Tag bedacht werden mußten. Bevor er die Tür wieder hinter sich geschlossen hatte, fiel ihm noch ein: »Ach, stimmt ja, Frau Mehlig – Sie können Ihren Hund gern mitbringen, wenn er sich friedlich verhält.«

Monika quollen die Augen gefährlich weit aus dem Kopf: »Wie war das eben?! Ich hab' mich wohl verhört –?!«

»Ich muß los – zum Optiker, bevor der zumacht...« wehrte ich feige ab, fuhr in die Jacke und rannte los. Ich fegte über den Flur, bemerkte, daß der Fahrstuhl auf dem Weg nach unten war, und rannte gleich die Treppe hinunter.

Jedes weggeschwitzte Gramm brachte mich meinem Lebensziel näher. Oder, wie vorne in einem meiner Diätkochbücher stand: Jeder Gang macht schlank.

Rüdiger Schättler rief mich an und teilte mir mit, daß er in eine Rehaklinik käme und gleich anschließend Urlaub machen wollte.

»Bleibt dein Geschäft die ganze Zeit geschlossen?« fragte ich neugierig.

»Nein. Ich leiste mir eine Verkäuferin. Die Frau hat ein Kinn wie ein Hammer, ist jedoch grauenerregend tüchtig. Ich denke, ich behalte sie auch weiterhin und nehme mir öfter frei. Ende Mai werde ich die Bürger dieser Stadt wieder mit meiner Gegenwart beglükken, Rosenschnute, dann arbeiten wir an unserer Beziehung und deiner inneren Renovierung!« versprach er.
Ich arbeitete einstweilen weiter daran, ein optischer Knüller zu werden.
Ich schaute viel weniger TV-Romanzen, weil ich den Schlaf vor Mitternacht konsumierte. Zum einen, um Schönheit abzuschöpfen, vor allem jedoch, damit ich in der Lage war, früher aufzustehen und die Gymnastik zwei- bis dreimal die Woche durchzuhalten. »Um perfekt auszusehen«, sagte Simone, »hat man perfekt zu sein.« Sie mußte es schließlich wissen.
Die Rangeleien mit meinem inneren Schweinehund waren fürchterlich. Jedesmal, wenn ich dachte: Jetzt hab ich ihn überwunden!, bockte er von vorn los. Oh, ich hatte durchaus Rückfälle. Eines Abends zum Beispiel, als ich schon fast zwei Kilo abgenommen hatte, meinte ich plötzlich, es sei doch alles unrealistisch und verrückt und würde niemals gelingen. Simone zog mich wahrscheinlich bloß durch den Kakao und wartete nur darauf, daß ich es merkte. Deshalb kaufte ich mir zum Trost ein Viertelpfund geräucherte Gänsebrust, ein Viertelpfund Schweinebratenaufschnitt mit ganz viel leckerer Kruste, ein Viertelpfund Scampisalat, mayonnaisestrotzend, sowie drei Brötchen zum Abendbrot, außerdem einen Doppelbecher Tiramisu zum Nachtisch.
Mein Magen war derartige Angriffe nicht mehr gewohnt, mir wurde noch vor dem Tiramisu übel. Vor allem aber ächzte ich unter Schuldgefühlen.
»Nur wer ein lautes Gewissen hat«, sagte Simone, »kann Disziplin entwickeln.«
Mein Gewissen ließ einen chinesischen Tempelgong, eine Motorsäge ohne Schalldämpfer und einen Stadionlautsprecher ertönen. Ich kroch zu Kreuze und nippte am folgenden Tag an Kamillentee und trockenem Knäckebrot.
Genauso war's mit dem Sport und der Gymnastik. Ich produzierte

anfangs immer wieder einige passende Wehwehchen, die mich hinderten, aktiv zu werden. Und jedesmal schlug mein Gewissen einen derartigen Lärm, daß ich mich entweder entsetzlich unbehaglich fühlte – oder nachgab und herumhopste. Es ist sehr unbequem, zu wissen, was man will. Zumindest, wenn man es dann auch noch tatkräftig anstrebt.

Andererseits: wenn man es über einen längeren Zeitraum schafft, zu tun, was man sich vorgenommen hat, fühlt man sich unweigerlich gut und immer besser. Ob man will oder nicht.

Ich nahm in sechs Wochen, mit einigem Hin und Her, sieben Kilo ab. Das sind vierzehn Pfund! Hauptsächlich Flüssigkeit, meinte Simone. Eigentlich war das merkwürdig, denn ich trank ununterbrochen. Eine Weile drehten sich meine nächtlichen Alpträume nicht um dunkle, verschwommene Wolken hoch über mir, sondern um Situationen, in denen ich schleunigst ein Klo brauchte und keins fand.

Eines Tages war es wirklich Gewohnheit für mich, jeden Morgen um Viertel nach sechs aufzustehen. Dicky weckte mich meistens mit einem herzhaften Schmatz, kurz bevor der Wecker klingelte. Seit er ein Bürohund geworden war, nahm er die Sache ernst.

Ich warf mich in einen nagelneuen zartgrauen Trainingsanzug, zog Turnschuhe an, nahm Dicky an die Leine und stürzte mich mit ihm in den Großstadtmorgen – falls es nicht Bindfäden regnete. Niesel und Nebel steckten wir gelassen weg, wie richtige Sportler. In den ersten Wochen hinkten wir noch wehleidig um einen Häuserblock, mit der Zeit hüpften wir elastisch um drei Blocks und waren zurück, bevor die Kaffeemaschine ausgeröchelt hatte.

Ich bekam Kontaktlinsen und mottete meine Brille ein. Nein, ich werde nicht erzählen, was meine Linsen alles mit mir erlebten und ich mit ihnen, bis wir uns miteinander arrangierten. Nicht die Geschichte, wie ich einen Gehirntumor in mir vermutete, nach einem ganzen Tag akuter Sehstörungen, bis ich abends merkte, daß ich die linke Linse rechts getragen hatte und die rechte links. Kein Wort über das verzweifelte Abtasten des Bodens auf der Suche nach einem der teuren Dinger – das sich endlich am Kragen meiner Bluse fand.

Ario, der Friseur, färbte meine Wimpern tiefschwarz.
Ich erinnere mich noch, daß ich in einem Kaufhaus eine hübsche Frau zwischen Kleiderständern bemerkte, und als ich nochmal hinsah, weil sie mir irgendwie bekannt vorkam – stand dort ein Spiegel. Ich ging benommen darauf zu und konnte es nicht fassen: Zum ersten Mal bemerkte ich, wieviel schmaler mein Gesicht geworden war – wie gut meine Augen tatsächlich wirkten ohne Brille in dem schwarzen Wimpernkranz. Ich sah nicht zum Brüllen schön aus, das nicht. Aber richtig hübsch.
Während meiner Schminkversuche ließ Monika mir ein tägliches Feedback zukommen, zusammengesetzt aus den abgekautesten Klischees, wie etwa: »Na, mein Deern, bist du in 'n Farbtopf gefallen?« oder: »Heute die Schminke wieder mit 'm Spachtel aufgetragen, Dörthe?«
An dem Morgen, als sie mich huldvoll begrüßte: »Siehst du, so gefällst du mir doch wieder besser! Hast endlich eingesehen, daß dir die Tünche nicht steht, was? Wenn du schon deine Augen tuschen mußt, laß wenigstens die Pampe weg, da kommt erst raus, was du für 'ne schöne frische Haut hast!« – an dem Morgen wußte ich, daß ich es jetzt richtig machte.
Simone kaufte mit mir, wie versprochen, einige Kleidungsstücke. Nicht so viele, wie ich gern gehabt hätte. Sie sagte: »Frau Mehlig, Sie werden weiter abnehmen. Dies hier ist nur für den Übergang.«
Und ich nahm wirklich weiter ab. Mit der Zeit ging es immer besser, weil ich jetzt den Erfolg sah. Vielleicht hätte ich selbst es übertrieben und mir wieder Appetitzügler aus der Apotheke besorgt. Simone paßte auf, daß ich Obst und Salate und Vitaminsäfte zu mir nahm.
Seit ich viel schlief, mit Dicky um den Block rannte, mich anders ernährte und mich im Fitneßclub abrackerte, fiel es mir leichter, im Verlag zu arbeiten. Ich verschusselte weniger, und manchmal machte mir die Arbeit beinah Spaß.
Ich würde gern behaupten, daß ich auch ständig charmanter und sonniger wurde, aber das wäre gelogen. Obwohl ich hin und wieder gute Laune hatte, blieb ich einstweilen so miesepetrig wie vorher. Pampig zum Busfahrer und schnippisch zu Heino Frohwein.

Der Unterschied war nur, daß sie etwas freundlicher reagierten als früher.
Dicky nahm leider kaum ab. Dazu fütterten meine Kollegen ihn zu oft – immer mal wieder kam jemand mit Kotelettknochen oder einer Frikadelle aus der Kantine. Im Verlag fanden es alle nett, daß ich jetzt meinen kleinen Hund mitbrachte.
Alle – bis auf Monika, natürlich. Monika mußte sich dauernd trötend die Nase putzen. Sie sagte, sie litte an Hundehaarallergie und beschwerte sich hinter meinem Rücken bei Max Kuchenbecker. Der bot ihr ein anderes, eigenes Zimmer an, und einen Tag lang triumphierte Monika. Dann sah sie das Zimmer, in das sie ziehen sollte, und sie wurde furchtbar wütend. Das wäre noch nicht mal eine Besenkammer, hätte nur ein Milchglasfenster ganz oben – früher war's mal eine Teeküche gewesen …
Sie regte sich immer mehr auf, telefonierte mit Frau Hoger vom Betriebsrat und vereinbarte einen Termin mit ihr. Frau Hoger war wohl erst ganz auf ihrer Seite, dann schlug die Stimmung jedoch irgendwie um. Monika schimpfte auf die fette Mehlig – dabei war das, nachdem ich schon vierzehn Pfund abgenommen hatte! – und dachte gar nicht daran, daß Frau Hoger selbst ein Wonneproppen war und dadurch ihre gute Laune verlor.
Zuerst wurde Monika gebeten, bei der Sache zu bleiben, dann blieb Frau Hoger auch nicht mehr bei der Sache, und schließlich brüllten sie sich gegenseitig so an, daß die Kollegin von der Hoger im Nebenzimmer deutlich jedes Wort verstand.
Monika wurde richtiggehend rausgeschmissen, Frau Hoger schrie ihr in den Flur hinterher, sie sollte ihren mageren Hintern bloß nie wieder bei ihr sehen lassen. Und am Nachmittag klopfte Frau Hoger an unsere Tür, tauchte mit knacksenden Knien unter meinen Schreibtisch, gab Dicky einen Waffelkeks und erklärte ihm, er sei ein feiner Hund.
Monika schnüffelte todbeleidigt in ihr Taschentuch und sprach drei Tage lang kein Wort mit mir. Sie blieb jedoch in unserem Büro. Es war getreu ihrer Devise ausgegangen: Das wird ja doch nichts.

Der Mai verging, und ich paßte in Größe 42. Wir kauften Sommerklamotten in Pastellrosa, Hellgrau und Taubenblau. Der Kreativitätsboß steuerte mich mitleidslos an den Hosenanzügen vorbei – »Hosen stehen Ihnen nicht, Frau Mehlig, dazu haben Sie zu runde Hüften!« – zu Kleidern und Röcken.
Mein Haar stippte mir allmählich wieder auf die Schultern, was mir viel besser gefiel als der ›Bob‹. Simone fand es Gott sei Dank auch hübsch so und hatte keine Einwände, daß ich es weiter wachsen ließ.
Eines Morgens ging ich mit Dicky auf dem Weg von der Bushaltestelle zum Verlag an einem Haus vorbei, an dem ein Gerüst angebracht war für Renovierungsarbeiten. Und da stieß einer der Arbeiter oben auf dem Gerüst einen langen, bewundernden Pfiff aus. Ich schaute mich diskret um: Rechts wandelten zwei ältere Herren, links schritten drei vermummte Türkinnen nebeneinanderher, und eine kleine Omi quälte sich mit einem Rollwägelchen des Weges. Ich blinzelte vorsichtig nach oben. Ein junger Mann mit einer weißen Mütze lachte mich an und pfiff sofort noch einmal. Er meinte wirklich mich.
In diesem Augenblick kam Monika aus Richtung U-Bahn angehüppelt. Sie verzog angeekelt ihr Gesicht und rief: »Diese blöden Chauvis! Dauernd wird einem hinterhergepfiffen!«
Während wir im Fahrstuhl nach oben schwebten, atmete sie so schwer, als hätte sie pfundweise Hundehaare in der Lunge. Sie wollte Dicky und mir ein schlechtes Gewissen verpassen. Dicky knurrte leise vor sich hin, durch meine Beine hindurch. Er litt an einer Monika-Allergie. Vermutlich trat sie hin und wieder nach ihm, wenn ich mal nicht im Büro war.
Auf dem Flur begegneten wir Heino Frohwein. Er übersah Monika, lächelte mir kurz zu und sagte zu Dicky: »Hallo, Wauwau!«
Ich summte, als ich Dickys Wolldecke und seinen Bürowassernapf aus meiner untersten Schreibtischschublade holte: »Tweedlidy, Tweedlidam, look out, Baby, 'cause here I come …«
Dann sah ich auf und bemerkte, daß Monika ihre Kulleraugen drohend auf mich gerichtet hielt. »Du meinst wohl, du gefällst Frohwein, mit deiner neuen Fassade, was? Dann denk mal dran, das ist

wirklich nur Fassade und weiter nichts. Gelogen und geschummelt ist das. Kann ja sein, daß sich jetzt die Männer reihenweise in dich vergucken. Aber das bist dann gar nicht du, den die meinen. Dörthe Mehlig gibt's nämlich nicht mehr!«

Ich blickte sie unsicher an. Sie erwischte mich an einer empfindlichen Stelle. Zwischendurch kamen mir auch immer heftige Zweifel. Meine bemerkenswerte optische Wandlung erschien mir dann selbst unwirklich oder sogar falsch.

Monika hackte weiter: »Ich hab ja schon mal Leute erlebt, die dünner geworden sind – mein Biolehrer, der hatte Krebs und hat in einem Jahr vierzig Kilo abgenommen, und dann war er auch bald tot. Ich hab Leute erlebt, die haben in kurzer Zeit ganz viel zugenommen, 'ne Freundin von meiner Mutter beispielsweise, die wurde drüsenkrank. Oder mein erster Freund Karlheinz, als ich den nach zwölf Jahren wiedergesehen hab, war er plötzlich beinah kahlköpfig, und ich wollte nicht glauben, daß er's ist. Die sahen auch alle anders aus als vorher. Bloß, die konnten nichts dafür. Du machst das extra! Dich erkennt ja höchstwahrscheinlich deine eigene Mutter nicht mehr ...«

»O doch. Sie hat vorgestern erst gesagt, ich seh ihr neuerdings immer ähnlicher!« widersprach ich.

»Na, wenn sie meint. Ich sag dir mal eins, Dörthe: Normal ist das nicht! Jeden Morgen wieder krieg ich 'n Schock, wenn ich ins Büro komme, und ich erwarte meine gute alte Dörthe, und dann kommt so 'ne dünne Tante mit getuschten Wimpern und ohne Brille und topschick angezogen in Stöckelschuhen wie'n Model – jedesmal wieder krieg ich 'n Schock! Wo ist denn die Dörthe, die ich kenne? Die gibt's nicht mehr ...«

Ich überlegte, ob ich richtig gehört hatte: dünne Tante? Ich??

»Jedenfalls können sich in dich von mir aus soviele Männer verknallen, wie du willst, sogar Heino Frohwein, weil das alles nicht echt ist. Das bist du gar nicht. Ich will jedenfalls nur geliebt werden, weil ich ich bin. So wie ich bin. Wer mich so nicht liebt, den will ich überhaupt nicht!« versicherte Monika aufgeregt. »Und ich find das auch abstoßend, wenn jemand äußere Schönheit so wichtig nimmt. Darauf kommt's nämlich in Wirklichkeit kein bißchen an!«

Bevor ich antworten konnte, stürzte ihre Freundin Heidi Walff aus dem Lektorat rein, mit der »Neuen Frauenwelt« in der Hand, um zu zeigen, wie verlebt Stephanie von Monaco neuerdings aussah, das käme vom ewigen Sonnen und natürlich qualmte sie wie verrückt. Monika stimmte zu.
Während ich meinen Computer einschaltete, blätterten die beiden gemeinsam in dem Heft und bestätigten sich gegenseitig, wie ordinär oder plump oder alt die Abgebildeten aussahen. Dann machten sie sich über Camilla Parker-Bowles her wie zwei Terrier, die gemeinsam einen alten Latschen zerfetzen. Monika glaubte, daß Prinz Charles sowieso nur noch aus Pflichtgefühl mit ihr zusammen war, im Grunde seines Herzens schmachtete er dem knackigen jungen Kindermädchen seiner Söhne hinterher, denn wenn die auch eine Pferdenase besaß: So häßlich und faltig wie Camilla war sie auf keinen Fall!
Ich begann einigermaßen beruhigt, zu arbeiten. Zunächst hatte mich Monikas Vortrag wirklich beeindruckt. In den letzten Minuten jedoch war ihr die Glaubwürdigkeit abhanden gekommen.

»Dodo, meine Sternennacht – um mehrere Hausnummern attraktiver – und viel schlanker! Du siehst umwerfend aus«, behauptete Rüdiger Schättler nach der ersten dicken Umarmung.
»Du aber auch!« erwiderte ich ehrlich.
Seine drei Bärte – der schmale am Kinn und die beiden zipfeligen über den Mundwinkeln – waren nachgewachsen, seine hellen Augen leuchteten aus einem gleichmäßig gebräunten Gesicht. Von seinen Verletzungen war nichts mehr zu erkennen. Vorderzähne besaß er auch wieder, und zwar vom Feinsten. Sie schimmerten und blitzten unter den dunkelblonden Bärten hervor.
Wir setzten uns in seinen kleinen Hinterhofgarten unter einen weißen Sonnenschirm auf weißlackierte Metallgartenstühle mit weißen Polstern. In dem Gärtchen, das nicht viel größer war als meine Küche (und die war nicht groß) gab es Mosaikweglein aus weißen Steinen, Stufen, einen Spingbrunnen und große Töpfe mit blühenden Pflanzen.
»Hast du nicht gesagt, du kannst Blumen nicht leiden?«

»Ich gebe zu, gelogen zu haben.«
»Du magst wahrscheinlich keine abgeschnittenen Blumen, stimmt's? Du möchtest, daß sie am Leben bleiben …« überlegte ich.
Rüdiger blickte nachdenklich vor sich hin. »Passivität als Liebesideal? Ach nein. Ich bin vielleicht kein Täter, aber ich bewundere die Tat. Hast du mal den Namen Curd Goetz gehört? Ein Theaterschriftsteller. In einem seiner Stücke fragt eine kleine Zigeunerin einen Lord: ›Liebst du Blumen nicht?‹, und er antwortet: ›O doch. Ich liebe sie so sehr, daß ich sie nicht pflücke.‹ Worauf sie sagt: ›Das ist Unsinn! Was man liebt, pflückt man!‹«
Alle Blüten in Rüdigers Garten waren entweder weiß oder dunkelrot. Das Kaffeegeschirr war weiß, die Sahnehäubchen auf dem Kaffee weiß, die Torte dunkelrot. Rüdiger trug einen dunkelroten Kaftan.
Ich kam mir in meinem taubenblauen Kleid völlig fehl am Platz vor. Wenigstens paßte Dicky farblich einigermaßen ins Bild. Er schnüffelte hier und da an den steinernen Vasen und wedelte Rüdiger schüchtern an, der ihn finster musterte. »Er wird doch nicht –?«
»Er ist völlig ausgepinkelt. Außerdem denkt er bestimmt, wir sind hier nicht draußen, sondern drinnen …«
Daraufhin schien Rüdiger besänftigt. Er stellte Dicky sogar ein Porzellanschälchen voll Wasser hin. Ein dunkelrotes.
»Sahne im Kaffee und Torte …« Ich seufzte.
Seit Monaten verspürte ich ständig Hunger. Ich war gewöhnt an das Geräusch meines grollenden Magens. Ich wachte nachts auf vor Hunger. Ich hatte schon von auf mich herabregnenden Brezeln geträumt und von umherfliegenden Brathähnchen.
»Das ist keine Sahne – nur ein weißes Zeug, das so tut, als wär es geschlagene Milch. Und die Torte hab ich selbst gebacken. Mit Süßstoff statt mit Zucker. Ein schmales Stückchen darfst du essen!« versicherte Rüdiger. »Wie geht es voran mit deiner Queste? Schmachtet der Fernsehschnösel schon nach dir?«
»Ich bin ihm nie wieder begegnet. Vielleicht …«
»Was vielleicht?«
»Vielleicht war er nur dazu da, um mich in Gang zu bringen?«

»Aber woher. Es ist doch nicht allein die Funktion des Drachen, den kühnen Jüngling aufs Pferd zu wuchten! Das Zur-Strecke-bringen gehört unabdingbar dazu. Du wirst ihn selbstverständlich bezaubern, sobald er dich sieht. Du hast dich aufsehenerregend verändert.«

»Ich weiß.«

»Das klingt so zaghaft. Bist du nicht mehr überzeugt von deinem Weg?«

»Ich … Vielleicht ist das alles nicht richtig, was ich da mache. Vielleicht sollte ein Mensch sich einfach mit dem bescheiden, was er ist und was er hat …«

»Wer hat dir das denn ins Gehirn geknufft? Hast du dich kürzlich auf ein Gespräch mit einem Christen eingelassen?« fragte Rüdiger gereizt.

»Eigentlich nicht.«

»›Dein Wille geschehe‹, wie? Ist ja grauenhaft. Kennst du die Bibel, Schätzchen?«

»Naja …«

»Du solltest sie studieren. Sie steckt voll der aufsehenserregendsten Geschichten. Und wenn du sie kennst, kannst du jederzeit jeden widerlegen, der dir mit christlichen Parolen kommen will. Es gibt da im Alten Testament einen Mann namens Jakob. Vom Schicksal zum Verlierer bestimmt, ein jüngerer Sohn. Dem stand nichts zu; kein Erstgeburtsrecht, kein väterlicher Segen. Um beides hat er kurzerhand seinen älteren Bruder begaunert. Dieser Jakob schlief eines Nachts in der Wüste, und als er aufwachte, fand er sich in eine Prügelei mit einem Unbekannten verwickelt. Der schaffte es nicht, unseren Jakob zu besiegen oder auch nur abzuschütteln. Inzwischen brach der Morgen an, und der unbekannte Kämpfer sagte zu Jakob: ›Hör auf, laß mich los, ich muß weg!‹ Was dachte Jakob da spontan, mit wem er es zu tun hätte?«

»Mit einem Vampir? Die vertragen kein Sonnenlicht.«

Rüdiger lachte meckernd. »Was für eine aparte Idee. Darauf bin ich noch nie verfallen. Nun, gehen wir mal davon aus, daß damals noch keine Vampire existierten. Jakob also kam zu der Annahme, daß es der liebe Gott sei, mit dem er herumrangelte. Und was machte er? Sank er erschüttert zu Boden und bat um Vergebung? Flüsterte er: ›Dein Wille geschehe?‹ Keineswegs. Er krallte sich vielmehr noch fester als vorher und verlangte dreist: ›Wenn du willst, daß ich loslasse, mußt du mich erst segnen!‹ Den ersten Segen, den von seinem Vater, hat er sich ergaunert. Den zweiten, vom Herrgott höchstpersönlich, erhielt er durch Klammerei und Erpressung. Denn Gott schleuderte ihn nicht entrüstet von sich, mit der Mahnung, erst mal Bescheidenheit zu lernen. Er taufte ihn vielmehr um in Israel und machte ihn zum Stammvater seines geliebten Volkes. Warum handelte der Herr so? Vermutlich doch, weil dieser gerissene, lebenstüchtige Kerl ihm imponiert hat. Vielleicht hat Gott sich auch einfach geschmeichelt gefühlt. Er wurde festgehalten und gefordert. Was man liebt, pflückt man.« Rüdiger blickte einer Hummel hinterher, die gemächlich eine Runde um den Tisch drehte und in ein Blumenbeet verbrumselte. »So, ich denke, dann können wir nach der Bibelstunde geschmeidig zu Kunst und Kultur übergehen.«

Denn an diesem sonnigen Nachmittag sollte es losgehen mit der Verschönerung meines Innenlebens.

»Was hat mein Honigkind denn bisher so gelesen?« fragte Rüdiger und legte erwartungsvoll die Fingerspitzen seiner langen schmalen Hände aneinander.

»Tja... Stephen King... und Marion Zimmer Bradley natürlich... Fantasy-Bücher sowieso. Viel über König Artus...«

»Ah ja!« Rüdiger bekam einen Zug um den Mund, als hätte ich ihm mitgeteilt, daß ich gern lebendige Ohrenkneifer aß.

»Und... und natürlich Grisham... und Crichton... also...«

»Ein bißchen Rosamunde Pilcher?« fragte Rüdiger mit heuchlerisch gebleckten Zähnen.

»Nein! Kaum... Also, höchstens mal aus Versehen...«

»O kulturelle Umnachtung. Hast du jemals den Namen Grimmelshausen gehört – oder was vom Abenteuerlichen Simplicissimus? Ahnst du, wer die Odyssee geschrieben hat? Sag jetzt bitte nicht Uderzo und Goscinny...«

»Homer, nicht?«

»Hundert Punkte, Schätzchen. Nun sprich den Namen mir zuliebe

noch mal mit Betonung auf der letzten Silbe aus statt auf der ersten.«
»Ho*mer*.«
»Wundervoll. Der erste Lernerfolg des Nachmittags. Weißt du, was Surrealismus ist?«
»Nicht so ganz. Was Absurdes? Verrückte Bilder?«
»Durchaus. Verrückte Bilder, verrückte Geschichten, verrückte Filme. Eine Kunstrichtung, die nach dem ersten Weltkrieg entstand und bis in die fünfziger Jahre aktuell blieb. Nein, das brauchst du noch nicht aufzuschreiben« – denn ich hatte mein für diesen Nachmittag gekauftes Schulheft aus der Handtasche gezogen – »Ich will mir nur einen Überblick verschaffen. Hast du schon mal was von Shakespeare gelesen? Von Goethe? Weißt du, wer Hamlet war? Würdest du Musik von Mozart erkennen, wenn du sie hörst?«
Ich schüttelte den Kopf: »Ich fürchte, nein.«
»Bach? Brahms? Chopin?«
»Mm-mm. Bei uns zu Hause wurde nie Klassik gehört. Meine Eltern fanden immer, es klingt so nach Volkstrauertag. Mein Vater glaubt, von ernster Musik kriegt er Depressionen.«
»Die lieben Eltern. Womit verdient dein Vater sein Geld, mein Schmuckstück?«
»Äh. Das ist mir immer etwas peinlich …« Ich stärkte mich mit dem letzten Happen der Johannisbeertorte. Sie schmeckte übrigens zum Heulen gut. Dicky seufzte tief und laut, als er merkte, daß er wirklich kein Stückchen abbekam. Ich empfand deutlich, daß es den Gastgeber beleidigen würde, wenn man seine selbstgebackene Torte an einen Hund verfütterte.
Rüdiger zog an seinem untersten Bartende. »Laß mich raten: Dein Vater seziert Leichen?«
»Nein. Schlimmer. Er ist Gerichtsvollzieher.«
»Kein Wunder, daß er Depressionen hat. Du selbst hingegen? Interessierst du dich überhaupt für Musik?«
»Und wie! Ich könnte ohne Musik nicht leben. Ich liebe Musik.«
»Schlager?«
»Blues. Schwarze Musik. Tamla Motown, Sweet Soul Music …«

»Haben sie dir das vorgespielt, als du klein warst? Einschlaflieder für Dörthe, und Papi Gerichtsvollzieher sitzt mit dem Joint im Mund auf der Bettkante?«
Ich mußte lachen. »Mein Vater als Hippie! Der hatte nicht mal langes Haar, als das eine gesellschaftlich anerkannte Frisur war. Meine Eltern und Soul… Bei uns zu Hause wurden zur Erbauung Volkslieder gehört und Operetten. Nein, meine Musik hab ich mir zum Trost bei den Schularbeiten vorgespielt. Stevie Wonder – Marvin Gaye – Michael Jackson, als er noch klein und schwarz war und mit seinen Geschwistern aufgetreten ist. Und so in der Art singe ich auch.«
»Du singst?«
»Ich singe.«
»Wo?«
»In Badezimmern und Treppenhäusern. Große, leere Räume sind toll. Überall, wo es hallt.« Ich blickte mich um. »In Hinterhöfen zum Beispiel.«
»Sing mal!«
»Wirklich?«
»Klar!«
Das brachte mich bekanntlich nie in Verlegenheit. Ich legte den Kopf zurück und sang in den knallblauen, wolkenlosen Nachmittagshimmel: »Rescue me – and take me in your arms – rescue me – I want your tender charmes…«
Ich sang das ganze Lied genüßlich und vollkommen ungeniert a capella durch. Es war eins meiner Lieblingslieder, und ich hatte es im Lauf der Zeit mit vielen Extras ausgestattet. Der Hof bot wirklich eine ganz annehmbare Klangkulisse.
Nachdem ich das Lied beendet hatte, erklärte ich: »Ich singe es mehr wie Fontella Bass, weniger wie Diana Ross – falls du verstehst, was ich meine?«
»Ist doch wonnig«, sagte Rüdiger. »Würdest du übrigens ein Bild von Picasso erkennen?«
Und so weiter, den ganzen Nachmittag lang.
Rüdiger seinerseits machte sich Notizen über meinen Wissens- oder besser: Unwissensstand. »Nun, das sollten wir bewerkstelli-

gen können«, meinte er schließlich. »Wenn du alle Bücher liest, die ich dir gebe – so ungefähr fünf, sechs in einer Woche –, wenn du außerdem mindestens einmal, besser zweimal in der Woche hier erscheinst, um dich mit Wissen vollpumpen, examinieren und drangsalieren zu lassen, dann werden wir dich zu einem kulturell orientierten Menschen machen. In knapp zweihundert Jahren.« Und wollte sich totmeckern über meinen Gesichtsausdruck.

Am Abend gingen wir in die große Erdgeschoßwohnung, die ich damals in verwüstetem Zustand kennengelernt hatte. Natürlich standen überall antike Möbel aus dunklem und rötlichem Holz, voller Schnitzereien und Intarsien. (Ich wußte damals allerdings noch nicht, was das ist.)

Daß die Wohnung trotzdem nicht düster wirkte, lag am dicken weißen Teppichboden und den weißen Gardinen. In mindestens drei Zimmern bestanden die Wände praktisch nur aus vollgepropften Bücherregalen. Rüdiger kaute nachdenklich an einem seiner seitlichen Bärte und begann, hier und da ein Buch für mich herauszuzupfen.

Ich bekam ein Werk über Wallenstein und Gustav Adolf, eins über die flämische und holländische Malerei des Barock, einen Sammelband mit Shakespeares ausgewählten Dramen, einen Roman über Henri IV. von Heinrich Mann sowie einen dicken alten Wälzer über die Verfolgung der Hugenotten.

»Wenn du etwas nicht verstehst oder Fragen dich anwandeln, leg Zettel hinein und besprich es mit mir am nächsten Wochenende!«

Ich umklammerte den Bücherstoß mit beiden Armen und klemmte mein Kinn obendrauf. »Jetzt komm ich überhaupt nicht mehr zum Fernsehen.«

»Welch rührender Irrtum!« Rüdiger packte Videokassetten auf den Bücherberg. Eine über die Bartholomäusnacht, eine über Hamlet (mit Mel Gibson, immerhin!) und eine Dokumentation über Licht und Dunkel in den Werken der alten niederländischen Meister.

»Irgendwo müssen wir schließlich anfangen. Viel Spaß damit«, meinte er abschließend und öffnete mir seine Wohnungstür. Davor stand ein Mann. Er musterte mich und meine Kulturlast mit sanftem Erstaunen. Dicky wedelte ihn hingerissen an. Wäre ich dazu in der Lage gewesen, hätte ich auch gewedelt.

»Dodo, darf ich dir meinen Freund Lorenz Maurelius vorstellen? Lorenz, dies ist meine Lebensretterin, Dodo Mehlig, erinnerst du dich? Ich hab dir von ihr erzählt…«

Verflixt, dachte ich, warum sind immer nur diese Art Männer so hübsch? Denn Maurelius war eine Augenweide, bleich und schmächtig, mit feiner Nase, großen dunklen Augen und hoher, runder Stirn. Im schwarzen Haar, das sich in Naturwellen über den Ohren bauschte, saßen silberne Strähnen, neben den Mundwinkeln und zwischen den Augenbrauen scharfe Falten. Wahrscheinlich war er nicht mehr der Jüngste. Aber einer der schönsten. Und – soweit ich es beurteilen konnte – geschmackvoll und teuer gekleidet.

»Ihr müßt euch unter allen Umständen kennenlernen – Dodo, mein Herz, du hast doch noch ein wenig Zeit?« Rüdiger nahm mir den Kulturpacken wieder ab und legte ihn auf die Ebenholzkommode unter den Spiegel.

Lorenz ging in die Knie, kraulte Dicky zwischen den Ohren: »Wen haben wir denn hier?« Ich stellte meinen Hund vor. Er hechelte den schönen Mann hingerissen an und ich fragte mich, ob das gute Tier womöglich ohne mein Wissen auch am anderen Ufer wandelte.

»Nicht unbedingt ein Adonis«, merkte Rüdiger an, und er meinte damit natürlich Dicky, »jedoch ohne ihn und sein schrilles Gekläff besäße ich heutigentags keine wohlgeformte Nase mehr. Sie hatten sich damals just so schön auf mein Gesicht eingetreten… Kommt doch endlich rein! Also, die Kaffeekanne ist leer – jetzt kredenze ich euch ein Schlückchen Barolo…«

Wir setzten uns auf Ledersessel im mittleren der Wohnzimmer. Das sensible Dickylein hatte Hemmungen, sich auf dem weißen Teppichboden niederzulassen und blieb mit leicht eingeknickten Beinen ratlos stehen, bis Rüdiger ihm eine flauschige dunkle Decke vor die Pfoten legte, bevor er Gläser verteilte und eine Flasche aus der Küche holte.

»Was ist Barolo?« fragte ich mißtrauisch.

»Schwerer Rotwein«, antwortete Lorenz.
»Schätzchen, möchtest du lieber Soda oder Saft?« fragte Rüdiger väterlich mit besorgt gefurchtem Gesicht. Und zu Lorenz: »Ich hab das arme Kind bei unserer ersten Begegnung aus Versehen restlos besoffen gemacht. Hab ihr deinen Pérignon eingeflößt...«
»Bei eurer ersten Begegnung? Während du dich sterbend in deinem Blut gewälzt hast, hast du ihr gleichzeitig noch Champagner eingeflößt? Das sieht dir ähnlich!«
Rüdiger kicherte. »Schön, bei unserer zweiten Begegnung. Im Krankenhaus. Sie war's, die Schokocurly des Gebäudes verwiesen hat.«
»Sie hätte ihn lieber gleich mit seinen schmutzigen Haarschläuchen erwürgen sollen!« entgegnete Lorenz kühl. »Ich begreife nicht, warum du diesem Abschaum nicht Gerechtigkeit widerfahren läßt, indem du ein kleines Gegenkillerkommando anheuerst...«
Ich starrte ihn erschrocken an. Er wirkte so vornehm und gemäßigt. Die blutrünstige Rede überraschte mich. Ui, dachte ich, muß der eifersüchtig sein!
Rüdiger, der gerade den Barolo eingoß, bemerkte meinen Blick. »Lorenz war früher als Rechtsanwalt tätig. Er hegt sehr persönliche Ansichten über Recht und Gesetz«, erläuterte er. »Und sehr persönliche Gefühle für braune Jünglinge mit Rastalocken. Obwohl ihn das überhaupt nichts angeht.«
Ich kostete von dem Barolo. Der Geschmack gefiel mir. Ich bat trotzdem um Mineralwasser und entschuldigte mich damit, daß ich mich an diesem Abend noch auf den Batzen Kultur stürzen wollte.
»Was habt ihr denn überhaupt vor?« erkundigte sich Lorenz. Seine großen dunklen Augen musterten mich interessiert.
»Das ist ein subtiles Geheimnis...« fing Rüdiger an.
Ich unterbrach ihn: »Es geht um Curd Andreesen. Den Kultur-Fernsehmann.«
Ich weiß nicht, warum ich dieses spontane Vertrauen zu Lorenz Maurelius faßte. Ich möchte nur bemerken, daß ich es nie bereut habe.

Lorenz war von meiner Queste genauso fasziniert wie Rüdiger. Und er fand sie genausowenig falsch oder verrückt. Wir redeten eine ganze Weile darüber. Dann hörten wir Dickys leises Winseln aus dem Flur.

Wir stürzten zu dritt hinaus. Mein Hund kauerte vor der Wohnungstür. Als er uns sah, begann er, am Holz derselben zu kratzen.

»Er hat vorhin soviel Wasser geschlabbert!« fiel mir ein. »Und ich wollte sowieso schon vor einer Stunde gehen …«

Rüdiger hatte wahrscheinlich ebensoviel Angst um seine Tür wie um seine Teppiche. Er öffnete dem hinausrennenden Dicky, gab mir mit Schwung den Kulturpacken in die Hände, küßte mich auf die Wange und schob mich auch schon hinaus: »Bis bald, Rosenschnute! Wir telefonieren.«

Als ich neben dem beinchenhebenden Hund verharrte, kam Lorenz Maurelius hinter mir her auf die Straße und reichte mir Shakespeares Dramen. »Hier – Macbeth und Hamlet sind in der Eile liegengeblieben. Hast du deinen Wagen da, oder soll ich dich nach Hause bringen?«

»Ich hab kein Auto. Ich kann gar nicht fahren. Ich wohne ja nur zwei Blocks weiter!« erklärte ich.

Lorenz lächelte. »Dann solltest du vielleicht im Rahmen deiner Vervollkommnungsaktion auch noch Fahren lernen. Es verursacht Streß und kostet Nerven und trägt dazu bei, die Umwelt zu vergiften. Es stärkt jedoch auch das Selbstwertgefühl. Übrigens habe ich mich gefreut, dich kennenzulernen. Wiedersehen, Dodo.«

Er nickte mir zu und ging ins Haus zurück.

Mein Fahrlehrer hieß Schimmelmann. Eigentlich Alfred, doch alle nannten ihn Ali.

Als ich Ali Schimmelmann zum ersten Mal gegenüberstand, bekam ich sofort starkes Herzklopfen. Er ähnelte nämlich Curd Andreesen, obwohl sein kurzes, dichtes Haar nicht graumeliertschwarz war, sondern maisgelb. Dafür besaß er nahezu dieselben schwarzen Augen, verschmitzt und tiefliegend, sowie dasselbe vergnügte Lachen mit den dazugehörigen Lachgrübchen. Er

sprach auch ähnlich lässig und langgezogen-träge wie Andreesen. Sehr selbstsicher wirkte das.
Ich meldete mich in der Fahrschule gleich als Dodo Mehlig an. Niemand protestierte. In meinem Ausweis stand Dorothea, das würde auch im Führerschein stehen. Und Ali Schimmelmann nannte alle weiblichen Fahrschüler sowieso nur Süße.
»So, Süße, dann woll'n wir mal, oder wie?« sagte er, »Kupplung treten – das ist der Knubbel dort – Schlüssel rumdrehen – ersten Gang einlegen – Handbremse lösen – Kupplung langsam loslassen – mit der Haxe da – und gleichzeitig langsam Gas geben – mit der Haxe hier – klasse, Süße, astrein. Jetzt in den zweiten Gang schalten – hohoho – zerrst du am Knüppel von deinem Freund auch so? Schön mit Gefüüüüühl... Merkst du was? Du fährst!«
Es war sehr aufregend.
»Warum machst du den Führerschein?« wollte Ali wissen, bequem zurückgelehnt, die Zigarettenkippe auf der Unterlippe, einen Ellbogen nach draußen gebogen, während ich, ums Steuer gekrampft, die Zungenspitze im Mundwinkel, eine Nebenstraße entlangschlich.
»Ich möchte fahren können!« sagte ich in ziemlich pampigem Ton. Das war ganz mein altes Selbst – ich reagierte ruppig, wenn ich mich ausgefragt fühlte.
Ali blieb gelassen. »Das ist ja mal eine besonders pfiffige Antwort. Und brauchst du das beruflich – oder mehr privat?«
»Ich brauche es für mein Selbstwertgefühl«, antwortete ich diesmal artig – und viel zu ehrlich. Ich fand einfach nicht den Mittelweg.
»Guck an. Ist das kleine Ego so winzig?« Schimmelmann kitzelte mich mit dem Daumen im Nacken, worauf mir der Fuß von der Kupplung rutschte und wir recht abrupt stehenblieben.
Nachdem Ali uns wieder in Gang gesetzt hatte, fuhr er mit dem Geplauder fort: »Also das kleine Ego soll wachsen, ja? Finde ich gut. Du mußt dir immer sagen: Ich bin ein Gewinner! Ich bin ein Gewinner!«
»Sollte ich mir nicht lieber sagen: Ich bin eine Gewinnerin!?« gab ich zu bedenken, während ich einen unkrautbewachsenen Wendekreis umkurvte.

»Von mir aus. Der Effekt ist bestimmt der gleiche«, versprach mein Fahrlehrer.

»Da ist Ilonka...« murmelte er anschließend vor sich hin, als wir wieder auf den gepflasterten Hof der Fahrschule rollten.

In der Tat, da stand sie, Dicky neben sich an der Leine: Ilonka, blond, üppig und mit vielen goldenen Armreifen und Ketten geschmückt, Schimmelmanns Lebensgefährtin und Mitbesitzerin der Schule. Deshalb ließ er auch unauffällig seinen Arm von der Lehne des Fahrersitzes gleiten und dämpfte das Funkeln seiner schwarzen Augen.

»Das war doch nicht schlecht für's erste Mal!« versicherte er mir mit seriösem Gesichtsausdruck.

Ich kletterte glücklich und etwas zitterig aus dem Wagen, ging auf Ilonka zu und bekam zu hören: »Das Hundchen nehmen Sie nächstes Mal lieber mit ins Auto! Das jault ja zum Steinerweichen, kaum, daß Sie vom Hof sind...«

5. *Kapitel*

In dem Rüdiger weiße Bettücher empfiehlt und Freundlichkeiten von Frau zu Frau verteilt – Dodos Zähne nachweislich knirschen – Simone sich als Einzelkind outet – zwei Personen gemeinsam nur über drei Beine verfügen – und der Sandfloh Gelegenheit bietet, ein wenig frische Luft zu schnappen

Der Sommer regnete sich nach und nach vom Himmel. Rüdiger beklagte sich, daß seine Gartenpflanzen an der Nässe zugrunde gingen, bevor er mir etwas über Charles Dickens und die drei Schwestern Charlotte, Emily und Anne Brontë erzählte.

Die Pädagogik schien ihn aufrichtig zu befriedigen. Das, worüber er redete, interessierte in selbst ganz außerordentlich. Manchmal war er derart engagiert, daß ihm vor Bewegung die Stimme brach, zum Beispiel bei Vincent van Gogh.

Rüdiger zeigte mir nicht nur dessen Sonnenblumen und besonnte Felder, sondern auch alle Selbstporträts: »Ein zutiefst unglücklicher Mensch, Dodo, der an der Einsamkeit des Außenseiters litt. Niemand hat ihn je wirklich verstanden, ein einziger – sein Bruder – hat ihn geliebt. Verstanden wohl auch nicht. Van Gogh konnte zu Lebzeiten eins, ein einziges seiner wunderbaren Bilder verkaufen, um lächerliches Geld. Inzwischen sind seine Werke Millionen wert. Sieh ihn dir an – das lodernde Haar, die hilflosen, porzellanblauen Augen … Er war ausgeliefert, seinen eigenen Leidenschaften, dem Feuer, das in ihm kochte … Er hat tapfer immer wieder versucht, sich irgendwie zu fassen …«

Und er spielte mir ausnahmsweise ein modernes Lied vor, es klang fast wie ein Folksong: »Starry, Starry Night« – darin besang ein Mann mit sehr zärtlicher Stimme nicht nur die spiralige Sternennacht, die Vincent gemalt hatte, sondern auch seine verzweifelte Fremdheit in der Realität.

»Der hier – der hat ihn verstanden!« flüsterte Rüdiger, und in seinen Augen standen tatsächlich Tränen.

Inzwischen gab er mir nicht mehr so viele Bücher zum Selberle-

sen, sondern er las mir die wichtigsten Stellen vor, erzählte den Rest des Inhalts und fragte beim nächsten Mal, ob ich alles behalten hatte. Dabei stellten wir beide fest (und mich überraschte das einigermaßen), daß ich ein höllisch gutes Gedächtnis hatte.
Normalerweise besuchte ich Rüdiger in seiner Wohnung, in der sich das Lernmaterial befand. Als ich mit einer Erkältung darniederlag, kam mein Freund allerdings zu mir, beide Arme voller Bücher, Videos und CDs.
»Parbleu! Warst du gemütsgestört, als du dich eingerichtet hast?« lautete sein erster Ausruf, während er sich in meiner Behausung umsah. »Hättest du nicht mit etwas gutem Willen noch mehr Stillosigkeit, dümmlichen Krimskrams und grelle Farben hier hineinquetschen können? Oh, gütige Göttin der Harmonie, verhüll dein Haupt und seufze …«
»Ist es wirklich so schlimm?« krächzte ich erschüttert vom Sofa her, auf das ich mich wieder gebettet hatte, nachdem mein Gast eingetreten war. Dicky blickte Rüdiger auch ganz deprimiert an und versuchte erfolglos, sein stehendes Ohr anzulegen.
»Schlimmer. Schmerzhaft. Laß nur unter keinen Umständen je deinen Märchenprinzen hinein, bevor alles anders aussieht, hörst du? Die Folgen dieses Anblicks dürften Magenkrämpfe, tiefe Niedergeschlagenheit und akute Impotenz sein, ich versichere es dir.«
»Du meinst, ich muß mich neu einrichten?« fragte ich betreten.
»Wenn deine Gemächer zu deiner verschönerten Gestalt und deinem wachsenden Geist passen sollen – unbedingt. Wenn dir irgend jemand abkaufen soll, daß du ein gebildetes Wesen bist und nicht die Tochter der Barbaren. Dabei wird es weniger aufwendig oder kostspielig, als du denkst!« versicherte Rüdiger, umherspazierend, beide Hände in den Hosentaschen. »Du mußt einfach alles auf den Müll werfen, was du für dekorativ hältst und nicht lebensnotwendig brauchst. Die wenigen Reste solltest du auf eine, höchstens zwei Farben zurechttrimmen, lackieren, beziehen. Entscheide dich für Weiß. Weiß ist eine leichte, anmutige Wohnfarbe, die keinen Hader mit anderen Tönen anfängt. Notfalls überwirfst du einfach alles mit weißen Bettlaken. Das dürfte gegen den der-

zeitigen ästhetischen Zustand deiner Wohnung eine Steigerung um zweihundert Prozent darstellen.«
Er wandelte über den Flur in die Küche, gestattete sich einen Blick ins Bad und einen ins Schlafzimmer. Von dort tauchte er mit sorgenvoller Miene wieder auf: »Deine mobile Curd-Andreesen-Andachtsstätte wirst du hoffentlich auch abtragen, bevor es ernst wird? Stell dir die Situation vor: Er ist im Begriff, deine Tugend und dein Bett zu erobern und sieht sich unvermutet seinen albern lächelnden Porträts gegenüber, die dokumentieren, daß eine Eroberung vollkommen überflüssig ist. Wo hast du die vielen Fotos von dem Menschen her?«
»Aus Fernsehzeitschriften. Ich gucke jede Woche, welche was über ihn bringt, und die kauf ich dann. Ich brauch doch was zum Durchhalten bei meiner Queste!«
»Schön, das ist begreiflich, wenn auch unerquicklich zu betrachten. Im übrigen trifft auf den Rest deiner Wohnung dasselbe zu wie auf's Wohnzimmer: entfernen, wegwerfen, ausrotten, kaum etwas übriglassen.«
Da seine Ratschläge mich deutlich an Simones Vorgehensweise mit meiner ehemaligen Garderobe erinnerten, war ich geneigt, ihm recht zu geben.
»Wo ist deine Musikanlage?« erkundigte Rüdiger sich etwas später, als er mir zur Demonstration – wir beschäftigten uns gerade mit George Sand, ihren Freunden und ihrer Ferienzeit auf Mallorca – Etüden von Chopin vorspielen wollte. Er hob den durchsichtigen Deckel von der CD-Hülle und sah mich fragend an.
Ich bekam einen Hustenanfall, putzte mir ausführlich die Nase und gab dann zu: »Ich hab nur ein Radio im Bad – und eins in der Küche, mit Kassettenfach – und hier im Zimmer die grüne Truhe da...«
»Die was –?« Rüdiger schlich auf Zehenspitzen zu dem alten Ding und beäugte es mißtrauisch von allen Seiten. »Ist die echt?«
»Ja. Hat mir mein Opi vererbt. Es ist ein richtiger Plattenspieler. Du mußt den Arm noch selbst aufsetzen...« Ich sprang im Schlafanzug hin, legte eine meiner alten Schallplatten auf und drehte be-

hutsam am Lautstärkeknopf. Aretha Franklin bat energisch um mehr Respekt.

Rüdiger hörte eine Weile mit offenem Mund zu. Dann meinte er: »Warum knisterst du nicht, wenn du singst?«

»Ich dachte, du liebst Antiquitäten?« sagte ich beleidigt. Ich war immer recht stolz auf den betagten Plattenspieler gewesen. Mein Opi selbst hatte ihn noch grasgrün lackiert.

»Erinnere mich daran, daß wir bei Gelegenheit ein Extrastündchen einlegen: Antikes oder höherer Trödel im Gegensatz zu Kitsch, Tinnef und Ramsch!« verlangte Rüdiger. »Sei nicht beleidigt, Herzenskind, ich meine es nicht böse mit dir. Mit vielen anderen Leuten ja. Mit dir nicht.«

Wir tranken Kaffee und vertieften uns anschließend derartig in unseren Lernstoff, daß der Lehrer plötzlich meldete: »Es ist keineswegs dein Köter, sondern mein Magen, der diese wehleidigen Geräusche verursacht. Es geht schon auf halb neun zu – hast du ein bißchen Abendbrot für deinen Freund Rüdi?«

»Nur gesunde Sachen zum Abnehmen. Und mein Freund Rüdi braucht ja wohl nicht abzunehmen. Zu mit brauchen, hast du gehört?«

Er grinste geschmeichelt. »Dann steh auf von deinem Jammerlager, meine Rosenschnute, wirf dir ein Gewand über und laß uns das chinesische Restaurant stürmen!« schlug er vor. »So todkrank bist du doch nicht, daß ein wenig knusprige Ente dir schaden könnte?«

»Knusprige Ente wirft mich um Kilos zurück. Ich komm' trotzdem mit. Ich werd' Suppe essen – oder eine kleine Frühlingsrolle ...« sagte ich schwermütig.

Das war immer noch der schwierigste Teil meiner Wandlung.

Ich aß so gerne.

Die gymnastischen Aktivitäten machten mir inzwischen nicht mehr viel aus, ich rasierte mir klaglos alle zwei Tage die Beine, ich kleisterte ergeben Haarkur auf meinen Kopf und Masken auf mein Gesicht, ich rieb tapfer meinen Busen mit Eis ab und massierte ihm Ampullen ein, die gar nicht gut rochen – aber diese Diät! Nicht, daß mir die winzigen, frischen Häppchen nicht geschmeckt hätten. Sie machten richtig Appetit. Nur wurde ich das Bedürfnis nicht los, riesige Portionen Eisbein, Berge von Kartoffeln sowie mehrere geräucherte Aale hinterherzustopfen...

Ich pfriemelte die Kontaktlinsen in meine geröteten Augen und puderte meine Nase.

Am liebsten hätte ich mir nur die alte Brille ins Gesicht gesetzt, aber ich hatte Frau Sawade versprochen, in jeder Lebenslage auf meine Attraktivität zu achten: »Das Gefühl dafür entwickelt sich sonst nämlich schnell wieder zurück, Frau Mehlig. Einmal die Disziplin vernachlässigt, und bald essen Sie wieder ein Häppchen hier und ein Törtchen da – ›es kommt ja sowieso nicht so drauf an‹!« hatte sie mich gewarnt.

Rüdiger stieg mit Dicky an der Leine die Treppe hinunter, während ich noch meine Wohnungstür abschloß. Ich hörte, wie unten gerade die alte Frau Benatzki aus ihrer Tür kam und gleich darauf ihre zänkische, schrille Stimme: »Also, hören Sie mal, jetzt bin ich ja fast über die Hundeleine gestolpert! Können Sie nicht warten, bis ich durch bin mit dem Korb?«

Ich blickte schnell übers Geländer nach unten. Frau Benatzki trug einen roten Plastikkorb voll Schmutzwäsche, mit der sie wohl zur Waschmaschine im Keller wollte.

Rüdiger zerrte Dicky an ihr vorbei und antwortete: »Nein, Gnädigste, ich kann durchaus nicht warten, bis Sie durch sind! Hunde haben bekanntlich eine äußerst empfindliche Nase, und der scharfe Dunst nach Altweiberkörper, der Ihrer Wäsche entströmt, würde das arme Tier unwiederbringlich schädigen, wenn es nicht sofort an die frische Luft kommt.«

Wunderbar, dachte ich. Dickys ewiges Jaulen und Kläffen – mein wiederholtes Singen im Treppenhaus (eine fabelhafte Resonanz!) und jetzt Rüdigers Freundlichkeiten von Frau zu Frau. Demnächst wird mir sicher die Plakette »Beliebtester Mieter des Jahres« verliehen.

»Sie knirschen übrigens nachts mit den Zähnen, Frau Mehlig!« sagte mein Zahnarzt und sah mir durch seine Brillengläser streng in die Augen. Da mein Mund gerade weit offenstand, konnte ich

nicht protestieren, nur schwächlich mit den Schultern zucken. Ich bezweifelte seine These. Soviel ich wußte, wohnte er in Schenefeld und keineswegs Wand an Wand mit meinem Schlafzimmer.
»Ihre Kauflächen fangen bereits an abzuschleifen. Sie brauchen beim Schlafen eine Plastik-Beißschiene!« fuhr er fort.
»Dann würde ich immer von Boxkämpfen träumen!« protestierte ich, sobald ich wieder sprechen konnte.
»Sie müssen es ja wissen!« erwiderte er gekränkt. Ich ließ mir das Papierlätzchen abnehmen und verdrängte jeden Gedanken an mein Gebiß. Ich war fürs Wochenende mit Simone Sawade verabredet, sie nahm mich mit ins Ferienhaus ihrer Eltern an der Ostsee. Zwar regnete es wie gehabt, der Wetterbericht deutete jedoch vage eine leichte Besserung am Samstagnachmittag an.
Ich spannte meinen Schirm auf und ging zu Fuß nach Hause. Durch die frische Luft würde hoffentlich die Wirkung der Betäubungsspritze schneller verfliegen. Als ich ankam, konnte ich meine Schuhe auswringen.
Ich nutzte die Gelegenheit, um gleich noch mit Dicky durch die Pfützen zu patschen. Der Ärmste zwinkerte ständig mit den Augen, weil die aufprallenden dicken Regentropfen ihn von unten her anspritzten.
Nach meinem Abendbrot – eine Schüssel grünen Salat, zwei Möhrchen, eine rote Paprikaschote – gönnte ich mir ein heißes Bad. Anschließend wusch ich mein Haar über dem Handwaschbecken. Und so überkopf grübelte ich darüber nach, daß ich noch nie in Film oder Fernsehen einen Menschen gesehen hatte, der sich die Haare im Waschbecken wusch. Die Schauspieler und Schauspielerinnen standen vielmehr samt und sonders unter einer sprudelnden Dusche und ließen sich das Wasser nur so übers Gesicht rauschen. Egal, ob sie wirklich allein auf Reinigung aus waren, sich von einer Gewalttat erholten, sich zu zweit der Liebe widmeten oder sich ermorden ließen – sie schienen es als wahre Wonne zu empfinden, wenn ihnen das Wasser über die Ohren, die Nase und die Augen lief. Allein deswegen hätte ich niemals Schauspielerin werden können. Meine Unfähigkeit zum Duschen würde jede Karriere zertrümmern.

Nachdem mein Haar trockengefönt war, packte ich für das Wochenende. Ich tat das zum ersten Mal in meinem neuen Leben – und ich wunderte mich, wieviel mehr Dodo mit sich herumschleppen mußte als Dörthe.

Früher brauchte ich Zahnpasta und Zahnbürste sowie Seife und meine Tag-und-Nacht-Creme. Und natürlich Kleidung. Dafür hatte stets die schwarze Reisetasche ausgereicht. Jetzt packte ich alles zusammen, was ich an Kosmetik für zwei Tage dringend benötigte. Daraufhin beulte sich die Tasche nach allen Seiten aus, ließ sich mit gequältem Stöhnen den Reißverschluß zuziehen und bot noch nicht mal mehr Platz für eine Strumpfhose.

Als Simone klingelte, um uns abzuholen, bestand unser Gepäck aus einem vollen Lederkoffer, der besagten Tasche, einer großen Plastiktüte mit mehreren Hundefutterdosen, dem Hundekuchenpaket, Dickys Näpfen und seiner Decke.

Simone protestierte mit keiner Silbe. Sie blickte sich nur erstaunt um, weil sie durch die geöffnete Tür in mein Wohnzimmer gucken konnte: »Sind bei Ihnen die Maler – oder wieso ist alles weiß abgedeckt?«

Ich nahm Dickys Leine und unser Gepäck und erklärte: »Es ist nicht *alles* weiß abgedeckt. Nur die Farben, die sich am meisten miteinander kloppen …«

Es war noch hell, als wir beim Wochenendhaus ankamen. Hell – aber alles andere als trocken. Der Regen prasselte aggressiv auf das flache, geteerte Dach.

Simone schob Dicky und mich in ein hübsches kleines Zimmer. Es ging auf elf zu, und wir beschlossen, schon ins Bett zu gehen.

»Dann wachen wir morgen auch früh auf und haben mehr vom Wochenende!« erklärte Simone.

Dicky schlief ein, kaum, daß er sich auf seiner Decke zusammengekringelt hatte. Ich machte es mir im Bett mit dem »Schimmelreiter« bequem – Rüdiger und ich nahmen unter anderem gerade Theodor Storm durch – als ich dicht neben mir beunruhigende Geräusche hörte. Ein leises Knacken und Krachen in immer wiederkehrendem Rhythmus.

Ich stieg besorgt aus dem Bett, öffnete so leise wie möglich meine

Tür und blieb zögernd auf dem kleinen dunklen Flur stehen. Auch hier waren die seltsamen Geräusche deutlich zu vernehmen.
Ich schlich zur nächsten Tür und fragte halblaut: »Frau Sawade?«
»Was denn?« kam es gereizt – und atemlos – von drinnen. Ich schwieg zunächst verwirrt. Sollte es mir entgangen sein, daß Simone einen Liebhaber ins Haus gelassen hatte?
»Was ist denn –?!« fragte Simone gleich darauf noch gereizter.
»Oh, eigentlich nichts ... Ich dachte bloß ... Kann ich Ihnen irgendwie helfen?« fragte ich verlegen.
»Nicht nötig«, erwiderte ihre kühle, arrogante Stimme. »Ich mache nur meine Abendgymnastik. Dies Haus ist ziemlich hellhörig. Sie haben vermutlich das Knarren meiner Knie gehört. Ich bin auch gleich fertig, dann ist Ruhe. Gute Nacht!«
»Gute Nacht!« flüsterte ich beschämt. Und eilte zurück zu Theodor Storm.

»Sie knirschen übrigens nachts mit den Zähnen, Frau Mehlig«, bemerkte Simone am nächsten Morgen beim Frühstück. Ich blickte sie erschüttert an. Jetzt wagte ich nicht mehr, es zu bezweifeln. Wenn ich durch diese Wände ihre Knie knarren hörte, dann konnte sie ebensogut meine Zähne knirschen hören.
»Das hat mein Zahnarzt mir auch schon gesagt. Woher kommt denn das?«
Irgend etwas an Simone Sawade vermittelte immer das Gefühl, sie könnte jede Frage beantworten und würde niemals »weiß ich auch nicht« sagen.
»Nächtliches Zähneknirschen? Vom Streß. Daran leiden sehr viele Menschen. Ich hab das auch jahrelang gemacht. Wenn Sie einen Beißschutz tragen, kann den Zähnen nicht viel passieren«, erklärte sie denn auch sofort geläufig.
Ich starrte grübelnd in meine Teetasse. »Als ich noch häßlich und dick und geschmacklos angezogen war, hab ich bestimmt nicht mit den Zähnen geknirscht. Naja, kein Licht ohne Schatten, sagt meine Mutter immer.«
Simone betrachtete mich über den Tisch hinweg. »Sie meinen, Sie waren früher glücklicher?«

»Nein, nein... Glücklicher bestimmt nicht. Aber bevor ich überhaupt die Idee kriegte, so sein zu wollen wie Sie – oder wie Tanja Bausch, diese Nachrichtensprecherin – da hatte ich doch so eine Art gemütliche Seelenruhe. Oder wenigstens eine Art Betäubtheit. Ich hab beinah nicht über mich selbst nachgedacht. Höchstens über andere. Eigentlich hab ich überhaupt kaum nachgedacht. Ich war bloß irgendwie da – so wie ein Baby vor der Geburt etwa.«

Simone goß sich plätschernd Kräutertee ein. »Embryonale Dumpfheit. Wie sind Sie eigentlich aus diesem Zustand heraus plötzlich auf die Idee verfallen, daß Ihre Geburt fällig ist?«

Ich brauchte einen Moment, bis ich mich in der Metapher zurechtfand. »Ach so. Mhm... Da war ein Mann morgens im Bus...«

»Ach je, ein Mann«, meinte Simone ironisch.

»Ja. Nein – der hat nur so rumgeredet, daß jeder immer bereit sein sollte und aufpassen muß, ob das Schicksal gerade heranbraust. Deshalb war ich aufmerksam, und dann ist es auch herangebraust. Vor dem Verlag stand Herr Kuchenbecker und hat sich mit diesem Curd Andreesen unterhalten – Sie wissen doch, Curd Andreesen?«

»Selbstverständlich. Ich habe ja sein Buch bearbeitet. Netter Kerl. Sympathisch und intelligent. Also doch ein Mann. Aha – und deshalb Tanja Bausch! Die wollen Sie ausstechen –?« Simone schob ihren Stuhl zurück und betrachtete mich so kritisch wie beim ersten Mal im Café Wanda. »Warum nicht – eines Tages. Wir sind ja noch lange nicht fertig mit der Wandlung. Warum haben Sie eigentlich Ihren Mund schon wieder nicht geschminkt?«

»Weil... Nach dem Frühstück male ich ihn sofort an!« Ich konnte einen Seufzer nicht unterdrücken. »Ich weiß, ich darf das nicht sagen. Aber mein Mund sieht immer noch so...«

»So beleidigt aus? Stimmt. Sind Sie schon mal auf die revolutionäre Idee verfallen, zu lächeln?«

»Natürlich. Ich lächle oft. Ich wollte es mir auch richtig angewöhnen. Dann hab ich aus Versehen in den Spiegel geguckt, und ich sah so aus, als ob... Ich hatte mal eine Großtante, die hatte Hämorrhoiden und konnte nicht sitzen, und wenn sie doch mal Platz nahm …«

»Ich versteh schon. Es sieht verkrampft aus. Lächeln sollte man schließlich auch aus innerer Heiterkeit heraus«, verkündete Simone, während sie mit zusammengezogenen Augenbrauen ein Joghurtglas öffnete. »Ich muß sagen, ich verstehe nicht, weshalb Sie nicht vergnügter sind. Früher hatten Sie vielleicht weniger Streß – aber Sie sahen viel unattraktiver aus. Sie müssen sich doch auch plump gefühlt haben. Sie sagen selbst, Sie waren früher bloß ›irgendwie da‹. Dagegen sollten Sie doch jetzt glücklich sein!« Sie suchte ungeduldig in der Schublade hinter sich nach einem Joghurtlöffel. Dicky zuckte zusammen, als Simone sie mit einem Knall wieder schloß.

»Sie haben die innere Heiterkeit auch nicht gerade erfunden. Sie haben bloß zufällig 'ne hübschere Mundform«, brummelte ich. Dann senkte ich schuldbewußt den Blick. Was fiel mir ein, so mit Frau Sawade aus dem vierten Stock zu reden? Mit meiner Schönheitslehrerin? Mit meiner Gastgeberin?

Zu meiner Überraschung lachte sie laut los. Sie stieß ihre Tasse an meine und sagte: »Ich heiße bekanntlich Simone. Ehrlich gesagt fällt mir dein Vorname jetzt nicht ein …«

»Dorothea«, erwiderte ich. »Meine wirklich guten Freunde sagen aber alle Dodo zu mir.«

Es hörte das gesamte Wochenende lang keine Sekunde zu regnen auf. Simone meinte, ein verregneter Sommer sei ihr im Prinzip recht: »Wenn's trocken ist, sterbe ich jedes Jahr fast an Heuschnupfen!« Wir zogen Gummistiefel und die blauen Öljacken an, die im Hausflur hingen, und schlichen, geduckt gegen den Wind, mit Dicky am Strand entlang.

Seit ich nicht mehr Frau Sawade, sondern du, Simone sagte, fiel es mir viel leichter, mit ihr zu reden. Und wir lachten viel mehr.

Ich preßte jeden kleinsten Erinnerungstropfen an jedes kleinste Erlebnis mit Curd Andreesen aus ihr heraus. Es tat mir wohl, wie gut sie über ihn sprach. »Nicht arrogant, pünktlich und zuverlässig in der Zusammenarbeit, vielleicht ein bißchen oberflächlich, aber

freundlich und nett.« Naja, daß er oberflächlich war, dachten vielleicht viele Menschen, durch seine heitere, jugendliche Art getäuscht. Tanja Bausch hatte Simone auch einmal kurz kennengelernt. »Sie ist erstaunlich groß, so groß wie er, und ich finde, sie wirkt etwas unbeholfen«, beschrieb sie die Fernsehansagerin zu meinem Entzücken.
An diesem Wochenende erblickte ich zum ersten Mal Simones Beine. Sie trug grundsätzlich Anzüge oder Hosen. Da sie einen winzigen runden Popo und sehr schmale Hüften besaß, sah das äußerst elegant aus, und ich hatte sie oft darum beneidet.
Geduldig hatte Simone mir immer wieder erklärt, daß mein Knochenbau – eine eher nach innen gebogene Taille, trotz Übergewicht, und runde Hüften – sich nicht gut für Hosen eignete. »Natürlich können Sie Hosen tragen, Frau Mehlig. Jeder kann Hosen tragen, und den meisten Menschen ist es ja auch völlig egal, wie's aussieht. Oder vielmehr, sie machen sich keine Gedanken darüber und haben keinen Blick dafür. Aber wenn Sie *optimal* aussehen wollen – dann sollten Sie Röcke tragen. Sie haben lange und wohlgeformte Beine, das sieht man ja sogar jetzt, obwohl sie immer noch etwas zu dick sind …«
Wirklich überzeugt hatte mich das nie. Bis ich jetzt unvermutet sah, wie sie barfuß, mit nackten Beinen, nur in einem Big Shirt, aus dem Badezimmer stürzte: »Gott o Gott, da ist eine – ich hasse diese Viecher!«
Dicky haßte diese Viecher auch – egal, welche – und zog sich unauffällig in die Küche zurück.
Ich marschierte todesmutig ins Bad, erledigte die dicke Spinne über der Wanne mit einem Stück Klopapier und beruhigte Simone: »So, jetzt ist sie im Spinnenhimmel!« Ich bemühte mich dabei taktvoll, nicht so entgeistert hinzusehen, aber das ging daneben.
Simone hatte überhaupt keine Fesseln. Ihre Unterschenkel bildeten ab dem Knie eine gerade Linie bis zu den Fußknöcheln. Natürlich bemerkte sie meine Blicke. »Ja, siehst du – deshalb trage ich nie Röcke oder Kleider, schon gar nicht kurze!« sagte sie mit dem Versuch eines unbefangenen Lachens, verschwand wieder im Badezimmer und drehte den Schlüssel von innen zweimal herum.

Am Sonntagnachmittag betrachtete ich ein kleines Foto, das gerahmt in einem der Regale stand: ein eleganter Herr und eine reizende Dame, bei denen es sich zweifellos um Simones Eltern handeln mußte, der Mode der achtziger Jahre entsprechend gekleidet und frisiert, sowie ein Mädchen von vierzehn oder fünfzehn Jahren. Sie sah Simone ähnlich, war jedoch bei weitem nicht so schön wie sie, da sie leider die klobige, stark gebogene Nase des Vaters geerbt zu haben schien.
»Deine Eltern und deine Schwester?« fragte ich. »Hast du das aufgenommen? Ist deine Schwester älter oder jünger als du?«
Simone nahm mir das Foto aus der Hand und stellte es ins Regal zurück.
»Ich bin Einzelkind.«
»Du bist Einzel… – ?!«
»Das hier bin ich.«
Ich guckte das Mädchen auf dem Foto mit der Riesennase an. Ich guckte Simone mit ihrer kleinen schmalen Nase an.
»Ja, was glaubst du wohl? Das war so: Eines Tages wachte ich auf und hatte eine neue Nase.«
»Ach.«
»Ja. Mit einem Gipsverband drumrum. Und blauunterlaufene Augen. Meine Tante, eine Schwester von meinem Vater, hat mir die Operation geschenkt. Die hatte denselben Zinken im Gesicht – eher noch schlimmer – und hat ihr Leben lang darunter gelitten. Das wollte sie mir ersparen. Vorher war ich häßlich. Hinterher sah ich gut aus. Und alle unsere Bekannten fingen an, sich furchtbar aufzuregen, wie ich nur so eitel sein konnte. Ich sage dir, das Thema ist mit Emotionen aufgeladen. Es gibt praktisch niemanden, der meint, ein Mensch könnte mit seiner eigenen Nase machen, was er will!«
Ich dachte darüber nach. Dann trat ich vor den Spiegel, der im kleinen Flur hing. »Ich würde gern meinen Mund operieren lassen. Meinst du, das geht?«
Simone schüttelte den Kopf. »Nicht, um das zu verändern, was dich stört. Ich fürchte, du mußt tatsächlich eine andere Mimik entwickeln.«

Sie schaute mich kritisch von allen Seiten an und fuhr fort: »Mir gefällt dein Mund, das weißt du ja, aber das beruhigt dich bestimmt nicht. Als ich neunzehn war, hatte ich einen Freund, den meine Riesennase nicht störte. Er war außer sich, als er erfuhr, daß ich die Operation plante. Er meinte, dann wäre ich nicht mehr ich und drohte mir: entweder er oder eine neue Nase.«

»Ist er wirklich nach der Operation abgehauen?«

»Ja. Und wenn ich ganz ehrlich bin – das war mir recht«, versicherte Simone. »Wenn ihm Äußerlichkeiten so unwichtig gewesen wären, wie er immer behauptet hat, dann hätte er mich auch mit einer kleineren Nase weiterlieben können.« Sie schob mit den Zeigefingern meine Mundwinkel hoch: »Bilde dir einfach ein, daß du vergnügt bist, Dodo. Vielleicht wird es schließlich eine Angewohnheit …«

Ich seufzte tief und blickte in den Flurspiegel. Durch Simones Finger sah es aus, als ob ich lächelte. Aber meine Augen wirkten absolut schwermütig.

Simone schüttelte den Kopf und nahm die Hände aus meinem Gesicht. »Küssen wäre sicher gut. Du solltest dir den Mund weich und locker küssen lassen. Ich weiß schon, dein Endziel ist Andreesen. Aber kannst du nicht zwischendurch mit jemand anderem schnäbeln? Es dient ja nur der Optik. Wenn du bereit wärst, dich operieren zu lassen, solltest du auch dazu bereit sein!«

»Von mir aus. Bloß – wer küßt mich schon?«

»Schnickschnack! So hübsch, wie du inzwischen bist … Ich weiß!« Simone zog überlegend eine Augenbraue hoch. »Heute abend gehen wir in den Sandfloh! Da räumen wir einen Kußkandidaten für dich ab. Das ist der absolute Aufreißtreff hier.«

»Wir wollten doch heute abend nach Hamburg zurückfahren … Morgen ist Montag … Der Verlag …« wandte ich pflichtbewußt und feige ein.

»Wir packen vorher und machen alles fertig. Dann können wir sofort losfahren, wenn wir vom Sandfloh zurück sind!« Vielleicht ging es Simone ja nicht allein um meinen Mund. Sie war jedenfalls nicht zu bremsen.

Der Sandfloh lag an der Strandpromenade, war hell erleuchtet und wackelte im Rhythmus der Bässe. Simone und ich, aufs sorgfältigste gestylt und frisiert, traten in eine dichte Nebelwand aus Zigarettenqualm.
Im Auto hatten wir die Strategie geklärt: »Worüber soll ich denn reden – mit wildfremden Männern kann ich nicht reden …«
»Reden? Reden kannst du da nicht. Dazu ist die Musik zu laut. Du mußt tanzen. Und mit dem Bezauberndsten von allen in einer Verschnaufpause an die frische Luft gehen – in seinen Wagen beispielsweise.«
»Simone – ich kann nicht tanzen.«
»Wie bitte? Du kannst nicht tanzen?!«
»Nein. Ich hab mich vor der Tanzschule gedrückt. Ich war doch viel zu häßlich. Und viel zu schüchtern.«
»›Ich kann nicht‹ heißt ›Ich will nicht‹. Du mußt nur rumhoppeln und mit den Armen schlenkern. Rumba und Foxtrott sind da nicht angesagt.«
»Ich kann auch nicht rumhoppeln. Ganz bestimmt nicht.«
»Du kannst nicht schwimmen, du kannst nicht duschen, du kannst nicht tanzen! Kommst du eigentlich vom Mars?«
Simone fuhr eine Weile in verbissenem Schweigen weiter. Dann meinte sie: »Gut, wir werden eben nur rumsitzen. Vielleicht macht uns das besonders interessant. Du siehst auf jeden Fall sehr gut aus heute abend. Es wird schon werden!«
So setzten wir uns im Sandfloh an einen gerade freigewordenen Ecktisch, tranken Bacardi-Cola und sahen dem Gehoppel der anderen zu. Nachdem wir vier Minuten dort saßen, kam ein dicklicher Bengel mit glänzender Stirn zu uns und gab durch Grimassen zu verstehen, daß er mit Simone tanzen wollte. Simone schüttelte lächelnd den Kopf, worauf er abzog und sich zwei Tische weiter ein Mädchen zum Hoppeln holte.
»Warum ist die Musik bloß derart laut?!« brüllte ich direkt in Simones Ohr. Sie brüllte zurück: »Für alle, die auch nicht so gut tanzen können! Der Takt läßt sie jedesmal unwillkürlich zusammenzucken, und schon bewegen sie sich im Rhythmus!«
Dann erschien ein hübscher Jüngling, dem das Haar von einem

Mittelscheitel anmutig ins Gesicht fiel. Er schaute mich mit glänzenden Augen schmachtend an und zeigte auf die vollgestopfte Tanzfläche. Ich lächelte und schüttelte den Kopf. Aber er ging keineswegs wieder. Er setzte sich auf den leeren Platz mir gegenüber, beugte sich weit über den Tisch und brüllte: »Warum nicht?!«

»Wir können nicht tanzen!« brüllte ich.

»Warum nicht?!« brüllte er wieder, diesmal halb in Simones Richtung.

»Wir sind behindert!« brüllte Simone.

Daraufhin blickte er uns erstaunt an. Er schien die Behinderung zu suchen. Er neigte sich noch weiter über den Tisch und brüllte: »Wie denn behindert?!«

»Wir sind siamesische Zwillinge! Wir haben nur drei Beine!« brüllte Simone, »Jede ein eigenes und dann noch ein gemeinsames!«

Der hübsche Junge war offenbar drauf und dran, unter den Tisch zu gucken, deshalb brüllte ich: »Wenn du jetzt nachguckst, finden wir dich unritterlich!«

Daraufhin lachte er, und wir lachten auch. Aber ein Weilchen später nickte er uns zu, stand auf und drängelte sich durch die Menge von uns weg.

»Auf die Art werden wir nie geküßt!« brüllte Simone mir ins Ohr. »Komm jetzt mit! Du brauchst nur die Arme hochzuheben, alles andere geschieht von selbst!« Sie zog mich hinter sich her zur Tanzfläche.

Mir war so, als hätte ich diesen Satz schon mal in einem alten Fred-Astaire oder einem Gene-Kelly-Film gehört, bevor der Tänzer seine zögernde Partnerin in die Luft warf und wieder auffing, worauf sie professionell um ihn herumwirbelte und steppte – was bildete Simone sich eigentlich ein?

Wir zwängten uns irgendwie in die Mitte der Tanzenden. Hier war die Musik noch lauter. Eigentlich konnte ich kaum noch ausmachen, welches Lied gerade gespielt wurde, ich kriegte nur noch das Wummern der Bässe mit. Es kam von allen Seiten, vor allem von unten. Tanzten wir auf einem riesigen runden Lautsprecher?

Ich hob die Arme, wie Simone mir geraten hatte, und wurde hin und her gezerrt, geschubst und gedrückt. Ich brauchte tatsächlich überhaupt nichts zu tun. Die Bewegungen der anderen und das Wummern tanzten mich. Nach einer Weile geriet ich irgendwie vor den hübschen Mann mit dem Mittelscheitel. Er lächelte erfreut, als er mich erkannte. Im weitesten Sinne konnte man sagen, daß er nun mit mir tanzte. Und nachdem wir eine angemessene Zeit lang hin und her gerüttelt worden waren, brüllte er mir ins Ohr: »Wollen wir mal raus und ein bißchen frische Luft schnappen?!«

Wir schnappten, wie Simone es vorausgesagt hatte, in seinem Auto frische Luft. Es war sehr anregend. Vor allem, wenn ich die Augen fest zumachte und an Curd Andreesen dachte. Bevor es richtig unsittlich werden konnte, klopfte Simone an die Scheibe und erklärte, daß wir losfahren müßten: »Es ist schon nach Mitternacht, Dodo, und morgen ist Montag!«

»Dodo heißt du?« murmelte der Mittelscheiteljunge verträumt. »Wir telefonieren mal, ja?« Ich stimmte ihm zu, ohne ihn darauf aufmerksam zu machen, daß wir dazu unsere Telefonnummern hätten austauschen müssen. Oder wenigstens unsere Namen.

Wir waren bester Laune, als wir über die dunkle Autobahn zurückfuhren. Simone erzählte, daß sie auch Luft geschnappt hatte, nicht mit dem schwitzenden Bengel, sondern mit einem recht interessanten Mann. »Sehr entspannend, so ein unverbindliches Geknutsche!« fand sie.

Dann knipste sie das Innenlicht im Wagen an, musterte mich eindringlich (während ich vor Angst, wir würden inzwischen an eine Autobahnbrücke klatschen, fast verging) und stellte zufrieden fest: »Dreimal täglich eine Portion davon, und wir können dich als Lippenstift-Model benutzen!«

6. *Kapitel*

In dem Lorenz Professor Higgins spielt – Dodo in der Badewanne auf Grund läuft – ein kaputter Drücker das Bewußtsein und einen Ohrring verliert – Schutzengel mit Kükengittern kämpfen – Etzi seine Geschmacklosigkeit erneut unter Beweis stellt – und Dodos Alptraum eine interessante Fortsetzung erhält

Schnecken?« fragte ich gedämpft, aber entsetzt. »Warum müssen wir ausgerechnet Schnecken essen?«

Lorenz Maurelius lächelte mich nachsichtig an. »Es ist ein im Volk weit verbreiteter Irrtum, die Prinzessin auf der Erbse sei mäkelig. Wenn sie eine wahre Prinzessin ist, verspeist sie alles, ohne mit der Wimper zu zucken. Daran erkennt man Klasse, gute Erziehung. Was der Bauer nicht kennt, das frißt er nicht. Mit Betonung auf Bauer. Je primitiver und unkultivierter ein Mensch ist, desto eher verschmäht er fremde Speisen.«

Wir saßen in einem schönen alten Restaurant an der Elbchaussee, wurden von einem bedächtigen Kellner mit rotgeäderten Bäckchen bedient, trugen feinsten Zwirn – Lorenz einen Smoking mit Schleife, ich ein fast durchsichtiges silbernes Drei-Schichten-Kleid – und wollten anschließend noch in die Staatsoper.

Rüdiger hatte kürzlich entschieden, daß Lorenz exakt der Mann sei, meinem gesellschaftlichen Schliff Schärfe zu verleihen.

Unsere Schnecken wurden serviert, noch in ihren Häuschen. Lorenz zeigte mir, wie man so ein Schneckenhaus mit einer durchlöcherten Kneifzange anfaßte und das zusammengeringelte schwarze Schneckentier herausangelte.

Es kaute sich weder schleimig noch schwammig, und es schmeckte vor allem nach Knoblauch. Mich betrübte einzig, daß sechs kleine Schnecken nicht satt machten. Lorenz beobachtete mich. »Und?«

»Lecker. Wirklich. Was ist der nächste Gang? Froschschenkel? Roher Fisch?«

»Rohen Fisch können wir demnächst mal bei einem Japaner essen. Obwohl den inzwischen zuviele Leute mögen. Was derart in Mode ist, wird fast schon wieder ordinär. Schade. Er schmeckt nämlich sehr gut«, fügte Lorenz mit einem vornehmen kleinen Seufzer hinzu. »Dodo, schau diese neuen Gäste bitte nicht so kulleräugig an. Dein gezeigtes Interesse sollte sich in Grenzen halten. Du wirkst wie jemand, der von außen durch die Fensterscheibe starrt. Das entspricht nicht den Tatsachen. Du trägst ein italienisches Kleid und tafelst hier mit mir für ein kleines Vermögen.«

Mir blieb die letzte Schnecke im Hals stecken: »Für ein kleines –?!«

»Sicher. Wobei zu sagen wäre: Das ist kein Thema. Zwar wird in der sogenannten Gesellschaft immer häufiger über Geld geredet, auch von sogenannten Damen. Wenn du wirkliche Klasse demonstrieren willst, schweigst du bei so einem Thema oder lenkst davon ab. Wie würdest du das machen? Also, nochmal – wir tafeln hier für ein kleines Vermögen ...«

»Ich ... Ich bin dir so dankbar ... Das ist mir richtig peinlich ... Kann ich ... soll ich ...?«

»Ganz falsch. Du sollst das Thema wechseln, anstatt es breitzutreten und mir anzubieten, deinen Teil des Essens irgendwie abzustottern. Wenn ich so dumm bin, mein Geld in deinen Rachen zu stopfen, ist das meine Sache und nicht deine. Komm, nochmal: Wir tafeln hier für ein kleines Vermögen ...«

»Oh ... Naja ... Vermögen Sie mir übrigens zu sagen, wer nachher in der Oper die Hauptrolle singen wird?« fragte ich in meiner Verzweiflung. Lorenz, der gerade einen Schluck Wein zu sich genommen hatte, spuckte den vor Erheiterung fast übers Tischtuch.

»Göttlich! Hinreißend!« fand er. »Das war ja fast schon der große Regenrüsselsprung.«

»Bitte wie?«

»Kennst du die Geschichte nicht? Ein Biologiestudent bereitet sich auf eine Prüfung vor. Er weiß, daß der betreffende Professor auf Elefanten spezialisiert ist und lernt alles über Elefanten, was es gibt. Dann übernimmt im letzten Augenblick ein anderer Professor die Prüfung – und fragt unseren Studenten, was er ihm denn über Regenwürmer erzählen könnte! Der weiß natürlich nicht das

geringste. Und so sagt er: »Regenwürmer sind graubraune, geringelte Tiere, die in ihrer Form und Beweglichkeit an den Rüssel des Elefanten erinnern, welcher übrigens aus Oberlippe und Nase gebildet wird. Das Rüsselende des afrikanischen Elefanten trägt zwei Greifspitzen, das des indischen nur eine…«
Jetzt wurden unsere Wachteln serviert. Lorenz zog ein Zettelchen aus der Smokingtasche und studierte es: »Rüdiger hat mir einige Fragen notiert, die ich dir zwischendurch stellen soll. Wie lauteten die fünf Namen, unter denen Kurt Tucholsky schrieb?«
Ich griff nach dem Zettel: »Was hat er da aufgeschrieben? Ist er verrückt? Soll ich hier Hausaufgaben machen oder mich amüsieren?«
»Na, erlaube mal – das hier sind von oben bis unten Hausaufgaben, nicht nur für dich, sondern für uns beide«, behauptete Lorenz gemütlich. »Denk an deine Queste!«
»Manchmal möchte ich sie auch vergessen. Hat man denn nie Urlaub?« fragte ich verdrossen.
»Betrachte es doch als erheiterndes Spiel. Das tu ich auch. Ich komme mir vor wie Professor Higgins. ›Sie sind es, der's geschafft hat…‹ Also, wie hieß Tucholsky noch – außer Tucholsky?«
Ich säbelte an einem Wachtelbein herum und murmelte grimmig: »Kaspar Hauser und Peter Panther und… warte mal… so ein kleiner Gnomenname… Ignatz! Ignatz Wrobel… Und sein richtiger Name.«
»Macht vier. Es waren aber fünf. Die meisten Knochen dieses Vogels kannst und solltest du mitessen. Sie lassen sich leicht zerkauen.«
»Muß ich?«
»Du mußt nicht. Indessen ist es feiner. Altmodischer gewissermaßen.«
Ich mampfte also ganz altmodisch einen Wachtelbeinknochen und dachte nach. »Das war noch so ein Raubtier… so ähnlich wie Panther. Richtig: Theobald Tiger!«
Und Lorenz verneigte sich im Sitzen anmutig vor meinem Wissen.

Dicky durfte nicht mit in solche superfeinen Restaurants – ich be-

fürchtete, er könnte sich danebenbenehmen. Ich befürchtete, um ehrlich zu sein, sogar, er könnte zu häßlich aussehen. Straßenköterhaft. Bastardig.
Lorenz, der Dicky sehr gern mochte, bestritt das: »Man würde ihn für eine Marotte halten. Für etwas ganz Besonderes – wenn *wir* mit ihm auftauchen. Rüdiger muß dir unbedingt das Buch geben, das die Frau von Carl Zuckmayer über ihren häßlichen Hund geschrieben hat.«
Aber selbst Lorenz konnte nicht behaupten, daß Dicky in der Staatsoper am rechten Platz gewesen wäre. Das Tier mußte also zu Hause bleiben. Ich füllte Kartoffelchips in seinen Napf und machte ihm den Fernseher an.
Vier Tage später bekam ich einen Brief von der Hausverwaltung, in dem stand, daß sich die Mieter des gesamten Hauses zusammengetan hätten, um mich und meinen unmöglichen Hund zu verjagen. Wenn noch ein einziges Mal Anlaß zur Klage bestünde, hätte ich zum nächsten Quartal auszuziehen.
Ich fragte Lorenz, ob er mir juristischen Rat geben könnte. Er meinte, juristischen Rat gäbe er nur noch, wenn's um Leben und Tod ginge. Übrigens würde er mir empfehlen, auszuziehen. Wenn ich nichts Besseres fände, sollte ich ihn noch mal fragen. Ihm gehörten einige Eigentumswohnungen, unter anderem auch in Hamburg.
Worauf ich, schreckensbleich über soviel Reichtum, hastig und damenhaft das Thema wechselte.

Im Spätsommer hörte es endlich auf zu regnen und zu stürmen, und es wurde sonnig und milde. Ende August ließ Kuchenbecker im Verlag renovieren und umbauen. Simone fand allerdings, das solle er bleiben lassen, weil es um den Verlag nicht zum Besten stünde.
Wir bekamen neue Waschräume – was wahrhaftig nötig gewesen war! – und einen schönen neuen Haupteingang mit viel Glas und einer Drehtür. Wir stolperten über Bohrmaschinenkabel und Tüncheeimer und hatten krümeligen Schutt unter den Schuhsohlen.
Monika bestellte im Zuge all dieser Neuerungen eine große Pinn-

wand für unser Zimmer. Dann meckerte sie tagtäglich vor sich hin, weil die Lieferung sich hinzog.
Simone machte Urlaub in Thailand. Sie sagte, da bekäme sie auch bei Trockenheit keinen Heuschnupfen.
Ich hatte meinen Urlaub zerpflückt, indem ich tageweise freinahm, zum Beispiel, um mir eine Barockausstellung im Schleswiger Schloß anzusehen oder drei Tage lang bei einem Goethe-Seminar in einer evangelischen Akademie mitzumachen.
An einem sonnigen Donnerstagabend machte ich früher als sonst Schluß. Ali Schimmelmann stand wie verabredet mit seinem Schulauto vor dem Verlag und wir brausten los – zum Schleudertraining.
Das war für den Führerschein zwar nicht notwendig, aber sehr nützlich, hatte Ali mir angepriesen. Passend war es auf jeden Fall, denn er litt an einem Schleudertrauma, das er einer anderen Fahrschülerin zu verdanken hatte, und trug eine Halskrause.
Dicky wurde nicht mitgeschleudert, sondern vorher an einen Pfahl gebunden, von wo aus er sich zunächst heiser kläffte und dann schlapp jaulte.
Das Nützlichste an diesem Training schien mir – aus Schimmelmanns Perspektive – zu sein, daß ich ihm hinterher wimmernd um den Gipshals fiel. Vermutlich taten das alle weiblichen Fahrschülerinnen. Er knetete sanft meinen übriggebliebenen Hüftspeck und raunte in mein Ohr: »Ist ja schon gut, Süße …«
Dann fuhr er den beleidigten Dicky und mich noch nach Hause.
Da meine Nerven jetzt sowieso blank lagen, füllte ich meine Badewanne bis obenhin mit lauwarmem Wasser, entfernte die Kontaktlinsen, schminkte mich ab, zog züchtig meinen einzigen, uralten, praktisch ungebrauchten Badeanzug an (der Gedanke, daß sie womöglich, sollte ich nie wieder hochkommen, meine nackte Leiche aus der Wanne fischen würden, behagte mir nicht) und stieg hinein.
Ein paarmal tief durchgeatmet, Luft angehalten, Augen zugekniffen – und untergetaucht.
Sofort lief mir das Wasser friedlich und freundlich durch die Nase in den Magen, literweise. Ich kam unter wildem Geplätscher wie-

der hoch, griff nach dem bereitgelegten Handtuch und trocknete mir das Gesicht ab.
Genau dasselbe hatte ich schon mal erlebt, nur nicht in der Wanne. Vor langen Jahren, bevor ich richtig erwachsen war, hatte eine Freundin meiner Mutter versucht, mir das Schwimmen beizubringen. Da war ich genauso vollgelaufen. Als ich das der Dame erzählte, hatte sie ungeduldig gemeint: »Du sollst das Wasser ja auch nicht *schlucken*!«
Dabei war ich vollkommen sicher, nicht geschluckt zu haben. Mein Mund war, damals wie eben, fest geschlossen gewesen. Geatmet hatte ich schon gar nicht, sonst hätte ich meine Lungen geflutet. Das Wasser lief still in mich hinein wie in ein Abflußrohr. Schließlich mußte es da einen Durchgang geben, denn es war ja möglich, Menschen durch eine Nasensonde zu ernähren.
Was ich nicht begriff, war: Warum lief Wasser gewöhnlichen Menschen nicht auch in den Magen? Wo war die Luke, die sie offenbar dicht machen konnten? Und warum konnte ich das nicht?
Ich überlegte, ob ich es noch einmal versuchen und dabei meine Nase fest zuhalten sollte. Da klingelte es an meiner Wohnungstür.
Ich wickelte mir das Handtuch um die tropfenden Haare, zog meinen Bademantel über und hüpfte zur Tür, vor der Dicky schon stand, interessiert am Briefkastenschlitz schnüffelnd und lebhaft wedelnd. Wer immer sich auf der anderen Türseite befand, mußte ein netter Mensch sein.
Ich öffnete neugierig.
Vor mir stand ein wunderschönes Wesen. Ich war mir im ersten Augenblick nicht hundertprozentig sicher, ob Männchen oder Weibchen, aber auf jeden Fall, soweit ich es ohne Kontaktlinsen erkennen konnte: schön! Mit hellbraunen Korkenzieherlocken, die bis auf die Schultern reichten, einem zarten, schmalen Gesicht und sehr großen, lichtblauen Augen.
Allerdings ringelten sich die Locken reichlich strähnig, unter den lichtblauen Augen saßen dicke bräunliche Augenringe, und seine Wangenknochen standen scharf hervor.
»Gott segne dich. Es geht um ein Zeitschriftenabo …« fing es an – mit eindeutig männlicher Stimme, aber sehr weich und zart. Dann

sank es mit der Schulter gegen die Türfüllung und stöhnte. Dann versuchte es erneut zu sprechen: »Du hast doch sicher keine Vorurteile …«

Dicky und ich standen beide mit schiefgelegten Köpfen da, ich tropfte leise auf den Flurteppich. Ob der junge Mann betrunken war?

Ich beugte mich etwas vor und schnupperte – und dann zog ich mich schleunigst wieder zurück. Betrunken war er nicht. Er roch so, als hätte er seit langer Zeit nichts gegessen, und als wäre sein Magen gar nicht froh darüber. Er roch auch so, als wäre er seit dem letzten Fußmarsch durch die große Salzwüste nicht mehr an Wasser und Deo gekommen.

Ich erwog kurz, die Tür vor seiner Nase zu schließen. Das war weiter nichts als ein dreckiger, halbverhungerter Drücker, und meine nassen Füße wurden kalt.

Andererseits – ich wollte ja nach wie vor jederzeit bereit sein. Für das Schicksal. Vielleicht kam hier ein Stück Schicksal. Auf jeden Fall war der Mensch trotz Schmutzkruste schön genug, um für seinen Anblick Eintritt zu verlangen. Nicht wie Curd Andreesen natürlich. Anders schön. Mehr wie ein Barockgemälde. (Ich wußte inzwischen ziemlich viel über italienische Barockmalerei.)

»Würdest du … Hast du vielleicht …« quälte er sich weiter.

»Wie interessant! Komm doch rein und erzähl mir das ausführlicher. Darf ich dir Tee anbieten? Setz dich auf's Sofa – guck, hier ist Napfkuchen … Ich zieh' mir schnell was an und koche Tee, und dann reden wir über Abos.«

Ich schob ihn auf mein weißabgedecktes Sofa und stellte den aufgeschnittenen Napfkuchen vor ihn hin, den mir meine Mutter kürzlich gebacken hatte. (»Kind – du fällst ja völlig vom Fleische! Nun ist aber mal Schluß mit dem Dünnerwerden!«) Dicky würde aufpassen, daß der Besucher allein keinen Unsinn anstellte.

Dann eilte ich davon. Ich holte mir ein Sommerkleid und Wäsche aus meinem Schrank, rannte weiter ins Bad, hängte den nassen Badeanzug auf die Leine über der Wanne, zog derselben den Stöpsel, warf mich in das Kleid, setzte Teewasser auf und betrat mit herzlichem Lächeln wieder mein Wohnzimmer.

Der engelhaft schöne Jüngling hatte inzwischen fünf dicke Stücke vom Napfkuchen verdrückt. Ausgezeichnet – meine Mutter hatte nicht umsonst gebacken. Trotzdem sah er nicht ganz glücklich aus. Er stand halb auf, als er mich sah, und fragte leise und höflich: »Bitte – wo ist denn deine Toilette?«

Ich öffnete die Tür zum Bad. Er bog recht hastig um die Ecke, schloß die Tür mit einem Knall, öffnete den Klodeckel mit einem weiteren Knall und gab, den Geräuschen nach, den Napfkuchen wieder von sich.

Ich mußte an das Buch »Hunger« von Knut Hamsun denken (Nobelpreis 1920). Der Held darin hatte sich auch immer übergeben, wenn er nach längerer Fastentour irgendwas verschlang. Natürlich, Napfkuchen war falsch. Dünne Fleischbrühe oder warme Milch hätte ich anbieten müssen. Was nützte die ganze Bildung, wenn sie mir nicht rechtzeitig einfiel?

Die Spülung rauschte. In meinem Badezimmer stöhnte es jämmerlich, und dann gab es einen Plumps.

Ich öffnete vorsichtig die Tür, die hatte mein Gast ja nicht abgeschlossen. Er lag neben dem Klo! Besinnungslos? Oder tot. Doch nein, er atmete. Dicky schnuffelte an seinem Ohr herum und schleckte ihm nachdrücklich die Augenbrauen ab. Das wunderte mich nicht: Der junge Mann stank ähnlich wie ein alter Hammelknochen.

Regungslos lag er da. Ich beugte mich über ihn. Seine Lider mit den langen, dichten, gebogenen Wimpern blieben fest geschlossen. Er war tatsächlich ohnmächtig. Das Badewasser lief unter wehleidigem Geröchel ab. Was jetzt?

Jetzt klingelte mein Telefon. Wie langweilig war mein Leben noch vor kurzem gewesen!

Es meldete sich eine sympathische Männerstimme: »Frau Mehlig? Wissen Sie, daß Sie Ihr Portemonnaie auf Ihrem Schreibtisch liegengelassen haben? Da steckt ja auch Ihre Geldkarte drin und Ihre Buskarte – brauchen Sie die nicht morgen früh?«

Heino Frohwein war das auf keinen Fall – der gröhlte heiserer. Vielleicht einer der netten Handwerker, die zur Zeit im Verlag herumwurstelten.

»Ach du Schreck! Das hab ich noch gar nicht bemerkt…« sagte ich entsetzt. »Was soll ich denn jetzt machen? Hier bei mir ist gerade jemand umgekippt. Ich glaube, der ist halb verhungert. Hat ganz viel Kuchen verschlungen und wieder ausgespuckt. Im Moment liegt er neben dem Klo…«

»Am besten bringe ich Ihnen sofort Ihr Portemonnaie. Vielleicht kann ich irgendwie helfen«, bot die freundliche Stimme an.

»Das wäre phantastisch!« sagte ich dankbar.

Ich legte auf, guckte nach dem Mann im Bad, der immer noch genauso dalag, setzte dann meine Linsen wieder ein und fönte im Schlafzimmer mein Haar trocken, nur auf halber Stufe, um bloß nichts zu überhören.

Kaum zehn Minuten später klingelte es wieder an meiner Tür. War denn der Anruf nicht vom Verlag aus gekommen?

Ich öffnete – und stand einem käsebleichen, unangenehmen Bengel gegenüber, der an mir vorbei, um mich herum und durch mich hindurch starrte: »Ist Bert hier? War der verrückte Bert bei dir? So'n Drücker mit langen Haaren?« fragte er schroff.

Dicky kam angeschossen und kläffte ihn so schrill wie möglich an. Ich gab ihm völlig recht. Diesmal war ich zwar nüchtern, aber durch Schokocurly geübt: »Hier ist niemand außer mir und meinem Hund. Laß mich bloß in Ruhe!« Und knallte die Tür wieder zu.

»Er muß doch hier gewesen sein! Seine Liste hat vor deiner Tür auf der Treppe gelegen!« protestierte der Käsige von draußen.

Er klingelte noch ein paarmal, Dicky fuhr fort, zu bellen, und kurz darauf öffnete Herr Bachmann von gegenüber seine Tür und grollte durchs Treppenhaus, was denn nun schon wieder los wäre. Daraufhin fragte der Kerl ihn nach dem verrückten Bert, auch nicht besonders höflich. Er wußte eben nicht, wie wütend Herr Bachmann werden konnte. Er wurde regelrecht aus dem Haus gebrüllt.

Ich sah besorgt ein weiteres Mal nach Bert – falls er es denn war. Wenn man ihn richtig erkennen konnte, sah er noch besser aus. Dicky schnuffelte wieder an seinen Ohren und versuchte vorsichtig, den kleinen silbernen Ring abzubeißen, der im linken Ohrläppchen steckte.

»Laß das«, murmelte ich automatisch. Bert flatterte mit den Wimpern. Ich stützte mich neben ihm auf die Knie und beobachtete konzentriert seine Augen. Jetzt zuckte er mit dem Mundwinkel.
»Kannst du mich verstehen? Bist du Bert?« fragte ich eindringlich das schöne Gesicht unter mir. Er antwortete leise, ohne die Lippen zu bewegen: »Ich bin ein Engel…«
Was sollte ich dazu sagen? Zumal er hinterher wieder aufhörte zu flattern und zu zucken. Ich wanderte ins Schlafzimmer zurück, um mich ein wenig zu schminken, eingedenk der Unterweisungen des Kreativitätsbosses: allzeit attraktiv, in jeder Lebenslage. Auch mit sterbenden Engeln vor meinem Klo.
Dann klingelte es erneut, Dicky und ich rannten über den Flur und öffneten – Dirk Etzold. Die Kellerassel. Ich starrte ihn konsterniert an. Klar, das war natürlich *seine* Stimme gewesen. Wenn man seine Schlitzaugen nicht sah, hörte er sich ganz nett an.
Etzi strahlte wie ein Versicherungsvertreter. Dadurch erblickte man das Hübscheste in seinem Gesicht: sehr weiße, gleichmäßige Zähne, die durch seine braune Haut betont wurden. Nicht das gelbliche Sonnenbankbraun, sondern das schwärzliche, das Straßenarbeiter im Sommer bekommen. Wieso eigentlich? Werkelte er etwa nicht Tag für Tag im Verlagskeller herum? Hätte er nicht bleich sein müssen wie eine geschälte Kartoffel?
Er hielt mir mein Portemonnaie hin: »Hier – ich hab's vorhin gesehen, als ich in eurem Zimmer die neue Pinnwand angebracht hab. Ist der Mann noch bewußtlos?«
»Eben war er's noch… Er heißt übrigens Bert, glaube ich. Andererseits behauptet er, er wär 'n Engel. Zwischendurch war ein Widerling hier und hat nach ihm gefragt. Ich hab aber nicht verraten, daß er hier ist. Die sind beide Zeitschriftendrücker.«
Ich führte Etzi zum Bad, und er kniete sich neben Bert hin und begann mit einer Reihe von Aktivitäten. Er tastete mit den Fingerkuppen nach der Halsschlagader, streifte die Ärmel der schäbigen Jeansjacke hoch und zeigte uns damit die einstichverwüsteten, von blauen Flecken übersäten Armbeugen.
»Ach – ist er rauschgiftsüchtig? Heroin oder so?« fragte ich be-

klommen. Ich sah mich schon wieder der wißbegierigen Polizistin mit ihrem Schreibblock gegenüber.
Etzi zuckte mit den Schultern. »Sieht so aus. Wir sollten versuchen, ihn aufzuwecken. Wär ungünstig, wenn er uns hier wegstirbt…«
Ganz meine Meinung. Ich war Etzi dankbar, daß er »wir« sagte und das Problem so gewissermaßen mit übernahm. Deshalb machte es mir jetzt auch nichts aus, daß er mich plötzlich wieder duzte – so wie damals im Fahrstuhl… Etzi verpaßte Bert sanfte Ohrfeigen. Dicky zog sich auf den Flur zurück und begann, als erklärter Pazifist, leise zu knurren.
Bert schluckte mehrmals schwer und klappte dann die Wimpern auseinander.
»Hallo!« sagte er leise zu Etzi.
»Hallo!« erwiderte der mit seinem freundlichsten Grinsen. »Schön, daß du wieder da bist. Du bist Bert, stimmt's? Du warst kurz weggetreten. Hast du eine Ahnung, was mit dir los ist? Brauchst du irgendeine Medizin?«
Raffiniert, dachte ich. Jetzt werden wir erfahren, wonach er süchtig ist.
Aber Bert schüttelte langsam den Kopf. Er sprach leise und kraftlos: »Ich bin nur total kaputt. Hab ewig nichts gegessen. Draußen gepennt. Ich bin auf der Flucht, mußt du wissen…« Dann schien ihm einzufallen, daß ursprünglich ein weibliches Wesen dagewesen war, denn er drehte den Kopf etwas und suchte mit den Augen herum. Als er mich erblickte, lächelte er ein bißchen, ziemlich mühsam. Das sah schrecklich rührend aus. Ich lächelte sofort zurück. Es fiel mir so leicht, als wäre ich vorher stundenlang weichgeküßt worden.
Etzi stand auf. »Darf ich mal telefonieren? Ich frage meine Schwester, was wir machen sollen. Die versteht eine Menge davon.« Ich führte ihn ins Wohnzimmer, und er blickte sich erstaunt um: »Oh, bist du hier auch am Streichen?«
Ich mußte Rüdiger bei Gelegenheit noch mal nach den weißen Laken als optische Milderung fragen. Irgendwas machte ich falsch.
Während Etzi im Wohnzimmer telefonierte, legte ich Bert behut-

sam ein zusammengerolltes Handtuch unter den Kopf. Er atmete zitterig ein und fragte: »War noch jemand hier, ich meine – von Rahlenbergs Leuten? Der Ralf?«
»Es hat einer nach dir gefragt. Den hab ich wieder weggeschickt und gesagt, du wärst nicht hier.«
Bert lächelte noch einmal. »Danke!« Dann ließ er die Wimpern wieder sinken. Entweder wurde er gerade erneut ohnmächtig, oder er pennte einfach ein.
Etzi hatte sein Gespräch beendet und kam zu uns zurück. »Ist er schon wieder bewußtlos?«
»Ich glaube, er schläft nur. Er muß wirklich sehr elend drauf sein.«
Etzi nickte. »Elke meint, wir sollten ihm lauwarme Milch geben, notfalls löffelweise. Überhaupt viel Flüssigkeit, Kräutertee und so was. Und ihn viel schlafen lassen, das stärkt auch, sagt sie. Morgen kannst du ihm vielleicht schon Kartoffelbrei geben. Wenn du keine Zeit zum Kochen hast, könntest du ihm Gläschen mit Babynahrung kaufen und warm machen. Vorausgesetzt, du möchtest ihn hierbehalten.«
»Ist deine Schwester Ärztin?«
»Früher war Elke Hebamme, jetzt ist sie auch Heilpraktikerin. Wenn du möchtest, kann ich diesen Bert genausogut zu ihr bringen. Falls du dich in irgendeiner Weise bedroht fühlst –? Sie hat es extra angeboten.« Etzi blickte mich besorgt aus seinen gelblichen Schlitzaugen an. War er eifersüchtig?
»Ich glaube nicht, daß der mir was tun kann – oder will. Laß ihn ruhig hier.«
»Gut. Wo soll er schlafen?«
Ich riß das weiße Dekolaken ab und baute das Wohnzimmersofa um. Das war nämlich, wenn es wollte, ein Doppelbett. Dann bezog ich eine Wolldecke und ein Sofakissen mit Bettzeug und half Etzi, Bert ins Bett zu bringen, indem ich seine Engelsfüße, die in völlig kaputten Cowboystiefeln steckten, trug.
Wir entkleideten ihn gemeinsam bis auf die Unterwäsche. Der Mann war klapperdürr und grauenhaft schmutzig, seine Klamotten steif vor Dreck.
»Komisch – er wirkt auf mich so, als wäre er nur jetzt gerade mal

schmuddelig und sonst nicht. Er hat doch was – Feines –?« grübelte Etzi. Ich empfand das genauso.
»Was meinst du – sollten wir mal gucken, ob er Papiere bei sich hat? Vielleicht erfahren wir dann mehr über ihn.«
Wir durchsuchten seine Jacken-, Hemden- und Hosentaschen, fanden aber nur ein schwärzliches, zerlöchertes Taschentuch, einen Bleistiftstummel und einen eng zusammengerollten, dicht beschriebenen Zettel. Nachdem wir Bert zugedeckt hatten, schlichen wir in die Küche und lasen gemeinsam, Kopf an Kopf, die winzigkleine Schrift:

Schutzengel

Ein Verirrter stand in einem Labyrinth und wußte nicht, wie er herausfinden sollte. Er befand sich in einem fremden Land. Zunächst war es ihm amüsant vorgekommen, in dem Irrgarten herumzulaufen, aber nun hatte er es herzlich satt. Die Gänge glichen sich auf fatale Weise… Oft rannte er, in einer Sackgasse, direkt mit der Nase an eine der Mauern. Er betete aufrichtig und verzweifelt um Hilfe. Sein Gebet wurde erhört.
Auf einem Balkon über ihm erschien ein Helfer. Er konnte von dort oben das Labyrinth überblicken. Der Verirrte machte durch Gesten deutlich, daß er herauszufinden wünschte, und der Helfer begann, ihn einzuweisen. Er winkte und zeigte nach links. "Links!" sagte der Verirrte erleichtert, "wunderbar. Nun ist alles klar. Ich gehe nach links und nach links und nach links und finde hier heraus. Links ist sowieso gut. Das liegt mir. Politisch ist es mir sympathisch. Meine erste große Liebe war Linkshänderin. Gut, links also…" Dann lief er gegen eine Mauer. Er sah beleidigt zu seinem Helfer auf: "Was ist los? Wo ist der Ausgang?"
Der Helfer bemühte sich, klarzumachen, daß der Verirrte inzwischen schon rechts hätte gehen müssen.
"Rechts?!" erwiderte der Verirrte entrüstet. "Wieso das? Eben haben Sie mir doch gezeigt, ich sollte mich links halten! Gut, aber links war offenbar verkehrt, denn hier geht es nicht weiter. Also rechts. In Ordnung. Rechts ist eigentlich sogar besser… ich bin hier auf dem 'rechten' Weg. Die rechte Hand ist die gute Hand… das ist sauberer, alles in allem…"
Dann landete der Verirrte in einer Sackgasse. Er schaute voll Grimm zu seinem Helfer auf. "Wie erklären Sie das?" fragte er erbost. "Ich ging so rechts wie nur

möglich – ich ging entschieden rechts, ich bog stets rechts ab – ich war entschlossen, noch viel öfter rechts abzubiegen… ich bin also willig und arbeite nach Kräften mit… woran hakt es?"
Der Helfer tat sein Bestes, um zu verdeutlichen, daß der Verirrte schon vor einem Weilchen hätte geradeaus gehen müssen. Hier bekam der Verirrte einen Wutanfall. Er trat mit den Füßen gegen die Mauer, schlug dann seinen Kopf dagegen und erklärte, er sei bereit, hier zu sterben, denn dies raube ihm den Verstand. "Sie wissen offenbar nicht, was Sie wollen, mein Lieber!" rief er voll bitterer Ironie zu dem Helfer hinauf. "Erst sagen Sie: links. Gut, ich gehorche, ich stelle mich darauf ein – kaum habe ich das verinnerlicht, heißt es: rechts! Auch dieses Kunststück, obwohl es in schreiendem Kontrast zur ersten Weisung steht, habe ich fertiggebracht. Aber nun zeigen Sie: weder rechts noch links –? Was soll das heißen? Oder meinen Sie etwa: sowohl links als auch rechts? Zeigen Sie mir einen Sterblichen, der das fertigbringt! Ich sage: entweder – oder !" Und er setzte sich mitten in der Sackgasse des Labyrinths hin und brach in Tränen aus.
Der Helfer stand erschrocken da. Von seinem Standpunkt aus konnte er deutlich erkennen, daß niemand mit 'entweder – oder!' aus diesem Labyrinth finden würde. Doch wie sollte er das dem Verirrten klarmachen? Er machte beruhigende, begütigende Armbewegungen, die verdeutlichen sollten, daß der Mensch dort unten ihm vertrauen konnte.
Der stand schließlich auf und schaute mit mürrischem Gesicht nach oben: "Gut. Einmal will ich mich noch darauf einlassen… also wohin jetzt –?"
Der Helfer tat sein Bestes. Er zitterte geradezu vor Anstrengung, sich mit entsprechenden Bewegungen klar auszudrücken. Aber der Mensch erwartete immer noch eine einzige, klare Anweisung, die sich nicht änderte – ein einfaches Gesetz des Herausfindens. Und so kam es, daß der Mensch im Eifer mit aller Gewalt gegen eine der Mauern prallte. Wieder saß er am Boden, diesmal hatte er sich wirklich verletzt. An seiner Stirn schwoll eine Beule. Der Verirrte schaute zornig unter der Beule hervor zu dem Balkon. "Ausgezeichnet!" rief er. "Sind Sie nun zufrieden? Was habe ich Ihnen eigentlich getan? Wofür strafen Sie mich? Warum tun Sie mir das an?"
"Ich strafe ihn doch nicht!" flüsterte der Helfer verzweifelt. "Ich bemühe mich, im Gegent –

Hier war der Zettel schräg abgerissen. Etzi und ich tauschten einen tiefsinnigen Blick aus.

»Er hat's mit den Engeln. Verstehst du, was die Geschichte soll?«
»Eigentlich schon. Da wird die Verzweiflung eines Schutzengels ausgedrückt, der mit dem Schubladendenken der Menschen kämpft«, sagte Etzi. »Dieses Entweder-Oder. Es ist wie ein Kükengitter. Ich bin teilweise auf dem Land aufgewachsen, verstehst du, und als ich klein war, mußte ich manchmal die ganzen Küken in den Stall bringen. Dazu hatte ich ein großes Stück Maschendraht in einem Rahmen, so was wie ein Stück Zaun. Es hätte keinen Sinn gehabt, zu den Küken zu sagen: Alle Mann los in den Stall! Sie wären durcheinander und sonstwohin gerannt. Deshalb hab ich das Kükengitter mal von hier und mal von da gegen sie geschwenkt, immer auf den Stall zu. Und sie sind wie die Verrückten immer vom Gitter weggewatschelt, unter Quaken und Schnattern. Jetzt alle nach rechts und jetzt alle nach links! Vielleicht ist das mit Menschen für Schutzengel genauso. Arme Engel.«
Etzi saß auf meinem Küchenstuhl, im rötlichen Licht der Nachmittagssonne. Mit der tiefen Bräune im Gesicht und seinem friedlichen Lächeln sah er eigentlich sympathisch aus. Außerdem hatte er sich die ganze Zeit über großartig verhalten. Zudringlich war er auch nicht geworden.
»Etzi – als du letzten Winter im Fahrstuhl über mich hergefallen bist…«
Er wechselte so abrupt den Gesichtsausdruck, daß mir die Stimme versagte. Ich konnte plötzlich direkt Augen sehen, nicht nur Schlitze.
»Ich bin was –!?! Im Winter??!! Wieso – wann?«
Er erinnerte sich wirklich nicht! Ich kochte uns Kaffee und erzählte ihm die Fahrstuhl-beinah-Vergewaltigungs-Story, in der er die Hauptrolle spielte.
Etzi war völlig fertig. Er trank drei Tassen Kaffee und beklagte, daß er sich das Rauchen abgewöhnt hatte. Dann entschuldigte er sich wortreich. Schließlich blickte er verträumt in die noch rötlichere Nachmittagssonne und meinte: »So besoffen kann ich doch gar nicht gewesen sein? Was mich fast am meisten wurmt, ist, daß ich mich überhaupt nicht dran erinnern kann! Wenn ich dir schon mal so nahe gewesen bin… Du warst nämlich immer mein stiller Schwarm…«

»Auch schon, als ich noch häßlich war?« fragte ich bestürzt.
Etzi guckte erstaunt. »Du warst nie häßlich. Ein bißchen fülliger – und mit der Brille hat man deine Augen nicht so gut sehen können – aber du hattest immer ein schönes Gesicht!«
Schade. Ich hatte gerade angefangen, ihn ganz gern zu mögen. Und nun stellte sich heraus, daß er eben doch ziemlich pervers war. Zumindest völlig geschmacksgestört.
Ich sah auf die Uhr, und Etzi war wohlerzogen genug, gleich aufzustehen: »Ich will dann mal wieder. Danke für den Kaffee. Ach ja – falls noch was ist, und du wirst mit diesem Engel-Bert nicht fertig – ich schreib dir mal eben meine Telefonnummer auf. Am besten auch die von meiner Schwester!« – und kritzelte beide auf meine Küchen-Einkaufs-Schiefertafel.
»Danke für deine Hilfe, Etzi!«
»War mir ein Vergnügen, Dörthe.«
Ich öffnete die Wohnungstür wieder, die fast schon hinter ihm zugefallen war: »Ach so – meine wirklich guten Freunde nennen mich Dodo…«
Etzi strahlte wieder auf, seine Zähne blitzten wie bei einem Zigarettenwerbungs-Cowboy: »Bin ich jetzt ein wirklich guter Freund von dir? Ist ja bärenstark! Gute Nacht, Dodo!«
Ich wanderte zum schlafenden Engel-Bert und pfriemelte den zusammengerollten Zettel mit der Schutzengelgeschichte in seine Jackentasche auf dem Stuhl.
Dicky lag, ebenfalls schlafend, dicht an unseren Besucher geschmiegt. Mir fiel auf, daß Berts kleiner Ohrring verschwunden war, und ich warf Dicky einen finsteren Blick zu. Hoffentlich konnten seine Verdauungsorgane das auch verkraften.

In dieser Nacht hatte ich meinen üblichen Alptraum. Der blaugrüne, verschwommene Abgrund, in dem ich langsam erstickend versank.
Aber dann änderte sich der Traum – und wurde noch schlimmer! Ich stand plötzlich in einem finsteren Kellergewölbe einer häßlichen, dicken Frau gegenüber, die mit einem Fleischermesser nach mir stach. Ich drehte mich um und rannte endlose Kellergänge

entlang, während ich hörte, wie sie keuchend näher und näher kam. Dann hatte sie mich in eine Ecke getrieben. Sie lächelte teuflisch und hob das Messer. Das Licht einer Lampe über unseren Köpfen spiegelte sich in ihren Brillengläsern, dadurch sah es aus, als hätte die dicke, mordlustige Frau keine menschlichen Augen im Kopf.

Ich kreischte, so laut ich konnte. Gleich darauf weckte mich wie üblich Dickys wildes Gekläff. Unüblich war allerdings, daß Dicky mich auch an den Schultern hielt und schüttelte…

Ich schlug die Augen auf und erblickte das schöne Gesicht von Engel-Bert über mir. Er hatte das Deckenlicht in meinem Schlafzimmer angeknipst, bewegte die Lippen und schien irgend etwas zu fragen.

Für einen kurzen Moment fürchtete ich, er würde durchdrehen, weil er Rauschgift brauchte. Dann merkte ich, wie sanft seine Augen mich anschauten. Hören konnte ich ihn nicht, weil Dicky immer noch keifte, die Vorderpfoten gegen den Teppich gestemmt. Wir beruhigten den Hund gemeinsam. Ich sah auf die Uhr: kurz vor halb drei. Vermutlich standen alle meine Nachbarn mit gesträubten Haaren aufrecht in ihren Betten.

»Entschuldige, daß ich hier reingeplatzt bin. Du hast sicher schlecht geträumt? Du hast derart laut geschrien…« sagte Bert mit seiner weichen, singenden Stimme.

Dabei wollte ich so gern ein netter, unauffälliger Mieter sein. »Hab ich? Verdammter Mist, verdammter!« zitierte ich Heino Frohwein. Und dann nahm ich erst mal die Beißschiene aus dem Mund, um vernünftig reden zu können.

»Seit ich mich erinnern kann – seit ich ganz klein war, hab ich immer wieder diesen einen Traum. Ich versinke in einer blaugrünen Tiefe und weiß, daß ich gleich keine Luft mehr kriege…«

»Wasser!« sagte Engel-Bert milde. »Hört sich an wie Wasser.«

Ich nickte heftig: »Stimmt überhaupt! Komisch, darauf bin ich noch nie gekommen. Ich hab tierische Angst vor Wasser.«

»Wahrscheinlich ist ein Teil von dir mal ertrunken«, sprach er nachdenklich weiter. Mir lief sofort ein Schauer über den Rücken. Ich hatte keine Lust, zu fragen, was er damit meinte, deshalb

wechselte ich das Thema: »Woher kommst du eigentlich?« Ich war wirklich darauf gefaßt, daß er behaupten würde, er käme stracks aus dem Himmel.
»Aus Verden. An der Aller«, sagte er statt dessen bereitwillig.
»Und was hast du früher so gemacht?«
»Ich habe eine Gärtnerlehre angefangen. Leider bin ich da rausgeflogen…« Bert lächelte traurig.
»Und deshalb versuchst du's jetzt als Zeitschriftendrücker? Ist das nicht ziemlich gefährlich? Der Kerl, der nach dir gefragt hat, sah wüst aus. Schrecklich gemein und aggressiv.«
»Ralf? Der kann nichts dafür. Er hat selber Angst. Es erleichtert ihn ein wenig, wenn er anderen angst machen kann. Es lindert seine eigene Machtlosigkeit, vorübergehend selber Macht zu haben.«
Ich fand das recht philosophisch. Geradezu engelhaft. Außerdem war's erstaunlich, daß ein abgerissener Drücker und ehemaliger Gärtnerlehrling so ein gewähltes Deutsch sprach wie Bert. Andererseits paßte es zu seinem ungewöhnlichen Aussehen.
»Ich fühle mich auch sehr machtlos zur Zeit«, fügte er leise hinzu. »Vielleicht bin ich gestern deswegen auch ›ohnmächtig‹ geworden. So richtig symbolisch. Ich bin da in eine unangenehme Situation geraten. Schon seit einer Weile…«
»Seit wann denn?«
»Seit sechsundzwanzig Jahren ungefähr«, antwortete Bert gedankenvoll. Ich hatte den Eindruck, daß er meinte: von Geburt an.

7. Kapitel

In dem wir wenig über Wurmlöcher, aber einiges über den silbergrünen Wasserfall erfahren – Engel-Bert die Nachbarn erschreckt – die schlanke Dodo die dicke Dörthe tröstet – Ali Schimmelmann sich ebenfalls als Einzelkind outet – der Fahrstuhl hindernd eingreift – und Schokocurly Lorenz in Wut versetzt

Etzi sprach mich am nächsten Tag in der Kantine an. (Wenn Simone nicht da war, ging ich in die Kantine. Aber ich nahm mir nur Rohkostsalate oder Gemüsesuppen.)

Er setzte sich mit seinem Tablett zu mir und fragte, wie Engel-Bert die Nacht überstanden hätte. Ich erzählte, wie ich durch meinen Schreikrampf nicht nur die gesamte Osterstraße, sondern auch Bert und Dicky geweckt hatte, und wie ich dem Engel schließlich sogar Kartoffelbrei machte, mitten in der Nacht: »Er ist ja fürchterlich höflich und will keine Umstände machen. Immerhin hat er ein Schälchen voll gegessen, und es ist ihm gut bekommen!«

Wir sahen uns so zufrieden an wie Eltern, deren Kind auf dem Wege der Besserung ist.

»Als ich heute morgen los bin, hat er noch geschlafen. Ich hab ihm Rasierschaum und Seife und Handtücher im Bad hingelegt. Er wird den Hinweis ja wohl begreifen, was? Und auf dem Küchentisch steht nochmal 'ne Portion Kartoffelbrei, den kann er sich in der Mikrowelle warm machen. Komisch, dafür, daß er drogensüchtig ist, jiepelt er ziemlich wenig nach Stoff, finde ich. Er hat ja auch nichts bei sich gehabt –?«

Etzi leckte seinen Puddinglöffel ab. »Vielleicht hat er gerade entzogen? Vielleicht war er deshalb so kaputt?«

»Das hab ich auch schon gedacht. Ich hab Dicky heute zu Hause gelassen, damit Engel-Bert nicht so alleine ist.«

»Gute Idee. Dodo – willst du mir erzählen, was das für ein Alptraum gewesen ist?«

Etzis schiefe Wolfsaugen blickten mich interessiert und mitfühlend an.

»Am liebsten möchte ich mich gar nicht dran erinnern ...«
»Es wäre aber besser, du sortierst das und räumst es auf. Wenn du nur den Deckel zuklappst, rumort es weiter bis in alle Ewigkeit. Und kann sogar krank machen, das weiß ich von meiner Schwester.«
»Ehrlich? Na gut. Den ersten Traum, meinen Ur-Alptraum, den ich immer wieder hab, den hat Bert mir eigentlich schon erklärt. Neu war, daß mich eine dicke, häßliche Frau mit einem Messer abmurksen will.«
»Kennst du die Frau?«
»Nö. Glaub ich nicht.«
»Beschreib sie mal. Wie sieht sie aus?«
»Heiliger Krimskrams, was du alles wissen willst! Warte – dick und fett, ziemlich genauso groß wie ich – wuscheliges, unordentliches Haar – eine Brille – ein widerlicher ...« ich brach ab. Mir wurde plötzlich schlecht. Vielleicht sollte man in der Kantine nicht mal leichte Gemüsesuppen essen.
»Ein widerlicher –?«
»Mund. Etzi, ich glaube – die Frau bin ich selber. So, wie ich früher aussah!«
Etzi stellte unsere leeren Teller ineinander auf eins der Tabletts und das andere darunter. »Du hattest wohl einen Haß auf dein altes Ich?«
»Klar. Natürlich!«
»Hört sich so an, als ob es trotzdem nicht bereit ist zu sterben. Dodo, darf ich dich heute nach Hause fahren? Ich glaube, ich kann dir helfen!« Er lächelte mich an, bevor er mit den Tabletts zum Tresen ging.
Monika war gerade in die Kantine gekommen und hatte die letzten Sätze noch gehört. Sie verdrehte die Kulleraugen: »Ach Gottchen – unser Etzi hier so: *Do-Do!* Wer soll das denn sein?! Paß man auf, daß Kutti Andreesen nicht fünsch wird, wenn du jetzt mit Etzi Langnase rummachst, mein Deern ...«

Etzi fuhr einen Kastenwagen, auf den seitlich das Kuchenbecker-Wappen gemalt war. Ich war ganz froh, daß ich Dicky nicht dabeihatte. Er wäre allein da hinten umhergekullert wie eine Murmel im Karton.

»Du willst mir also helfen, die dicke alte Dörthe umzubringen?« kam ich gleich zur Sache.

Etzi lächelte die rote Ampel an, weil er fast immer lächelte. »Nein, genau das nicht. Das hast du ja offenbar schon versucht. Und dagegen wehrt sie sich. Paß auf, ich fang mal ganz vorne an. Ich bin ein Trekkie …«

»Ein was?«

Etzi fuhr an, weil die Ampel auf Grün gesprungen war. Jetzt sah er recht bekümmert aus. Das verdüsterte sein Gesicht auf bemerkenswerte Art, weil man so daran gewöhnt war, ihn lächeln zu sehen. »Du hast noch nie das Raumschiff Enterprise gesehen, stimmt's?«

»Doch, ganz manchmal, alte Wiederholungen. Die hatten ein Bügeleisen als Schalthebel, glaub ich …«

Etzi sah noch viel bekümmerter aus. »Du redest gerade vom Raumschiff Orion. Du hast keinen Schimmer, worum es geht …«

Ich überlegte, was Rüdiger und Lorenz wohl von Raumschiff-Serien halten mochten. »Ist das Kultur oder Tinnef?«

Etzi schaltete mit Nachdruck. »Das ist Kult! Die Serie ist sehr tiefsinnig und voller Lebensweisheit. Vielleicht merken das viele Zuschauer überhaupt nicht, die freuen sich einfach, daß es laut und bunt ist, mit viel Technik und Action …«

»Und was hat das mit meinen Träumen zu tun?«

»Ein wiederkehrendes Motiv in dieser Serie sind verschiedene Wirklichkeitsebenen. Ja, jetzt weißt du natürlich auch wieder nicht, was ein Wurmloch ist …«

Etzi seufzte schmerzlich, und ich ärgerte mich. Ich hätte ihm stundenlang was über den Dreißigjährigen Krieg einschließlich Gustav Adolf und Wallenstein erzählen können. Ich hätte viel über die deutsche Romantik von Jean Paul Richter bis Novalis zu sagen gewußt, und ich hätte geläufig erklären können, was der tiefere Unterschied zwischen der Musik von Scarlatti, der von Händel und Vivaldi ist. Aber was ein Wurmloch war – das wußte ich tatsächlich nicht.

»Also, lassen wir das mit den Wurmlöchern ... In einer Folge von Voyager ...«
»Von wem?«
»So heißt das Raumschiff.«
»Ich denke, es heißt Enterprise?«
»Das waren die ersten Raumschiffe. Das neueste heißt Voyager ...«
Etzi lächelte endlich wieder. Das Thema schien ihn glücklich zu machen. »Da ist der Kapitän eine Frau. Die erinnert mich ein bißchen an dich. So, und in einer Folge passiert etwas beim Beamen – du weißt doch hoffentlich, was Beamen ist? Eine Technik, Lebewesen und Material von einem Ort zum anderen zu transportieren, indem die Materie in ihre einzelnen Moleküle zerlegt und wieder zusammengesetzt wird ...«
»Oh, wie bei George Langelaan!« sagte ich eifrig. »Der hat über so was eine Geschichte geschrieben. Da gerät eine Fliege in einen Beamapparat, die fliegt mit dem Kopf des Wissenschaftlers weg, und der Wissenschaftler kommt mit Fliegenkopf wieder zum Vorschein.«
Etzi blickte mich interessiert von der Seite an: »Stimmt, den Film hab ich auch mal gesehen. Und bei dem, was ich dir erzählen wollte, werden zwei Crewmitglieder der Voyager aus Versehen zu *einem* zusammengefügt. Der bleibt solange auf dem Schiff, bis der Doktor rausgefunden hat, wie er die beiden wieder auseinanderfummelt. Aber das dauert Wochen, und inzwischen stellt sich raus, daß dieser Doppeltyp sehr nett ist. Damit es wieder zwei geben kann, muß dieser eine natürlich sterben – es hat ihn vorher nie gegeben, und es wird ihn später nicht mehr geben, verstehst du? Dagegen protestiert er heftig. Er hat schließlich ein Ich-Bewußtsein, ein Ego. Und jedes Ich hat normalerweise einen starken Selbsterhaltungstrieb.«
Ich unterbrach ihn: »Da vorne links. Du kannst vor der Einfahrt halten. Erzähl weiter!«
»Gut, ich denke mir, so ähnlich ist das auch mit deinem alten Ich. Du hast dich ja wirklich sehr verändert, ganz bewußt. Du hast heute mittag gesagt: Das war die alte Dörthe. Du bist die neue Dodo. Mir scheint, Dörthe hat was dagegen, zu sterben.«

»Und deshalb will sie mich umbringen?« fragte ich entsetzt.
»Na, du sie doch auch. Sie kämpft einfach um ihr Leben. Das kannst du ihr nicht verdenken...«
Ich biß nervös auf meinem Daumennagel herum. »Es kann nur eine geben, wie?«
Etzi schüttelte den Kopf: »So stimmt das nicht. Jeder von uns setzt sich aus einem Haufen von Personen zusammen. Vielleicht sind das alles Menschen, die schon mal gelebt haben und ein Ich gewesen sind – und jetzt haben sie sich in dir gesammelt. Oder in mir. In jedem. Oder, wenn du's anders sehen willst: In dir steckt doch auch das kleine Mädchen, das du mal warst – und der Teeny Dörthe und so weiter... Die hast du ja nicht bewußt abgeschafft, so wie die Dicke in dir. Sondern sie sind mit der Zeit in dir aufgegangen.«
»Was hat die Dicke denn vor? Wirklich killen kann sie mich ja wohl kaum, aber vielleicht dreh ich dabei durch. Mensch, Etzi, was soll ich denn machen?«
Etzi nahm sich ein Kaugummi aus dem Handschuhfach, bot mir eins an und entschuldigte sich: »Seit ich nicht mehr rauche, muß ich kauen. Hm, also ich würde den Dialog suchen. Sie im Gespräch überzeugen.«
»Ich will nicht mit ihr reden. Ich hasse sie!«
Etzi musterte mich nachdenklich aus seinen Augenschlitzen. »Haß ist ganz miese Energie. Das kann so wirken, als ob du sie mit Dünger begießt. Sie wächst und wird stark. Du solltest sie statt dessen lieben.«
»Lieben?! Die fette alte Dörthe?! Ich bin froh, daß ich sie los bin!«
Etzi ließ eine kleine Kaugummiblase im Mund mit einem Knall platzen. »Du bist sie keineswegs los.«
»Wahrscheinlich hast du recht. Und wie macht man das – mit seinem eigenen alten Ich reden?«
»Ich würde eine Schamanenreise machen. Ein Schamane ist...«
»Was ein Schamane ist, weiß ich. So was wie'n Medizinmann oder 'ne Medizinfrau bei Naturvölkern. Die gehen in Trance und können zaubern und heilen und so weiter.«
»Genau. Ich hab das von meiner Schwester gelernt. Wenn ich nach

innen will, dann stell ich mir immer eine schöne Landschaft vor, grüne Hügel und einen See – und hinten an dem See ist ein silbergrüner Wasserfall …«

»Silbergrün?«

»Das ist meine Lieblingsfarbe. Ich gehe durch diesen Wasserfall … und dahinter ist eine große, helle Höhle. Wenn ich in der bin, rufe ich normalerweise denjenigen, mit dem ich sprechen will.«

»Ich kann durch keinen Wasserfall gehen. Ich kann nicht mal duschen. Ich hab Angst vor Wasser, vor allem, wenn es sich bewegt.«

»Erstens ist es ja kein reales Wasser, sondern solches, das du dir vorstellst. Und zweitens kannst du genausogut drumrum gehen, wenn du …«

»Was ist das? Hörst du das auch?!« unterbrach ich ihn. Wir lauschten beide.

»Klingt wie ein einsamer kleiner Kojote in der Prärie«, fand Etzi.

»Das ist Dicky!« Ich riß meine Handtasche vom Boden und war schon auf der Straße. »Danke für's nach Hause fahren, Etzi, und für deine Tips …«

»Gern geschehen. Weißt du übrigens, daß du silbergrüne Augen hast?« fragte Etzi. Ich lächelte hastig geschmeichelt – immerhin hatte er behauptet, das sei seine Lieblingsfarbe – und fegte in den Hausflur. Wie laut so ein einsamer kleiner Kojote sein konnte!

Als ich die Treppe hinaufstürzte, stellte Herr Bachmann sich mir in den Weg, mit gesträubtem Schnauzbart und bläulicher Gesichtsfarbe vor lauter Wut. »Das wird ja wohl mit Ihnen immer schlimmer!« brüllte er. In unserer Wohnung verstummte Dicky vor Schreck. Und dann machte Herr Bachmann mich damit vertraut, was inzwischen passiert war.

Am Nachmittag glaubte Frau Bachmann, Geräusche aus meiner Wohnung zu hören. Weil »der Köter« den ganzen Tag nicht gejault hatte, meinten sie, ich müßte zu Hause sein. Also klingelte Frau Bachmann, um sich eine Tasse Grieß zu borgen. Und da öffnete ihr ein splitternackter Mann! Ein splitternackter Langhaariger, der sie angegrinst und Gott segne Sie! gesagt hatte …

Bert, das wußte ich inzwischen, grinste nicht. Um seine Lippen

spielte nur ein wehmütiges oder mitfühlendes Lächeln. Aber es hatte kaum Sinn, das Herrn Bachmann auseinanderzusetzen.
»Hat er Ihrer Frau denn Grieß geliehen?« fragte ich nervös, während ich meine Tür aufschloß.
Herr Bachmann grollte, von mir wollten sie keinen Grieß mehr. Dann schepperte er seine Wohnungstür hinter sich zu.
Dicky begrüßte mich mit hektischem Schuldbewußtsein. Bert war verschwunden. Seine Klamotten auch. Die Handtücher, den Rasierschaum und alles übrige hatte er benutzt. Vermutlich hatte Frau Bachmann ihn einfach kurz nach oder kurz vor dem Duschen überrascht. Das Bettzeug war abgezogen und ordentlich zusammengelegt – samt dem weißen Abdecklaken. Auf dem Küchentisch bat ein Zettel:

Bitte entschuldige.
Es tut mir so leid! Danke für alles!

Den Rest Kartoffelbrei hatte er auch noch gegessen. Dickys Napf war nur unordentlich leergefressen, nicht saubergeschleckt wie sonst. Im Müll fand ich drei leere Hundefutterdosen. Offenbar hatte das kluge Tier Bert erfolgreich weisgemacht, es sei ebenso am Verhungern wie manch' armer Arbeitsloser oder Zeitschriftendrücker.
Ich öffnete das Wohnzimmerfenster weit und ließ Sommerluft und Abgase herein, um den letzten Rest Schmutziges-Drücker-Aroma zu entfernen. Vorhin hatte ich noch überlegt, wie lange Bert wohl bei mir wohnen würde. Ob sie noch mal kämen, um ihn zu suchen und womöglich Ärger machten. Ob ich das Angebot von Etzis Schwester doch lieber annehmen und den löcherigen Engel an sie abschieben sollte. Jetzt hatten sich diese Probleme alle von selbst gelöst.

Später stellte ich mir einen silbergrünen Wasserfall vor. Das war nicht besonders schwierig. Da hinten rauschte er in den See, rundum konnte ich die grünen Hügel sehen. Ich stellte ihn mir ziemlich weit weg vor. Ehrlich gesagt: Er war nicht besonders silbergrün. Er sah aus, wie Wasser aussieht. Durchsichtig. Da rauschte er friedlich und rauschte und rauschte …

Dicky stupfte mir seine kalte nasse Nase ins Gesicht, um mich zu wecken. Er meinte wohl, wenn ich schlafen wollte, sollte ich ordnungsgemäß ins Bett gehen. Ich guckte auf die Uhr: Fast eine Stunde lang hatte ich gepennt. Wer ahnt denn, daß Wasserfälle so einschläfernd sind.

Diesmal stellte ich mir also vor, daß ich näher herankam. Ich stapfte durch den feinen Sand am Seeufer. Sand war mir sympathischer als Gras, in dem hätten irgendwelche Schlangen oder Kröten sein können. Und wenn schon Sand, dann gleich ganz luxuriöser schneeweißer.

Ich stieg ein Stückchen an den Felsen hoch, über flache, bequeme Stufen. Der Wasserfall war so freundlich, im weiten Bogen von der Bergwand zu rauschen. Ich bekam keinen Tropfen ab, als ich in den Höhleneingang spazierte. Hier schaute ich mich neugierig um. Groß war die Höhle und hell, wie Etzi gesagt hatte. Durch eine Öffnung weit oben fiel Sonnenlicht herein. So weit, so gut. Ich hatte Spaß an der Vorstellung. Eigentlich reichte es für diesen Abend. Nun wußte ich, wie ich hierher kam. Irgendwann würde ich wiederkommen und vielleicht nachsehen, ob die dicke alte Dörthe auftauchte. Ich machte meine Augen wieder auf.

Leider saß ich dadurch keineswegs auf meinem häuslichen Sofa. Sondern immer noch in der Höhle! War ich also bereits übergeschnappt? Monika hatte mich ja gewarnt.

Sicher träumte ich. Klar: Ich war schon wieder eingeschlafen und träumte jetzt. Es ging nur darum, aufzuwachen.

Ich zwickte mich in den Arm. Das änderte nicht das geringste an meiner Lage. Dann räusperte es sich hinter mir. Ich fuhr herum – und stand der dicken Dörthe gegenüber. Sie war aus irgendeiner Ecke gekrochen, in lauernder Haltung, zu engen Jeans und der geringelten Wollweste, die Simone doch längst ihrer Putzfrau vermacht hatte.

Dicky, weck mich! Das kannst du doch sonst immer, wenn ich alpträume!

Da steht sie, die dicke alte Dörthe. Genauso hab ich sie früher im Spiegel gesehen. Sie hält sich krumm, ihre Nase glänzt, ihre Brillengläser scheinen schmierig zu sein. Der beleidigte Karpfenmund

ist blaß und ungeschminkt. Zu diesem Spiegelbild hatte ich aus voller Überzeugung sagen können: Ich hasse dich!
Was hat sie jetzt vor? Wo ist ihr Messer? Sie nimmt die Brille ab – ich zucke ein wenig zurück –, sie blinzelt mich an. Richtig, diesen hilflosen Kurzsichtigenblick hatte ich früher. Jetzt, durch die Kontaktlinsen, gucke ich ganz anders. Außerdem sind meine Augen inzwischen fester umrissen durch die dunklen Wimpern. Die dicke Dörthe sieht nicht wirklich kriegerisch aus. Eher tieftraurig. Kein Wunder – wer möchte schon in ihrer Haut stecken? Die hilflosen Augen schimmern, als stiegen ihr die Tränen hoch.
Und plötzlich tut sie mir entsetzlich leid. Armes, fettes, ungeliebtes Ding!
Ich trete zu ihr, strecke die Hand aus und streiche ihr vorsichtig über die unmögliche, mahagoniverfärbte Frisur. Sie verzieht das Gesicht aufs unkleidsamste und heult los. Jetzt bedaure ich sie noch viel mehr. Ich umarme ihre dralle Figur in den scheußlichen Klamotten. Sie umarmt mich ebenfalls. Und vor lauter Mitleid mit meinem armen alten Ich breche ich ebenfalls in Tränen aus! Es ist völlig grotesk: Meine neue Person umklammert meine alte Person, und wir heulen beide jämmerlich. Ich klopfe ihr sanft auf den Rücken und sage mütterliche Sachen wie: »Ist ja gut, wir kriegen das irgendwie hin! Nicht weinen, meine Kleine!«
Ich überlege, wie ich sie trösten könnte. Was würde sie gern hören? Naja, es liegt auf der Hand: »Ich hab dich lieb, Dörthe! Hörst du? Du mußt nicht mehr weinen, ich liebe dich! Paß auf, wir finden eine feine neue Aufgabe für dich! Wir nehmen dich mit in die neue Dodo auf, dein… ähm… deine Gelassenheit und Ruhe und dein Interesse an anderen Menschen…«
Auf einmal ist sie weg. Ich umarme nur noch meinen eigenen Körper. Die helle Höhle ist auch weg. Ich liege wieder auf meinem weißüberworfenen Sofa. Die Stehlampe beleuchtet den schlafenden Dicky neben mir.
»Du kleine Ratte, warum hast du mich nicht geweckt?«
Dicky öffnet die Augen gerade eben einen Spalt. Er wedelt andeutungsweise, aus reiner Höflichkeit, schon wieder halb im Schlaf.

Mir kommt es so vor, als hätte Ali Schimmelmann mich direkt am nächsten Morgen aus dem Schlaf geklingelt. Vielleicht stimmt das sogar; es war an einem Samstag in diesem Spätsommer, und es war nach meiner ersten Reise hinter den silbergrünen Wasserfall.
Ich fuhr verstört hoch, fummelte meine Brille aus der Handtasche, torkelte zum Fenster und erblickte, Gott sei Dank durch die Gardine verdeckt, meinen Fahrlehrer unten auf der Straße im Morgensonnenschein. Das Hemd weit aufgeknöpft, so daß ich inmitten seiner goldenen Brustlocken das noch goldenere Medaillon blitzen sah. Ilonka hatte ihm das umsichtigerweise verpaßt. Auf der einen Seite stand:

Eigentum und auf der anderen: *von Ilonka*

Ali klingelte ein weiteres Mal und erforschte mit seinen feurigen dunklen Äugelchen die Fensterreihen unseres Hauses.
Ich fuhr zurück. Dicky wachte auch endlich auf und machte unlustig: »Waff!« Er weckte mich jeden Samstag und jeden Sonntag pflichtbewußt um Viertel nach sechs, erfuhr, heute sei kein Bürotag, warf sich postwendend wieder auf's Knick- oder Stehohr und nahm den Wochenend-Morgenschlaf ebenso ernst wie ich.
Im Film wird Männern gern weisgemacht, daß schlafende Frauen aussehen wie frische Marzipanengelchen. Die Mädels liegen auf zwanzig Kopfkissen (damit ihre Gesichter hübsch hochgeschoben sind und nicht so platt aussehen). Würden sie tatsächlich jede Nacht halb im Sitzen schlafen, hätten sie innerhalb kürzester Zeit ein prima Doppelkinn. Würden sie ihr Haar frisiert, toupiert und gesprayt lassen, statt es auszubürsten, hätten sie bald nur noch stumpfe, brüchige Fransen auf dem Kopf. Ließen sie Make-up und Wimperntusche über Nacht auf ihren Gesichtern, wäre nicht nur das oberste ihrer zwanzig Kopfkissen versaut, sondern auch ihre Haut, und die Wimpern würden ihnen bald kurzbröckeln.

Da ich, dank meines genialen Kreativitätsbosses, all diese Fehler nicht machte, schlief ich auf einem superflachen Kissen, mit sorgfältig gereinigtem und glänzend gecremten Gesicht, im Haar fünf bunte Taschentücher, die ich als Lockenwickler benutzte. Dazu kam der Beißschutz, der meinen Schnullermund zusätzlich nach außen beulte. Es war mir ziemlich egal gewesen, daß Engel-Bert mich so sah – aber Ali Schimmelmann?? Ich riß mir den Beißschutz heraus und versenkte ihn in der Blumenvase auf meinem Nachtschrank.
Während ich die ersten beiden Taschentücher aus meinem Haar zerrte, hetzte ich über den Flur und drückte den Türöffner. Dabei fiel ich fast über Dicky, der verschlafen, mit schiefem Puschelbart, im Flur aufgetaucht war.
Ich entfernte die letzten drei Taschentücher, bürstete im Bad hastig alles aus – es machte keine Locken, das Haar fiel nur rund nach innen – raste zurück ins Schlafzimmer, rupfte die Brille ab, zupfte die Puderdose aus meiner Handtasche und puderte in wildem Entsetzen meine glänzende Nase, als ich an der Wohnungstür das Getrommel von Alis Fingernägeln hörte. Dicky kläffte ungastlich.
»Gla-heich!« rief ich fröhlich, fuhr in meinen neuen hellgrauen Morgenrock und rannte am Flurspiegel vorbei. Hier stoppte ich und blickte angstvoll hinein. Nein, ich hatte schon mal besser ausgesehen. Verdammt und zugenäht, daß mir keine Zeit zum Schminken blieb!
Ich fuhr mir mit beiden Händen durch die Haare – wenn schon ungeschminkt, dann auch ungezähmt – und öffnete die Wohnungstür. Innerhalb der letzten halben Sekunde hatte ich mir einen Schlachtplan zurechtgelegt: Ich würde so *tun*, als ob ich makellos schön aussähe. Um diesen Bluff aufrechtzuerhalten, beschloß ich zweierlei. Ich wollte mich die ganze Zeit betont kerzengerade halten. Und ich wollte die ganze Zeit strahlen.
Möglicherweise war es ein Vorteil, daß ich die Kontaktlinsen nicht trug. Ich erkannte Ali nur undeutlich – und lebte dadurch in dem Wahn, daß er mich ebenfalls gesoftet wahrnahm. Also lächelte ich ihn breit und sonnig an.
»Das ist ja eine Überraschung, Ali! So früh?«

Ali wischte sich schalkhaft mit dem Daumen über die Nase. Er sah Curd Andreesen manchmal wirklich enorm ähnlich, vor allem so wie jetzt: leicht verschwommen. »Es ist doch schon halb acht, Süße!« schnurrte er mit seiner lässigen, gedehnten Art. »Ich war grad in der Nähe und dachte, Dodo macht mir bestimmt 'n Kaffee ...«

Ich deckte also den Frühstückstisch, während Ali sich, beide Hände in den hinteren Jeanstaschen, in der Küche umschaute. Dicky verfolgte ihn mißtrauisch und schnüffelte an seinen Schuhen und Hosenbeinen herum. Bisher hatte er Ali meistens nur im Auto erlebt. Vielleicht fragte er sich, wo seine äußere Hülle geblieben war.

»Blühend und taufrisch siehst du aus, Süße!« bestätigte Ali meine Theorie der rotzfrechen Suggestion. Ich feixte ihn die ganze Zeit an wie ein tollwütiger Fuchs, mimte unverwüstlich gute Laune und fand alles toll, was er erzählte.

»Du bist 'ne richtige kleine Traumfrau!« fuhr er mit seinen Komplimenten fort. Ich ließ die Worte genüßlich langsam im Ohr zergehen, denn ich hatte Ali Schimmelmann hin und wieder ganz schön abfällig über andere weibliche Wesen – Fahrschülerinnen oder auch, wenn sie es nicht hörte, Ilonka – reden hören.

»Darf ich mal telefonieren?« kam dann. Erfreulicherweise äußerte er nicht die Vermutung, gleich kämen die Maler. Er nahm den weißen Überwurf auf dem Sofa offenbar überhaupt nicht zur Kenntnis, setzte sich darauf, tippte eine Nummer ein und lächelte mich verführerisch an, während er wartete.

»Häschen? Süße, ich bin's ... Nee, ich konnte mich nicht früher melden ... Leo hatte wieder seine Anfälle, ich mußte über Nacht bei ihm bleiben, und das war so heftig, ich sag's dir ... Der macht's nicht mehr lange ... Ja, was soll ich tun, er ist mein Bruder, oder wie? Er hat sonst keinen ... Nein, Ilonka, konnte ich eben nicht, hab ich doch gerade gesagt, ich hatte keine Minute Zeit, außerdem ist Leos Telefon kaputt ... Ja, hat er runtergeschmissen ... Leo? Jetzt schläft er erst mal. Ich bin gerade auf der Autobahn in 'ner Telefonzelle. Müßte spätestens gegen neun bei dir sein ... Nee, ist nicht nötig, ich hab hier eben gefrühstückt ...« Ali grinste mich an.

»Und wenn dein Bruder jetzt zufällig bei ihr anruft?« fragte ich, nachdem er aufgelegt hatte.
»Welcher Bruder? Ich hab' keine Geschwister«, Ali zog eine Zigarette aus der Schachtel in seiner Brusttasche, »aber das weiß Ilonka nicht. Die denkt seit vier Jahren, ich hab 'n alkoholkranken Bruder in Bremen.«
»Will sie ihn nicht mal kennenlernen?«
»So kaputt, wie der ist? Danke für das Frühstück, Süße. Wann ist unsere nächste Fahrstunde?«
»Dienstag.«
Ali blieb im Flur stehen, zündete seine Zigarette an und blinzelte sinnend durch den Rauch. »Du bist schon ganz schön lange dabei, oder wie?«
»Das liegt nicht an mir, Ali. Fast ein Monat Unterricht ist ausgefallen, weil du dein Schleudertrauma hattest. Und ich bin trotzdem nicht zu einer anderen Fahrschule gegangen ...«
»Dodo ist eben treu!« flüsterte Ali. Er trat einen Schritt auf mich zu – ich trat zurück – er kam noch näher – mein Hinterkopf bumste an die Flurwand – und er küßte mich voll Inbrunst. Dabei konnte er mich ja nur mit einer Hand befummeln – die andere hielt die Zigarette. Trotzdem ging Dicky das schon zu weit. Er knurrte dumpf und unmutig.
Ali riß seine Lippen von mir los, sprach zum Hund: »Na, paßt du auf Frauchen auf, Alter?« und verschwand aus unserer Wohnung.
Ich blieb aufgewühlt zurück. Gegen Schimmelmann ließ sich eine Menge vorbringen. Trotzdem gefielen mir seine unbekümmerte Frechheit, seine verschmitzten Augen und seine erotische Stimme. Vielleicht war's auch nur die Ähnlichkeit mit Curd Andreesen ...
Andererseits machte mir zu schaffen, daß Ali mich benutzte, um Ilonka auszutricksen. Ilonka war eine nette Person. Hätte ich ihm das Frühstück verweigern sollen? Hätte ich mich nicht küssen lassen dürfen? Da mir immer noch viel daran lag, allen Menschen zu gefallen, war ich ein schlechter Nein-Sager. Außerdem sammelte ich Küsse aus kosmetischen Gründen. Auch jetzt sah mein Mund wieder weich und schön aus.

Am Abend suchte ich eine halbe Stunde nach meiner Beißschiene, bis mir einfiel, daß ich sie in die Blumenvase geschmissen hatte.

Simone war aus dem Urlaub zurück und heute den ersten Tag wieder im Verlag. Sie hatte mich nett begrüßt und mir ein Mitbringsel überreicht: eine bildhübsche Halskette aus geschnitzten Holzperlen.

Nachdem sie gegangen war, konnte sich Monika gar nicht beruhigen: »Ach, was sind wir für 'ne tolle Kreativitätsgruppe! Du so: ›Simone, das kann ich doch nicht *annehmen*...‹ – Und sie immer so: ›*Do-Do*‹! Meine kleine Freundin ›*Do-Do*‹! Ist ja zu und zu nüdelich mit euch...«

Und jetzt, kaum eine Stunde später, rief Simone mich an: »Curd Andreesen kommt! Das hat sich ziemlich plötzlich ergeben, geht um sein neues Buch. Er müßte gleich hier sein. Bring mir einfach einen Aktenordner oder sonst was, ganz natürlich. Dann stell' ich dich vor. Beeil dich, er hat nur kurz mit mir zu reden und will dann zu Kuchenbecker. Tupf dir vorher noch mal Gloss auf den Mund, hörst du? Und bürste dein Haar! Halt dich kerzengerade – und vergiß nicht, zu lächeln!«

Ich fuhr zunächst mit dem Fahrstuhl in den sechsten Stock, um bloß vor Monika sicher zu sein, und stürzte hier in den nagelneuen, chromblitzenden Waschraum. Am liebsten hätte ich mich komplett ab- und völlig neu geschminkt. Am allerliebsten hätte ich mich im Klo eingeschlossen, bis Andreesen wieder weg war.

Ich fühlte mich noch nicht bereit, ihm zu begegnen. Mein Haar müßte länger sein... meine Taille schlanker... Mit fliegenden Händen frisierte ich mich und tupfte mir Glanz auf meinen Schnullermund. Dann griff ich den Schnellhefter, den ich Simone hereinreichen wollte. Lächeln, Dodo! Mein Gesicht im Spiegel sah bleich und verklemmt aus. Gegen ersteres ließ sich was machen. Ich tupfte Rouge auf meine Wangenknochen. Jetzt mußte ich endlich runterfahren, ich trödelte hier herum...

Im Fahrstuhlspiegel bemerkte ich, daß ich fiebrig wirkte. Mit zitternden Fingern und einem Taschentuch wischte ich etwas Rouge wieder weg. Und fiel fast vom Stengel, als der Fahrstuhl plötzlich anhielt. Zuerst dachte ich noch ganz treuherzig, ich sei jetzt im vierten Stock. Wie merkwürdig, daß die Tür sich nicht öffnen ließ. Dann begriff ich endlich, daß ich zwischen dem fünften und dem vierten Stock festsaß. Ich drückte den Knopf vom Vierten. Ich drückte den Knopf vom Fünften. Sie leuchteten nicht wie sonst. Nichts passierte. Ich war tatsächlich verklemmt.

Ich überlegte, ob ich den »Alarmknopf« drücken sollte. Würde eine Sirene das Haus erschüttern? Müßte ich durch das abgeschraubte Kabinendach an den Stahlseilen entlang nach oben klettern, womöglich unter den erstaunten Augen von Curd Andreesen? Würde Max Kuchenbecker mich in dessen Gegenwart abkanzeln, weil ich seinen frisch renovierten Verlag ruinierte? War ich vielleicht wirklich schuld? Hatte ich den Fahrstuhlknopf mit zu zitternden oder zu feuchten Fingern gedrückt?

Ich wartete ab. Vielleicht setzte der Fahrstuhl sich gleich von selbst wieder in Bewegung. Vielleicht merkte der gute Etzi im Keller plötzlich, was los war, reparierte alles und rettete mich.

Oder sollte ich doch den Alarmknopf drücken?

Dann käme Monika angelaufen, würde zusehen, wie sie mich aus dem Fahrstuhl evakuierten und plärren: »Was wolltest du denn mit dem Ordner mit Verträgen von 1984 bei der Sawade, Dörthe? Tickst du nicht mehr richtig?« Und Curd Andreesen würde es hören und sich denken, daß ich nur seinetwegen solche Maßnahmen ergriff…

Eine Viertelstunde später setzte sich der Fahrstuhl wieder in Bewegung. Er knackste leise, der Knopf für den fünften Stock leuchtete gelblich auf wie immer, und ich schwebte nach oben.

Die Tür öffnete sich. Monika starrte mich mit ihren braunen Riesenaugen an: »Dörthe? Wo warst du denn die ganze Zeit? Dein Hund hat angefangen zu jaulen, bis ich ihn geschubst hab. Die Sawade hat eben angerufen und gefragt, wo du steckst…«

»Ich bin aufgehalten worden«, sagte ich so kühl wie möglich, den Schnellhefter so haltend, daß Monika ihn als Schnellhefter erkennen konnte, ohne zu wissen, welcher es war. Monika trat in die Kabine, und ich stieg mit so weichen Knien an ihr vorbei wie damals, als der Sinn meines Lebens mir zum ersten Mal zugezwinkert hatte. Monika drückte auf den Knopf für den sechsten Stock (in dem sich die Kantine befand). Die Türen schlossen sich zwischen uns. Ich konnte hören, wie der Fahrstuhl sich in Bewegung setzte. Ich konnte sehen, wie der Knopf mit der sechs gelblich aufleuchtete.

»Was, zum Teufel, ist passiert?!« fragte Simone scharf, als ich sie anrief. »Ich hab den armen Andreesen hier bei mir festgenagelt, bis er gedacht haben muß, ich selbst will was von ihm! Jetzt ist er bei Kuchenbecker, mit dem wird er sicher das Haus verlassen …«

»Ich bin im Fahrstuhl steckengeblieben.«

»Du – ? Jetzt eben? Auf dem Weg zu mir?!« Simone lachte herzlich. »Ist der Fahrstuhl denn defekt?«

»Monika ist gerade ohne Probleme in den sechsten Stock gefahren. Und Curd Andreesen wird bestimmt genauso problemlos damit nach unten kommen. Ich glaube, *ich* bin defekt. Ich hatte zuviel Angst, dem Mann jetzt schon zu begegnen. Das scheint der Fahrstuhl gespürt zu haben …«

Simone lachte noch mehr.

Wir legten auf, und ich tröstete Dicky, der sich wegen der bösen Monika bis in die hinterste Schreibtischecke zurückgezogen hatte.

An diesem Abend ging ich mit Dicky zu Rüdiger, um etwas über amerikanische Schriftsteller zu erfahren. Es stellte sich jedoch heraus, daß Lorenz zu Besuch war, und die beiden unterhielten sich wildbewegt über Goethe.

Ich trank Rotwein mit Wasser, Dicky nur Wasser, und wir hörten respektvoll zu. Ich hatte oft gedacht, daß die beiden übertrieben, wenn sie mir predigten, ein gebildeter Mensch müßte so viel wie möglich über Kunst und Kultur und Geschichte in seinem Kopf sammeln. Ich hatte gedacht: Na schön, sicher ist es nett, möglichst viel zu wissen – aber wann braucht man das? Mit wem rede ich denn schon mal über Impressionismus oder Fürst Metternich und den Wiener Kongreß?

Allerdings leuchtete es mir in bezug auf Curd Andreesen ein. Falls er sich eines Tages mit mir unterhalten und plötzlich äußern sollte: »Was halten Sie denn so von Albrecht Dürer, Frau Mehlig?« Dann

würde ich geläufig antworten: »Meiner Meinung nach verbanden sich in seinen Werken Spätgotik und Renaissance. Und seine Studien der Proportionslehre finde ich umwerfend!« Allein zu diesem Zweck lernte ich das ganze Zeugs im Grunde.
Aber – daß diese beiden netten Herren hier beisammenhockten und sich leidenschaftlich über den langweiligen alten Geheimrat stritten, als ob sie's bezahlt bekämen! Andere Menschen saßen um diese Zeit vor dem Fernseher oder in der Kneipe und bemühten sich um Zerstreuung ihrer Gedanken, redeten in aller Ruhe schlecht über ihre Nachbarn und kriegten sich, wenn schon, dann über's Wirtschaftsgeld in die Wolle oder darüber, wer den Müll runterbringen sollte. Warum, fragte ich mich ein weiteres Mal, hatte ich mir eigentlich ausdrücklich verrückte Freunde gewünscht?
Es klingelte an Rüdigers Tür, und er ging öffnen. Dicky lief eilfertig und neugierig mit. Lorenz und ich lauschten nach draußen. Es blieb still. Lorenz zog seine schönen Augenbrauen hoch. Wir standen beide auf und guckten in den Flur.
Da lehnte der dunkle Schokocurly mit seinen Rastalocken am Türpfosten und schaute Rüdiger schmachtend an. Rüdiger stand bewegungslos vor ihm – seinen Gesichtsausdruck konnten wir von unserem Blickwinkel aus nicht erkennen. Dicky wedelte Schokocurly nervös an und schaute Rüdiger von unten fragend und unsicher ins Gesicht. Sollte er kläffen?
So standen wir alle fünf eine halbe Ewigkeit.
Dann bewegte sich Lorenz. Er nahm seinen Trenchcoat von der Garderobe, zog ihn mit heftigen, ungeduldigen Bewegungen über, riß meinen grauen Blazer vom Bügel, stopfte hastig meine Arme in die Ärmel, klemmte mir meine Tasche unter den Arm und zog mich hinter sich her zur Tür.
Rüdiger wich ein wenig zur Seite, um uns durchzulassen, ohne uns anzusehen. Schokocurly blieb, wo er war. Er beobachtete uns nur, indem er seine großen Augen hinter uns herrollte.
Im Treppenhaus drehte Lorenz sich zu Rüdiger um und äußerte mit Nachdruck: »Dem Hundestall soll nie die Bühne gleichen, und kommt der Pudel, muß der Dichter weichen!« Dann stürmte er

zur Haustür, ich dicht auf seinen Fersen, Dicky gleich hinter mir.
»Pudel?« fragte ich, als wir auf der Straße standen. Ein scharfer, kühler Wind wirbelte uns das Haar in die Gesichter und Dicky die Ohren um den Kopf.
»Goethe konnte Hunde nicht leiden«, erklärte Lorenz. »Als ein Gaukler mit Pudel in seinem Theater auftreten sollte, weil der Herzog interessiert daran war, hat er dieses Gedicht gemacht. Er war schrecklich beleidigt. Er hat erst mal alles hingeworfen.«
»Und jetzt wirfst du alles hin?«
Lorenz schlug seinen Mantelkragen hoch. »Rüdiger muß wissen, mit wem er befreundet sein will. Wir kennen uns seit – mein Gott, seit fast vierzig Jahren! Aber wenn er unter dem Einfluß dieser Ratte steht, ist er nicht er selbst. Du wirst das noch merken. Ich melde mich wieder bei ihm, wenn die Schokocurly-Affäre das nächste Mal gescheitert ist. Ruf mich bitte an, ja? Du hast ja meine Nummer …«
Er drehte sich um und schritt mit flatterndem Mantel auf sein Auto zu.
Pudel … Ratte … Ich hielt Lorenz auf keinen Fall für einen Rassisten. Er hätte auf einen weißen Schokocurly bestimmt genauso geschimpft. Er war, meiner Meinung nach, einfach maßlos eifersüchtig.
Ich konnte ihn gut verstehen. In meiner Nachtschrankschublade hortete ich ein Bild von Tanja Bausch, ungeschminkt, zerknittert und verzerrt gegen die Sonne blinzelnd.

8. *Kapitel*

In dem wir Elke kennenlernen und Engel-Bert wiedertreffen – Etzi seine Spinnerei präsentiert und seine Ansichten über persönliche Filme – gesellschaftlich typisches Opferverhalten erklärt wird sowie die Möglichkeit, grundlos glücklich zu sein – und Dörthe Mehlig noch einmal auftritt, und zwar als Meerweibchen

Etzis Schwester Elke hatte noch viel schmalere Augen als er selbst. Erstens war sie wirklich dick – noch dicker als die alte Dörthe Mehlig –, und zweitens lachte sie dauernd, genau wie ihr Bruder. Dadurch standen die Augen wie zwei dünne glänzende Sicheln in ihrem rotbackigen Gesicht. Ihre Stimme klang dunkel und voll. Ich dachte bei mir, sie müßte gut singen können.

Elke wohnte in Prisdorf, nördlich von Hamburg. Etzi hatte mich an einem sonnigen Sonntagvormittag angerufen, um zu fragen, ob ich die Schamanenreise gemacht hätte.

»Hab ich. Hat wirklich gut funktioniert. Mein altes Ich ist aufgetaucht, und wir haben uns in den Armen gelegen und gemeinsam geweint. Gar nicht übel!« antwortete ich.

»Ausgezeichnet. Ich fahr' heute nachmittag zu meiner Schwester und wollte dich fragen, ob du Lust hast, deinen Hund auszulüften. Ich hab auch eine Überraschung für dich.«

»Ich hasse Überraschungen! Ich bin sehr schreckhaft.«

»Also *die* Überraschung wirst du mögen ...« drängelte Etzi.

Ich sagte zu. Nicht nur, weil ich ein schlechter Nein-Sager war. Sondern auch, weil ich die Kellerassel inzwischen wirklich ganz gern mochte. Wenn jemand mir ein halbes Jahr vorher gesagt hätte, ich würde ausgerechnet mit diesem Fahrstuhlbelästiger am Sonntag einen Ausflug machen und ihm meine Träume und Alpträume schildern, hätte ich denjenigen erwürgt.

Etzi holte uns mit seinem Kuchenbecker-Verlag-Kastenwagen ab. Ich nahm Dicky auf den Schoß, damit er sich nicht im Auto verlor. Prisdorf stand frisch und rotziegelig zwischen hohen, dunkelgrünen Bäumen und war stolz auf eine eigene S-Bahn-Station.

Elke wohnte in einem niedlichen weißen Haus mit spitzem roten Dach und grünen Fensterläden, das so aussah, als hätte ein Erstklässler es gemalt. Im Garten standen Rosenstöcke und Millionen von Astern in Violett, Rot und Rosa. Seitlich quaksten und gluckste Enten und Hühner in einem Gehege. Ich mußte an Etzis Geschichte vom Kükengitter denken. Einen Gemüsegarten gab es auch. In dem werkelte mit einer Harke ein dünner Jüngling herum, der sich lächelnd umdrehte, als Dicky ihm bellend entgegentobte: Bert, der schöne Barockengel! Das war allerdings eine Überraschung.

»Wie gut, euch zu sehen. Gott segne euch«, sagte er. Er wirkte bemerkenswert sauber, sein Haar kringelte sich seidig und frisch gewaschen. Sein Hemd war zwar schäbig und am Kragen abgeschubbert, aber blütenrein, trotz Gartenarbeit.

Engel-Bert trank mit Elke, Etzi, mir und zwei Dutzend zutraulichen Wespen, die Interesse am Streuselkuchen zeigten, auf der Veranda Kaffee. Ich dachte, wenn ich öfter mit diesen Leuten hier zusammen wäre, würde ich einen freundlicheren Mund bekommen. Denn Elke strahlte fortgesetzt, Etzi lachte nahezu ständig, und Bert lächelte dauernd – wenn auch ein wenig schmerzlich. Er sagte wenig, nickte nur zustimmend, als Etzi erzählte, wie er ihn aufgegabelt hatte: »Bert wollte meine Frontscheibe putzen, beim Fernsehturm an der Ampel. Ich hab ihn sofort in den Wagen gezerrt und zu Elke gebracht.«

»Er bekommt bei mir Unterkunft und Essen frei, weil er meinen Garten auf Zack bringt«, erklärte Elke. Kaum hatte sie das gesagt, fühlte Bert sich verpflichtet, hastig seinen Kaffeerest auszutrinken und wieder mit der Harke im Gemüsegarten herumzuschuften.

»Er war überhaupt nicht rauschgiftsüchtig«, berichtete Etzi mir sehr leise. »Die zerstochenen Arme kamen daher, daß er in der Anstalt dauernd Drogen gespritzt bekommen hat.«

»In welcher Anstalt?« fragte ich erschrocken und wehrte möglichst behutsam eine Wespe ab. Die Viecher bekamen mehr vom Kuchen als ich, denn ich nahm außer Kaffee nur einige kleine Streuselkrümel zu mir, statt eines ganzen Stücks.

»Er war in der Klapse«, flüsterte Elke. »Weil er glaubt, er wär ein

Engel. Ein Schutzengel, genauer gesagt. Er meint, man hat ihn aus dem Himmel geschmissen, weil er sich verbotenerweise in seinen Menschen verknallt hatte. Damit können die Ärzte einfach nicht umgehen.«

»Ist er da ausgebrochen? Er hatte doch behauptet, er sei auf der Flucht…«

»Ich hab in den Nachrichten gehört, daß ein junger Mann gesucht wird, der vermutlich orientierungslos umherirrt und ärztliche Betreuung und Medikamente braucht. Aber die braucht er bestimmt nicht! Es geht ihm jeden Tag, den er ohne Drogen ist, besser. Er wird immer klarer im Kopf.«

»Denkt er nicht mehr, daß er ein Engel ist?«

»Doch, das schon. Aber wem schadet das?«

»Vielleicht ist er sogar einer!« meinte Etzi versonnen.

Elke trug ein langes, weites indisches Kleid in leuchtenden Farben – in Größe XXXL. Wenn sie in die Küche ging, um etwas zu holen, sah es aus, als schwebe ein bunter Fesselballon umher.

Irgenwann am frühen Nachmittag brachte Engel-Bert seine Gartengeräte in den Schuppen, ging hinein, um sich die Hände zu waschen, und kam mit einem großen braunen Umschlag zurück.

»Ich fahre jetzt los«, sagte er zu Etzi. »Bis zur Hudtwalckerstraße, nicht?«

Worauf Etzi und Elke eine Weile diskutierten, wo am besten umzusteigen sei, wo die S-Bahn auf die U-Bahn traf und so fort.

»Dann ein Stück die Barmbeker Straße rauf und in den Grasweg rein…« beschrieb Etzi. Ich glaubte zuerst, ich würde mich irren, aber er schilderte genau Simones Haus – und ihre Wohnung im obersten Stock!

»Darf ich das Rad nehmen?« fragte Engel-Bert höflich.

»Natürlich. Schließ es nur gut am Bahnhof an«, sagte Elke.

»Danke. Sei gesegnet!« meinte Bert daraufhin. Es klang eigentlich recht natürlich, weil er selbst offenbar dran glaubte. Er lächelte mir zu: »Wiedersehen, Dodo, ich danke dir nochmals dafür, wie du mir neulich geholfen hast. Ich bete dafür, daß deine Wasserangst sich klärt…« sagte er inniglich.

Dann schwang er sich auf Elkes stabiles Damenrad, den großen

Umschlag auf den Gepäckträger geklemmt, und fuhr so langsam und würdevoll die Straße hinunter wie ein Pastor in Zivil. Dicky, der bis dahin erfolglos Schmetterlinge gejagt hatte, sah ihm durch die Maschen des Zauns neugierig hinterher. Von den Hühnern und Enten hielt mein Hund respektvoll Abstand. Man hätte ihn für brav und diszipliniert halten können – tatsächlich war er einfach feige, sobald sich etwas Fremdes bewegte und Geräusche von sich gab.

»Was für eine Wasserangst?« fragte Elke prompt, kaum, daß sie aufhörte, hinter Engel-Bert herzuwinken.

»Ach – ich hab manchmal Alpträume. Bert meinte, ich wäre wohl mal abgesoffen. Ich glaube, er denkt, in einem früheren Dasein oder so.«

Etzi sagte: »Du solltest mal mit deiner Wasserangst hinter den Wasserfall …«

»Da ist sie ja gut aufgehoben!« scherzte ich gequält. Ich nahm dem lockigen Engel ziemlich übel, mich öffentlich als Wasserleiche zu outen. »Ich mag Wasser nun mal nicht. Sicherlich einfach eine Phobie. Ich werd manchmal schon verrückt, wenn mir beim Händewaschen ein paar Tropfen ins Gesicht spritzen. Bert hätte das nicht so breittreten sollen. Er ist ja lieb – aber manchmal kann er auch Ärger machen, obwohl er das gar nicht will.«

»Och, nun nimm ihm das man nicht übel!« Elke legte sich ein weiteres Stück Streuselkuchen auf den Teller. »Bei uns ist dein Geheimnis sicher. Wenn du nicht willst, reden wir auch nicht drüber.«

»Oder hat er dir sonst noch irgendwie Ärger gemacht?« fragte Etzi, der mich sehr aufmerksam anguckte.

»Ehrlich gesagt – ja, hat er. Vorgestern habe ich einen Brief von meiner Hausverwaltung bekommen mit der Kündigung zum 31. Dezember. Weil Bert meiner Nachbarin splitternackt die Tür geöffnet und ihr Gottes Segen gewünscht hat, als sie sich Grieß leihen wollte … Er hat das Faß meiner Mietersünden zum Überlaufen gebracht.«

Lachen mußten wir trotzdem alle drei.

»Und jetzt hast du Probleme, eine neue Bleibe zu finden?«

»Ich hab natürlich gestern Wohnungsanzeigen gelesen und auch

rumtelefoniert. Das Dumme ist, ich weiß leider nicht mal genau, wo und wie ich gerne wohnen würde …« Madame Fátima, dachte ich, würde das meinem Mond in den Fischen anlasten.
»Möchtest du denn am liebsten in deiner jetzigen Wohnung bleiben?« fragte Elke.
Ich schüttelte energisch den Kopf: »Nein! So toll ist die Wohnung nicht, so billig auch nicht, und inzwischen kann ich den Haß meiner Nachbarn schon fast riechen.«
»Dann ist es doch ein Segen. Sei Engel-Bert dankbar, daß er dir geholfen hat, da wegzukommen!« meinte Etzi.
»Übrigens – du hast ihn eben zu Simone Sawade geschickt, oder? Wieso denn das?« konnte ich mir nicht verkneifen, zu fragen.
»Weil Bert schreibt! Erinnerst du dich an das Labyrinthmärchen, das wir bei ihm gefunden haben? Er hat auch eine nette Geschichte über einen kleinen Gartenengel verfaßt. Ich hatte Simone davon erzählt, und sie hat gesagt, ich soll ihn am Wochenende doch mal zu ihr schicken, das ist nicht so offiziell, als wenn er in den Verlag käme.«
Ich sah ihn erstaunt an. Damals, bei der unvergeßlichen Fahrstuhlszene, hatte es auf mich nicht so gewirkt, als wären die elegante Lektorin aus dem vierten Stock und der papierstapelschleppende Mann für alles aus dem Keller eng miteinander befreundet.
»Ach. Kennt ihr euch näher, Simone und du?«
»Seit einigen Monaten. Ich habe ihr eine Spinnerei abgekauft.«
Wahrscheinlich hatte ich eine Wespe im Ohr. »Du hast –?!«
»Eigentlich ersteigert. Simone hatte die geerbt, von irgendeiner Tante, glaube ich.«
Vor meinem geistigen Auge tauchte die Tante mit dem Riesenzinken auf, die ihrer Nichte eine Nasenoperation spendierte. Und die hatte gesponnen?
»Was willst du mit einer Spinnerei?«
»Es ist ein großes, altes Gebäude und grenzt direkt an den Stadtpark. Gesponnen haben sie da schon lange nicht mehr, zuletzt wurde der ganze Tempel nur als Lagerraum benutzt. Ich mache aus dem hinteren Teil Wohnräume und aus dem vorderen, der zur Straße hin liegt, Büroräume. Bis auf eine Wohnung und ein Büro

für mich selbst werde ich alles vermieten. Außerdem wird der Umbau auch meine Abschlußarbeit. Ich bin demnächst Architekt, weißt du.«

Ich war platt. »Du hast studiert? Ich dachte, du bist Tischler?«

»Bin ich auch. Aber studiert hab ich trotzdem. Hör mal – du könntest da natürlich wohnen, wenn du willst. Oder zumindest deine Möbel abstellen, falls du nicht weißt, wohin damit. Paß auf, wir fahren nachher hin, und ich zeig's dir! Ach so, ja, und Simone – sie war bei der Versteigerung dabei. Wir haben natürlich sehr gelacht, als wir uns erkannten. Dann sind wir zusammen essen gegangen und haben ein bißchen geklönt. Wir haben so einiges an Gemeinsamkeiten entdeckt. Zum Beispiel sind wir im selben Jahr geboren, nur eine Woche auseinander …«

Ich guckte mir die schönen Gartenblumen ringsumher an, versuchte zu lächeln, und fühlte, wie sauer ich war. Weshalb eigentlich?

Weil ich doch Engel-Bert entdeckt hatte – zumindest war er *mir* zugelaufen. Und nun arbeitete er in Elkes Garten und diskutierte mit Simone über seine schriftstellerischen Werke – einfach so! Ich hatte nichts davon geahnt. Als ob sie ihn hinter meinem Rücken herumreichten, ohne mich zu fragen.

Und wenn ich's mir recht überlegte, war ich auch eifersüchtig auf Simone und Etzi. Wie kamen die eigentlich dazu, miteinander essen zu gehen und Spinnereien auszutauschen, ohne mir etwas davon zu sagen? Außerdem gönnte ich es ihnen nicht, so dicht hintereinander Geburtstag zu haben.

Simone war zwei Jahre jünger als ich. Etzi also auch. Kein Wunder, daß das junge Volk unter sich bleiben wollte. Noch dazu waren beide von Natur aus großnasig. Wenn das von Simone auch kaum jemand wußte.

»Du siehst so mißmutig aus. Hast du was?« fragte Elke. Sie sagte das zwar durchaus in einem netten Ton, aber ich fühlte mich angegriffen.

»Das liegt an meinem Mund!« erwiderte ich kurz und ganz in meinem alten »Dörthe-Mehlig-schnappt-nach-jedem«-Ton. »Der sieht immer so aus.«

Bevor wir zurück nach Hamburg fuhren, gingen wir ein wenig am Rand von Prisdorf spazieren, in Wald und Feld. Am frühen Abend fuhren wir nach Hause, behindert durch den Wochenend-Rückreiseverkehr.

»Ich möchte dir aber trotzdem gern die Spinnerei zeigen! Du hast doch noch ein bißchen Zeit, Dodo?« fragte Etzi.

Ich war neugierig genug, noch Zeit zu haben.

Vom Winterhuder Marktplatz aus fuhren wir in eine kleine Seitenstraße und hielten auch schon: »Hier ist es! Wie findest du's?«

»Dies Dunkle hier?«

»Ja. Wir werden es weiß tünchen. Wie findest du's?« fragte Etzi aufgeregt zum zweiten Mal.

»Interessant...« sagte ich vorsichtig, weil das keine Wertung ist.

Wir gingen durch eine rostige, quietschende Gartenpforte und durch den völlig verwilderten Garten rund um das klotzige Gebäude.

»Hier hätte Engel-Bert einiges zu tun...« dachte ich laut vor mich hin.

»Ja, was? Das hab ich auch gedacht!« stimmte Etzi erfreut zu. Er schüttelte ein überlebensgroßes Schlüsselbund – vermutlich hingen auch alle Kuchenbecker-Verlagsschlüssel dran – und öffnete eine Seitentür der Spinnerei. Dicky mußte am Halsband in das düstere, dumpfig riechende Gemäuer gezerrt werden. Etzi knipste überall nackte Glühbirnen an, die trübseliges, schwaches Licht spendeten. Was wirklich hell leuchtete, war das Gesicht des neuen Besitzers.

»Hier ist die Halle – gigantisch, was? Da ist der Haupteingang... hier vorne sind zwei Stockwerke mit ungefähr gleich großen, hellen Zimmern, die eignen sich hervorragend als Büros... Einen Fahrstuhl gibt's natürlich nicht, aber zwei Treppen. Ich dachte, ich füge noch drei Wendeltreppen ein. Zwei hier vorn in den Büroräumen, einmal links und einmal rechts, dann kommt man jeweils schnell nach oben oder unten. Die werden aus Stahl und Glasfiber sein. Und eine gönn' ich mir selbst, hinten im Wohnbereich. Die besitze ich schon – hab ich mal ersteigert, eine bildschöne alte Holztreppe aus einer Kirche. Dann komme ich von meinem

Schlafzimmer aus direkt in mein Wohnzimmer... Das ist hier!« Etzi ließ uns in einen sehr großen Raum eintreten, in dem Möbel standen. »Das wird die Küche – mit Tresen zum Wohnzimmer, also offen... Darüber ist ein Raum mit Erkerfenster zum Garten hin, das wird mein Schlafzimmer mit dem Bad... Ein Gästeklo kommt später hierhin –« Etzi öffnete eine weitere Tür und zeigte dem erstaunten Dicky und mir ein grauenhaft häßliches Antikklo mit Kettenspülkasten. Er schloß die Tür schnell wieder, der scharfe Geruch nach Uraltpipi, das offenbar jahrhundertelang umhergesprüht war, hing jedoch noch eine Weile in der Luft.
»Bisher meine einzige sanitäre Anlage – von solchen Toiletten gibt's im Haus sechs Stück, alle gleich appetitlich. Im Spülstein in der Küche wasch ich mich, bisher nur mit kaltem Wasser...« Aber Etzi strahlte immer noch.
Sein Wohnzimmer bestand einstweilen aus wenigen Möbeln. Der Fernseher, das Videogerät und die Stereoanlage standen auf dem Boden, der Schrank war aus Stoff und hatte einen Reißverschluß. Die Küchenmöbel sahen aus wie vom Sperrmüll, bis auf den großen neuen Kühlschrank. Alles verlor sich in dem großen Zimmer.
»Ziemlich geräumig«, sagte ich anerkennend.
»Zweiundneunzig Quadratmeter. Die Wendeltreppe kommt hierhin!« erklärte Etzi ungebremst begeistert. »Darf ich euch was anbieten? Habt ihr Hunger?«
Wir hatten bekanntlich immer Hunger. Dicky gab dem nach und bekam aus Etzis Kühlschrank zwei kalte, fettige Klopse, die er in Rekordzeit vertilgte. Ich bat nur um ein Glas Milch.
Etzi zündete mehrere Kerzen an, die seine Wohngrotte heimeliger machten, knipste das Deckenlicht wieder aus und schaltete am Fernseher herum. Du lieber Himmel, dachte ich, muß er jetzt die Sportschau sehen? Ich tat ihm jedoch unrecht. Er legte ein Video ein, das er mir zeigen wollte. Bis er soweit war, guckte ich aus dem Fenster in den Garten. Hohe Brennesselbüsche wuchsen neben Wäldern von buntem Fingerhut. Eigentlich sah das hübsch aus.
Dann hörte ich eine kleine Trompetenfanfare, mehrere Paukenschläge und eine wunderschöne, hymnische Musik, bei der sich meine Nackenhaare sträubten. Ich eilte vom Fenster weg zum

Fernseher und sah ein kleines, tapferes Raumschiff, das offenbar einsam durch's Weltall steuerte. Es fuhr an einem sonnenartigen Stern vorbei, schoß geschickt durch die Schlaufe einer herausgeschleuderten Eruption, tauchte unter den Schlieren blauer und violetter Weltraumnebel hindurch wie unter feinem Seidenstoff, glitt über das silberglitzernde Geröll eines Planetenrings und verschwand dann ganz plötzlich mit wildgesteigerter Geschwindigkeit in der Unendlichkeit des Raums. Nebenbei registrierte ich die Titelüberschrift in Gold: Raumschiff Voyager. Und die Namen der Darsteller.

Ich starrte fasziniert auf den Bildschirm: »Gott, ist das schön!«

»Ich hab dir doch davon erzählt«, antwortete Etzi. Er knipste an der Fernbedienung herum: »Noch mal?«

»Ja, bitte!«

Etzi nickte: »Ich wußte, daß es dir gefällt! Der schönste Vorspann, den ich kenne...« Ich befürchtete, er würde nun darauf bestehen, daß ich mir eine Folge der Serie ansah (denn dazu hatte ich überhaupt keine Lust), aber er schaltete den Fernseher, nachdem wir den Vorspann zum zweiten Mal genossen hatten, gleich wieder aus.

Wir setzten uns, ich mit meinem Milchglas vor mir, Etzi mit einem Glas Mineralwasser, und redeten noch ein bißchen.

»Komisch, früher dachte ich, du wärst ein Monster«, leitete ich die Unterhaltung mit liebenswürdiger Offenheit ein.

»Und ich dachte immer, du wärst so was wie ein kleines Meerweibchen. Eine Nixe. Mit diesen silbergrünen Augen und deinem ungewöhnlichen Mund.«

»Ungewöhnlich ist eine gute Beschreibung«, stimmte ich säuerlich zu. Vermutlich erkannte er durch seine Sehschlitze nicht viel – wie hätte ihn sonst mein ehemaliges fettes, bebrilltes, geschmacklos angezogenes Ich an ein Meerweibchen erinnern können, statt an eine verdrießliche Seekuh?

»Ich hab neulich wieder von dir geträumt – also nachts, im Schlaf, meine ich. Du bist im Mondlicht im Ozean herumgeschwommen und hattest Wassertropfen auf deinem Gesicht. Das sah toll aus...«

Ich fühlte mich unbehaglich. Ich war nicht zur Spinnereibesichti-

gung gekommen, um mich anschmachten zu lassen. Etzi stippte seine Fingerkuppe in sein Mineralwasserglas und dann, bevor ich begriff, was er vorhatte, tippte er auf meine Wange. Ich zuckte zurück.
»Ich tu dir nichts – das sind nur winzige Tropfen – halt mal still...«
Etzi tippte noch mehr Wasser auf mein Gesicht. Gut, daß ich kein Make-up drauf hatte, sondern nur leicht getönte Tagescreme mit Sonnenschutz. Das gab keine Streifen. Ich sagte mal wieder nicht nein, sondern hoffte, daß er bald fertig war.
»Hast du einen Spiegel bei dir? Guck dich mal an!« verlangte er zum Schluß.
Ich blickte also in den Spiegel meiner Puderdose. Fein, ich sah aus, als hätte jemand seine Gießkanne über mir ausgekippt. Überall blinkende Tropfen, nur nicht auf der Nase, die hatte Etzi trocken gelassen.
»Na und?« fragte ich leicht genervt und klappte die Puderdose zu.
»Dein Gesicht ist voller Wassertropfen, und es macht dir nichts. Heute nachmittag hast du noch gesagt, so was hältst du auf keinen Fall aus!«
»Oh!« sagte ich erstaunt. Ich machte die Puderdose wieder auf, um mich erneut zu betrachten. Das war mir wirklich nicht bewußt geworden. Etzi reichte mir ein Papiertaschentuch, und ich tupfte die Tropfen weg.
»Du dachtest also, ich sei ein Monster? Wegen dieser Sache im Fahrstuhl? Ich bin immer noch ganz entsetzt darüber... Du weißt doch hoffentlich, daß ich dir niemals wirklich was getan hätte? In keinem Zustand, weder volltrunken noch hypnotisiert. Man kann aus einem Menschen immer nur rausholen, was drin ist. Und in mir ist keine Gewalttätigkeit, schon gar nicht gegen dich!« versicherte Etzi. Seine Augen wurden vor Eindringlichkeit nahezu rund.
»Ist nicht in jedem Menschen Gewalttätigkeit? Hast du dich noch nie mit jemandem geprügelt?«
»Nein. Noch nie. Jedenfalls nicht körperlich. Verbal – doch, schon eher. Mit Worten bin ich manchmal ziemlich scharf.«
»Du hast nie eine Klopperei gehabt? Auch nicht als kleiner

Junge?« Ich konnte es nicht glauben. »Alle kleinen Jungen hauen sich miteinander …«
»Ja. Und alle Frauen können schlecht einparken. Und alle Rottweiler sind Mordbestien. Und alle Blondinen sind blöd.«
Ich schwieg erschrocken. In der Tat, Rüdiger hatte mich häufig davor gewarnt, in dumpfe Vorurteile zu verfallen: »Ein Zeichen von peinlicher Engstirnigkeit, Rosenschnute!«
Etzi wiederholte noch einmal: »Ich habe mich tatsächlich nie mit anderen Kindern gehauen.«
»Aber – wie hast du das denn vermeiden können?«
»Ich nehme an, indem ich mit ihnen geredet habe. Das Problem hat sich für mich kaum je bewußt gestellt«, erwiderte er nachdenklich. »Es kommt in meinem Film nicht vor, wenn du verstehst, was ich meine? Wir machen uns doch jeder unseren eigenen Film. Alles, was mir passiert, läuft unter – Idee: Dirk Etzold, Drehbuch: Dirk Etzold, Regie: Dirk Etzold, Hauptdarsteller: Dirk Etzold.«
»Toll!« sagte ich spöttisch. »Und warum bist du dann noch nicht Millionär?«
»Wozu? Erstens habe ich alles, was ich brauche – ich entstamme einer großen Familie, ich habe zahlreiche Freunde, und alle mögen mich und geben mir dies und das. Die Summe für die Spinnerei hab ich beispielsweise von meinem Onkel, zu sehr anständigen Bedingungen. Und die ganzen Elektroartikel – den Fernseher, die Stereoanlage, das Videogerät, den Computer und den Kühlschrank – hab ich von einem meiner Großväter, der handelt mit dem Zeug und gibt mir Sachen mit winzigen Fehlern für ein Taschengeld. Und zweitens: wenn ich Millionär wäre, hätte ich nie tischlern gelernt. Ich hätte nie im Kuchenbecker-Keller rumgeschuftet und beim Rumfahren alle möglichen interessanten Menschen kennengelernt. Ich hätte allenfalls von vornherein Abitur gemacht und Architektur studiert – wie langweilig! Wie viele gute Gelegenheiten wären mir entgangen, was dazuzulernen. Wir wären uns vielleicht nie begegnet – oder jedenfalls nur aus einer anderen Perspektive, von meinem Rolls Royce aus. Womöglich hättest du mich dann überhaupt nicht interessiert …«
Mir fuhr durch den Kopf, daß ein Etzi im Rolls Royce mich be-

stimmt sehr viel mehr interessiert hätte als einer, der im Keller mit Bücherstapeln herumkramte. Das sagte ich aber nicht. Ich äußerte statt dessen: »Du hattest im Verlag gute Gelegenheit, was zu lernen? Was denn so?«

»Gute Laune zu haben zum Beispiel!« antwortete Etzi sofort und zeigte wieder die schönen Zähne in seinem merkwürdigen Gesicht.

»Wieso – du bist doch *immer* gut gelaunt…«

»Eben. Das habe ich gelernt. Hauptsächlich im Verlag. Vorher war ich sehr empfindlich und oft melancholisch. Erinnerst du dich an Jaschi Mahlke? Der war früher auch im Keller, der hat mich angelernt.«

Ich dachte nach. Richtig, vor einigen Jahren schuftete da so ein bissiger alter Kahlkopf herum.

»Vorletztes Jahr ist er in Rente gegangen. Seit ich bei Kuchenbecker angefangen habe, hat er mich drangsaliert. Anfangs wußte ich überhaupt nicht, wie ich mit ihm fertig werden sollte. Dann hab ich mir die Technik erarbeitet, immer das zu tun, was er am wenigsten erwartet. Er hat ja damit gerechnet, daß ich von seiner Tyrannei tief getroffen bin. Ich habe also dauernd gelacht und gepfiffen. Das war hart für ihn – ich bin grauenhaft unmusikalisch. Zuerst habe ich nur so getan. Nach einer Weile ist es nach innen gewachsen, und ich war wirklich gut drauf. Die Taktik hat Jaschi stark irritiert. Irgendwann machte es ihm keinen Spaß mehr, mich zu quälen. Das ist übrigens eine wunderbare Technik in jedem Kampf: Tu genau das, was dein Gegner auf keinen Fall erwartet!«

»Also verstehst du doch was vom Kämpfen!«

»Das bestreite ich ja nicht. Ich habe nur gesagt, daß ich noch nie in eine körperliche Prügelei verwickelt gewesen bin.«

»Woher soll man denn wissen, was der Gegner erwartet?« fragte ich skeptisch.

»Normalerweise das gesellschaftlich Typische. Spielfilme arbeiten mit solchen gesellschaftlichen Mustern. Ein Opfer, das abgeschleppt wird, schreit grundsätzlich: ›Lassen Sie mich los!‹, und jemand, der gerade eingesperrt wurde, hämmert sofort an die Tür und brüllt: ›Laßt mich raus!‹ Das ist vollkommen unsinnig, denn noch nie wurde jemand losgelassen, weil er es verlangt hat, und wenn jemand eingesperrt wurde, werden seine Wächter ihn ganz bestimmt nicht rauslassen, nur weil er an die Tür hämmert. Es ist eben das ganz normale Opferverhalten«, behauptete Etzi. »Was hast *du* übrigens gemacht, als ich dich im Fahrstuhl geknuddelt hab?«

»Ich hab geschrieen und versucht, nach dir zu boxen und dich wegzuschubsen. Und ich hab gesagt: ›Lassen Sie das!‹ und ›Bitte nicht!‹. Und dann hab ich vor Angst Schluckauf gekriegt.«

»Wie süß. Hab ich mich eigentlich schon richtig entschuldigt? Es tut mir wirklich schrecklich leid...«

»Ja, ja, hast du. Wie hätte ich mich denn nun verhalten sollen?«

Etzi streichelte den schlafenden Dicky, der neben seinem Sessel auf dem Boden lag und mit geschlossenem Maul im Schlaf leise bellte, wobei sich seine Backen aufbliesen.

»Du hättest dich untypischer benehmen sollen. Wenn du, statt mich irgendwie wegzuschieben, nur mit beiden Händen meine Nase umklammert hättest – Platz genug bietet sie doch –, oder wenn du die Bewußtlose gemimt hättest und plötzlich umgekippt wärst... Das hätte mich sicher auch in meinem Totalsuff stutzen und zu mir kommen lassen.«

»Hm, vielleicht.« (Aber es kam mir höchst unwahrscheinlich vor.)

»Ich wollte noch mal was zu deiner guten Laune fragen. Wie hast du es hingekriegt, fröhlich zu sein, wenn der alte Jaschi ständig mies zu dir war?«

»Ich wollte es eben einfach sein.«

»Komm, Etzi -- so was funktioniert nicht. Man ist gut drauf, weil was Schönes passiert – weil man was kriegt, was man sich gewünscht hat – und nicht, weil man es sein will. So was kann man nicht selbst bestimmen.«

»Du hast so drollige Überzeugungen, was ›man‹ kann und was nicht«, sagte Etzi, und jetzt klang er ein wenig ungeduldig. »Ich finde es immer köstlich, wenn Leute im Fernsehen gefragt werden, wie sie was Bestimmtes erlebt haben, und wie sie dann antworten: ›Man‹ fühlt sich so und so. ›Man‹ erlebt das und das. Sie stülpen dem Rest der Welt ihren höchstpersönlichen Film über.

Ihre Sicht der Dinge. Ihre ganz persönlichen Erfahrungen. Sehr egozentrisch und sehr naiv. Stell dir vor, im Zirkus ist ein Elefant entlaufen, latscht jemandem übers Bein, der wird im Krankenhaus interviewt und sagt: »Zuerst bekommt man was Nasses, Schleimiges ins Gesicht gestupst und sieht dicht vor sich eine graue Mauer, dann fühlt man einen schlimmen Schmerz im rechten Bein, und zuletzt kommt man im Krankenhaus wieder zu sich.« Und alle, die zuhören, sind überzeugt davon, ganz genau so würde es ihnen auch gehen, wenn sie einem Elefanten begegnen.«

»Du kannst also einfach grundlos glücklich sein?«

»Ja. Und ich glaube, das könnte nahezu jeder. Es ist eine Angewohnheit, zu denken, daß unsere Laune damit zu tun haben muß, was geschieht. Dadurch machen wir uns abhängig von unserer Umwelt und den Geschehnissen. Es gibt Leute, denen es saugut geht, und die trotzdem finster drauf sind. Und es gibt welche, denen geht es einfach mies, aber sie finden das Leben immer noch schön. Fröhlichkeit ist Entschlußsache. Wenn du gute Laune haben *willst*, dann bleibt sie auch, wenn was Unangenehmes passiert.«

Ich konnte es nicht recht glauben, obwohl mir die Idee gefiel. Ich beschloß aber, es bei Gelegenheit zu versuchen.

Inzwischen war es draußen dunkel geworden. Die Kerzen schienen dadurch viel heller als vorher.

»Du singst so schön, sagt Simone?« fragte Etzi plötzlich.

»Habt ihr über mich gesprochen?« fragte ich entsetzt zurück. Ich konnte es mir vorstellen: Denk mal, wie witzig, als die Mehlig noch fett und drollig aussah, hat sie mich um Hilfe gebeten. Ich hab dann erst mal einen Menschen aus ihr gemacht…

»Simone hat nur gesagt, daß ihr befreundet seid. Und eben, daß du wunderbar singen kannst«, versicherte Etzi. Das klang so aufrichtig und harmlos, daß ich mich schämte.

»Würdest du mir was vorsingen? Ein bißchen –?«

Ebenso, wie ich ständig Lust hatte zu essen, hatte ich ständig Lust zu singen. Ich legte sofort los mit »Get ready«. Das konnte ich inzwischen perfekt.

Als ich das Lied beendet hatte, sah Etzi einen Augenblick lang etwas traurig aus. Er lächelte aber gleich wieder: »Das hast du jetzt bestimmt nicht für mich gesungen, soviel ist klar. ›I'm gonna try to make you love me too‹ – wer ist das? Wen willst du dahin bringen, dich ebenso zu lieben, wie du ihn liebst?«

»Ein Fernsehmann und Schriftsteller ist das«, erläuterte ich kurz. Ich hatte nicht die Absicht, mit jedem groß und breit über meine Queste zu reden.

»Aha. Kennst du ihn persönlich?«

»Natürlich. Seit nicht ganz einem halben Jahr.«

»Aber er liebt dich noch nicht so sehr, wie du es dir wünschst? Entschuldige, du hast diesen Text absolut überzeugend gesungen ...«

»Wirklich? Naja, stimmt. Noch liebt er mich nicht so sehr, wie ich es mir wünsche. Noch nicht.«

Etzi nickte vor sich hin: »Seit nicht ganz einem halben Jahr, sagst du. Hast du dich deshalb so stark verändert – abgenommen und die Brille durch Kontaktlinsen ersetzt und so weiter?«

»Ja. Ja, das hängt alles mit diesem Mann zusammen.«

Etzi nickte wieder. Im Augenblick konnte ich mir gut vorstellen, wie er ausgesehen hatte, als er noch sensibel und melancholisch statt allzeit fröhlich war. Mir wurde allmählich unbehaglich. Ich blickte auf meine Uhr: »Junge, ist das schon spät! Etzi, ich muß noch meine Haare waschen und mir Grünzeug schnippeln als Proviant für morgen im Verlag ...«

Etzi sprang auf. »Natürlich. Ich bringe euch nach Hause.«

Wir fuhren schweigsam von Winterhude nach Eimsbüttel. Etzi sagte nichts, ich sagte nichts, und Dicky schlief auf meinem Schoß. Vor meiner Haustür murmelte Etzi: »Danke für den schönen Sonntag. Weißt du was? Ich möchte dich gern in meinem Film haben ...«

Für einen kurzen Moment überlegte ich wirklich, ob er künstlerisch tätig sein wollte. Dann fiel mir ein, daß dies ja seine Definition von Schicksal war.

»Na, hast du doch! Wir fangen gerade an, Freunde zu werden.«

Etzi klopfte mit den Fingerspitzen einen kleinen Trommelwirbel auf das Lenkrad: »Das ist auch schön. Aber eigentlich zuwenig. So, wie's dir zuwenig ist, was dieser TV-Typ einstweilen für dich empfindet. Du möchtest ihn doch auch in deinem Film haben – als Partner …«

Das konnte ich nicht bestreiten. Mir fiel auch sonst nichts ein, was ich dazu hätte sagen können. Ich klemmte mir den verpennt blinzelnden Dicky unter den Arm und stieg aus. »Tschüs, Etzi. Bis morgen. Es war alles sehr interessant – ich danke dir auch für diesen Sonntag!«

Ich war ganz froh, als er endlich wegfuhr. Nett war er ja – aber auch ziemlich seltsam mit seinen Ansichten über »Filme«. Reichlich versponnen. Zu ehrlich für einen Mann.

Männer wie Curd Andreesen waren cooler.

9. *Kapitel*

In dem Schokocurly Retourkutschen verteilt – Dodo typisches Opferverhalten durch folkloristische Einlagen ersetzt – wir erfahren, daß Engel nicht immer Religionsanhänger sind – Lorenz sein kriminelles Potential schulen darf – und Max Kuchenbecker beeindruckt merkt, was für gebildete Mitarbeiter er doch hat

Simone war wütend auf Max Kuchenbecker. Das kam eigentlich öfter vor, aber diesmal war sie außergewöhnlich wütend. Sie selbst fand das Märchen vom kleinen Gartenengel, das Bert geschrieben hatte, großartig. Heino Frohwein war auch davon begeistert. Aber Kuchenbecker, dieser Stumpfkopf, lehnte es ab! Und sein Wille war selbstverständlich Gesetz. Simone prophezeite dem Verlag die baldige Pleite, wenn er so weitermachte. In den roten Zahlen sei er sowieso schon.

Max Kuchenbecker war auch schuld daran, daß Simone sich ein Bein brach. Sie brauchte dafür keinen entlaufenen Elefanten. Weil sie so wütend war, paßte sie nicht auf, als sie von ihrem Balkon ins Zimmer trat, und verhedderte sich im Flokatiteppich oder in einer Grünpflanze – ich weiß auch nicht genau. Ihr Bein wurde genagelt, und sie kam für Wochen in Gips.

Da Simone noch im Krankenhaus lag, konnte ich Dicky nicht zu ihr bringen. Ich hatte früher freigenommen, um meine letzte Fahrstunde mit Ali zu absolvieren. Er selbst riet mir, den Hund diesmal zu Hause zu lassen: »Zur Prüfung kannst du ihn auch nicht mitnehmen, Süße, und du bist auf jeden Fall konzentrierter ohne ihn.« Ich nahm also Hund, Decke und Napf und marschierte zu Rüdiger. Den hatte ich seit Schokocurlys Auftauchen nicht mehr gesprochen, aber das war auch noch nicht sehr lange her. Im Laden war er nicht, dort traf ich nur seine Angestellte mit dem Hammerkinn. Sein Anrufbeantworter war an diesem Tag auch nicht eingeschaltet. Ich schloß daraus, daß er sich im Garten aufhielt, denn es war ungewöhnlich warm. Hoffentlich, dachte ich, hört er wenigstens die Türklingel!

Uns wurde fast sofort geöffnet. Von Schokocurly. »Na?« machte er.
»Ist Rüdiger da?« fragte ich.
»Schättler ist letzte Nacht gestorben! Und wenn ihr nicht auf der Stelle verschwindet, du und dein blöder Köter, dann mach ich hier 'n Riesentheater!« versprach Schokocurly. Worauf er uns die Tür vor den Nasen zuknallte.
Eine gute Gelegenheit, mich in grundlos guter Laune zu üben. Ich wanderte mit Dicky zurück nach Hause, vor mich hin lächelnd. Inzwischen wurde meine Zeit knapp, ich sollte um vier bei der Fahrschule sein. Also rief ich Lorenz Maurelius an und unterbreitete ihm meine Probleme. Er fluchte am Telefon eine Weile auf Curly, dann kam er angefahren, packte Dicky und seine Utensilien ein und brachte mich noch schnell zur Fahrschule. Zeit, mich umzuziehen, hatte ich inzwischen nicht mehr gehabt; ich steckte noch in meinem pastellrosa Kostüm mit langem Blazer und kurzem, engem Rock sowie den passenden rosa Wildlederpumps. Alles nicht gerade bequem.
»Du siehst ja gigamäßig aus, Süße«, fand Ali Schimmelmann. »Wann werdet ihr das eigentlich mal schnallen, daß ihr flache Treter mitbringen sollt? Später mußt du die immer in deinem Auto haben. Ich trau diesen Sexy-Stöcklern nicht. Damit kannst du vom Pedal abrutschen.«
Natürlich fuhren wir trotzdem los. Ali war der Ansicht, was ich unbedingt noch mal üben sollte, sei das Autobahnfahren. Da mir das am meisten angst machte, hatte er sicher recht.
Wir fuhren durch den Elbtunnel nach Süden – was mir nur gelang, indem ich fest die Zähne zusammenbiß –, bei Hausbruch runter und gleich anschließend wieder rauf und zurück durch den Elbtunnel, diesmal Richtung Norden – immer noch mit zusammengebissenen Zähnen. Von der A7 wechselte ich einigermaßen elegant auf die A23. Bis hinter Pinneberg war die Geschwindigkeit auf einhundert Stundenkilometer begrenzt, aber dann wurde die Begrenzung aufgehoben, und Ali sagte genau, was ich befürchtet hatte: »Nun gib mal Gummi, Mädchen! Ab und zu muß 'n Wagen kräftig durchgeputzt werden.«
Ich umklammerte das Steuer so fest, daß meine Finger schmerz-

ten, und blickte wie hypnotisiert nach vorn. Mir lag nichts daran, den Wagen durchzuputzen, jedenfalls nicht auf diese Art. Ich wäre gern in aller Ruhe auf der rechten Spur gefahren, höchstens mit hundert, da ich nicht den geringsten Ehrgeiz besaß, andere Autos zu überholen. Ich biß ein weiteres Mal die Zähne fest aufeinander und schielte hin und wieder verschreckt auf den Tacho – einhundertvierzig! – einhundertfünfzig!

»Gut, gut. Jetzt fahr hier runter!« hörte ich gleich darauf zu meiner Erleichterung. Ich blinkte und nahm mit einem Seufzer den Fuß vom Gaspedal. Hoffentlich fuhren wir zurück über Landstraßen.

Ali lud mich in Tornesch zu einem Eis ein. Er guckte sich neugierig um, meinte, es hätte sich viel verändert, und vertraute mir an, er wäre als Kind ein paar Jahre in dieser Gegend gewesen: »Ich war hier Pflegekind in einer sittenstrengen Familie. Weißt du gar nicht, daß ich als kleiner Junge immer rumgeschubst worden bin? Deshalb bin ich auch so schmusebedürftig!«

Ali grinste vor sich hin. Er hatte wirklich sehr viel Charme und sah an diesem Nachmittag besonders gut aus. Manchmal befürchtete ich, ein bißchen verknallt in ihn zu sein. Ich beruhigte mich aber jedesmal wieder, wenn ich mitbekam, wie er mit sämtlichen weiblichen Fahrschülerinnen flirtete. Na gut, nicht mit allen. Aber mit den hübscheren bis Mitte Dreißig.

»Los, wir fahren kurz in den Esinger Wohld – kommen wir auf dem Rückweg zur Autobahn sowieso dran vorbei«, verlangte Ali, nachdem wir wieder eingestiegen waren. Ich winselte innerlich. Doch wieder über die Autobahn zurück! Deshalb gefiel mir auch die Idee, zuerst noch in den Wald zu fahren.

»Ich zeig dir die Mörderbrücke!« versprach mein Fahrlehrer. »Da hat vor – ich weiß nicht genau –, so vor ungefähr hundert Jahren ein Mann seine Frau abgemurkst. Zusammen mit seiner Geliebten. Erst haben sie ihr Gift gegeben. Dann haben sie mit Stöckchen auf sie eingepiekt, weil sie immer noch nicht sterben wollte …«

Ich fand die Geschichte bei weitem nicht so amüsant wie Ali. Eher ziemlich widerlich. Wir fuhren über die besagte Brücke, und dann

kamen neue Prüfungen auf mich zu: »Jetzt bieg da ab – und jetzt hier…«
»Wo ist denn die Straße?« Ich trat entsetzt auf die Bremse.
»Ja, wo wohl? Du bist mitten drauf.«
»Aber – das ist ja keine durchgehende Straße mehr. Das sind ja nur noch Hosenträger aus Beton…«
Ali wollte sich totlachen. »Dann sieh mal zu, daß du mit deinen Reifen schön auf den Hosenträgern bleibst, Süße.«
Ich fand das Balancieren nervenaufreibend. Fast so schlimm wie Autobahnfahren. Die blöden Hosenträgerwege nahmen kein Ende, dazwischen gab es Wald, Felder, Weiden, Büsche, Wiesen und noch mehr Wald, Felder, Weiden und Büsche. Alles sah gleich aus. Endlich durfte ich anhalten. Ali blinzelte mich an: »Na, Dodo? Kaputt? Komm mal her…«
Geküßt hatte er mich ja schon einmal. Dagegen war auch nicht viel einzuwenden, zumal es einen schönen Mund machte. Doch wo hört ein Kuß eigentlich auf? Alis traurige Kindheit schien sich plötzlich stark bemerkbar zu machen, er wurde immer gieriger in seinem Schmusebedürfnis. Ich hielt hier und da, wenn ich sie zu fassen bekam, seine Hände fest, aber er entrang sie mir und grabschte sofort weiter.
Ich sagte dauernd: »Laß mal – laß bitte mal – hör doch bitte auf! Nicht! Nein!«
Ali wiederholte ständig: »Wieso, laß mich doch mal hier, stell dich nicht so an, sei doch nicht so zickig – du willst das doch auch, oder wie?«
Ich war mir inzwischen ziemlich sicher, daß ich das nicht wollte. Jedenfalls nicht jetzt und nicht so. Seine Griffe fingen an, weh zu tun, und wurden immer rücksichtsloser. Es war ihm inzwischen egal, ob meine Knie gegen die Gangschaltung rumsten und mein Kopf gegen das Seitenfenster knallte. Meine Strumpfhose zerriß an der Mittelnaht. Ali kämpfte seine rechte Hand unter den engen Minirock und tat sein Bestes, um meine Unterwäsche runterzuzerren. Hätte ich, wie geplant, einen weiten Rock angezogen, wäre er längst am Ziel gewesen. Ich hielt das rettende Röckchen mit beiden Händen nach unten. Ali fummelte inzwischen seinen eigenen

Reißverschluß auf und befreite sich von seinen Dessous, was bedeutend einfacher zu sein schien. Wir rutschten im Auto hin und her und hoch und runter. Mal baumelte das goldene Eigentums-Kettchen von Ilonka vor meiner Nase, mal guckte ich von oben auf Alis gelben Schopf. Mein Herz trommelte wie verrückt.
»Hör doch bitte auf!« jammerte ich.
»Halt doch bloß mal still!« knurrte Ali.
Und plötzlich fiel mir ein, was Etzi über das ganz normale Opferverhalten gesagt hatte. Ich mußte mich jetzt einfach völlig untypisch benehmen. Bloß wie?! Alis Schimmelmanns kleine Stupsnase eignete sich nicht zum Umklammern. Und die Scheintote zu spielen, dazu hatte ich nicht mehr die Nerven.
Inzwischen war es Ali doch gelungen, meine kaputte Strumpfhose und mein rosa Spitzenhöschen nach unten über meine Knie zu reißen. Er drängelte sich hektisch auf mich – da begann ich zu singen. Das konnte ich bekanntlich immer. Weil mir wirklich überhaupt nichts anderes einfiel, schmetterte ich in Überlautstärke: »Stadt Hamburg – ahan deher Ehelbehe Auen – wie bist du heeeerrlich anzuschauen – mit deiner Tüüürme Wohlgestalt – und deiner Schihiffehe Mastenwald!«
Bemerkenswerterweise sang ich bedeutend lauter, als ich vorher geschrieen hatte. Ali erstarrte. Er blickte mir von unten her ungläubig ins Gesicht, mit kugelrunden Augen und leicht geöffnetem Mund.
Ich holte tief Luft und trompetete: »Heil über dir – Heil über dir – Hammoooonia! Hammoooonia! Oh, wie so herrlihich stehst! – du! – da!«
Das konnte man von Alis Leidenschaft nicht mehr behaupten. Ich hatte ihn in Grund und Boden gesungen.
Ich hielt es für einen Fehler, jetzt schon aufzuhören, und setzte nahtlos fort: »Nichts kann uns rauben – Liebe und Glauben – zu unserm Land! Es zu erhalten und zu gestalten sind wir gesandt ...«
Ali setzte sich auf. Er sah unglaublich verwirrt aus. Vielleicht dachte er, mir wäre der Verstand durchgeschmort. Sehr gut, das sollte er nur glauben!
»Mögen wir sterben – unseren Erben – gilt dann die Pefelicht – es

zu erhalten – und zu gestalten – Deutschland stirbt nicht!« Die letzte Strophe brüllte ich wie ein Nebelhorn. Mein alter Musiklehrer wäre stolz auf mich gewesen. In der Schule hatten wir das schöne Lied immer zum 17. Juni, dem damaligen Tag der Deutschen Einheit, in der Aula gesungen.

Ich hatte beim Singen wieder meine Höschen unter den kurzen rosa Rock befördert. Ali unternahm nichts dagegen. Er saß schlaff da und blinzelte mich verstört an. »Sag mal – was ist denn mit dir passiert? Hast du sie noch alle, oder wie?« fragte er unsicher.

Ich ließ mich auf keine Diskussion ein, sondern begann aus vollem Halse mit: »Heute an Bord, morgen geht's fort ...«, schnappte mir mit hastigem Griff meine Tasche vom Rücksitz, riß die Fahrertür auf und enteilte, laut singend, in die Wälder. Ali hatte nicht protestiert.

Aber was wollte das heißen? Vielleicht würde er hinter mir herkommen, wenn er sich von seinem Schreck erholt hatte? Entweder zu Fuß – oder mit dem Wagen? Ich rannte, immer noch singend, zwischen schattigen Baumstämmen hindurch und geriet auf eine neue – oder alte – Straße mit Hosenträgerasphalt, die ich in meinen rosa Pumps entlanghoppelte.

Die Sonne stand tief und blendete mich. Ich hörte auf zu singen, weil ich die Puste jetzt zum Laufen brauchte. Wieder eine Straße, die aussah wie alle anderen! In welche Richtung sollte ich überhaupt laufen? Zur Autobahn – oder ganz woanders hin?

Lauerte Schimmelmann mir irgendwo auf, vielleicht, um mich abzumurksen wie die Leute an der Mörderbrücke ihr armes Opfer, damit ich ihn nicht verklagte wegen beinah begangener Vergewaltigung?

Ich hielt keuchend vor einer Weide an. Eine schwarzweiße Kuh wandte mir ihren Kopf über dem Holzgatter zu, betrachtete mich aus schönen großen Augen und schnaufte freundlich.

»Was soll ich denn jetzt machen?« sagte ich mit zitternder Stimme zu der Kuh.

Sie guckte ausgesprochen mitfühlend. Ich ging dicht an sie heran, senkte mein Gesicht auf ihre Stirn und heulte mich aus. Sie hielt

ganz still und atmete tief und gleichmäßig. Sie roch angenehm süß nach zerkautem Gras.
Hinter mir erklang rauhes Motorengeräusch. Wenn das Ali Schimmelmann sein sollte, dann war ihm inzwischen vor Entsetzen der Auspuff abgefallen.
Es handelte sich aber um einen ländlichen Trecker, von einem schmächtigen Landwirt gesteuert. Ich bedankte mich hastig bei der Kuh für ihr Mitgefühl und stellte mich dann an den Straßenrand, mit dem Daumen nach vorn – wo immer das sein mochte – winkend. Der Treckerfahrer hielt an.
»Wat?!« sagte er.
»Kann ich bitte mitfahren? Ich weiß nicht, wo ich bin – ich will hier weg…« brabbelte ich.
»Jau!« sagte der Bauer. Er zeigte seinerseits mit dem Daumen auf das schmuddelige Eisengestänge neben sich. Ich kletterte so schnell wie möglich dorthin, das war nicht leicht, zumal der Trecker schon wieder weiterfuhr. Dann rüttelten wir gemeinsam die Hosenträgerwege entlang, geblendet von der tiefstehenden Sonne. Endlos. Ewig. Der Bauer schien sowieso vergessen zu haben, daß es einen Passagier an Bord gab, er schenkte mir keinen weiteren Blick.
Als ich mich einmal umwandte, merkte ich erschrocken, daß uns drei PKW folgten. Keiner von ihnen war Gott sei Dank Alis Schulwagen.
Sicher ist es nicht besonders witzig, auf so einem Feldweg, der ein Überholen nicht gestattet, hinter einem Trecker eingeklemmt zu sein. Dennoch schien der Anblick meiner Person im rosa Kostüm mit rosa Handtasche den Fahrern Freude zu machen. Sie sahen alle drei äußerst amüsiert aus. Ich drehte die Nase schnell wieder in den lauen Fahrtwind. Er roch nach Kartoffelfeuer und nach gedüngtem Feld und nach Wald. Und wir tuckerten weiter und weiter und weiter, bis in alle Ewigkeit.
Dann tauchten endlich Häuser auf. Ich traute mir eine Weile selbst nicht, bis ich es einfach nicht mehr leugnen konnte: Das hier kannte ich! Hier war ich erst vor wenigen Tagen mit Etzi und Dicky spazierengegangen – hier war zweifellos das Kinderheim – hier war, merkwürdig genug, Prisdorf.

Ich klopfte dem Bauern deftig auf die Schulter und brüllte: »Ich will aussteigen, bitte!«
Er bremste ab, ich hüpfte vom Gefährt – und bevor ich mich bedanken oder verabschieden konnte, fuhr er schon wieder weiter.
Ich fand Elkes Häuschen sofort. Sie stand majestätisch neben Engel-Bert im Garten, beide begossen die Pflanzen aus großen Blechkannen. Ich hatte beschlossen, nichts von dem Vorgefallenen zu erzählen. Statt dessen mobilisierte ich meine synthetische gute Laune und lächelte strahlend. Das fand kein Echo. Bert schaute todernst zurück. Elke fragte besorgt mit ihrer tiefen Stimme: »Ist einer über dich hergefallen? Wollte dir irgend 'n Kerl was?«
»Wie hast du – woher weißt du das?« fragte ich verdutzt.
»Das will ich dir gerne sagen. Deine Strumpfhose hat auf der Innenseite links und rechts faustdicke Laufmaschen, auf deinen Oberschenkeln sind Kratzer, und dein Zahnfleisch blutet rundum... Hat der Kerl dir eins reingehauen?«
Hatte er? Ich konnte mich nicht daran erinnern.
»Mußt du zum Arzt, Dodo? Soll ich die Polizei rufen?« Elke zog mich ins Haus, in ihr Badezimmer, und ich fletschte den Spiegel an. Allerdings: Zwischen Zähnen und Zahnfleisch saß ein dünner roter Blutrand, rundherum im ganzen Oberkiefer. Jetzt merkte ich auch, daß mir die Zähne weh taten, und zwar nicht nur die oberen! Ich vergaß meine gute Laune, setzte mich auf den Badewannenrand und brach in Tränen aus.
Engel-Bert hockte sich stumm neben mich und blickte mitleidig. Ich hatte den Eindruck, als wüßte er ohne Erklärung, was los war. Elke brachte mir ein Glas Wasser. Ich trank es dankbar aus, und sie meinte: »Eigentlich dachte ich, du willst den Mund damit ausspülen... Im übrigen brauchst du natürlich Hopfen – nicht, Bert? Sie braucht Hopfen!«
Bert nickte: »Würde ich auch empfehlen. Beruhigt und regeneriert. Bringt mütterliche Gelassenheit, weil er auch weibliche Hormone enthält... Wer ist denn über dich hergefallen, Dodo?«
Ich war zu kaputt, um mir Ausreden einfallen zu lassen, und schilderte Alis Überfall und meinen taktischen Gesang. Elke bekam schon wieder Sichelaugen vor Vergnügen: »Ist ja göttlich! Was für

eine Idee! Wie bist du ausgerechnet auf Heimatlieder gekommen?«

»Mir ist so schnell nichts Unerotischeres eingefallen.« Ich guckte noch mal in den Spiegel. Das Zahnfleisch war rundum geschwollen, auch unten.

»Ich glaube, ich weiß, was los ist. Ich hab den ganzen Nachmittag immer wieder die Zähne zusammengebissen. Mal bewußt, und zwischendurch sicher auch unbewußt. Im Elbtunnel, auf der Autobahn, auf dem Trecker. Deshalb sieht das so kaputt aus.«

»Hopfen!« sagte Engel-Bert schon wieder. »Hopfenextrakt bringt diese unerschütterliche Gelassenheit...«

»Wollen wir nicht doch die Polizei rufen?« überlegte Elke. »Wißt ihr, ich hab früher manchmal vergewaltigte Frauen verarztet, als ich noch im Krankenhaus gearbeitet hab. Das war schlimm... Was ist denn, wenn dieser Fahrlehrer sich demnächst auf eine andere Schülerin stürzt? Und wenn die nicht singen kann? Ich denke, du solltest ihn anzeigen.«

»Lieber nicht. Die werden mich fragen, wieso ich denn mit ihm in den Wald gefahren bin – das klingt doch so, als wäre ich drauf aus gewesen«, sagte ich mutlos. »Vorher waren wir noch Eis essen – da haben uns bestimmt eine Menge Leute gesehen und auch beobachtet, wie wir zusammen gelacht und geflachst haben.«

»Ja und?! Wäre es etwa nur *dann* eine versuchte Vergewaltigung, wenn irgendwer vorher beobachtet hätte, wie dieser Knülch alleine Eis gegessen und dich derweil mit glühenden Zigaretten gefoltert hat?!« regte Elke sich auf. »Was kannst du denn dafür, wenn der sich erst harmlos stellt und dann im Wald plötzlich durchdreht?«

Jetzt sagte Engel-Bert doch mal was. Er fragte mit seiner weichen Stimme: »Hat er sich vorher wirklich immer harmlos gestellt?«

»Was denn sonst?« antwortete Elke gereizt, obwohl die Frage an mich gerichtet gewesen war.

»Also, wenn ich so drüber nachdenke...« sagte ich langsam, »... eigentlich wußte ich schon, mit wem ich's zu tun hab'. Ich kann nicht behaupten, daß er sich groß verstellt. Im Grunde hat er sogar besonders deutlich gemacht, daß er seiner Freundin nicht treu ist. Letztendlich hätte ich es wissen müssen. Vielleicht hat er wirklich gedacht, ich bin völlig einverstanden, wenn ich mich von ihm küssen lasse und mit ihm Eis esse und flirte und in den Wald fahre …«

»Ich werde wahnsinnig!« stöhnte Elke. »Jetzt fängst du auch noch an mit ›wir Frauen sind ja selbst schuld‹. Du mußt nur noch sagen, du hättest keinen kurzen Rock tragen und dich nicht schminken sollen. Sondern mausgrau und verschleiert rumlaufen müssen und keinem Mann in die Augen gucken dürfen. Die haben ja nie Schuld, die Ärmsten!«

»Schuld«, meinte Engel-Bert milde, »gibt es sowieso nicht. So wenig, wie es Gut und Böse gibt …«

Elke schaute ihn empört an: »Und das sagst ausgerechnet du als Engel –?!«

Engel-Bert lächelte. »Ja. Ich kann nichts anderes sagen. Gut und Böse und Schuld und Unschuld – das ist Lernstoff. Für die Menschen ist dieser Planet eine große Schule. Deshalb ist es selten angebracht, alles ändern zu wollen, um mehr Glück zu schaffen. Politiker machen so was – Revolutionäre und Religionsanhänger.«

»Bist du kein Religionsanhänger?« fragte ich erstaunt. Das war ja nun das mindeste, was ich von einem Engel erwartete, ob er verrückt war oder nicht.

»Wie kann ich das? Religion ist ein Dogma. Was hätte das mit Gott zu tun?«

»Die Welt ist eine große Schule?« wiederholte Elke. »Da muß aber noch viel dran verbessert werden …«

»Leider meinen die Menschen ständig, sie müssen die Schule ändern, anstatt zu lernen. Sie wollen das Böse entfernen – das heißt, sie wollen das Schulungsmaterial vernichten. Weg mit allen Ungerechtigkeiten und Gewalttaten! sagen sie. Das ist, als ob Kinder alle Bücher auf dem Schulhof zusammentragen und verbrennen, und dann zufrieden nach Hause gehen. Gelernt haben sie aber nichts dabei. Und sie haben auch noch verhindert, daß alle anderen was lernen können.«

»Du immer mit deinen Parabeln!« seufzte Elke. »Du meinst also, der Kerl soll weiter auf kleine Fahrschülerinnen losgelassen werden?«

»Wenn er es will. Wenn sie es wollen. Jeder Mensch hat seine eigene Entscheidungsfreiheit. Das ist ein sehr heiliges Recht. Man entscheidet sich so oder so oder so, um etwas Bestimmtes zu lernen…«

»Soweit ich beobachten konnte, treffen die meisten Leute aber keine Entscheidungen, um etwas zu lernen, sondern, um ihrer Bequemlichkeit nachzugeben oder irgendwas unbedingt zu kriegen…« warf ich ein.

»Ich behaupte nicht, daß es ein bewußtes Lernen ist. Und gerade Bequemlichkeit oder Gier sind gutes Schulungsmaterial.« Bert lächelte mich an. »Der Fahrlehrer war ein Schulbuch für dich. Du hast aus ihm gelernt.«

»Das stimmt. Ich hab' gelernt, daß ich mich wehren kann – und daß es wirklich funktioniert, durch ungewöhnliches Benehmen zu verwirren«, gab ich zu.

»Hoffentlich hast du ihn so verwirrt, daß er erst mal 'ne Weile keine Lust mehr auf solche Heldentaten hat. Habt ihr keinen Hunger? Ich mach jetzt Abendbrot!« sagte Elke. »Kommt alle mit in die Küche. Dodo muß Hopfen bekommen.«

Und dann gaben sie mir zum Essen ein Bier: »Es wirkt hopfig«, versicherte Engel-Bert.

»Und einen schönen Busen macht es auch!« fügte Elke hinzu.

Nach dem Essen rief ich Lorenz an und entschuldigte mich, daß ich Dicky noch nicht abgeholt hatte.

»Hattet ihr 'ne Panne?« fragte Lorenz gähnend. »Wir haben inzwischen beide ein Schläfchen gemacht. Laß dir Zeit, gleich werden wir speisen, die Alsterbäume besuchen und dann einen Krimi im Spätprogramm angucken. Wann bist du ungefähr hier?«

»Wenn alles gutgeht, in einer Stunde. Vielleicht auch etwas später.«

»Das paßt doch hervorragend. Du wirst genau dann auftauchen, wenn der Krimi spannend wird!« Lorenz klang jedoch nicht so, als mache ihm das etwas aus. Wenn ich ihm gesagt hätte, daß ich mit zerrupfter Unterwäsche in Prisdorf saß, wäre er sicher gekommen, um mich abzuholen. Elke wollte auch unbedingt ihrem Bruder Bescheid sagen, damit der mich transportierte. Aber ich wollte niemandem Umstände machen.

Elke und Engel-Bert brachten mich zur S-Bahn. Es dämmerte bereits, und die Laternen wurden gerade eingeschaltet, als ich einstieg und den beiden zuwinkte.
Dann ratterte ich durch den Abend, eine Plastiktüte mit meinem rosa Kostüm neben mir, einen knallbunten, bodenlangen Wickelrock von Elke um mich herumgeschlungen, unter dem meine rosa Wildlederpumps ziemlich merkwürdig hervorschauten, und eine dicke braune Strickjacke um die Schultern gelegt. Erstaunlicherweise gab es auf der ganzen Strecke niemanden, der sich an diesem Anblick ergötzte, nicht mal einen Fahrkartenkontrolleur. Niemand stieg zu, niemand, soweit ich auf den Bahnsteigen beobachten konnte, stieg aus. Saß ich in einem Geisterzug? Ich verließ ihn in Hamburg am Hauptbahnhof, und da waren schlagartig viele Menschen. Trotzdem fühlte ich mich ähnlich unbeobachtet wie in der leeren Bahn, denn in der Halle wuselten die eigenartigsten Gestalten durcheinander, meine Aufmachung wirkte eher unauffällig.
Ich nahm ein Taxi zum Schwanenwiek. Hier wohnte Lorenz Maurelius in einem schönen Appartement mit Alsterblick. Ich hatte ihn schon mal abgeholt und seinen schwarzen Flügel bewundert, auf dem er auch noch richtig gut spielen konnte.
Lorenz war der erste Beobachter, der sich durch die braune Jacke in XXL und den knallbunten Rock befremdet zeigte: »Du warst vorhin in Rosa und recht zivilisiert, wenn ich mich nicht täusche?«
Eigentlich hatte ich auch ihm nichts von den Erlebnissen im Esinger Wohld erzählen wollen. Doch er setzte mich auf sein mit englischem Leinen bezogenes Sofa, legte eine Decke neben mich, damit Dicky dicht bei mir sein konnte, und lauschte alles aus mir heraus.
»... er hat immer von einer Mörderbrücke erzählt, die da ist – wir sind auch drüber gefahren, und dann über alle möglichen Hosenträgerwege ....«
»Hosenträger –?«
»Feldwege mit Streifen. Dann haben wir gehalten, und er hat angefangen zu schmusen, und plötzlich wurde das immer wilder.«

Lorenz lief auf seinem orientalischen Teppich hin und her und knetete seine Hände: »Hat er's – geschafft?«
»Nein. Ich habe ...«
»Du hast dich gewehrt?«
»Gewissermaßen. Ich ...«
»Lebt er noch? Ist er verletzt?« fragte Lorenz knapp und blieb angespannt vor mir stehen. »Wenn du – wenn ihm was passiert ist, müssen wir sofort Selbstanzeige erstatten. Als Opfer hast du keine Chance vor dem Gesetz. Du mußt Täter sein.«
»Er ist ganz unversehrt. Ich hab ihn bloß niedergesungen.«
Lorenz goß sich jetzt selbst einen Cognac ein und setzte sich mir gegenüber. »Sei so nett und berichte mal in groben Zügen ...«
Das tat ich. Lorenz lachte nicht über meine Potenzstörungstaktik, er blickte immer nur finster vor sich hin.
»Schön. Und was hast du nun mit diesem Mann vor?«
»Nichts. Ich will ihn nicht anzeigen, falls du das meinst. Ich hab vorhin in Prisdorf mit meinen Freunden lange darüber gesprochen. Bert hat gemeint, daß Schimmelmann wohl in diesem Leben lernen will, selbst Gewalt anzuwenden. Das lernen wir alle irgendwann mal, sagt Bert. Und man soll andere Menschen auch nicht bei ihrer Schulung stören ...«
»Ach, soll man nicht. Und dein Führerschein?«
»Tja. Ich möchte nicht mehr zu Ali, natürlich. Ich werd mich eben bei einer anderen Fahrschule anmelden, noch ein oder zwei Stunden nehmen und dann noch mal die theoretische Prüfung machen – und endlich die praktische.«
»Das dauert doch wieder Wochen! Und was ist mit dem ganzen Geld, daß du diesem Saubeutel in den Rachen geworfen hast?«
Wenn Lorenz seine schwarzen Augen rollte, sah er aus wie ein zorniger Mafioso. Ich war immer wieder beeindruckt, wie sehr dieser sanfte Gentleman sich aufregen konnte.
»Um das Geld tut es mir nicht leid ...« sagte ich beruhigend.
»Aber mir! Dodo, tu mir bitte den einen Gefallen und laß mich diese Sache regeln. Das schlägt mir sonst auf den Nachtschlaf und die Verdauung. Wir fahren morgen zusammen zur Fahrschule Schimmelmann!« verlangte Lorenz. Als ich protestieren wollte,

sprach er schnell weiter: »Wenn der Fatzke so lernbegierig ist, wie dein Freund Bert meint, ist es ihm doch eine Wonne, zur Abwechslung mal zu lernen, daß er nicht alles ungestraft mit seinen Mitmenschen machen darf. Außerdem – darf ich denn gar nichts lernen? Subtile Gewaltanwendung zum Beispiel?«
Dann fuhr er Dicky und mich nach Hause. Ich war todmüde. Unter meinen Augen saßen dunkle Ringe. Ich sah betrübt ein, daß Küssen kein unfehlbares Schönheitsmittel ist.

Am nächsten Morgen rief ich im Verlag an, um zu erklären, wieso ich später kam. Heino Frohwein war noch nicht da, aber Monika: »Was hast du denn, mein Deern?«
»Ich muß sofort zum Zahnarzt. Ich hab nachts tierisches Zahnfleischbluten bekommen, irgendwas stimmt da nicht.«
»Das ist bestimmt Skorbut! Weil du viel zuwenig ißt mit deiner dwallerigen Diät. Hab ich gelesen, daß man da Mangelerscheinungen kriegt wie früher die Seeleute ohne Vitamine! Heidi neulich erst so: ›Dörthe ist doch bestimmt magersüchtig, das geht doch auf die Organe‹ – und ich so: ›Dann kann sie …‹«
»Ja, Monika. Bis nachher dann.«
Ich zog mich möglichst seriös an (grau statt rosa oder blau) und wartete auf Lorenz. Der kam pünktlich um neun, mit seinem Rasseklassewagen. Er war besonders fein gekleidet, aber seine Augen sahen immer noch wütend aus.
Wir hielten im Hof der Fahrschule und marschierten zusammen in die Büroräume. Ali wurde sehr unruhig, als wir eintraten. Er warf verschreckte Blicke durch die Glasscheibe, durch die man Ilonka im Nebenbüro sehen konnte.
»Bleiben Sie sitzen, und halten Sie den Mund!« fing Lorenz leise an. »Ich bin der Rechtsanwalt von Frau Mehlig. Ich weiß nicht, ob Ihre Phantasie ausreicht, um zu begreifen, was für einen ungeheuren Ärger ich Ihnen machen kann, indem ich den Vergewaltigungsversuch an meiner Klientin an die große Glocke hänge …«
»Na, also ›Vergewaltigungsversuch‹ …« protestierte Ali leise. Er war sehr gehandicapt, denn er traute sich weder, laut zu sprechen, noch auch nur böse zu gucken, weil Ilonka das gesehen hätte.

»Sie sollen den Mund halten. Es liegt ganz bei Ihnen, wie groß die Katastrophe für Sie wird. Meine Klientin ist bekanntlich nicht die einzige Fahrschülerin, die von Ihnen belästigt oder mißbraucht worden ist!« sagte Lorenz, immer noch halblaut, aber schneidend. Ich staunte über diese Behauptung, aber Ali senkte den Blick und protestierte nicht.

»Was wollen Sie?« fragte er schließlich gepreßt, seine Augen auf die Schreibtischplatte gerichtet.

»Das gesamte Geld zurück, das meine Klientin Ihnen bisher für den Fahrunterricht bezahlt hat«, sagte Lorenz seelenruhig. »Andernfalls gehen wir vor Gericht und an die Presse, das verspreche ich Ihnen.«

Ali fuhr hoch und setzte sich schnell wieder, weil ihm Ilonka einfiel. »Das ist Erpressung!« sagte er durch die Zähne. »Reine Erpressung!«

»Ja, natürlich. Was soll es denn sonst sein?« erwiderte Lorenz. »Zeigen Sie uns doch an, Herr Schimmelmann.«

»Sie sind ja ein feiner Rechtsanwalt!«

»Nicht wahr?«

Ali schielte beiseite zu Ilonka, die gerade telefonierte. »Ich kann doch nicht – wie soll ich das denn begründen?« knirschte er.

»Sie können sich gar nicht vorstellen, wie egal mir das ist«, versicherte Lorenz. »An Ihrer Stelle würde ich es überhaupt nicht erklären, sondern das Geld aus meinem privaten Portemonnaie nehmen.«

Ali holte ungeduldig seine Brieftasche aus der Jacke, die hinter ihm über dem Stuhl hing, zerrte seine Schecks hervor, griff sich einen Taschenrechner, tippte eine Weile darauf herum, schüttelte grimmig den Kopf und füllte dann den Scheck aus, den er endlich Lorenz hinhielt. Lorenz las die Summe, nickte zustimmend, gab mir den Scheck, lächelte mich kurz an und drehte sich dann mit fliegendem Mantel um. Mich hinter sich herzerrend, verließ er das Büro.

Ali hatte mich keine Sekunde lang angesehen. Ob er mich immer noch für verrückt hielt? Ich warf einen letzten Blick durch die Glasscheibe auf Ilonka, bevor die Tür der Fahrschule hinter uns zufiel.

Schade – ich hätte ihr gern anvertraut, daß Ali Schimmelmann überhaupt keinen alkoholkranken Bruder besaß. Andererseits hätte ich mich dann – nach der Philosophie von Engel-Bert – vielleicht viel zu sehr eingemischt.
»Danke!« sagte ich draußen zu Lorenz. Ich umarmte ihn und gab ihm einen dicken Kuß. Lorenz sah sehr zufrieden aus. »Und ich danke dir, Dodo, für diese Gelegenheit, mein kriminelles Potential zu schulen!«

»Und – was ist nun mit deinen Zähnen? Skorbut, nicht? Fallen alle aus durch zuwenig Ernährung –?« empfing mich Monika.
»Quatsch. Ich knirsche beim Schlafen ein bißchen herum, das ist alles.«
»Das spricht ja von innerem Druck, nicht. Verdrängte Sachen. Da mußt du nachts so'n Beißschutz tragen ...«
»Hab ich schon.«
»Ach so. Weil – Moment ... Warte mal ... kann ja nicht ... Guck mal hier, Dörthe – warst du mit *dem* nicht mal verheiratet?« Monika starrte in ihre Tageszeitung. Ich blickte ihr über die Schulter.
In der Tat – hier war Manni Mehlig abgebildet, wie er in Handschellen abgeführt wurde. Ich las, völlig schockiert, daß Manfred M. (39), ehemaliger Spediteur, geschieden – aha, er hatte also auch den Drogerielehrling und die Zwillinge schon wieder im Stich gelassen! – sich bei einer alten Dame als Altenpfleger ausgegeben und so lange eingeschmeichelt hatte, bis sie ihm ihr Erspartes anvertraute. Damit nicht genug, räumte er zusammen mit einem Freund die Wohnung seines Opfers aus – als besagte alte Dame und ihre Schwester unvermutet nach Hause kamen. Daraufhin gab es offenbar eine Massenprügelei, der Freund und die beiden wehrhaften Omis landeten im Krankenhaus, Manfred M. aber floh und konnte erst gestern gefaßt werden. Es bestand gegen ihn der Verdacht, noch mehr alte Leute geschädigt zu haben.
»Scheußlich, nicht?« bemerkte Monika. »So wie der möchte ich ja wirklich nicht heißen! Auch, wenn sie den Namen nicht ausschreiben ...«
Sie sprach mir aus dem Herzen.

Ich ging am selben Nachmittag zum Bezirksamt. Aus Dorothea Mehlig, geborene Rascher, wurde wieder Dorothea Rascher.

Dann bekam ich meinen Führerschein – mit einem schönen Foto, auf dem ich lächelte – von einer anderen Fahrschule selbstverständlich. Ich kaufte mir einen kleinen Gebrauchtwagen, der noch vom Vorbesitzer eine Delle im Kotflügel besaß.
Von jetzt ab fuhren Dicky und ich mit unserem eigenen Auto zum Verlag. Wir holten in den ersten Wochen sogar Simone ab und chauffierten sie, denn sie trug ja ihr dickes Gipsbein und konnte nicht selbst fahren.
Seit ich mich in bewußt guter Laune übte, wurde ich nach und nach doch noch ein etwas netterer Mensch. Vielleicht hing es auch damit zusammen, daß mir andere Leute jetzt meist freundlicher entgegenkamen. Es gab keinen Grund mehr für mich, dauernd verbiestert zu sein.
Meine Freundschaften mit Simone, Lorenz, Elke und Engel-Bert wurzelten fest und setzten Zweige und Blätter an. Etzi war nicht wieder darauf zurückgekommen, daß er mich als Meerweibchen in seinem Film haben wollte, er benahm sich einfach nett und kameradschaftlich.
Leider schien ich Rüdiger verloren zu haben. Er meldete sich nicht bei mir. Wenn ich bei ihm zu Hause anrief, ging unweigerlich Schokocurly an den Apparat, wimmelte mich unverschämt ab oder legte gleich wieder auf. Im Laden nahm immer nur seine Verkäuferin ab. Die versicherte mir zweimal kühl, Herr Schättler sei nicht anwesend. Vielleicht stimmte das wirklich. Vielleicht wurde sie von Curly bestochen. Vielleicht wollte Rüdiger tatsächlich nichts mehr mit mir zu tun haben. Ich traute mich schließlich nicht mehr, irgendwo anzurufen, um meinen Freund zu erreichen. Das alles machte mich traurig.
Ich bemühte mich inzwischen, meine Bildung selbst zu erweitern und folgte dabei den Mustern, die Rüdiger mir vorgegeben hatte. Er selbst jedoch fehlte mir, seine liebevolle Art, sein Witz, seine Geschwätzigkeit, seine Bosheiten.

»Wie schön, daß ich in diesem Haus an der Quelle sitze«, sagte Etzi, als wir im fünften Stock zusammen auf den Fahrstuhl warteten. Wir wollten in der Mittagspause zu einem Makler, den er kannte – einer seiner vielen tausend Freunde –, und der vielleicht eine neue Wohnung für mich hatte.
»Wie du weißt«, fuhr er fort, »besitze ich noch mehr Geschwister außer Elke – und ich bin ein vielbeschäftigter Onkel. Du kannst mir bestimmt sagen, mit welcher klassischen Literatur ich meine Nichte Miranda erfreue. Sie wird übermorgen neun.«
Zuerst wollte ich zickig sein und auf Simone verweisen, mit der er doch viel öfter redete und die so was viel besser wüßte als ich. Rechtzeitig fiel mir ein, daß dies eine dumme Verhaltensweise wäre, die meine Mundwinkel eher nach unten zog.
Ich schüttelte also Eifersucht und Bockigkeit ab und antwortete: »Klassische Kinderliteratur? Dann kauf bloß nichts hier im Haus! Außer einigen guten alten Bilderbüchern für Kleinkinder gibt's bei uns leider nichts Vernünftiges…«
Der Fahrstuhl öffnete sich, und ich hoffte spontan, daß er eine solide Schalldämmung besaß – denn mittendrin stand Max Kuchenbecker. Er sah jedoch nicht so aus, als hätte er mein vernichtendes Urteil vernommen.
Etzi und ich stiegen ein, und ich fuhr möglichst natürlich fort: »Wenn das Kind neun wird, und wenn es speziell um Klassik geht, dann würde ich ›Alice im Wunderland‹ empfehlen. Das ist nicht einfach eine lustige, absurde Geschichte, sondern schon fast Surrealismus, ausgesprochen geistreich. ›Tom Sawyer‹ von Mark Twain ist gut und bestimmt auch für Mädchen interessant. Paß nur auf, daß du keine gekürzten und verfälschten Ausgaben bekommst, das wäre ein Jammer, der ganze Stil geht flöten. Die Frau von Knut Hamsun, Marie Hamsun, hat schöne Geschichten über die Langerud-Kinder geschrieben, die spielen in Norwegen und sind stilistisch wunderbar…« (Rüdiger hatte mich fast drei Wochen lang mit der Familie Hamsun und ihren Erzeugnissen getriezt.) »Was natürlich immer bezaubernd ist, sind alle Bücher von Astrid Lindgren, die sind jetzt schon Klassiker. Ich begreife nicht, wieso die Schweden dieser Frau keinen Nobelpreis zuerkannt

haben! Dabei fällt mir noch Selma Lagerlöf ein – der haben sie ihn nämlich gegeben. Die Märchen von Hans Christian Andersen würde ich auch empfehlen, das war ein absoluter Stilkünstler. Was amerikanische Kinderliteratur angeht …«

Ich bemerkte, daß nicht nur Etzi, sondern auch Kuchenbecker mich mit großen Augen anstarrte. Ich schwieg verwirrt. Irgendwie war meine Bildung mit mir durchgegangen.

Inzwischen hielten wir im Erdgeschoß, und die Fahrstuhltür öffnete sich. Wir nickten also Kuchenbecker höflich zu (er glotzte immer noch ganz fasziniert) und eilten auf die Straße.

Der Makler hatte leider keine passende Wohnung für mich, nahm mich jedoch in seine »inoffizielle« Kartei auf. Neben seinem Schreibtisch lag ein riesiger irischer Wolfshund und schlief – der Grund übrigens, warum ich Dicky bei Simones Gipsbein gelassen hatte.

Etzi fuhr mich zum Verlag zurück, er stieg gar nicht erst aus, denn er mußte noch verschiedene Lieferungen machen. Ich ging also allein durch die neue gläserne Drehtür.

Max Kuchenbecker stand immer noch – oder schon wieder? – vor dem Fahrstuhl in der Halle. Und neben ihm mein Lebensziel: Curd Andreesen!

Ich ging wie im Traum auf die beiden zu. Sie blickten mich interessiert an. Kuchenbecker lächelte. Es schien zwar kaum möglich, aber ich konnte mich des Gedankens nicht erwehren, daß er *mich* anlächelte.

Mein Haar war frisch gewaschen, ich trug einen kurzen violetten Chiffon-Rock mit Spitzensaum, ein violettes Seidentop, meinen langen dunkelgrauen Blazer, matt silbern schimmernde Strümpfe und meine schönsten grauen Pumps.

Ich lächelte lieblich zurück und wollte an den Herren vorbei, als Kuchenbecker mich charmant ansprach: »Entschuldigen Sie – darf ich fragen, wer Sie sind? Sie kommen mir irgendwie bekannt vor – ich hörte ja vorhin Ihr Gespräch im Fahrstuhl, Sie sind auf jeden Fall Kinderbuch- oder Literaturexpertin – jetzt bin ich neugierig: Was machen Sie hier –? Sind Sie Journalistin –? Autorin –?«

10. Kapitel

In dem Dodo beginnt, ganz groß rauszukommen – Curd Andreesen sich hinter dem silbergrünen Wasserfall einfindet – Monika die Weihnachtsfeier zu einem unvergeßlichen Erlebnis macht – und Dodo einen kleinen grünen Japaner erhält sowie eine kostenlose Prophezeiung für's neue Jahr

Natürlich. Meh-rrr-rrascher! Mein Name ist Rascher«, murmelte ich. Ich traute mich nicht, Curd Andreesen voll anzusehen. Ich fühlte, daß er mich sehr interessiert musterte. Für einen ganz kurzen Augenblick erinnerte er mich plötzlich an Fahrlehrer Schimmelmann. Ich schob diesen Gedanken auf der Stelle beiseite. Soweit kam es noch, daß dieser maisblonde Primitivling mir meine Queste beschmuddelte!

Ich hätte zu gerne behauptet, ich sei Autorin oder Journalistin oder sonst was Flottes, aber wo würde das hinführen? Max Kuchenbecker kannte mich ja im Prinzip. Ich war ganz sicher: hätte ich Dicky bei mir gehabt, wäre ihm längst eingefallen, wen er vor sich hatte.

»Ich arbeite im Vertrieb«, verkündete ich mit strahlendem Gesicht.

Curd Andreesen entlockte das keine Gefühlsaufwallung. Er guckte bedächtig meine Beine an und schien damit recht zufrieden zu sein. Kuchenbecker jedoch war aus seinem beschaulichen kleinen Flirt gerissen. Sein Blick glitt hilfesuchend an mir rauf und runter, während er in seinem Gedächtnis herumrührte.

»Ich hieß früher Mehlig!« gab ich ihm einen Tip.

»Ach!?« machte der große Max. Er betrachtete mich erneut, jetzt mit dieser Information im Hintergrund, und nach und nach erschien ein anerkennendes Schmunzeln auf seinem alten Gaunergesicht. »Donnerwetter!« sagte er leise, »Donnerwetter!«

Wir fuhren, wie schon acht Monate vorher, zu dritt mit dem schicksalhaften Fahrstuhl nach oben. Ich blickte unauffällig in den Spiegel. Die beiden Männer hatten sich seitdem überhaupt nicht verändert. Ich hingegen –!

Im dritten Stock stiegen sie aus, genau wie damals. Im Gegensatz zum ersten Mal zwinkerte mir jetzt nicht nur Curd Andreesen zu, sondern auch mein Boß nickte und grinste in meine Richtung, bevor er den Fahrstuhl verließ. Ich war immer noch die unwichtige kleine Person aus dem Vertrieb. Ich verdiente kein bißchen mehr. Gleichwohl wurde ich nun zur Kenntnis genommen.
Ich holte Dicky bei Simone ab, die gerade emsig telefonierte, begab mich an meinen Computer und versuchte mich auf die Arbeit zu konzentrieren, obwohl Monika mir ihren letzten Besuch beim Neurologen und was er über diese komischen Schmerzen in ihrem Arm dachte erschöpfend schilderte.
Ich saß noch keine Viertelstunde an meinem Schreibtisch, als Simone mich anrief: »Dodo? Kuchenbecker und Andreesen sind gerade auf dem Weg zu mir, und Heino Frohwein holt dich gleich ab, ihr kommt auch dazu …«
»Wieso? Ich auch? Was –? Wieso alle bei dir?« Ich starrte mit großen Augen in Monikas große Augen.
»Du weißt schon, mein Gipsbein – sonst würde die Besprechung natürlich beim Chef stattfinden. Es geht um die Frankfurter Buchmesse. Ich war ja sonst immer mit Heino da. Der Gips kommt bloß bis dahin nicht ab. Kuchenbecker meint, du verstehst eine Menge von Kinderliteratur und bist charmant und repräsentativ … Was hast du denn mit dem angestellt?«
»Wir sind vorhin zusammen Fahrstuhl gefahren …«
»Ach, so machst du das also. Dodo, das ist eine große Chance für dich! Du wirst Andreesens neues Buch anpreisen, wenn ihm *das* nicht gefällt … Bis gleich! Und sieh zu, daß du nicht wieder steckenbleibst …«
Ich hatte kaum aufgelegt, und Monika holte gerade Atem, um zu fragen, was denn passiert sei, als Frohwein eintrat und polterte: »Frau Mehlig, ach nee, Rascher ja jetzt, lassen Sie alles liegen und kommen Sie mit! Große Besprechung mit Herrn Kuchenbecker wegen der Buchmesse. Jetzt kommen Sie wohl bald ganz groß raus hier im Hause …«
Monika sah aus, als ob ihr übel wäre. Sie wurde richtig grünlich im Gesicht. Ich hoffte sehr, daß sie sich nicht an Dicky vergriff …

Alle waren so nett zu mir.
Simone erklärte, sie sei völlig überzeugt, daß ich dieser Aufgabe gewachsen sei. Heino Frohwein sagte, er hätte mich als stets zuverlässige Mitarbeiterin schätzen gelernt. (Und seine Nase wuchs dabei keinen Zentimeter. Ich vermutete, daß er im Augenblick selber glaubte, was er sagte.) Kuchenbecker meinte, man müsse dem Nachwuchs im Verlag eine Chance geben. Curd Andreesen lächelte mich nur an. Aber wie er das machte! Mit seinen süßen Lachgrübchen und den bezaubernden Fältchen um die Augen!
Leider konnte er nicht mit in Frankfurt sein – schade. Wenigstens kannte er mich nun. Wir würden bestimmt mal wegen seines neuen Buches und wegen der Messe telefonieren. Wir würden sicher auch später noch miteinander zu tun haben…
Der Verlagschef und der Autor zogen sich, als alles soweit besprochen war, zurück. Simone bat Heino, bei ihr zu bleiben, weil sie etwas Dringendes mit ihm zu besprechen hatte. Ich konnte wieder zurück an meinen Computer. Als ich hinausging, kniff Simone noch schnell ein Auge zu. Sie wirkte sehr zufrieden: Ihr kreatives Experiment war ein voller Erfolg geworden!
Ich stieg in den Fahrstuhl. Im Spiegel sah ich eine schlanke, sehr gut angezogene Frau mit ungewöhnlich langen, schlanken Beinen, kleidsam verwuscheltem Haar, leuchtenden Augen, glühenden Wangen und erwartungsvoll lächelndem Mund. Sie sah hinreißend aus. Ich drückte einen fettigen Lippenstiftkuß auf den Spiegel und flüsterte: »Ich liebe dich, Dodo Rascher!«

Die Buchmesse: ein tolles Erlebnis, anstrengend, bunt, laut und interessant. Heino – ich durfte ihn jetzt auch duzen – und ich waren in einem Klassehotel untergebracht. Ich habe keinen Schimmer, ob meine Präsenz dem Verlag in irgendeiner Weise von Nutzen gewesen ist, denn ich wußte nicht wirklich, worum es eigentlich ging. Heino meinte indessen, ich machte meine Sache gut, indem ich strahlend freundlich war, proper aussah und inzwischen auch schon problemlos Sektflaschen öffnen konnte. Was für ein Segen, daß ich von Etzi gelernt hatte: Gute Laune hat nichts damit zu tun, was passiert. Gute Laune ist Absichtssache.

Dicky verbrachte die fünf Tage bei Elke und Engel-Bert in Prisdorf, denn Lorenz war gerade nach New York geflogen, zu welchem Zweck auch immer. Mein Hund fühlte sich ausgesprochen wohl bei Elke, weil es da keine festen Mahlzeiten gab. Es wurde eigentlich dauernd gegessen. Er war in dieser kurzen Zeit, um es taktvoll auszudrücken, ein wenig voller geworden. Jetzt kam er beim morgendlichen Um-den-Block-Laufen schwer ins Keuchen.
Ich telefonierte übrigens wirklich mit Curd Andreesen. Zweimal. Beim ersten Gespräch wollte er etwas über seinen Vertrag wissen und wurde zu mir durchgestellt, weil Heino gerade nicht da war. Zuerst wußte er nicht, wer ich war, und als ich es erklärte, sagte er mit dieser gedehnten, sexy Sprechweise (leider erinnerte die mich auch an Ali Schimmelmann, ich mußte das richtig niederkämpfen): »Ach, die Dame mit den Endlosbeinen!«
Ansonsten sprachen wir nur über die Vertragsklauseln.
Das zweite Gespräch fand kurz nachdem wir aus Frankfurt zurück waren statt. Diesmal rief Curd ganz bewußt mich an. »Frau Rascher – Dodo war das doch, richtig?« fragte er. Ich konnte vor Herzklopfen kaum sprechen, denn, anders als beim ersten Gespräch, war ich diesmal auf nichts gefaßt gewesen.
»Ja.«
»Andreesen. Wie geht es Ihnen?«
»Danke, gut«, flüsterte ich heiser. Dann gab es eine lange Pause. Ich hörte, wie Curd sich eine Zigarette anzündete, den Rauch tief einzog und langsam wieder auspustete. Das war alles. Mir fiel beim besten Willen kein Text ein. Endlich fragte ich: »Und Ihnen?«
»Ja, seltsam. Irgendwie krieg ich Sie nicht aus dem Kopf. Sie sind ein interessantes Mädchen…« sagte er gedehnt.
Dann wünschte er mir noch einen schönen Tag. Ich traf kaum das Telefon mit dem Hörer. Hinterher fiel mir meterweise Gesprächsstoff ein, ich kam sogar darauf, wie ich intelligent und witzig über Albrecht Dürer oder Heinrich den Achten hätte plaudern können.
Ein paar Tage später las ich in einem der Herz-Schmerz-Blätter von Monika ein Interview mit Tanja Bausch. Die Fotos zeigten sie im Appartement von Curd Andreesen, auf dem Balkon, auf dem

Dachgarten und im Bikini an Bord von seiner Motoryacht. Curd war nirgends zu sehen, er kam jedoch im Text dauernd vor.
Sie seien ja nun schon seit einem Dreivierteljahr zusammen – ob eine Heirat in Sicht wäre?
Doch, das sei in Planung. Curd wäre gerade dabei, die Scheidung einzureichen, erklärte Tanja.
Ob es ihr nichts ausmache, eine Ehe zerstört und zwei kleinen Kindern den Vater weggenommen zu haben?
Dazu sagte Tanja, die Ehe sei längst kaputt gewesen, als sie Curd Andreesen kennengelernt hatte. Die Kinder hätten ihren Papi hier und da ganz allein für sich, und mit ihr verstünden sie sich auch schon recht gut.
Die Reporterin wollte noch wissen, ob sie selbst keine Angst hätte, diesen Mann eines Tages wiederum an eine Jüngere zu verlieren? (Wieso eigentlich, dachte ich ärgerlich, unbedingt an eine Jüngere? Warum nicht einfach an eine andere?)
Tanja erwiderte, eine Frau müsse ihren Mann eben zu halten wissen.
Ich betrachtete ihre Fotos mit der Lupe. Sie hatte leichte Tränensäcke. Außerdem glaubte ich, an ihren Oberschenkeln Dellen zu entdecken. Sicher joggte sie nicht jeden Morgen um den Block und tobte auch nicht noch zusätzlich dreimal wöchentlich im Fitneßstudio umher.

Im November teilte mir Heino vergnügt mit, daß es für mich eine Gehaltserhöhung gäbe. Da ich nicht darum gebeten hatte, war ich völlig erschlagen.
Monika witterte finstere Intrigen und verdächtigte mich abwechselnd, ein Verhältnis mit Frohwein – von wegen du und Heino, so ergäbe sich das ja, wenn man im selben Hotel sei! – mit Kuchenbecker oder mit Simone zu haben. Oder mit allen dreien auf einmal. Sie war der Ansicht, wenn überhaupt jemand Gehaltszulage verdient hätte, dann sie selbst – weil sie in der Woche, als ich in Frankfurt war, meine Arbeit mitmachen mußte. Allerdings konnte ich, als ich zurückkam, vor lauter liegengebliebenem Papierkram kaum noch meinen Computer entdecken.

Ich fuhr in dieser Zeit dauernd wie verrückt umher und suchte eine neue Wohnung – ohne Erfolg. Wenn mir wirklich mal was gefiel, dann durfte man da bestimmt keinen Hund halten, oder es war schrecklich teuer. Kaution und Maklergebühr, dazu Umzugskosten – in jedem Fall ein Batzen Geld.
Mein kleines altes Auto ging zweimal kaputt, und die Reparaturen kosteten eine Menge. Trotz meiner Gehaltserhöhung war ich nahezu pleite. Dodo Rascher gab viel, viel mehr aus als Dörthe Mehlig.
Lorenz kam und kam nicht aus New York zurück, deshalb konnte ich ihn auch nicht auf »eine seiner Wohnungen« ansprechen.
Rüdiger begegnete ich einmal auf der Straße. Er trug eine schottisch karierte Schirmmütze, einen vollen Einkaufskorb und steuerte auf seine Haustür zu. Dicky zog begeistert in seine Richtung, sobald er ihn erkannt hatte. Ich hielt ihn fest und zog ihn kurz zurück. Dann bemerkte Rüdiger uns. Er drehte ein wenig den Kopf beiseite und tat so, als hätte er uns nicht gesehen, bevor er im Hauseingang verschwand. Plötzlich tat er mir furchtbar leid.
Ich mußte wieder an meine Kusine denken, die von ihrem Mann verhauen worden war. Zwar sah Rüdiger ganz heil aus – er wirkte jedoch überhaupt nicht glücklich und eigentlich so, als ob er sich schämte.
Vielleicht fehlten wir ihm auch. Vielleicht wurde er von seinem Schokocurly gezwungen, den Kontakt mit mir und Lorenz abzubrechen. Es schien ihm doch eine Menge auszumachen.
Die Vorweihnachtszeit war neblig und viel zu warm. Monika kam manchmal morgens mit verweinten Augen an, wollte aber nicht darüber reden, was los war, und wurde immer feindseliger.
Einmal warf sie eine Papierschere nach Dicky und sagte gleich darauf: »Ups! Tut mir leid, das wollte ich nicht… Ja, nun spring mal gleich auf und hin, nun mußt du ihn ja erst mal wieder begöschen, das arme Tier!«

Irgendwann im Advent begab ich mich erneut zum silbergrünen Wasserfall.

Nicht wegen der alten dicken Dörthe – die belästigte mich nicht mehr. Ich wollte versuchen, Curd Andreesen zu begegnen.
Ich stellte mir alles so vor wie beim ersten Mal. Es funktionierte viel schneller, und diesmal schlief ich auch nicht ein, ich blieb in einem Dämmer-Zwischenzustand, nicht ganz wach und nicht ganz weg.
In der hellen Höhle rief ich dann nach Curd. Er erschien sofort, trug seine dunkle Lederjacke, hatte eine Hand in der Hosentasche und hielt in der anderen eine Zigarette. Er schaute mich mit leicht gesenktem Kopf an und blieb in einiger Entfernung stehen.
»Hallo!« sagte ich. »Ich bin Dodo Rascher – erinnern Sie sich?«
Er lächelte.
»Ähm … was machen Sie denn so, Herr Andreesen?« fing ich das Gespräch an.
Er lächelte immer noch und zuckte ein wenig mit den Schultern.
Er hatte ja recht. Für Smalltalk brauchten wir keine mystischen Wasserfall-Praktiken. Ich konnte genausogut etwas aufdrehen: »Denken Sie manchmal an mich?«
»Doch. Hin und wieder. Da ist irgendwas, das mich interessiert – was mich berührt …« sagte er.
Klang ganz glaubwürdig.
»Wie sehen Sie mich?«
»Ich weiß nicht recht. Schwer einzuordnen. Beunruhigend. Ich würde mich gern näher mit Ihnen beschäftigen. Ich hab das auch im Hinterkopf. Vielleicht ergibt es sich ja mal …«
»Sie werden nichts in dieser Richtung unternehmen?«
Er schüttelte den Kopf: »Ich glaube nicht. In meinem Leben gibt es genug Komplikationen. Aber wenn das Schicksal es will …«
»Wie ist Ihre Beziehung zu Tanja Bausch?«
Curd zog an seiner Zigarette und schien nachzudenken. »Sie ist ein feines Mädchen. Ein bißchen zu anhänglich vielleicht. Das wird manchmal etwas viel. Und sehr, sehr explosiv und impulsiv. Gefühlswallungen jeder Art. So sind Frauen eben«, sagte er dann.
»Werden Sie Tanja heiraten?«
»Wozu? Ich bin ja verheiratet.«
»Ich habe gelesen, Sie wollen sich scheiden lassen?«

Curd schüttelte den Kopf: »Bestimmt nicht. Es ist schon gut so, wie es ist.«
Ich beschloß, jetzt frech zu werden: »Käme ich als Frau für Sie in Frage?«
Er blickte mich über die Entfernung hinweg sehr intensiv an. Dann sagte er leise: »Könnte schon sein. Wer weiß, was kommt?«
Mehr konnte er im Grunde ja wirklich noch nicht sagen. Ich nickte ihm zu, bedankte mich, daß er erschienen war, und kam aus der Höhle hinter dem Wasserfall in mein Wohnzimmer zurück.
Dort lag Dicky, die Schnauze auf den Pfoten. Dort war mein nadelnder Adventskranz. Dort war die Wirklichkeit.
Hatte ich mir das eben alles ausgedacht? Mir die wahrscheinlichsten Antworten zurechtgelegt? Oder hatte ich tatsächlich Kontakt gehabt mit einem Teil von Curd Andreesen, der mir so ehrlich antwortete?

Am zwanzigsten Dezember ging mein Auto endgültig kaputt. Der nette Mechaniker, den ich durch Etzi kennengelernt hatte, schüttelte bedauernd den Kopf: »Hat keinen Zweck mehr, Dodo. Vergiß ihn. Er hat's hinter sich …«
Das war ein kurzer Spaß gewesen. Dicky und ich fuhren wieder mit dem Bus zum Verlag. Nachdem wir vorher den Luxus eines eigenen Wagens genießen durften, war das überhaupt nicht erfreulich.
Am einundzwanzigsten Dezember fand die traditionelle Weihnachtsfeier im Kuchenbecker-Verlag statt. Für mich gestaltete sie sich diesmal völlig anders als in allen vorherigen Jahren.
Sonst hatte ich jedesmal eine große Schüssel Nudelsalat angeschleppt und mich dann in eine der hinteren Ecken verkrümelt mit dem Versuch, möglichst unsichtbar zu sein. Ich war nur hin und wieder hervorgekommen, um meinen Teller mit Klopsen, Salaten, Hühnerbeinchen und gebratenen Rippchen vollzuladen. Wenn nichts mehr in mich hineinpaßte – meistens schon vor 18.00 Uhr –, verließ ich still die Feier und nahm den Bus nach Hause. Erstens konnte ich Dicky nicht länger warten lassen. Zweitens – was hätte ich auf der Feier sonst noch tun sollen? Tanzen und plaudern?

Außer Monika bemerkte sowieso niemand mein Verschwinden. Und die erzählte mir am nächsten Morgen, was passiert war: wer mit wem getanzt und geflirtet hatte, wer zuviel trank und sich blamierte, wer sich mit wem stritt und wer öffentlich Katzenjammer bekommen hatte.

Diesmal hatte ich Dicky und eine Schüssel Tomatensalat mitgebracht. Ich saß neben Simone und Heino. Monika hockte mit ihrer Freundin Heidi etwas entfernt von uns, beobachtete uns scharf und trank, soviel ich sehen konnte, ungewöhnlich viel Punsch.

Etzi feierte an diesem Tag auch seinen Abschied vom Verlag – er wollte sich nach Jahresbeginn nur noch um seine Abschlußarbeit kümmern – rannte überall umher und ließ sich auf die Schulter klopfen.

Dann setzte sich eine sehr ansehnliche Person an unseren Tisch. Weißblonde Ponyfransen stippten ihr in die Augen wie einem Haflinger, weißblonde dünne Strähnen hingen über ihren Rücken. Sie hatte eine sehr stupsige Stupsnase mit weiten Nasenlöchern, einen breiten, hellrot geschminkten Mund, Brüstchen wie Zitronen und mindestens so lange Beine wie ich. Simone kannte sie und stellte sie Heino und mir vor: »Das ist Vanessa Glattke-Kuchenbecker. Maxens Enkelin.«

Ich fand sie mächtig attraktiv, wie ein französisches Edel-Katalog-Model.

Heino trug eine grünrote Krawatte, auf der lauter dicke kleine Weihnachtsmänner mit rotnasigen Rentieren schlittenfuhren oder tanzten. Er war blendender Laune und fütterte Dicky mit Cocktailwürstchen. Der Hund konnte gar nicht so schnell kauen und schlucken, wie nachgereicht wurde.

Ich sagte: »Heino, laß das bitte! Er wird immer dicker, der stirbt mir noch an Verfettung…«

Heino protestierte vergnügt: »Ach, Dodo, es ist doch nur einmal Weihnachten!«

Vanessa fragte: »Wer ist denn dieser heiße Typ da, der mit den schmalen Hüften, der aussieht wie Richard Gere, bloß jünger?« – und ich schwenkte hastig den Kopf herum, weil ich denjenigen auch sehen wollte.

»Ich finde, er sieht nicht so sehr aus wie Richard Gere. Eher wie Alan Rickman – weißt du, der aus ›Sinn und Sinnlichkeit‹. Nur jünger. Nessi, wenn's dir um *den* Mann geht, mußt du dich ranhalten!« antwortete Simone.

Ich wußte immer noch nicht, von wem die Rede war. Wer sah hier aus wie ein toller Schauspieler?!

»Der ist nämlich heute den letzten Tag im Verlag. Dirk Etzold heißt er, wir nennen ihn alle Etzi«, fuhr Simone fort.

Und Etzi kam auch wirklich auf uns zu, strahlend, gummikauend, ein Glas in der Hand, um mit uns allen anzustoßen. Ich glotzte ihm mit offenem Mund entgegen.

Sah Etzi etwa aus wie Richard Gere??

Naja, doch. In gewisser Weise schon. Er war nicht silberhaarig, und er war größer und wahrscheinlich etwas dünner. Aber sonst... Wie merkwürdig, daß mir das noch nie aufgefallen war. Ich hatte ihn einfach immer für häßlich gehalten und deshalb nicht näher angeguckt.

Nessi warf sich sofort in einen heftigen Flirt mit Etzi und wollte, daß er sich zu uns setzte. Zu meiner Erleichterung erklärte Etzi, den Mädels aus der Lizenz-Abteilung versprochen zu haben, gleich wiederzukommen.

Ich neige leider sehr zur Eifersucht, auch, wenn ich überhaupt keine Berechtigung dazu habe.

Heino tanzte wiederholt mit Simone, die endlich entgipst war, außerdem mit Nessi, und dann versuchte er, mit Dicky zu tanzen, indem er ihn mit einer Kette kleiner Würstchen hinter sich her lockte. Alle lachten sich schlapp darüber, und ich wollte kein Spielverderber sein. Trotzdem machte ich mir Sorgen um Dickys Cholesterinspiegel.

Das war übrigens schon zu recht fortgeschrittener Stunde, so gegen zehn Uhr abends. So lange war ich noch nie bei einer Verlagsfeier geblieben.

Heino wollte mit Dicky und den Würstchen auf die Herrentoilette: »Wir gehen alle mal für kleine Jungens, wir Würstchen!« verkündete er.

Es gab gute Musik vom Band, sehr laut inzwischen. Simone und

ich mußten uns schon fast wieder so anbrüllen wie damals im Sandfloh, um uns zu unterhalten.
Und plötzlich bemerkte ich Dicky neben mir. Dicky mit hervorquellenden Augen und ängstlich angelegten Ohren, zitternd, das weiße Fell voller Blutflecken! Simone sah es gleichzeitig, wir sprangen beide entsetzt auf.
»Was ist denn passiert?« schrie Simone, und ich: »Dickylein, was haben sie dir getan?«
Dann stürzte Heino in die weihnachtlich geschmückte, verqualmte Kantine. Ihm quollen die Augen so ähnlich aus dem Kopf wie meinem Hund. Auch auf seinem Hemd und seinem Jackett waren große Blutflecke. Seine Weihnachtsmannkrawatte fehlte. Aus der Innenfläche seiner rechten Hand tropfte Blut.
Heino stand dicht neben der Musikanlage und schaltete sie aus. Alle blickten sich um und dann zu ihm hin, als es plötzlich so ruhig wurde, und das Gemurmel, Gelächter und Gekreisch wurde sehr schnell leiser und erstarb. Nur die dicke Frau Hoger vom Betriebsrat kreischte einmal kurz und gellend auf und hielt sich dann selbst den Mund mit beiden Händen zu.
Max Kuchenbecker sprang auf und ging eilig zu Frohwein. Ich war bei all dem immer noch dabei, Dicky nach Wunden abzusuchen. Außer Blut fand ich einfach nichts.
»Jemand soll sofort einen Unfallwagen anrufen!« dröhnte Heino, »Frau Hellwege liegt schwer verletzt auf der Herrentoilette …«
Monika? Auf der Herrentoilette –?!
Etzi lief zum Telefon.
Ich sah mich nach Monikas Freundin Heidi Walff um, konnte sie aber nirgends entdecken.
Irgendwie fühlte ich mich verantwortlich, weil wir das Bürozimmer teilten, und so folgte ich Heino und Kuchenbecker zum Klo, während Simone alle anderen, die hinterherkommen und auch mal gucken wollten, energisch zurück in die Kantine scheuchte. Sie hielt auch Dicky am Halsband fest, der hinter mir herjapste.
Die Toiletten waren ja Ende des Sommers renoviert worden, alles in strahlendem Weiß, deshalb wirkte das viele Blut besonders erschreckend. Es war die Wände und die Toilettentüren hochge-

spritzt, befleckte den Spiegel und tropfte am Waschbecken herunter. Das erste, was ich dachte, war: Sie muß völlig ausgeblutet sein! Was hier rumgespritzt ist, reicht ja für drei Monikas...

Aber sie lebte noch. Sie lehnte mit dem Rücken in der Nische neben dem Handtuchautomaten, die grünrote Weihnachtsmannkrawatte um den linken Arm gebunden. Die Innenseiten des Unterarms sah zerfetzt oder zerschnippelt aus und blutete, aber nicht mehr sehr stark.

Monika weinte. Ich hatte noch nie einen Menschen derart weinen sehen. Manchmal riß sie den Mund weit auf und heulte laut, manchmal preßte sie ihn wieder zusammen. Sie rang nach Luft und kämpfte mit krampfartigen Schluchzern. Ihre riesigen braunen Augen schwammen in Tränen und liefen über und blickten uns völlig verzweifelt an. Ihre Nase lief einfach, weil sie kein Taschentuch hatte.

Ich nahm eine neue Klopapierrolle, die auf dem Handtuchautomaten lag, riß ein langes Stück ab, setzte mich zu Monika auf den Boden und begann vorsichtig, ihr Gesicht trockenzuwischen. Ich legte ihr dabei einen Arm um die Schultern und sprach leise zu ihr, wie ich schon die dicke alte Dörthe getröstet hatte: »Ist ja gut! Wir kriegen das irgendwie hin...«

Monika weinte weiter, aber sie legte den Kopf an meine Schulter, und sie ließ sich auch die Nase mit Klopapier putzen.

Inzwischen erzählte Heino Max Kuchenbecker leise, was passiert war: »Die kleine Verrückte kommt plötzlich hier rein und macht mir Anträge – war unter Garantie stark angesäuselt –, und wie ich abwehre, holt sie auch schon so'n Teppichmesser oder so was raus – ich denke noch, jetzt will sie mir irgendwas abschneiden –, sie hat sofort auf sich selber eingehackt, hat auch die Pulsader getroffen, ich denke, mehrmals, deshalb sieht das hier so aus... Ich hab's geschafft, ihr das verdammte Schneideding wegzunehmen und hab's da oben aus der offenen Fensterklappe geschmissen, erst mal weg damit. Es müßte im Hof liegen...«

»Wo ist denn Heidi geblieben?« fragte ich Monika. Ich sprach immer noch in einem weichen, singenden Tonfall, wie zu einem Kleinkind.

»Wir hatten Streit. Sie war auch so gemein. Alle hassen mich. Keiner kann mich leiden…« blubberte Monika an meinen Hals.
»Das stimmt doch gar nicht!« log ich.
Bald darauf erschien auch schon der Unfallwagen. Der zweite, mit dem ich's dieses Jahr zu tun bekam. Monikas Arm wurde zunächst mit Binden umwickelt, dann legten die Männer in den weißen Kitteln sie auf eine Trage und wollten mit ihr den Flur hinunter zur Treppe.
Heino weigerte sich, seine Hand, in die das Teppichmesser geschnitten hatte, behandeln zu lassen, und einer der Krankenpfleger war deshalb sehr pikiert und drohte: »Naja, den Ärger mit der Kasse, wenn jetzt eine Sepsis entsteht, haben dann ja Sie!«
Monika klammerte sich an meinem Arm fest. Ich lief also mit, drehte im Vorbeilaufen den Kopf zur Kantinentür, von wo aus viele erschrockene und neugierige Augen uns ansahen, und rief: »Kümmert ihr euch bitte um Dicky?«
Ich sah noch, wie Simone nickte – dann verschwanden wir um die Ecke.
Damit war die Weihnachtsfeier für mich gelaufen.
Ich verbrachte fast eine Stunde auf dem Krankenhausflur, während Monikas Arm genäht oder geklammert und verbunden wurde und sie irgendwelche Spritzen und Bluttransfusionen bekam.
Schließlich durfte ich noch mal in ihr Krankenzimmer. Sie schlief jetzt und sah sehr klein und hilflos aus, wie sie da in dem schmalen Krankenhausbett lag, im Handrücken festgeklebt den Tropf. Das erinnerte mich daran, wie Rüdiger und ich damals Freundschaft geschlossen hatten. Nur war das in Eppendorf gewesen, und Monika hatten sie ins Elim-Krankenhaus gebracht.
Ich rief Simone von der Klinik aus an. Zu meiner Erleichterung war sie schon zu Hause und hatte Dicky bei sich. Ich nahm mir ein Taxi zu ihr, obwohl ich's mir eigentlich nicht leisten konnte. Ich hatte nicht mehr die Nerven, nun den Bus oder die Bahn zu nehmen.
Simone war gerade dabei, sich abzuschminken. Sie hatte beruhigenden Kräutertee gekocht. Er schmeckte einfach widerlich, beruhigte jedoch wirklich.
Dicky bekam ebenfalls etwas davon in den Napf, denn er zitterte

immer noch und winselte ab und zu ein bißchen vor sich hin. Das lag vielleicht auch daran, daß Simone ihn in ihre Badewanne gestellt und abgebraust hatte, um ihn zu entbluten. Dicky war so was nicht gewöhnt. Bei uns zu Hause wurde nicht geduscht, höchstens mal gebadet. Er weigerte sich übrigens, den Beruhigungstee zu schlabbern.
Simone erzählte mir, die Weihnachtsfeier hätte sich gleich danach aufgelöst, einige beherzte Seelen – darunter natürlich Etzi – hätten sich noch daran gemacht, die Toilette zu reinigen, damit die Putzfrauen nicht in Panik gerieten. Ich erzählte, daß Monika nur noch zur Beobachtung dabehalten wurde – und wohl auch zur psychologischen Betreuung.
»Hast du geahnt, daß sie hinter Heino her war?« wollte Simone wissen.
»Schon. Aber daß es so dringend war ...«
»Dein Oberteil ist blutig – und da am Ärmel ist auch ein Fleck ...« machte Simone mich aufmerksam. »Bring das gleich morgen in die Reinigung. Mit Wasser darfst du an diesen Stoff nicht ran.«
Wenn man gebildet ist, fällt einem immer gleich was Kulturelles ein. Ich kratzte ein wenig am Ärmel und murmelte: »Fort, verdammter Fleck! Fort, sag ich! Noch immer riecht es hier nach Blut. Alle Wohlgerüche Arabiens werden nie diese kleine Hand wohlriechend machen ...«
Simone betrachtete mich mit einer hochgezogenen Augenbraue.
»Shakespeare!« erklärte ich. »Lady Macbeth.«
»Fahrt nach Hause. Ihr braucht Schlaf!« sagte Simone.
Ich nahm mir wieder ein Taxi. In einer knappen Woche gab es schließlich neues Geld.

Heiligabend verbrachte ich mit meinem Hund bei meinen Eltern. Sie schenkten mir doch wirklich ein Auto! Einen völlig neuen, kleinen grünen Japaner, der hinreißend nach Plastik und Leder roch und rührende vier Kilometer auf dem Tacho hatte.
»Dadurch wird deine Erbschaft mal kleiner, aber wir sehen deine Freude noch zu Lebzeiten«, sagte meine Mutter. Ich knuddelte meine Eltern immer abwechselnd und freute mich wahnsinnig.

Sie sagten auch, wie stolz sie auf mich wären, wegen der Buchmesse in Frankfurt und so weiter, und wie ich mich so rausgemacht hätte. Schönste Familienharmonie. Natürlich hatte ich ihnen nicht auf die Nasen gebunden, daß ich in wenigen Tagen aus meiner Wohnung mußte und noch keinen Schimmer hatte, wohin. Das hätte sie bloß nervös gemacht. Ich fand, es reichte völlig, wenn es mich nervös machte.
Ich aß nicht übertrieben viel, aber brav fetten Gänsebraten mit Rotkohl und hinterher Pudding. Wenn ich zwischen Weihnachten und Neujahr ein bißchen mehr fastete, konnte ich das wieder hinbügeln. Und es befriedigte meine Mutter einfach, wenn ich ihr Essen verschlang. Daß sie trotzdem von meiner neuen schlanken Figur schwärmte, war zwar nicht logisch, doch verständlich.
Ich erzählte natürlich von der armen Monika. Meine Mutter gab mir sofort einen verpackten Karton mit besonders feinen Pralinen für sie mit, der für Tante Edith gewesen war. Für die könnte sie auch noch was anderes besorgen.

Ich besuchte Monika am zweiten Feiertag mit der Pralinenschachtel. Sie sah nicht mehr so jämmerlich, sondern schon wieder ziemlich boshaft aus und teilte mir mit, daß sie im Verlag kündigen würde: »Da geh ich nie wieder hin. Ich mache erst mal einen schönen Urlaub. Krankgeschrieben bin ich sowieso. Und ich krieg Therapie ...«
»Was für eine?«
»Weiß ich noch nicht. Alles mögliche. Meine Nerven sind hin. Deshalb ist das passiert. Meine Schwester so: ›Das hat nur damit zu tun, daß Dörthe immer ihren Hund mithatte!‹ Die Allergie hat meine Gesundheit langsam untergraben. Das kann man alles nachweisen. Und dann die Woche, wo ich dauernd Überstunden gemacht hab, um deine Arbeit mitzuerledigen. Das hat mir den letzten Knacks gegeben. Keine Angst, ich werd dich nicht verklagen. Du hast ja sowieso kein Geld. Wir werden Kuchenbecker verklagen«, sagte Monika zufrieden und nahm sich eine Praline aus der Packung. »Ich lieg hier erster Klasse, da lohnt sich endlich mal der hohe Kassenbeitrag. Ich hab' alle Extras, sag ich dir.«

»Das freut mich«, behauptete ich. Sie hatte mich schon wieder soweit, daß ich gern mit der eisernen Nachttischlampe auf sie eingedroschen hätte. »Dann will ich mal wieder, Monika …«
»Ach, was ich dir unbedingt noch sagen wollte!« Monikas Augen funkelten gehässig. Den Blick kannte ich. Ich wollte gar nichts hören. »Ich hab letzte Nacht von dir geträumt, Dörthe. Das war mehr als ein Traum, glaube ich. Das war prophetisch. Du hast wie wild geheult, noch schlimmer als ich neulich. Um dich rum war Feuerwerk. Also, ich hab mir ja gedacht, das muß genau Silvester sein. Hoffentlich trifft das nicht ein …« Monika zog mit Gewalt die Lippen über ihr schadenfroh grinsendes Raffgebiß. »Schönes neues Jahr, Dörthe!«
»Gut, daß ich nicht abergläubisch bin. Gute Besserung, Monika!« sagte ich. Natürlich fürchtete ich von da ab, ich würde das neue Jahr mit Tränen beginnen. Weshalb wohl? Was mochte Schreckliches geschehen?

11. Kapitel

In dem Rüdiger eine gefährliche Einladung ausspricht – Dodo die Polizei irritiert – Dicky die Stimme einbüßt – Simone fürsorglich Schnaps anbietet, um eine schlechte Nachricht zu mildern – eine Silvesterfeier mit gemischten Gästen stattfindet – und eine düstere Voraussage sich leider bestätigt

Nach Weihnachten besuchte ich Rüdiger in seinem Laden. Ich wußte nicht, ob Schokocurly dort auch herumlungern und sich mit einem Flammenschwert zwischen uns schmeißen würde. Versuchen wollte ich es jedenfalls. Ich hatte ein Lesezeichen in Dunkelrot und Grün auf weißem Samt gestickt, Rüdigers Lieblingsfarben. Es war wirklich schön geworden.

Drei Tage hintereinander spähte ich – vorsichtshalber ohne Dicky – unauffällig durch das Schaufenster von »Antiquitäten-Schättler«. Am ersten Tag sah ich nur die Hammerkinn-Frau. Am zweiten außer ihr auch Rüdiger – ach nein. In ihrer Gegenwart wollte ich ungern herausfinden, ob er noch mit mir kommunizierte.

Am dritten Tag hatte ich Glück: Er war allein und verhandelte gerade mit einem Kunden. Er trug ein persisches Seidenkäppchen und warf mir, als ich eintrat, einen kurzen Blick aus seinen wasserhellen Augen zu, sein Gesicht blieb aber ausdruckslos. Ob er mich rauswerfen würde? Oder einfach nicht beachten?

Er kassierte und verabschiedete den Mann, indem er ihm die Tür öffnete und die »Frau Gemahlin« grüßen ließ. Ich atmete, als er an mir vorbeiging, tief einen Hauch von Rasierwasser ein und guckte sehnsuchtsvoll Rüdigers arrogantes Profil an, das sich gegen den gelblichen Winterhimmel abzeichnete. Mir war zum Heulen. Ich hatte nicht gewußt, wie lieb ich diesen Kerl hatte.

Er schloß die Tür mit dem Bimmelglöckchen, drehte sich zu mir um, kam schnell auf mich zu und umarmte mich mit Vehemenz. Ich umklammerte ihn genauso krampfhaft.

»Meine Rosenschnute!« sagte Rüdiger. Er klang sehr bewegt.

Ich konnte nichts sagen, weil ich das Weinen im Hals hatte.

»Wie schön, daß du hier bist! Wie geht es dir? Was ist passiert? Lebt das dicke weiße Plüschtier nicht mehr? Wie geht es Lorenz? Du hörst doch von ihm?«

»Ich muß dir so viel erzählen, Rüdiger...«

»Wunderbar! Komm, wir trinken ein Täßchen zusammen...« Rüdiger ließ mich los und fummelte eifrig an einer antiken Mocca- oder Espresso-Maschine herum. »Reich mir den Mantel, meine Sternennacht. Was für ein entzückendes Kleid! Du siehst hinreißend aus. Nimm bitte Platz...«

Ich hatte mir umsichtigerweise eine Liste aller wichtigen Vorkommnisse gemacht, falls ich Gelegenheit haben sollte, mich mit Rüdiger zu unterhalten. Ich sagte mir: Wer weiß, wann wieder mal Gelegenheit dazu ist. Sobald Schokocurly herausfindet, daß wir uns im Laden treffen, verlangt er doch wohl von seinem Freund den Schwur, dies möge nie wieder vorkommen.

Auf der Liste standen mein Auftritt bei der Buchmesse, die Telefongespräche mit Curd Andreesen, meine Gehaltserhöhung, die letzte Fahrstunde bei Ali Schimmelmann und wie Lorenz ihn erpreßte, mein langerwarteter Führerschein, mein eigenes altes Auto und wie es kaputtging, mein schickes neues Auto, daß ich in drei Tagen ausziehen mußte und keine Ahnung hatte, wohin, sowie Monikas dramatische Weihnachtsfeier-Einlage. Als ich von all dem berichtet hatte, war mein Mocca kalt.

Rüdiger zeigte sich wirklich interessiert, meckerte an den richtigen Stellen vor Lachen, schnaubte vor Wut über Schimmelmann, krähte vor Begeisterung über Lorenz' Eingreifen und war stolz auf mein berufliches Weiterkommen.

»Das verdanke ich vor allem dir, Rüdiger. Wenn du mich nicht so mit Literatur vollgestopft hättest, wäre ich dem alten Kuchenbecker nicht aufgefallen.«

»Höchstens als schöne Frau, nicht als gebildeter und geistreicher Mensch«, pflichtete er mir bei.

»Und wie geht es dir?« Das mußte ich doch fragen, auch, wenn ich die Antwort gar nicht so gern hören wollte.

Rüdiger blickte düster aus dem Schaufenster. »Nun ja – meine Höllenfahrt auf kochender Schokolade geht ihrem Ende zu. Ich bin für mein jämmerliches Benehmen schon schwer gestraft, das kannst du mir glauben, und es spitzt sich zu. Ich lasse im Grunde nur deshalb noch nicht los, um zu demonstrieren, wieviel ich aushalten kann. Und wenn ich dabei umkomme.« Er schüttelte den Kopf über sich selbst. »Hast du was von Lorenz gehört?«

»Der ist seit mehreren Wochen in New York.«

»Tatsächlich? Der Mensch besitzt eine protzige Wohnung am Central Park, hat da Verwandte und einen ausgedehnten Freundeskreis, Künstler und Spinner. Ich weilte auch schon dort. Wenn er sich einmal in diese Gegend abgesetzt hat, kann er jahrelang bleiben …« Er seufzte wieder, goß uns neuen Mocca ein und setzte hinzu: »Hör nicht auf meine melancholischen Prophezeiungen. Ich bin depressiv. Er mag schon in einem halben Jahr wieder in Hamburg sein.«

»Das ist immer noch zu spät, um mir eine seiner Mietwohnungen zu geben.« Ich wurde auch schon ganz depressiv.

»Du weißt wohl nicht, wohin mit deinen scheußlichen Möbeln, mein Engel? Stell sie an den Straßenrand! Das Schicksal will dir gewiß die Möglichkeit bescheren, dich dieser Geschmacklosigkeiten zu entledigen.«

»Die Möbel könnte ich ja von mir aus wegschmeißen, aber den Inhalt doch nicht«, wandte ich ein.

»Das ist ein Argument, dem man sich platterdings nicht verschließen mag«, stimmte Rüdiger zu. »Was ist denn mit dem jungen Mann aus dem Verlagskeller, der sich so für dich interessiert hatte? Könnte der nicht einen Teil deiner Habe in Kisten dort unterwärts verstauen?«

Ich nickte lustlos: »Du meinst Etzi, nicht? Der hat mir ja angeboten, meine Möbel bei ihm unterzustellen. Ich könnte sogar bei ihm wohnen, hat er mal gesagt. Dem gehört so'n altes Riesengebäude. Ich will dem nur so ungern verpflichtet sein.«

»Nimm doch einfach seine Hilfe an, ohne dich deswegen verpflichtet zu fühlen!« schlug Rüdiger vor.

»Du hast recht. Ich werd ihn gleich nachher anrufen.«

»Weshalb sitzt du heute eigentlich nicht an deinem Arbeitsplatz?«

»Ich muß noch fast zwei Wochen Urlaub abbummeln, an den Tagen zwischen den Festen und in der ersten Januarwoche. Ich dachte, die kann ich gut für einen Umzug gebrauchen. Ich hab vom Hausmeister schon ein paar Umzugskisten bekommen. Das ganze Haus freut sich, daß Dicky und ich endlich ausziehen ...«

»Dann solltest du dir auch ein Fest daraus machen. Apropos Fest – ich würde dich gern zu meiner kleinen Silvesterfeier einladen!«

Ich sah Rüdiger ungläubig an: »Bei dir ...?«

»Es ist schließlich meine Wohnung. Ich würde mich über den Anblick wenigstens *eines* eigenen Gastes freuen. Curly hat ungefähr zwanzig seiner Gefährten zum Jahreswechsel geladen. Um schonungslos ehrlich zu sein: Ich fürchte mich ein wenig so mutterseelenallein unter Schlägern, Sadisten und Kriminellen ...«

»Und du meinst, die große, starke Dodo wäre dir eine Stütze?«

»Unzweifelhaft. In Begleitung ihres gefürchteten weißen Kampfhundes ...«

Ich dachte nach. »Nur, wenn ich noch andere Leute mitbringen darf. Allein hab ich auch zuviel Angst.«

Rüdiger lächelte: »Gern auch noch mehr Kampfhunde. Und muskelbepackte Männer mit eisernen Fäusten sind willkommen.«

»Du bist einfach vergnügunssüchtig!« stellte ich fest. Es dämmerte schon, und ich machte mir Sorgen um Dicky, der es nicht mehr gewöhnt war, lange alleine zu sein. Ich zog meinen Mantel an und fand in der Manteltasche das kleine Päckchen für Rüdiger: »Stimmt ja – hier, frohe Weihnachten.«

Er packte es sofort aus, bewunderte es sehr und bedauerte: »Ich habe nichts für dich, meine Dodo! Wenn ich gewußt hätte – warte mal ...« Er eilte in irgendwelche hinteren Räume und kehrte mit einer verpackten und beschleiften Flasche zurück: »Hier, das habe ich vorhin bekommen und gebe es dir gerne weiter. Nicht aus dem Zahnbecher und in Maßen, hörst du?«

Rüdiger brachte mich zur Tür. Wir blickten beide unwillkürlich die Straße rauf und runter: kein finster blickender dunkler Jüngling mit Rastalocken?

»Ich hoffe, ich höre von dir. Ich hoffe, du kannst Silvester kommen«, sagte Rüdiger leise, aber beschwörend hinter mir her. »Ich werde mich erwartungsvoll darauf einrichten, eine Heerschar zu bewirten …«

Etzi lieferte mir noch am selben Abend ganze Stapel zusammengefalteter Umzugskartons und versprach, am 31. Dezember mit einigen guten Freunden schnell die Wohnung leerzuräumen und meinen ganzen Krempel in seine Spinnerei zu bringen. »Natürlich kannst du da auch erst mal wohnen. Du hättest mir viel eher Bescheid sagen sollen!« meinte er vorwurfsvoll. »Ich hab gedacht, du hast eine neue Wohnung, und mit deinem Umzug ist alles geregelt!«

»Das war dumm von mir«, gab ich zu.

Ich hatte ihm gegenüber schon wieder mit Hemmungen zu kämpfen. Zuerst war ich nicht unbefangen gewesen wegen seines Überfalls im Fahrstuhl. Dann, weil er das Schicksal für einen Film hielt und mich für ein Meerweibchen und überhaupt so komische Ansichten hatte. Und neuerdings, weil manche Frauen ihn mit Filmstars verglichen und das noch nicht mal zu Unrecht. Er hatte wirklich auffallend schmale Hüften.

Plötzlich war Etzi nicht mehr ein neutraler Kumpel, sondern ein attraktiver Mann. Wenn auch natürlich nicht mein Typ. Ich hatte mir noch nie was aus Richard Gere gemacht.

Trotzdem fragte ich ihn, ob er mitsamt den netten Umzugsfreunden nicht die Silvesterfeier mit mir bei Rüdiger, Schokocurly und seinen gefährlichen Freunden verbringen wollte. Ich schilderte ihm aufrichtig, wie die Situation aussah und worum es ging.

»Und da hast du gedacht: Etzi hat sich noch nie im Leben mit wem geprügelt, das ist für den endlich mal fällig?« Er schien die Idee jedoch ganz reizvoll zu finden und meinte, er würde seine Freunde darauf ansprechen.

»Essen und Trinken ist bestimmt gut, dafür kann ich mich verbürgen!« versicherte ich eifrig. Etzi lachte breit. Daß er sehr schöne Zähne hatte, war mir ja schon alleine aufgefallen. Dann wünschte er mir gutes Packen, tätschelte Dicky und verschwand.

Ich faltete die Pappkartons auseinander und ging ans Werk. Ich packte bis nachts um halb zwei, dann fiel ich ins Bett. Am näch-

sten Morgen machte ich gleich nach dem Frühstück weiter. Dicky wurde immer nervöser. Er war noch nie im Leben umgezogen. Er befürchtete wohl, ich hätte den Verstand verloren, weil ich unsere Wohnung so seltsam veränderte.
Ich kam bei der Packerei ins Schwitzen und ärgerte mich: Meine Sommergarderobe hatte ich schon weggepackt. Ich zog ein rosa Unterkleid an, in dessen Vorderteil eine Art Wonderbra integriert war.
Durstig war ich auch – und ausgerechnet jetzt merkte ich, daß ich nur noch eine halbe Flasche Mineralwasser im Haus hatte. Ich packte Rüdigers Weihnachtsgeschenk aus und trank den Sekt – entgegen seinem Ratschlag – zwar nicht aus einem Zahnbecher, aber aus dem Wasserglas.
Dann bekam ich das Bedürfnis nach Begleitmusik. Ich legte eine Platte von Aretha Franklin auf. Mein Lieblingslied ließ ich immer wieder von vorn spielen: »Respect«! Damit ich es auch in der ganzen Wohnung hören konnte – ich wickelte gerade in der Küche Töpfe und Pfannen in Zeitungspapier und versenkte sie in Kartons – stellte ich sehr laut. Lauter, als ich mich bisher jemals getraut hatte. Was sollte mir jetzt noch passieren? Rausgeklagt war ich so oder so. Jetzt konnten alle anderen Mieter sich noch mal an dem Gedanken erfreuen, wie schön es werden würde ohne mich.
Zuerst sang ich nur mit. Nach dem zweiten Wasserglas Sekt begann ich auch zu tanzen. Ich tanzte zwischen den gestapelten Kisten umher, den Flur rauf und runter, durch alle Zimmer und zurück in die Küche. Es war ja niemand da, der mir erzählen konnte, daß ich's falsch machte.
Dicky nahm unter dem Küchentisch Deckung und sah mich vorwurfsvoll an, wenn ich vorbeitanzte. Ich stellte die Musik noch etwas lauter. Sie riß mich mit – ich *wurde* getanzt, so wie damals im Sandfloh. Es erfüllte mich mit tiefer Genugtuung, was für eine Kondition ich inzwischen besaß. Ich hätte stundenlang weitertanzen können, ohne aus der Puste zu kommen, und dabei sang ich immer noch mit. Irgendein Nachbar wummerte mit einem harten Gegenstand an die Decke oder an die Wand. Sehr rhythmisch übrigens, gar nicht übel.

Ich tanzte am Flurspiegel vorbei, blieb davor stehen und bewunderte mich. Mein Gesicht glühte, vermutlich ebenso vom Rumtoben wie vom Sekt. Mein Haar sah dicker und glänzender aus als früher, weil ich es nicht mehr mit Tönungen oder Dauerwellen quälte. Ich war wirklich richtig schlank, vor allem meine Taille konnte sich sehen lassen, und dabei hatten meine Kurven soviel Anstand besessen, am Platze zu bleiben und wurden auch noch von dem Unterkleidoberteil verschwenderisch nach oben gequetscht.
Wenn ich berühmt wäre, dachte ich, würde mir der Playboy bestimmt eine Menge Geld für eine Fotoserie zahlen! Wenn ich zum Beispiel die neue Freundin von Curd Andreesen wäre ...
Es klopfte an meiner Wohnungstür, und Dicky kläffte ein bißchen aus der Küche. Ich hatte wohl das Klingeln überhört. Ich sang mit Arethas Chor zusammen: »Suck it to me, suck it to me, suck it to me, suck it to me ...«, öffnete mit einem Ruck die Tür und blieb schwer atmend stehen.
Ich war auf einen Senior aus meiner Nachbarschaft gefaßt. Was vor mir stand, war allerdings ein semmelblonder junger Polizist. Er schaute an mir hoch und runter, und dabei wurden seine zunächst hellblauen Augen ziemlich schnell sehr dunkelblau. Ich staunte dieses Phänomen an. Offenbar sagte er etwas, denn er bewegte die Lippen.
Ich ließ ihn in der offenen Tür stehen, rannte nach drinnen, drehte Aretha den Ton ab und lief zurück zum Eingang. »Was haben Sie gesagt? Ich habe nichts verstanden, es war ein bißchen zu laut!« erklärte ich.
»Deshalb bin ich hier. Es war ein bißchen zu laut. Ihre Nachbarn haben sich beschwert.«
»Aber es ist doch heller Vormittag! Und ich ziehe sowieso gerade aus ...«
Er schien mich recht sympathisch zu finden. Er hatte immer noch ganz dunkelblaue Augen. »Machen Sie's trotzdem ein bißchen leiser, ja? Sie müssen die alten Leute doch nicht zum Schluß noch ärgern ...« sagte er.
Ein ausgesprochen netter Polizist. Wir trennten uns in Frieden.
Ich packte ohne Tanz und Gesang zu Ende.

Am 31. Dezember, sehr früh am Morgen, kamen Etzis große starke Freunde mit Kastenwagen und Lieferwagen und einem Uraltlastwagen und brachten mein Hab und Gut in die Spinnerei nach Winterhude. Sie waren alle nett und fröhlich. Dicky drehte dessenungeachtet fast durch. Er kläffte den ganzen Vormittag jeden an, der eine Kiste trug. Gegen Mittag versagte sein Stimme, doch er beruhigte sich in keiner Weise. Er rannte ständig in der immer leerer werdenden Wohnung hin und her, schnüffelte verzweifelt an den Stellen, an denen früher Möbel gestanden hatten, und schien zu glauben, die Welt ginge unter.

Etzi selbst kam erst am frühen Nachmittag vorbei. Seit er nicht mehr den Verlagswagen fuhr, war er in einer alten Ente unterwegs. Er steckte in einer sehr hübschen Lammfelljacke, kaute unruhig seinen Kaugummi und sagte: »Dodo, bitte sei nicht böse: Ich kann heute abend nicht mit zu deinem Freund. Alle anderen werden dich gern begleiten, das war schon abgemacht. Weißt du, Nessi – also, Vanessa Glattke-Kuchenbecker – hat mich eingeladen …«

»Ach?« sagte ich kurz und beleidigt.

»Ja – zur Hausparty bei ihrem Großvater. Max Kuchenbecker …«

»Ich verstehe. Da kannst du natürlich nicht nein sagen. Obwohl – was hast du denn mit dem eigentlich noch zu tun?«

»Hoffentlich eine Menge. Simone hat angedeutet, daß der Verlag in großen Schwierigkeiten ist …«

»Das behauptet sie doch ständig!«

»Es scheint aber viel dran zu sein. Der alte Max überlegt sich anscheinend zur Zeit, ob er den ganzen Laden verkauft oder energisch verkleinert. Das würde bedeuten: Er gibt die gesamte Jugendbuchabteilung auf und behält nur die Kinderbücher. Dabei würde er fast die Hälfte seiner Mitarbeiter entlassen. Und er denkt daran, falls er sich für die zweite Lösung entscheiden sollte, sofort in ein anderes Gebäude umzuziehen. Ich will ihm dafür die Spinnerei anbieten. Bis spätestens Juni müßte der vordere Bereich, also die Büroräume, fertig sein. Platz für eine Kantine ist da zwar nicht, aber die scheint sowieso ein Verlustgeschäft zu sein, und in Winterhude gibt's massenhaft Imbisse und kleine Restaurants«, erklärte Etzi.

»Du hast ja einiges vor!« sagte ich beeindruckt.
Eifersüchtig war ich trotzdem. Ich hatte geglaubt, Silvester mit mir müßte Etzi wichtiger sein als alles andere. Außerdem machte ich mir jetzt natürlich Gedanken darüber, wer alles seinen Job verlor.

Nachdem einer der netten jungen Männer mit der letzten Fuhre zur Spinnerei abgefahren war, uns zugewinkt und: »Bis heute abend um neun, Adresse ist klar!« gerufen hatte, machten Dicky und ich die leere Wohnung besenrein. Das heißt, ich versuchte, zu fegen, und Dicky, der allmählich hysterisch wurde, verbiß sich knurrend im Besen. Bei dieser launigen Beschäftigung störte uns ein Klingeln an der Tür. Wer kam denn nun noch?
Es war Simone. Aus ihren Jackentaschen holte sie eine flache, gekrümmte Flasche und zwei kleine Metallbecher. Aus der Flasche goß sie Schnaps in die beiden Becher und reichte mir einen: »Prost, Dodo! Trink das!«
»Warum? Du sagst doch immer, Alkohol hat viel zuviel Kalorien. Ich muß gleich noch fahren – wir müssen in die Spinnerei ... Was ist denn los?«
»Trink erst mal, dann sag ich's dir«, versprach Simone.
Ich kippte den Schnaps, schüttelte mich und blickte sie erwartungsvoll an. »Also?«
»Du hast heute noch keine Tageszeitung gelesen, stimmt's?«
»Stimmt.«
»Ich hab dir eine mitgebracht ...« Simone holte sie aus ihrer Handtasche. Es schien in den letzten Tagen des alten Jahres nichts Besonderes passiert zu sein, denn die dickste Schlagzeile lautete: »Curd Andreesen kehrt zu Familie zurück!«
Ich fetzte Simone das Blatt aus der Hand und überflog den Text. »Der bekannte Kulturkritiker, Fernsehstar und Kinderbuchautor Curd Andreesen (44) wird den Silvesterabend bei seiner Frau Elena (40) und den beiden Töchtern Mandy (9) und Patsy (5) verbringen. Nach dem tragischen Unfall, der seiner jüngsten Tochter kurz nach Weihnachten zustieß (wir berichteten) besuchte er jetzt das Kind im Krankenhaus, zusammen mit seiner Lebensgefährtin der letzten Monate, der attraktiven Fernsehansagerin Tanja

Bausch (33). Dabei kam es zu einem heftigen Streit zwischen den beiden, Tanja Bausch verließ das Krankenhaus, und Curd Andreesen führte eine längere Unterredung mit seiner Ehefrau. Anschließend erklärte er: ›Ich werde in Zukunft bei meiner Familie bleiben, wo ich hingehöre!‹ Dr. Rupert Klotzeboom (51), Oberarzt der Kinderabteilung, betonte, daß Patsy Andreesen mit allergrößter Wahrscheinlichkeit am Nachmittag des 31. Dezember entlassen wird und nach Hause zu ihrem Vati fahren darf…«

»Gib mir noch einen Schnaps, bitte«, sagte ich abwesend.

»Du mußt doch noch fahren…«

»Ach, stimmt ja.«

»Dodo, vielleicht hält er's nicht lange zu Hause aus. Das sagt er jetzt so – bei Männern weiß man nie…«

»Du redest wie meine Mutter. Ist ja auch alles nicht so wichtig. Was hatte ich schon groß mit ihm zu tun? Er war immer nur eine Art Schwärmerei für mich. Eine Illusion. Jetzt ist die Illusion etwas weiter weg. Na und?«

»Vielleicht kommt sie wieder näher.« Simone rüttelte ermutigend an meinem Oberarm.

Ich wechselte das Thema: »Etzi hat gesagt, du behauptest, wir werden demnächst alle entlassen?«

Sie schaute aus dem gardinenlosen Fenster in die frühe Dämmerung. »Meiner Ansicht nach ist Kuchenbecker völlig am Ende. Er hat alle Schlupflöcher und Geldquellen durchprobiert. Jetzt muß er sich dringend irgendwas einfallen lassen, oder sein Verlag fliegt ihm in Fetzen um die Ohren.«

»Du findest ja bestimmt wieder eine Stelle…« murmelte ich traurig. »Aber ich?«

»Aber du – was? Dick, mürrisch, geschmacklos gekleidet und ungebildet! Von wem redest du eigentlich?« fragte Simone ärgerlich.

Sie hatte recht. Mir war in meiner Trauer um Andreesen kurzfristig abhanden gekommen, daß ich ja inzwischen zu den Gewinnern gehörte.

»Danke, daß du's mir so schonend beigebracht hast. Das mit Curds Rückkehr ins häusliche Nest«, sagte ich. »Bist du auch bei der großen Feier vom zukünftigen Pleitegänger Max K.?«

»Ich? Gott soll mich schützen! Ich bin zur Feuerzangenbowle bei netten und kultivierten Leuten in Ahrensburg«, erklärte Simone. »Wieso – wer ist denn bei Kuchenbeckers? Seine Frau ist eigentlich recht nett…«
»Etzi ist da. Die Enkelin, Vanessa, hat ihn eingeladen.«
Simone lächelte. »Diese Nessi – die weiß aber auch genau, was sie will…«

Ich war schon recht häufig irgendwo ohne Begleiter erschienen. Ab und zu hatte ich auch einen Kavalier an meiner Seite gehabt. Aber noch nie war ich mit elf Begleitern bei einer Feier aufgekreuzt. Falls man Dicky dazuzählen wollte, sogar zwölf. Einige der Umzugshelfer waren von der Spinnerei aus hinter uns hergefahren, andere warteten auf der Straße vor Rüdigers Tür. Wir klingelten und gingen zusammen im Gleichschritt durch's Treppenhaus. Schokocurly öffnete die Tür einen Spalt und wollte sie, als er mich erkannte, sofort wieder schließen. Der Bär neben mir stemmte sie aber gleich weiter auf, und wir traten alle ein.
Der Bär hieß richtig Uwe Beer, war Zimmermann und hatte eine Figur wie ein Catcher. Er musterte Curly von oben bis unten, nickte ihm freundlich zu und fragte: »Wo gibt's denn hier Essen und Trinken, mein Junge?«
Daraufhin wurden wir zum Buffet geführt. Gleich daneben stand ein Tisch mit Gläsern und Flaschen. Bierkisten gab es auch.
Draußen platzte ein Böller, und Dicky stieß ein heiseres Bellen aus, das in Gejaule endete. Seine Nerven waren sowieso jedes Jahr an Silvester mächtig angegriffen, und nun kam auch noch der Umzug dazu und die vielen fremden Männer. Er hechelte hektisch vor sich hin und gähnte dauernd mit einem drangehängten Quietscher.
Ich brachte ihn ungern mit hierher – was er brauchte, war vor allem Ruhe – aber ich konnte ihn ebensowenig in der unheimlichen und ihm unbekannten Spinnerei lassen. Das Feuerwerk würde er auch dort hören, und er wäre noch dazu alleine.
Rüdiger erschien nun und begrüßte mich und meine Begleiter. Ich sah ihm an, wie sehr es ihn freute, daß wir wirklich so zahlreich er-

schienen waren. Er stürzte sich sofort in ein witziges Geplauder mit allen Anwesenden, ganz ohne seine gewöhnlichen Bosheiten. Zwischen Rüdiger und Schokocurly schien wenig Einvernehmen zu herrschen; sie sprachen nur das Nötigste miteinander, und wenn sie's taten, blickten sie aneinander vorbei.

Ab zehn trudelten die ersten Gäste des braunen Jungen ein. Bis kurz vor Mitternacht waren es so an die fünfzehn Mann. Die meisten fand ich sehenswert, zum Beispiel einen mit rasiertem Schädel und Raubtierzähnen in den Ohrläppchen sowie mehrere aufwendig Tätowierte – da die Außentemperatur bei unwinterlichen vierzehn Grad lag, konnten sie ärmellose Lederwesten tragen und viel bunte Haut zeigen.

Ich war die einzige echte Frau bei der ganzen Veranstaltung. Es gab jedoch drei als Mädels verkleidete Männer. Einer davon war wirklich bildhübsch, er hatte große, geschickt geschminkte Augen, einen Traumbusen und war tiefdekolletiert. Nur an seinen Beinen, Händen und dem Kehlkopf sah man, daß er ein Mann war, und man hörte es ein bißchen an seiner Stimme.

Meine Umzugshelfer hielten sich beisammen, und Schokocurlys Freunde hielten sich beisammen. Die Männer um Uwe Beer aßen, tranken, unterhielten sich sparsam, nahmen ohne Gemütsbewegung zur Kenntnis, daß ich nicht tanzen wollte und staunten mehr oder weniger unverblümt die andere Fraktion an. Die ihrerseits schnatterten, tanzten und schmusten miteinander und warfen durchaus neugierige Blicke zu uns hinüber.

Der hübsche Kerl mit dem Traumbusen kam zu mir, befingerte mein Haar und fragte, was für einen Festiger ich benutzte. Wir unterhielten uns eine Weile über Kosmetik, denn mich interessierte, womit er seine Wimpern so dicht und gleichzeitig unverklebt tuschte. Er verriet mir: »Zuerst streife ich die meiste Tusche aus dem Bürstchen in Zellophanpapier ab. Du brauchst natürlich Geduld, Baby. Und Zeit.«

Er schien nicht zu wissen, daß die Parteien sich nicht recht grün waren, denn er verwirrte als nächstes den Bären, indem er seinen Bizeps abtastete und ihm mitteilte, er hätte wunderschöne Augen.

Kurz vor Mitternacht erschien ein Mann, der aussah wie Satan persönlich. Er hatte eine superschmale, scharf gebogene Nase und tiefliegende braune Augen, war ganz in schwarzes Leder gekleidet und trug Eisenketten und eine dekolletierte Weste, damit man sehen konnte, daß er an der Brust beidseitig gepierct war. Sein Haar erinnerte mich an das von Kuchenbeckers Enkelin: Es floß ihm in dünnen weißblonden Strähnen über den Rücken. Die Tätowierten jubelten ihm zu und nannten ihn Tino. Eigentlich sah er sogar gut aus, aber ich konnte Dicky verstehen, der ihn vom ersten Augenblick an beknurrte.

Schokocurly trat nach Dicky, und Rüdiger rief ihm zu, er möge sich beherrschen. Daraufhin ging Tino drohend auf Rüdiger zu, und der Bär trat drohend auf Tino zu – da stoppte die Kettenreaktion dann vorerst, denn der Bär war anderthalb Köpfe größer. Also drehte Tino ab und riß im Vorbeigehen ein großes Blatt von Rüdigers Aralie.

Eine ausgesprochen anheimelnde Atmosphäre.

Zwei der netten Umzugshelfer versuchten mit mir zu flirten, ich war bloß überhaupt nicht in Stimmung. Ich machte mir Sorgen um meinen Hund. Ich war traurig, weil Curd Andreesen sich in die häusliche Idylle zurückgezogen hatte. Ich verspürte große Angst, demnächst arbeitslos zu sein.

Ich trank so gut wie gar nichts und aß nur wenig. Hauptsächlich redete ich mit Rüdiger. In Höchstform war der auch nicht gerade. Sein linkes unteres Augenlid zuckte, und die Adern an seinen Schläfen traten schmerzlich hervor, vor allem, wenn Schokocurly mit Tino redete und lachte.

Der Zigarettenrauch tat meinen Kontaktlinsen weh. Ich war müde und wäre gern ins Bett gegangen. Ich konnte jedoch Rüdiger nicht mit diesen bedrohlichen Figuren alleine lassen; wenn ich gegangen wäre, dann natürlich auch meine elf Begleiter. Was sollten sie alleine hier? Sie blieben ja nur aus Freundschaft zu Etzi und um mich zu beschützen.

Endlich war es Mitternacht, wir stießen alle miteinander an, sogar der Satan und der Bär. Gleich darauf küßte Tino Schokocurly leidenschaftlich auf den Mund, wobei er fast sein ganzes Gesicht verschlang und besabberte. Rüdiger wollte dazwischengehen, und es gab ein allgemeines Gerangel. Der Bär klärte die Sache wieder, in-

dem er mehrere Leute auf einmal festhielt und mit seiner tiefen Stimme beruhigte. Nur Dicky erlitt einen kleinen Nervenzusammenbruch. Er kreiselte, wild um sich schnappend, auf dem weißen Teppich herum.
Rüdiger brachte uns in sein Schlafzimmer. Hier umarmte er mich und bedankte sich, daß ich mit so vielen Kriegern angerückt war. Er mußte sehr viel getrunken haben, denn ich erlebte zum ersten Mal, daß er mit schwerer Zunge sprach.
Wir gingen wieder zu den anderen und ließen den Hund zurück. Ich hielt es inzwischen für das beste. Er machte nie etwas kaputt, wenn er alleine bleiben mußte. Er jaulte nur – und da gerade das allgemeine Hamburger Silvesterfeuerwerk begann, würde das kaum jemand hören. Mit dem Feuerwerk allein zu sein, dachte ich, ist vielleicht weniger schlimm als die vielen feindlichen Männer, die sich womöglich im Lauf der Nacht noch gegenseitig an die Gurgel gingen.
Ich wußte nicht genau, was ich tun sollte. Ich fühlte mich Dicky gegenüber verpflichtet. Ich fühlte mich Rüdiger gegenüber verpflichtet. Ich fühlte mich Etzis Freunden gegenüber verpflichtet. Das Feuerwerk steigerte sich, jetzt hatten alle Bürger angestoßen und sich zum neuen Jahr beglückwünscht und brannten ihre Raketen und Böller ab.
»Dirk hat ja schon gesagt, daß du ’ne schöne Frau bist. Aber daß du so ’ne schöne Frau bist, das hat er nicht gesagt!« vertraute mir gerade einer der Umzugshelfer an. Da bemerkte ich aus den Augenwinkeln Schokocurly, wie er durch den Flur schlich, etwas Zappelndes, Weißes unter dem Arm.
Ich brauchte ungefähr eine halbe Sekunde, bis ich aufsprang und schreiend hinterher in den Flur lief, hinterher durch die offene Wohnungstür, hinterher durch das schwefelig verqualmte Treppenhaus und auf die noch viel verqualmtere Straße. Viele Menschen brannten hier ein Feuerwerk ab.
Schokocurly rannte quer über die Fahrbahn und schleuderte Dicky von sich. Der Hund fiel seitlich hin und jaulte auf, dann humpelte er ein paar Schritte vorwärts und lief genau in eine Kette stinkender Knallfrösche, die um seine Schnauze knatterten. Er sprang panisch

hoch, drehte sich einmal um sich selbst, schnappte überall in die Luft und rannte weiter. Ich lief, Dickys Namen rufend, hinterher.
Ich weiß nicht, warum Silvester kurz nach Mitternacht Autos fahren. Eins rauschte mit ziemlich hoher Geschwindigkeit über die Osterstraße, genau als Dicky mich entdeckt hatte und die Straße überqueren wollte. Er wurde beiseitegestoßen. Das Auto fuhr weiter. Vielleicht hatte der Fahrer wirklich nichts bemerkt.
Dickys Augen waren geschlossen, um seine Schnauze herum bildete sich eine dunkle Blutlache. Wie damals bei Rüdiger, dachte ich. Es wiederholt sich dauernd alles. Ich kniete mich weinend neben Dicky. Er atmete noch. Er fühlte sich noch warm an. Rüdiger und einige der Umzugsmänner hockten sich neben uns. Der Bär zog seine Jacke aus, trotz des Blutes, und darauf transportierten wir Dicky zu meinem neuen grünen Auto und legten ihn auf den Beifahrersitz.
»Gibt es so was wie'n Tier-Notarzt?« fragte der Bär.
»Wir sollten die Polizei anrufen und uns danach erkundigen«, meinte Rüdiger. Er klang jetzt sehr viel nüchterner.
Ich blieb im Wagen auf dem Rücksitz und beobachtete, wie Rüdiger auf dem Weg zu seiner Haustür an Schokocurly vorbeikam, der breit grinste. Rüdiger holte mit der rechten Hand weit aus und klebte dem Jungen eine, daß die Rastalöckchen flogen. Dann sagte er noch einiges zu ihm, was ich nicht verstehen konnte, und rauschte ab in seine Wohnung.
Curly blieb stehen. Ich sah verwundert, daß sehr schnell alle seine persönlichen Gäste auf der Straße erschienen, zum Teil laut schimpfend. Sie stiegen in verschiedene Wagen und fuhren weg.
Rüdiger kam einige Minuten später zu mir. Er brachte mir meinen Mantel und meine Handtasche. »Es tut mir so leid, Schätzchen – die Polizei-Notruf-Nummer ist dauernd besetzt. Das ist ein Skandal. Vielleicht solltest du einfach mit deinem kleinen Freund nach Hause fahren... Ich bitte dich um Verzeihung. Ich fühle mich mehr als schuldig. Ich hätte dieses kleine Stück Dreck viel eher rauswerfen sollen, Lorenz riet stets dazu...«
»Wie bist du sie alle so schnell losgeworden?« fragte ich, während ich auf den Fahrersitz umstieg.

»Ich habe ihnen mitgeteilt, daß ich jetzt die Polizei anrufe. Sie konnten noch beobachten, wie ich die entsprechende Nummer wählte, dann haben sich bereits alle zum Ausgang gedrängt. Von denen hat keiner ein reines Gewissen.«
Ich ließ den Motor an. »Sag bitte meinen Begleitern liebe Grüße.«
»Natürlich. Die werden mich voraussichtlich ebenfalls bald verlassen. Wir telefonieren morgen, ja?«
»Ja. Gute Nacht, Rüdiger. Schönes neues Jahr …«
Ich fuhr vorsichtig nach Hause und fühlte mich jedesmal persönlich angegriffen, wenn irgendwo ein Feuerwerkskörper explodierte. Indessen rührte Dicky sich nicht, er zuckte nicht, er öffnete nicht die Augen.
Ich hielt unter einer altmodischen kleinen Laterne vor dem Eingang der Spinnerei. Hier tobten noch verschiedene ausgelassene Leute herum und jagten sich gegenseitig mit Knallfröschen. Ich wartete, bis sie sich ein Stück entfernt hatten, dann stieg ich aus, ging um meinen Wagen herum und griff Dicky in der Jacke des Bären. Für einen so kleinen Hund war er ziemlich schwer.
Ich schleppte ihn keuchend bis zur Seitentür, zu der ich einen Schlüssel hatte, und legte ihn dort auf die Treppe. Dann rannte ich zurück, holte Mantel und Tasche und schloß mein Auto ab. Die Knallfroschleute lachten und kreischten, dann sangen sie mehr oder weniger gemeinsam: ›Oh, happy day …‹

In einem großen Zimmer im hinteren Teil des Hauses, neben Etzis eigenem Wohnbereich, stapelten sich unsere Kisten und Möbel auf's ungemütlichste. Immerhin hatte irgendwer schon am Morgen die Heizung angedreht.
Mein Bett stand hinter dem Kleiderschrank. Da kam ich nicht dran. Die Matratze lehnte aber an der Wand, und das Bündel mit dem Bettzeug war auch erreichbar. Ich errichtete also ein Notbett für Dicky und mich auf dem Boden und legte vorsichtshalber mehrere Handtücher über den Kopfteil, obwohl Dicky nicht mehr blutete. Er atmete immer noch, wenn auch sehr kurz und unregelmäßig. Vielleicht schaffte er es ja. Ich wollte gleich am Morgen versuchen, unseren alten Tierarzt zu erreichen.

Neben die Matratze stellte ich meine Schreibtischlampe auf den Boden.
Ich schminkte mich mechanisch ab, dann packte ich mich neben meinen Hund, die Arme leicht um ihn gelegt, um ihn nicht zu drücken. Was mochte an ihm verletzt sein? Woher war das Blut gekommen?
Als ich meine Armbanduhr abnahm, wunderte ich mich: erst kurz nach eins! Dabei war in diesem Jahr schon so viel passiert …
Dicky stöhnte. Ich fragte mich wie damals bei Engel-Bert: War er ohnmächtig? Oder schlief er nur? Ich beugte mich über ihn und sang leise: »Dream a little dream of me …« Das hatte ihn früher oft beruhigt. Es kam mir auch diesmal so vor, als ob er sich etwas entspannte.
Ich schlief ab und zu ein und wachte dann gleich wieder auf. Einmal winselte Dicky leise. Ich knipste das Licht an. Seine Augen waren geöffnet, aber trübe. Seine Nase war heiß und trocken. Er hechelte krampfhaft, mit weit heraushängender Zunge.
»Hast du Durst, Dickylein? Frauchen holt dir Wasser«, sagte ich. Ich stand auf, suchte in der Dicky-Kiste nach seinem Napf, ärgerte mich, daß ich daran nicht gedacht hatte, als er noch bewußtlos war, und machte mich auf die Suche nach Wasser.
Das einzige Klo, das ich in diesem Haus bewußt gesehen hatte, war das hinter Etzis Riesenwohnzimmer gewesen. Da konnte ich auch gleich an sein Küchenwaschbecken gehen. Er würde doch noch bei Kuchenbecker sein? Ich hatte leider versäumt, auf die Uhr zu gucken, als ich Licht anmachte.
Ich öffnete vorsichtig und leise die Tür zu Etzis Reich. Lauschte. Es klang leider, als ob jemand atmete. Mist!
Ich schlich trotzdem in den Küchenbereich. Dicky mußte trinken. Ich fand im Dunkeln den Wasserhahn und drehte ihn auf. Das Wasser prasselte ungeniert in den Napf, wie wenn sich irgendwer gründlich auspinkelte. Bei Etzis Bett ging das Licht an. Ich duckte mich hinter dem Kühlschrank und stellte den Hahn wieder ab. Jemand kam barfuß auf mich zu.
Ich holte Luft, um Etzi kurz zu erklären, warum und wozu und aus welchem wichtigen Grund ich nachts in sein Zimmer eindrang.

Über dem Kühlschrank erschien das Gesicht von Vanessa Glattke-Kuchenbecker. »Hallo –?« sagte sie schläfrig und erstaunt, aber nicht gereizt. Ich hätte nicht so friedlich reagiert.
»Entschuldigung – mein Hund ist krank und braucht Wasser!« flüsterte ich, schon wieder halb aus dem Zimmer.
Ich warf einen kurzen Blick zurück und sah Etzis nackten Rücken im Lampenschein in seinem Bett. Dafür, daß wir uns im Winter befanden, war er immer noch sehr braun. Er schien tief zu schlafen. Vanessa hatte übrigens ebenfalls nichts an. Ihr Busen sah tatsächlich aus wie Zitrönchen. Naturblond war sie auch.
»Brauchst du irgendwie Hilfe?« fragte sie.
Ich lächelte krampfhaft. »Nein, danke, alles in Ordnung. Schlaf weiter. Schönes neues Jahr!« fiel mir noch ein. Dann hastete ich zu Dicky zurück.
Er lag genauso da wie vorher, mit offenen Augen und trockener Zunge. Ich hielt ihm den Napf hin und er schlabberte ein wenig – nicht viel – schloß die Augen und atmete unruhig und stoßweise.
Ich stellte den Napf in Reichweite, legte mich wieder neben Dicky und umarmte ihn sanft. Er stöhnte ein paarmal kläglich und schob seinen Körper umständlich vom Bauch auf die Seite. Er schien Schmerzen zu haben. Nun lag er mit dem Rücken an mich geschmiegt.
Es war kurz nach vier. Ich ließ das Licht an und meinen Blick über die zusammengeschobenen Möbel und die übereinandergetürmten Kisten gleiten, während Dicky vor sich hinkeuchte. Ungefähr eine Stunde später hörte mein Hund auf zu atmen.
Dann spürte ich etwas Merkwürdiges: Etwas Kitzelndes, Elektrisches ringelte sich von seinem Schwänzchen über die ganze Wirbelsäule hoch zu seinem Nacken. Ich merkte es ganz deutlich, weil ich so dicht an ihm lag. Es war ein bißchen, als würde da ein Stück Wolle aufgeribbelt.
Ich hielt ihn immer noch fest, während er langsam kälter wurde. Ich war entsetzlich müde, aber ich konnte nicht mehr schlafen. Dafür mußte ich weinen. Monikas Traum fiel mir ein. Sie konnte ja bestimmt nichts dafür – ich wurde jedoch das Gefühl nicht los, das Ganze sei irgendwie ihre Schuld.

12. Kapitel

In dem Rüdiger wünscht, gehaßt zu werden – man gemeinsam in der Jammerbucht jammert – Dodo das Nordlicht nahegebracht wird – ein Knurrhähnchen einen Knicks macht – Vanessa Kuchenbecker Kuchen bäckt – wir erfahren, wie schädlich es sein kann, zu urteilen – und Engel-Bert sein Glück findet

Ich lag, ohne zu schlafen, neben dem armen Dicky und dachte viele traurige Gedanken. Ich lag entsetzlich lange da – es kam mir vor wie Wochen und Monate. Ich mußte mal – aber bei dem glücklichen jungen Paar wollte ich auf keinen Fall noch mal reinplatzen. Lieber bekam ich Nierensteine. Ich hatte Hunger, doch für mich gab es nichts zu essen. Ich tat mir sehr leid.

Mir fiel ein, daß mir vor langer Zeit jemand erzählt hatte, er und seine Brüder hätten eine fürchterliche Frau gekannt, die sich selbst Cat nannte und sich für unwiderstehlich hielt. Sie hatten ein Gedicht auf diese Dame gemacht:

Lieber mit 'm toten Hund im Bett
als eine Stunde mit der Cat.

Das fand ich damals sehr lustig. Und jetzt lag ich selbst mit einem toten Hund im Bett und begriff erst die Tragik.

Gegen halb zehn klopfte es an meiner Tür.

»Ja?« sagte ich leise und traurig.

Etzi kam herein – angezogen übrigens – und sah uns fragend an: »Wie geht es Dicky?« Vanessa hatte ihm also von meinem nächtlichen Wasserholen erzählt.

»Tot.«

»Oh! Das tut mir leid… Was ist denn bloß passiert?«

Ich erzählte, was passiert war und offenbarte ihm überhaupt alle meine Probleme, einschließlich: »Dieser Fernsehtyp, du weißt schon – der hat sich gerade ganz weit von mir entfernt…«

Etzi guckte mitfühlend. Jetzt war er natürlich nicht mehr eifersüchtig. »Möchtest du mit Nessi und mir frühstücken?« bot er an. Es war ja wirklich nett von ihnen, mich düsteren Trauerkloß nach

ihrer ersten gemeinsamen Nacht zu ihrem ersten gemeinsamen Frühstück zu bitten.
Das große Zimmer roch nach Liebe und Zufriedenheit. Nessi sah bildhübsch aus in hochgekrempelten Jeans von Etzi, Wollsocken von Etzi und einem viel zu großen Pullover von Etzi, rosigblühend und mit kleidsam verwuschelter Haflingermähne. Ihr Silvesterkleid, irgend etwas Goldgerüschtes, hatte sie über die Stehlampe geworfen, die zarte Strumpfhose obendrüber. Ich stolperte, bevor ich mich setzte, über ihre Pumps, die neben dem Bett schliefen.
Es gab ein rustikales Frühstück: Kaffee und Zwiebelbrote mit Schmalz. Etzi und Nessi redeten nicht viel. Sie wirkten schläfrigglücklich und unterhielten sich mit innigen Blicken.
Dafür redete ich. Ich erzählte ausufernd von Dicky, angefangen bei seiner Welpenzeit, und weinte noch ein bißchen. Aber eigentlich hatte ich mich nachts genügend ausgeweint. Meine Nase war geschwollen wie bei einer starken Erkältung.
»Das war zuviel Blut im vergangenen Jahr. Erst Rüdiger, wißt ihr …«
»Dein wärmster Freund, der Antiquitätenhändler?« Etzi hörte immerhin zu.
»Ja. Dann Monika bei der Feier. Und jetzt schon wieder Dicky. Mir reicht's! Früher war mein Leben nicht so blutig.«
Nessi lächelte mich aufmunternd an und betastete Etzis Bein, als ob sie wissen wollte, wie es sich mit Stoff drüber anfühlte. Etzi sagte: »Das war das Jahr des Blutes, Dodo, und dein Dicky hat nochmal den Schlußpunkt gebildet. Damit ist es jetzt bestimmt vorbei. Dies hier wird das Jahr des Wassers für dich …«
Ich hatte keinen Schimmer, was er meinte, doch ich war gern bereit, ihm zu glauben. Bloß kein Blut mehr.
Während das junge Paar gemeinsam den Tisch abräumte, blieb ich trübsinnig sitzen. In der Küchenecke murmelten sie miteinander. Dann wurde mir mitgeteilt: »Nessi fährt jetzt mit einem Taxi nach Haus. Und wir beide werden Dicky im Garten beerdigen, ja?«
Nessi tupfte mir ein Küßchen auf die Wange, bevor sie, Kleid über dem Arm, Schuhe in der Hand, auf Socken zum Taxi hinausstapfte. Sie duftete nach Jil Sander und Liebe. Da sie so selbstverständlich

mit seinen Klamotten am Körper verschwand, schien es sich nicht um einen One-night-stand zu handeln. So, wie er sie zum Abschied innig und ganz unerotisch auf die großnüsterige Stupsnase küßte, sah es eher aus wie eine Bindung für's Leben.

Etzi half mir, Dicky in seine karierte Wolldecke zu wickeln und in einen Umzugskarton zu legen, und er buddelte hinten im verwilderten Garten, dicht beim Stadtpark, ein tiefes Loch.

»Wie gut, daß wir überhaupt keinen Frost haben!« meinte er keuchend, als das Loch tief genug war.

Wir versenkten gemeinsam den Karton.

»Tschüs, Dicky!« sagte ich. Dann begab ich mich in mein derzeitiges Asyl. Hier roch es nach Umzugskartons und Tod. Ich machte die Fenster auf, um gründlich zu lüften. Als ich in den Spiegel guckte, fuhr ich zusammen: Ich sah beinah aus wie Dörthe Mehlig. Verquollen, bleich und ungepflegt. Ich hatte mich nicht mal gekämmt. In aller Eile machte ich Dodo Rascher aus mir und rief von Etzis Telefon aus Rüdiger an. Er war betrunken! Er erkannte gerade eben, mit wem er sprach.

Ich fuhr sofort zu ihm.

»Du mußt mich hassen!« verlangte Rüdiger undeutlich, nachdem er von Dickys Tod erfahren hatte. »Du mußt mich doch hassen ...« Er war unrasiert, um seine drei Bartzipfel herum standen blonde und graue Stoppeln. Seine rotgeäderten Augen sahen aus, als seien sie kurz vorm Auslaufen. Er kippte Whisky in sich hinein und mußte sich an seinen Regalen festhalten, um nicht hin und her zu schwanken.

»Ich bin schuld, daß dein kleiner Freund jetzt in den ewigen Jagdgründen weilt. Ich habe mich mit diesem Alptraum ... diesem Stück Mist viel zu lange abgegeben. Viel zu lange. Und dich dann auch noch mit hineingezogen. Das durfte ich nicht! Es ist meine Sache, wenn ich mir die Rippen und die Zähne einschlagen lassen will. Ich habe jedoch auch dich in Gefahr gebracht – und dein häßlicher kleiner Kerl ist folgerichtig umgekommen ... Dabei hat er damals geholfen, mein zerknittertes, lustloses altes Leben zu retten!« Rüdiger weinte in die Bücherrücken. »Du mußt mich hassen,

Schätzchen. Ich bin ein Fluch für mich selbst und andere. Wo ich wandle, verdorrt die Erde und gedeihen Spinnen und Skorpione. Ich bin mir selber ein Greuel, verfallen und klapprig, meine Oberschenkel werden schlaff, und mir gehen die Haare aus – überzeuge dich selbst –« er riß sein besticktes Käppchen ab und neigte den Kopf wie in einer tiefen Verbeugung – »ich bekomme eine Tonsur wie ein verdammter Pfaffe ...« Hierbei kippte er fast vorneüber. Ich half ihm, sich wieder aufzurichten.
»Du mußt mich hassen! Ich bin kein guter Freund ... Ich bin nicht einmal ein guter Liebhaber, nach allem, was ich höre, dieser Tino verweist mich auf die hintersten Plätze ... Alles meine eigene Schuld, mea culpa, mea maxima ...«
Rüdiger bekam einen Hustenanfall. Ich nahm ihm das Glas weg, brachte ihn zu einem der Ledersessel, knuffte ihn hinein, setzte mich auf die Lehne und legte den Arm um ihn.
»Du solltest mich fliehen, meine Morgenröte. Ich bin nicht gut für dich – für niemanden. Ich bin wie ein Pesthauch ... Du mußt mich ...«
»Ich will dich aber nicht hassen. Dazu hab ich dich zu lieb.« Ich umarmte ihn fester. Rüdiger richtete sich ein wenig auf.
»Laß uns verreisen, Dodo. Weg von allem hier. Du hattest doch gesagt, du hast die erste Januarwoche frei? Pack ein paar Sachen für eine Winterreise, und komm so schnell wie möglich zurück! Wir fahren heute noch los ...«
»Winterreise? Meinst du Skiurlaub oder so was –?«
»Um Gottes willen, Schätzchen, seh ich aus wie ein schwachgeistiger Sportler? Kaputt sind wir schon. Wir wollen uns erholen. Uns ist jämmerlich zumute, also fahren wir in die Jammerbucht. Ein Freund von mir hat da ein Haus. Ich rufe ihn gleich mal an ...«

Ich hatte meinen Führerschein noch kein Vierteljahr, als ich in einem fremden Wagen (Rüdigers feiner silberner Limousine) nach Dänemark hochfuhr, stundenlang, zum Schluß durch menschenleere Dunkelheit, übrigens mit verbautem Rückfenster. Denn wir hatten mehr als hastig gepackt, und auf allen unseren Klamotten obendrauf plusterte sich Rüdis Wolfspelzmantel.

Mein Freund ratzte den größten Teil der Fahrt auf dem Beifahrersitz. Auch im wachen Zustand hätte er natürlich nicht fahren können. Ich fand ihn im Grunde sogar zu alkoholisiert zum Mitfahren. Zumindest stellte er eine zusätzliche Nervenbelastung dar, solange er nicht schlief, indem er immer mal wieder in Tränen ausbrach, aussteigen und sich vor die Räder legen wollte und beharrlich forderte, ich sollte ihn hassen.
Dann wieder machte er sich Sorgen um Schokocurly. Tino würde ihn auf den Strich schicken, nur um ihn zu demütigen und schreckliche, bizarre Dinge mit ihm machen: »Der Kleine ahnt nicht in letzter Konsequenz, auf was er sich einläßt…« klagte Rüdiger. Allein für das Wort Konsequenz brauchte er drei Anläufe. Dann schlief er erst mal wieder.
Gegen zehn Uhr kamen wir an. Die letzte Stunde fuhr Rüdiger, denn ich war halb tot – ich hatte ein bißchen wenig Schlaf bekommen in der letzten Zeit. Ich dämmerte auch prompt weg, als wir in irgendeinem kleinen Städtchen anhielten, um den Hausschlüssel zu holen.
Rüdiger war schon mal da gewesen und kannte den Weg, Gott sei Dank. Ich hätte das Gerüttel im Stockfinstern, zum Schluß über irgendwelche Dünen, für einen Irrtum gehalten. Sehen konnte ich überhaupt nichts, aber als wir ausstiegen, hörte und roch ich das Meer. Es mußte ganz in der Nähe sein.
Ich taumelte hinter meinem Freund her über eine Art hölzernes Deck in ein Haus. Rüdiger schaltete Licht an, öffnete alle Türen, zog Vorhänge zu und ließ Rollos herunterschnattern. Ich hatte mich in eine Sofaecke geflüchtet und die Augen zugeklappt.
Ich träumte, daß der böse Tino Dicky einen schwarzen Lederanzug überzwängte und anfing, Nieten in seine armen Ohren zu treiben, als Rüdiger mich wachrüttelte: »Du weinst und wimmerst, Schätzchen! Ich hab inzwischen all unser Habe ins Haus geschafft. Komm, ich weise dir nun deine Gemächer an…«
Er zerrte mich einige Stufen hoch, an einem langen Eßtisch neben einem Küchentresen vorbei, durch einen Gang, neben dem es leise plätscherte und zart nach Chlor roch, in ein kleines, holzgetäfeltes Zimmer: »Siehst du, hier ist dein Bett, ein doppeltes für

dich allein – hier gleich ist eins der Badezimmer … Ich habe mir erlaubt, deine Kosmetiktäschchen aufzubauen.«
Ich fiel auf das Bett und schlief weiter. Rüdiger war damit nicht zufrieden: »Nimm es mir nicht übel, wenn ich mich in deine Belange mische, doch ich vertrete die Ansicht, du solltest wenigstens deinen Mantel ausziehen … Warte, ich mache mich anheischig, deine Zofe darzustellen – so – hier – und den Pullover … Sowie auch diesen dicken Cordrock … Ah, gut, so magst du meinetwegen bleiben. Dodo?«
Ich war nicht mehr anwesend.
»Dodo, ich hielte es für ratsam, die Plastik aus deinen Augen zu entfernen …«
»Hmpf –?«
»Deine Kontaktlinsen. Dodo! Nicht schlafen! Nimm zunächst die Linsen heraus!«
»Wie soll ich die rausnehmen, wenn meine Augen zu sind?« murmelte ich.
»Du wirst nicht umhin können, sie wieder zu öffnen. Komm, ich helfe dir – ist dies das entsprechende Gerät?«
»Mhm? Ja … Warte mal … Ich muß meine Hände waschen …«
Ich wurde soweit wach, daß ich die Kontaktlinsen herausnehmen, reinigen und verstauen konnte. Die Zähne putzte ich mir auch gleich. Dann fiel ich auf das Bett. Ich träumte von der nackten Nessi, die mir Dickys Napf entringen wollte.
Rüdiger weckte mich: »Solltest du dich nicht abschminken? Du selbst hast mir vor geraumer Zeit die Schäden geschildert, die entstehen, wenn man es unterläßt …«
»Mmmm. Laß sie entstehen.«
»O nein! Das kann ich nicht auch noch mit meinem Gewissen vereinbaren. Zuerst lasse ich deinen Hund ermorden, und dann ruiniere ich deinen Teint … Ist das hier Augenmake-up-Entferner?«
Und Rüdiger wischte mir behutsam und geschickt mit einem feuchten Wattebausch die Wimpern ab, rieb sanft Reinigungsmilch auf mein Gesicht, die er mit einem warmen, gut ausgewrungenen Seiflappen entfernte, und tupfte anschließend Cremes auf, deren Bestimmung er von den Töpfen ablas.

Ich schlief tief und fest, als er mir zumutete: »Schätzchen, du mußt dir den Himmel anschauen!«
»Kenn ich…«
»Nein, so nicht!«
»Morgen. Wir…« Ich schlief ein. Wachte auf und fuhr fort: »…Woche hier…«
»Nein, nein, nein. Heute.«
Rüdiger fühlte sich offenbar putzmunter. Er hatte sich ja auch auf der Fahrt nach Dänemark ausschlafen können.
»Ich hasse dich. Jetzt hast du's geschafft. Ich hasse dich.«
»Prachtvoll. Darüber freue ich mich später. Wo ist deine Brille?«
»Handtasche…«
»Wo? Hier! Hoppala – halt dich fest – na gut, ich trage dich – und wenn es meinen finalen Infarkt verursacht…«
Rüdiger schleppte mich nach draußen und klemmte mir meine Brille schief auf die Nase. Stockdunkel. Kalt. Windig. Das Meer rauschte gleichmütig. Ich öffnete wütend einen Spalt die Augen – und sah den Himmel.
Kein Mond. Kein Licht: Rüdiger mußte im Haus alles ausgeschaltet haben. Schwärze hinter Milliarden zwinkernder Sterne. Ein seltsamer, gewellter Streifen wie aus lila Tüll zitterte dazwischen.
»Nordlicht!« flüsterte Rüdiger. »Ich hab's auch noch nie gesehen. Es ist jedoch mit Gewißheit ein solches. Was zum Kuckuck sollte es sonst sein?«

Ich schlief zehn Stunden hintereinander weg. Als ich aufwachte, duftete es nach Kaffee. Ich hörte den Wind vergnügt um die Hausecken flöten, die Wellen gleichmäßig ans Ufer schlagen – und irgendwo aus dem Haus leise Barockmusik. Meine Zähne taten weh vom Aufeinanderkrampfen, denn ich hatte ohne Beißschiene geschlafen.
Ich überdachte kurz die vergangenen Katastrophen. Jetzt lagen sie schon einen Tag zurück und waren ein ganz, ganz kleines bißchen geschrumpft.
Rüdiger hatte mich in Baumwollbody und Strumpfhose schlafen gelegt. Ich suchte ein Wollkleid aus dem Koffer heraus, zog es über

und machte mich auf die Suche nach meinem Freund, immer den Cembaloklängen nach, an einem Swimming-pool vorbei, den ich durch eine Glaswand betrachten konnte und vor dem mir gruselte. Im Eß- und Kochbereich war der Tisch gedeckt, in der Kaffeemaschine stand eine halbvolle Kanne. Einige Stufen hinuntergehend, gelangte ich ins Wohnzimmer. Ein Panoramafenster zeigte gelblich bewachsene, langhaarige Dünen und dazwischen, im Sonnenschein, die strahlend blaue Nordsee mit Schaumkronen.
Rüdiger saß, die Pfeife im Mundwinkel, in einem bequemen Sessel, las in einem Buch, lauschte gleichzeitig dem Radio und lächelte mich an, als er aufsah. »Guten Morgen, euer Lieblichkeit. Ich habe schon gefrühstückt, das wirst du mir doch nicht verübeln?«
Das Haus gehörte einem dänischen Antiquitätenhändler. Er benutzte es hin und wieder für sich selbst und seine Familie, vermietete es jedoch den größten Teil des Jahres an Feriengäste – meist aus Deutschland. Wir hätten Glück gehabt, meinte Rüdiger, daß es gerade frei war, denn jetzt herrsche keine Saison. In der sommerlichen Ferienzeit sei es rappelvoll in Dänemark. Meistens kämen drei Familien auf einmal. Dies wäre ein Haus für vierzehn Personen.
Ich fand es prima für uns beide.
Damit meine Eltern nicht den Vermißtensuchdienst einschalteten, rief ich sie gleich an: »Ich bin von jemandem eingeladen worden, für eine Woche in ein Ferienhaus in Dänemark.«
»Was für ein Jemand?« wollte meine Mutter wissen.
»Ein Mann.«
»Ein netter Mann?« fragte sie, halb schelmisch und halb besorgt.
»Ganz besonders nett. Er ist schwul.«
Rüdiger grinste vor sich hin. Ich wartete eine Weile und fragte in den Hörer: »Mama? Bist du noch da?«
»Ja. Ich – aber wieso denn?«
»Das hab ich ihn noch nie gefragt. Er ist ein guter Freund, weißt du. Wir haben beide Kummer. Dicky ist gestorben. Silvester.«
»Ach! Ich wußte gar nicht, daß er krank war. Das tut mir leid. Er war ja auch schon alt. Und jetzt bist du beweglicher, das habe ich

dir immer gesagt. Siehst du, jetzt kannst du einfach mal verreisen...«
Ich sagte nicht, daß Dicky in dieses Haus hätte mitkommen können. Sie ließ nach einigem Zögern sogar meinen Freund grüßen. Eigentlich war sie ganz gut damit umgegangen.

Am Abend unserer Ankunft hatte ich geglaubt, wir befänden uns in entlegenster Einsamkeit. Was für ein Irrtum! Überall ringsherum in den Dünen standen sehr ähnliche oder völlig andere Ferienhäuser. In der Hochsaison mochte es hier äußerst gesellig zugehen, doch zur Zeit waren wir die einzigen Urlauber.
Gleich am Anfang unserer Woche machten wir einen Ausflug nach Hirtshals ins Nordseemuseum. Ich folgte Rüdiger neugierig zu den vielen kleinen Aquarien, in denen die Meerestiere teils interessiert, teils hochmütig die Menschen studierten.
Von einem Becken mit einer reizenden Knurrhahnfamilie konnte ich mich kaum trennen. Mama und Papa Knurrhahn machten viel von mir her und lächelten mich geradezu an, während sie sich auf ihren langen Flossen abstützten. Da bemerkte ich noch ein paar Augen, die mich durch die Felsen hindurch musterten, und endlich schwamm ein kleines Knurrhähnchen schüchtern aus seinem Versteck hervor und machte auch seinen Knicks vor mir.
»Du mußt das Riesenaquarium sehen!« behauptete Rüdiger, der schon einmal hier gewesen war.
Eindrucksvoll war es zweifellos: Wir standen da wie auf dem Meeresboden, halb vergraben im Sand vor uns ein Wrack. Hellgrünes Wasser füllte die ganze Welt, schien sich nach oben meilenweit zu erstrecken. Aus Lautsprechern säuselten Nixenchöre. Fischschwärme zogen vorbei, einzelne Haie segelten über uns hinweg. Mir brach der Schweiß aus. Übel wurde mir auch. Vor dem Meeresmuseum, im Auto, rang ich eine ganze Weile nach Luft. Rüdiger war sehr erschrocken. Ich hatte ihm noch nie von meinem Alptraum erzählt. Nachdem ich das nachgeholt hatte, beruhigten wir uns beide wieder und fuhren zurück in unser schönes Ferienhaus in den Dünen.
Selbstverständlich gab es hier ein Videogerät, und natürlich hatte

Rüdiger nicht nur einige lehrreiche Bücher, sondern auch ebensolche Videos mitgenommen. »Wir wollen es gewiß nicht übertreiben, aber ein bißchen Bildung hier und da kann sehr trostreich sein, Dodo!«

Mir war es recht. Ich machte mich in dieser Woche mit Tolstoi, den Romanows und der russischen Revolution vertraut.

Der Hauptdarsteller im Rasputin-Film – das wunderte mich inzwischen schon nicht mehr – sah aus wie Etzi. Nur hatte Etzi schönere Zähne, und er geriet nicht dauernd so außer sich wie dieser Rasputin.

»Sollten wir eventuell doch eine Eheschließung in Betracht ziehen?« erkundigte Rüdiger sich nach einigen gemeinsamen Tagen. Ich stimmte ihm zu. Wir hatten es gut miteinander.

Wir gingen stundenlang spazieren, vorzugsweise am Strand, kochten gemeinsam oder aßen im benachbarten Städtchen Løkken im Restaurant, spielten Scrabble und amüsierten uns mit dem Kaminfeuer.

Wir sonnten uns, dick angezogen, Arm in Arm auf der rund ums Haus laufenden hölzernen Terrasse.

Wir unterhielten uns viel, sinnierten darüber, wie es gekommen war, wie es hätte kommen können und warum nicht. Wir waren gemeinsam traurig über unsere Verluste, und das war viel tröstlicher, als wenn wir allein gewesen wären.

Rüdiger machte es nichts aus, daß ich weder die Sauna noch den Swimming- noch den Whirlpool benutzen wollte, und mir machte es nichts aus, daß er schwitzte, badete und plantschte. Ich absolvierte meine täglich Gymnastik und rannte vor dem Frühstück am Strand entlang. Ich hatte nicht die Absicht, bei dem guten Smørrebrød und der warmen Leberpastete und all den anderen köstlichen dänischen Gerichten, mit denen Rüdiger mich verwöhnte, wieder zuzunehmen.

Ich erinnere mich an einen düsteren Tag – den dritten oder vierten –, an dem ich die Sonne vermißte. Ich starrte mißmutig die dunkelgrüne, bewegte See an und die dunkelgrauen, hellgrauen, gelblichgrauen, blaugrauen Wolken, die sich aufeinandertürmten und schnell vorbeizogen.

»Wolken sind wie Sorgen. Wie Probleme!« sagte ich zu Rüdiger, der sein Buch zuklappte und ebenfalls nach oben blickte. »Wenn es keine Wolken gäbe, wäre es immer warm und freundlich. Wo immer nur die Sonne scheint, haben die Menschen es leichter.«

»Wo immer nur die Sonne scheint, gibt es Taifune und Hurrikane!« gab Rüdiger zu bedenken.

Am Spätnachmittag dieses Tages brachen die Wolken ein wenig auf, und die Sonne kam doch noch hervor. Wir beschlossen, noch einmal am Strand spazierenzugehen. Wir kamen durch die Dünen zum Wasser – und blieben hingerissen stehen. Der Himmel war ein einziges Gemälde. Rot, Rosarot, Violett, Orange und Gold in allen Schattierungen. Jede Wolke hatte eine andere Farbe. Sie schmiegten sich zu immer neuen Kompositionen zusammen oder trennten sich wieder und bildeten neue Muster. All das spiegelte sich gebrochen im Meer.

»Sieh dir diese Schnörkel dort an, die Spiralen – und da auch! Das ist reinstes Rokoko!« rief Rüdiger. »Was für ein Künstler – was für ein Stilist!«

Wir machten fast den gesamten Spaziergang mit den Nasen in der Luft, und als wir umkehrten, gingen wir rückwärts, um nur kein bißchen vom Anblick zu verpassen.

Am nächsten Tag strahlte die Sonne wieder von einem klaren blauen Himmel. Wir fuhren nach Skagen, den allernördlichsten Zipfel von Dänemarks Mütze, um zu bestaunen, wie die Nordsee, gleich betenden Händen, ihre Finger in die der Ostsee schlingt. Es war ein erstaunlich windstiller Tag, Skagerrak und Kattegat, die hier aufeinandertreffen und berüchtigte Schurken aus dem Seewetterbericht sind, schnurrten wie träumende Kätzchen.

Als wir abends über den Strand wanderten, dehnte der Himmel sich wolkenlos und konnte sich in keiner Weise mit dem vom vergangenen Tag vergleichen. Ein einziger rosiger Strich markierte, wo ein Flugzeug geflogen war.

»Wenn deine Theorie stimmt und Wolken wie Sorgen sind oder Sorgen wie Wolken, dann ist das Leben langweilig und farblos ohne«, stellte Rüdiger fest.

An unserem letzten Tag in Dänemark tobte draußen ein Schneesturm. Rüdiger schwamm im Pool oder saß in der Sauna, als ich mich auf dem Sofa zusammenkauerte, die Augen schloß und mir den silbergrünen Wasserfall vorstellte. Curd Andreesen kam zwar, traute sich jedoch nicht in meine Nähe, sprach kaum mit mir und wenn, dann ausweichend und konventionell.
»Ich kann jetzt gerade nicht!« behauptete er. »Und mit Ihnen kann ich schon gar nicht sprechen …«
›Ich kann nicht‹ heißt ›Ich will nicht‹, hatte ich von Simone gelernt. Er wirkte auf mich, als meine er es äußerst ernst damit, ein für allemal bei seiner Familie zu bleiben.
Später erzählte ich Rüdiger davon. Da bat er mich, hinter diesem Wasserfall nachzugucken, was Schokocurly so triebe. Ich versuchte, ihm die Methode zu erklären, damit er es selbst ausprobieren konnte.
»So etwas bringe ich nicht fertig, Schätzchen. Sei meine kleine Leibhexe und rufe für mich die Geister der Lebenden und der Toten!«
Vielleicht war es kein guter Abend für Wasserfall-Kommunikationen. Ich glaubte, Curly weit hinten in einer Ecke der Höhle zu sehen, sein Kopf glühte und qualmte wie ein Räucherstäbchen. Ich brach das sofort ab – meine Phantasie war mir unheimlich.
»Vielleicht nehme ich es ihm einfach zu übel, daß er Dickys Tod verursacht hat. Ich schätze, ich wünsche ihn mir in die Hölle …«
»Er hat auch gute Seiten, glaub mir!« versicherte Rüdiger. »Wenngleich ich zugeben muß, die schlechten überwiegen. Manchmal jedoch, in glücklichen Augenblicken …« Er brach ab, sah finster vor sich hin und murmelte dann: »Ich spreche wohl gerade von den etwas weniger unglücklichen Augenblicken.«
»Ich hab ihn ja nie näher kennengelernt. Er sieht zweifellos hübsch aus, auffallend und frech. Ganz dumm kann er auch nicht sein, sonst hättest du dich wohl kaum mit ihm abgegeben. Bloß – ich finde, gegen Lorenz fällt er fürchterlich ab!«
»Was hat denn Schokocurly bittesehr mit Lorenz zu tun?« fragte Rüdiger gereizt. »Du vergleichst einen Seerosenteich mit dem indischen Ozean!«

Ich überlegte, wer von beiden welches Gewässer darstellen sollte und kam zu keinem eindeutigen Ergebnis. »Seit wann kennst du Lorenz eigentlich?«

»Seit unserer Schulzeit, Schätzchen. Er war der jugendliche Held am Platze. Der Schönste. Der Klügste. Seine Familie die reichste. Trotzdem hat er ausgerechnet mich mit seiner Freundschaft ausgezeichnet und dafür gesorgt, daß ich sein Zimmer teile. Wir haben zusammen auf demselben Internat geschmachtet, mußt du wissen.«

»Oh? Ich dachte, er wäre viel älter als du.«

»Kleine Schmeichlerin. Sechs Jahre trennen uns – und unsere Lebenseinstellung. Lorenz ist verbittert und zynisch, da er sich mit der Welt der Gesetze herumschlagen mußte. Ich hingegen saß stets friedlich zwischen alten Kommoden, hörte den Holzwürmern zu und blieb dabei liebenswert naiv und weltfremd.«

»Ich finde es jedenfalls erfreulich, daß Lorenz dein Freund ist. Ich mag ihn sehr gern.«

»Oh, ich liebe ihn! Indessen beharre ich darauf, daß dies nicht das Geringste mit Schokocurly zu tun hat. So wenig wie du mit ihm zu tun hast, die ich auch liebe. Kind, ich muß es dir sagen: Du bist ein angenehmer Zeitgenosse. Du bist mir kein einziges Mal auf die Nerven gegangen. Du hast mir geholfen, innerlich zu heilen. Es ist erfreulich, mit dir zusammenzusein.«

»Ich?! O nein … Das lag an dir!«

Rüdiger schüttelte den Kopf: »Ich bin schwierig, Rosenschnute. Ich tauge nicht zum Partner, fürchte ich. Diese fast unerträgliche Harmonie, die mangelnden Raufereien, das Fehlen würziger Meinungsverschiedenheiten – das geht auf dein Konto.«

»Du meinst, ich bin zu angepaßt?«

Rüdiger umarmte mich. »Ich meine, du bist wunderbar. Vielleicht bist du viel zu wunderbar für Herrn Dingsda Andreesen.«

»Danke!« sagte ich glücklich. »Ich glaube, das ist erst neuerdings so. Früher … früher war ich auch schwierig.«

Wir verließen am Wochenende das bezaubernde Dänemark, das unseren Nerven so wohlgetan hatte, und fuhren durch sehr viel

Schnee zurück. Erst nach Eutin, wo Rüdiger sich bei einem Bekannten eine Empire-Kommode anguckte und wo wir zu Mittag aßen, dann nach Hamburg. Da wir von Osten in die Stadt kamen, brachte Rüdiger mich gleich zur Spinnerei. In der Stadt fiel der Schnee nur dünn und wässrig und taute gleich wieder.

Etzi und Engel-Bert beschäftigten sich im Garten damit, das alte braune Unkraut zu entfernen. Sie umarmten mich beide und begrüßten Rüdiger, der auch ausstieg: »Bleiben Sie doch bitte zum Kaffee – der muß gleich fertig sein!«

Rüdiger schenkte Etzi kaum einen Blick (obwohl er mir später anvertraute, er erinnere ihn an Rasputin, trotz seiner Bartlosigkeit). Bert hingegen schaute er völlig fasziniert an. Das konnte ich gut verstehen; der ehemalige Drücker und Autoscheibenwischer sah hinreißend aus mit seinen geröteten Wangen, den halbgeschmolzenen Schneekristallen auf seinen Kringellocken und den langen Wimpern.

In Etzis Riesenwohnküche kam uns Nessi entgegen, die gerade einen duftenden, frischgebackenen Marmorkuchen aus einem vollkommen neuen Backofen holte und stolz auf einen vollkommen neuen Küchentisch stellte. In dieser einen Woche hatte sich in Etzis Behausung viel verändert, sogar die hölzerne, geschnitzte Wendeltreppe ringelte sich durch die Decke nach oben ins Schlafzimmer.

Wir tranken Kaffee und aßen den Kuchen. Vanessa sagte übrigens auch Etzi zu ihm und nicht Dirk. Etzi und Nessi. Klang es nicht wie zwei patente Küchenputzmittel? Beide sahen unerträglich zufrieden aus. Ich arbeitete daran, nicht in einen Bottich aus schleimigem Neid und blasiger Eifersucht zu plumpsen. Rüdiger gab sich schweigsam und bewunderte immer noch Engel-Berts Schönheit. Der lächelte hin und wieder überirdisch.

Ich erfuhr, daß Nessis Opa bereits an der Abspeckung des Verlages arbeitete. Daß die Aufräumarbeiten im Garten damit zu tun hatten. Daß Engel-Bert deshalb seit zwei Tagen in einem der Zimmer hier wohnte. Daß ich wahrscheinlich nicht entlassen werden sollte – und schöne Grüße von Simone –, daß Kuchenbecker die Spinnerei besichtigt und gebilligt hatte.

Nächste Woche würden die Verträge mit Anwälten und Notaren gemacht werden, in der übernächsten konnten die Umbauten beginnen: »Ende Mai soll der geschrumpfte Verlag hier einziehen. Wir müssen uns beeilen!« sagte Etzi voller Eifer.

»Flooi hat vorhin angerufen – ich soll zu ihr kommen!« unterrichtete Nessi ihren Liebsten. Flooi – noch ein Küchenputzmittel. Wie sich aus dem Gespräch ergab, Nessis beste Freundin. Vanessa Glattke-Kuchenbecker fuhr in einen Armeemantel, verabschiedete sich von uns, gab Etzi einen wirklich nicht jugendfreien Kuß – der mich daran erinnerte, wie der Satan Tino Silvester Schokocurly abgesabbert hatte – und verschwand. Während sie sich küßten, guckte ich aus dem Fenster und in der neuen Küche umher.

»Diese Flooi«, teilte Etzi uns mit, »ist ein seltsames Mädchen. Ich bin vielleicht schrecklich altmodisch, aber ich halte nun mal viel von Treue. Und sie …«

»Wir sollten nicht richten!« unterbrach Engel-Bert sanft.

»Ich richte ja überhaupt nicht. Ich sag bloß …«

»Der Weise beobachtet. Der Narr beurteilt«, fuhr Engel-Bert fort. »Indem wir urteilen, und sei es nur in Gedanken, mischen wir uns ein. Das oberste Gesetz aber lautet: Respektiere die Entwicklung der Anderen!«

»Das gefällt mir!« sagte Etzi. »Die oberste Direktive im Star Trek-Universum lautet genauso. Man darf andere nie in ihrer Entwicklung stören.«

Engel-Bert nickte: »Wir sind alle blinde Richter. Jedes Urteil, das wir über andere fällen, stärkt unser Ego und schwächt unser wahres Ich.«

»Ach. Und wo ist der Unterschied?« fragte ich.

»Das Ego besteht aus Begierden, Ängsten und Masken. Das wahre Ich ist gleichmütig, nachsichtig und geduldig. Es ist einfach göttlich.«

Ich sah Rüdiger an, daß er auf jeden Fall Engel-Bert einfach göttlich fand, egal, was der sagte. Übrigens wollte er nun auch nach Hause.

Ich bedankte mich bei ihm für den schönen kleinen Urlaub, und

er sagte: »Im Gegenteil, Rosenschnute. Ich bedanke mich bei dir. Ich bin dir immer noch etwas schuldig, vergiß das nicht.«
»Fahren Sie in die Innenstadt?« fragte Engel-Bert. Nun liegt die Osterstraße ja nicht unbedingt in der Innenstadt, aber Rüdiger sagte sofort: »Ja. Warum? Darf ich Sie irgendwo absetzen?«
Gleich darauf stiegen sie zusammen in die silberne Limousine, an die ich mich schon so gewöhnt hatte. Nachdem sie eine Weile weg waren, fiel mir erst ein, daß mein eigenes Auto immer noch vor Rüdigers Haustür stand. Hoffentlich.
»Ich bring dich nachher hin!« versprach Etzi. »Hast du gesehen, was wir mit Dickys Grab gemacht haben?«
Wir gingen beide im Dunkeln mit einer Taschenlampe in die hintere Gartenecke und leuchteten den weißen Grabstein an, der jetzt dort stand.

Hier ruht Moby Dick,
für Freunde Dicky,
fröhlich und treu
bis in den Tod

war mit schwarzer Ölfarbe draufgeschrieben. Etzi erklärte mir, daß Engel-Bert den Gedenkstein angefertigt hatte. Er plante auch, später eine kleine Buchsbaumhecke zu pflanzen und Zwergrosensträuche.
»Du mußt mal mit ihm darüber reden. Von mir aus könnt ihr machen, was ihr wollt, da redet mir keiner rein, auch nicht Kuchenbecker. Hauptsache, du bist einverstanden und findest es nicht kitschig!« sagte Etzi.
Ich packte aus und räumte ein bißchen in meinem ungemütlichen Zimmer herum, das noch genauso aussah wie in der Nacht, als Dicky darin gestorben war. Ich kam immer noch nicht an mein Bett heran und hatte nicht die geringste Lust, wieder auf dem Boden zu schlafen. Im Prinzip war's ja egal, aber in diesem Fall erinnerte es mich zu sehr an den Tod meines Hundes.
Ich zerbrach mir den Kopf, bei wem ich wohl übernachten könnte. Simone? Meine Eltern? Rüdiger?

Zunächst aß ich mit Etzi Abendbrot. Ich war etwas nervös, weil ich dauernd erwartete, daß Nessi zurückkam. Einstweilen geschah das nicht. Dann guckten wir uns auf Video eine Folge von Raumschiff Voyager an. Dann fütterten wir den nagelneuen Geschirrspüler und unterhielten uns noch eine Weile. Und dann erinnerte ich mich erst wieder: »Mein Auto! Fährst du mich jetzt noch zu Rüdiger?«
Etzi sah auf die Uhr. Es war kurz vor elf. Er nickte trotzdem.
Natürlich hätte ich einfach von Etzis Wagen in meinen eigenen umsteigen können. Ich trug jedoch einen Beutel mit Schlafanzug, Beißschiene und Kosmetik bei mir und wollte Rüdiger fragen, ob ich in dieser Nacht in seiner Wohnung schlafen könnte. Deshalb ließ ich Etzi schon zurück zur Spinnerei fahren und klingelte an der Tür von R. Schättler.
Engel-Berts Angewohnheit, fremde Wohnungstüren splitternackt zu öffnen, war schon ein wenig verwirrend. Mir fehlten die Worte. Er lächelte wirklich wie ein Engel. Wie ein sehr glücklicher Engel. »Dodo!« sagte er mit seiner weichen, singenden Stimme, »denk dir mal, was für ein Glück: Ich habe endlich meinen Menschen wiedergefunden!«

13. Kapitel

In dem wir Lorenz' menschliche Größe bewundern können – Schokocurly tatsächlich der Kopf raucht – einige Verbindungen sich überraschend wieder lösen – Monika ungewollt offenbart, daß sie ebenfalls an einer Queste schleppt – und Dodo endlich erfährt, wer eigentlich ins Wasser fiel und wieso

Mit meiner schnellen Auffassungsgabe begriff ich sofort, daß ich in dieser Nacht nicht sehr gut bei Rüdiger schlafen konnte. Ich nickte Engel-Bert zu, wünschte ihm eine gute Nacht und verließ das Haus.

Engel-Bert war nicht der Mensch, zu fragen, was ich eigentlich gewollt hatte. Er rief mir nur ein fröhliches: »Gott segne dich!« hinterher.

Ich fuhr zu Simone, die sich aufrichtig zu freuen schien und sofort ihr Sofa für mich zum Bett machte. Wir redeten bis in die späte Nacht. Sie war in der letzten Woche der Frau von Max Kuchenbecker – Karen – beim Friseur begegnet (die ging also auch zu Ario) und hatte hinterher mit ihr Tee getrunken und sich lange mit ihr unterhalten. Frau Kuchenbecker machte sich alle möglichen Sorgen. Sehr zu Recht, fand Simone. Der Verlag war hochverschuldet, die Gesundschrumpfung zu spät in Angriff genommen worden. Die Angestellten, denen gekündigt worden war – der alte Max hatte wahrhaftig nicht getrödelt! – wollten gemeinsam klagen. Kuchenbeckers Gläubiger klagten gemeinsam. Monika klagte allein. Simone und Frohwein beklagten sich ständig beim großen Boß, weil nichts koordiniert ablief. Der einzig Klaglose schien Max Kuchenbecker selbst zu sein. Seine Frau hatte Simone anvertraut, sie argwöhne, er hätte eine Geliebte.

Simone verriet ihr lieber nicht, daß sie da sogar ganz sicher war und das Luder kannte: »Die Freundin seiner Enkelin, das mußt du dir mal vorstellen, Dodo! Florence heißt die, und jeder nennt sie Flooi. Sie hat Kuchenbecker schon zweimal im Verlag abgeholt mit Mäntelchen, die kaum den Hintern bedecken. Er ist verrückt – in seiner Situation! Wenn seine Frau dahinterkommt, kriegt er ganz große Probleme. Karen Kuchenbecker gehört schließlich der Verlag, es war ja zum größten Teil ihr Geld, das ihn vor neunzehn Jahren saniert hat, da stand er schon mal kurz vor der Pleite.«

Heino Frohwein freute sich, als ich am Montag wieder im Büro erschien. Ich saß jetzt allein in dem Raum, den ich vorher mit Monika geteilt hatte.

»Sie werden auch allein bleiben!« trompetete Frohwein. »Herr Kuchenbecker stellt bestimmt keine neuen Mitarbeiter ein, bis der Verlag nach Winterhude umzieht…« Also war es schon offiziell, daß wir demnächst alle in Etzis Spinnerei sitzen würden.

Am späten Nachmittag kehrte ich dorthin zurück. Etzi saß an seinem Computer, Nessi tünchte eine Wand im Flur: »Ich hatte solche Lust dazu, und gemacht werden muß es sowieso!« vertraute sie mir an. Sie sah niedlich aus dabei, mit weißen Tupfen auf der Stupsnase und dem Kinn, die dünnen blonden Haare hochgebunden.

Dann kam die berühmte Flooi zu Besuch. Sie wirkte wie sechzehn, nicht wie Anfang Zwanzig, hatte eine winzige Knopfnase und erstaunte blaue Kulleraugen – dazu eine kurze rosablonde Wuschelfrisur, als hätte ihr jemand eine Puderquaste über den Kopf gezogen. Ihr Mund allerdings sah hart und selbstbewußt aus. Etwas wirklich Schönes besaß sie dennoch – eine blaugraue Dogge mit Hängeohren und besorgt-höflichem Gesichtsausdruck.

»Sie heißt Bluebelle-Lady!« stellte Flooi den Hund kurz vor. »Sitz, Lady!«

Ich kraulte der Lady den Kopf. Sie seufzte genießerisch, blickte jedoch die ganze Zeit nur Flooi an, um zu demonstrieren, wem sie die Treue hielt.

Nessi ließ den Pinsel in der Farbe stehen, als Flooi kam, kochte Tee und redete über Australien. Da war Flooi im Sommer gewesen, und sie flog demnächst wieder hin. Nessi auch. Vielleicht schon eher als demnächst.

Ich wollte erst nur die Farbe zudeckeln und den Pinsel in Wasser stellen. Dann malte ich die Wand fertig. Auf die Art konnte ich den Mädchen unauffällig beim Reden zuhören – denn Etzis Tür blieb

offen –, mußte nicht mitreden und konnte hin und wieder mit der schönen Hündin schmusen, die im Flur liegenblieb und mir interessiert zuschaute. Obwohl sie mir immer noch nicht ins Gesicht sah und sich jedesmal, wenn ich sie streichelte, den Hals nach Flooi – oder jedenfalls dem Klang ihrer Stimme – ausrenkte.
Etzi wirkte dafür, daß er sonst so herzlich und offen war, recht zugeknöpft. Mir fiel ein, daß er am Vortag daran gehindert worden war, Flooi zu verurteilen. Er mißbilligte offenbar Ehebruch beziehungsweise Untreue. Lady lag da ganz auf seiner Linie. Und ich übrigens auch; das hatte sogar Ali Schimmelmann bestätigt.
Nessi und Flooi zogen nach dem Tee mit dem Hund los zu irgendwelchen australischen Bekannten, die gerade in Hamburg weilten.
»Hast du eine Ahnung, wo Bert geblieben ist?« fragte Etzi mich. »Er wollte mir heute nachmittag eigentlich wieder im Garten helfen. Er hat sich nicht mal gemeldet und, soviel ich weiß, auch nicht hier geschlafen. Es wird ihm doch nichts passiert sein? Oder war er über Nacht etwa auch bei deinem Freund Rüdiger?«
Ich erklärte Etzi, daß das Wort »auch« es nicht traf. Daß Engel-Bert mir, nackt und heiter, mitgeteilt hätte, ihm sei endlich sein Mensch wiederbegegnet. Und daß ich daraufhin zu Simone gefahren wäre.
»Wußtest du, daß Bert so veranlagt ist?« fragte Etzi mich erstaunt.
»Nein. Vielleicht hat er's ja selbst nicht gewußt«, antwortete ich.
Wir machten uns daran, die Umzugsklumpen in meinem Zimmer ein bißchen auseinanderzuräumen.
»Wie sinnvoll ist das eigentlich?« fragte ich, nachdem wir den Schrank an die Wand gewuchtet und einige Kommoden beiseite geschoben hatten. »Ich will doch nicht bleiben. Es wäre dumm, die Möbel wirklich aufzustellen und womöglich auch noch die Umzugskisten auszupacken und einzuräumen. Andererseits ist es ein unmöglicher Zustand, nur aus der Kiste zu leben. Ich finde überhaupt nichts, das macht mich ganz verrückt.« Ich setzte mich auf eine der Kommoden, baumelte mit den Beinen und klagte im Ton meiner Mutter auf dem Weg zur Fensterbank: »Ich weiß gar nicht, was ich machen soll!«
Etzi setzte sich auf die andere Kommode und dachte nach. »Noch

hast du keine andere vernünftige Wohnung in Aussicht. Hier kannst du bleiben, solange du willst. Du brauchst keine Miete zu zahlen. Du mußt natürlich in Kauf nehmen, daß die Spinnerei ab nächster Woche eine Baustelle ist, und das nicht nur tagsüber. Wir werden eine Menge Überstunden machen, auch mal nachts und am Wochenende arbeiten, um rechtzeitig fertig zu werden. Wenn dir das nichts ausmacht… An deiner Stelle würde ich mir aus allen Kisten das zusammensuchen, was du in den kommenden Wochen wirklich brauchst, als ob du einen Koffer packst. Das hängst du dann in den Schrank oder legst es in die Kommoden. Meine Küche kannst du mitbenutzen, ebenso mein Telefon, es wäre ja dumm, wenn du dir für diese Zwischenzeit hier ein eigenes anmeldest. Ab übernächster Woche hab ich oben ein Bad, da kannst du auch rein.«

»Wird Nessi nichts dagegen haben?«

Etzi sah mich sehr erstaunt an. »Nessi? Nein, warum?«

»Ich weiß auch nicht. Versteht ihr euch eigentlich sehr gut?«

Etzi holte ein Kaugummi aus der Packung in seiner Brusttasche und blickte sinnend vor sich hin. »Mit Verstehen hat das wenig zu tun. Mehr mit Spaß. Spaß ist Nessis Spezialität. Das Ganze ist eine Art Ausflug, denke ich.«

»Oh. Ich verstehe«, erwiderte ich. Und das war, ehrlich gesagt, gelogen.

Engel-Bert zog einige Tage später mit seiner bescheidenen Habe bei Rüdiger ein. Dann erschien er auch wieder bei Etzi, um den Garten der Spinnerei zu ordnen. Der Umbau war nun in vollem Gange und, wie Etzi angekündigt hatte, tobte er manchmal bis spät in die Nacht. Dafür konnte man auch zugucken, wie es voranging. Mehrere meiner Silvesterbegleiter arbeiteten daran mit.

Anfang März passierten zwei erfreuliche Sachen. Mein Vater begab sich in den Ruhestand, das war die eine. Wenn ich in Zukunft beantworten sollte, womit er sich beschäftigte, brauchte ich nicht schamvoll herumzudrucksen, sondern konnte in aller Aufrichtigkeit antworten: »Er ist Pensionär!« Er blühte richtig auf. Er kaufte sich Angelzeug. Und machte mit meiner Mutter eine Reise nach

Mallorca. Ich hatte ihm mal erzählt, da sollte es im März reizend sein.

Das zweite angenehme Ereignis war Lorenz' Rückkehr aus New York. Rüdiger war ihm auf dem Gänsemarkt in die Arme gelaufen, und sie hatten sich sofort ausgesöhnt, als Lorenz erfuhr, daß Schokocurly aus Rüdigers Leben verschwunden war.

»Er besucht mich am Freitagnachmittag, dann wird er Bert kennenlernen«, erzählte Rüdiger mir am Telefon. »Du kommst doch auch?«

Ich fuhr tatsächlich hin, obwohl ich Komplikationen fürchtete. Schokocurly war zwar weg – aber wie würde Lorenz darauf reagieren, daß nun schon wieder ein anderer hübscher junger Mann bei Rüdiger wohnte?

Nun, er betrachtete Engel-Bert aufmerksam mit seinen großen schwarzen Augen, hörte ihm eine Weile zu, als er Gleichnisse und Parabeln von sich gab, und umarmte ihn schließlich herzlich. »Du tust meinem Rüdiger gut!« stellte er fest. Das fand ich allerdings auch. Trotzdem bewunderte ich seine menschliche Größe. Ausgerechnet Lorenz, der immer so eifersüchtig gewesen war! Also hatte es doch was damit zu tun gehabt, daß er speziell Schokocurly nicht leiden konnte.

Rüdiger berichtete uns an diesem Nachmittag, daß er zufällig etwas über eben diesen dunkelhäutigen jungen Mann gehört hatte. Der war bereits in den ersten Tagen des Jahres mit seinem neuen Freund Tino in Zwist geraten. Und weil Schokocurly frech blieb, statt zu kuschen – und das auch noch in Gegenwart anderer Männer –, meinte Tino, es ihm zeigen zu müssen. Er band ihn irgendwo fest, rieb sein Gesicht und seine Rastalocken mit Olivenöl ein – Tino war Portugiese – und zündete ihn an. Bevor Curly ganz niederbrannte, warf Tino ihm doch noch eine Decke über den Kopf.

»Curly liegt derzeit zum dritten Mal unter dem Messer«, sagte Rüdiger. »Das ist bestimmt noch nicht die letzte Operation. Ich fürchte allerdings, sie werden sein Antlitz nicht vollständig rekonstruieren können, dazu fehlte zuviel, die ganze Nase und Teile der Augenlieder, nach allem, was ich hörte. Sie nehmen Haut und Knorpel aus den Oberschenkeln und tun, was sie können.«

»Und dieser Tino?« regte sich Lorenz auf. Er bekam schon wieder glühende Augen.
Rüdiger lächelte ihn beruhigend an: »In Untersuchungshaft. Curly war viel klüger als ich, er hat ihn ungesäumt angezeigt. Das Nette dabei ist, der Schurke hat noch viel mehr an phantasievollen Taten vollbracht, um die der Kleine teilweise wußte und über die er geplappert hat. Da geht es wohl um echten, ernsthaften Mord. Ein paar Nebenkläger sind auch schon aufgetreten. Es sieht nicht gut aus für Tino, den Zündler.«
»Erstaunlich – trotz unserer Gesetze!« murmelte Lorenz.
Ich saß stumm da, in Ehrfurcht vor dem silbergrünen Wasserfall. In der Höhle dahinter hatte ich Schokocurly gesehen, mit qualmendem Kopf. Das mußte ziemlich genau zu dem Zeitpunkt gewesen sein, als er angefackelt worden war. Bisher hatte ich mehr oder weniger gemeint, was ich da in der Höhle sah, wären nur Bilder meiner eigenen Phantasie, orientiert an der größten Wahrscheinlichkeit. Woher aber sollte meine Phantasie wissen, daß Curly gerade schmorte?
Lorenz bedauerte Dickys Ableben und verhieß mir eine Wohnung, denn darauf hatte Rüdiger ihn schon angesprochen: »Mitte Mai wird ein schönes Appartement in der Eilenau frei, hältst du's bis dahin aus, Dodo?«
»Und hier komme ich zu einem wesentlichen Punkt, meine Sternennacht!« fügte Rüdiger hinzu. »Du entsinnst dich meiner klangvollen Versprechen vom Anfang dieses glückhaften Jahres –«, er faßte schnell Engel-Berts Hand, »daß ich dir etwas schulde? Um wieviel mehr gilt das, da ich durch dich nun auch noch Bert kennengelernt habe …« Rüdiger strahlte. Engel-Bert strahlte. Lorenz – wie ich ihn bewunderte! – strahlte ebenfalls, es sah ganz echt aus. Ich sah keinen Grund, nicht zu strahlen.
»Ich möchte dir also gern Möbel schenken. Keine Sorge –« Rüdiger wehrte mit seiner schönen schlanken Hand meinen Protest ab, »nichts Aufwendiges, keine juwelenbesetzten Barockorgeln, keine Marmorbadewannen. Wenn es dich in deiner angeborenen Bescheidenheit tröstet: nicht einmal Antiquitäten. Sondern soliden Trödel, verschiedene hölzerne Möbelstücke, die bearbeitet wer-

den sollten. Vermutlich hilft dir dabei der angenehme junge Architekt, bei dem du derzeit wohnst. Sie gehören nicht zusammen, passen jedoch zueinander. Du kannst sie einfach ein wenig schleifen und ölen. Oder lackieren, wozu ich raten würde, weil sich dann etwaige Unterschiede völlig verlieren. Alle in einer Farbe natürlich …«
»In Schwarz?« schlug Lorenz vor.
»Oder in Rosa!« meinte Engel-Bert ernsthaft. »Das gibt eine sehr liebevolle Schwingung …«
Rüdiger schaute ihn mit nachsichtigem Lächeln an und riet mir: »Natürlich alle in Weiß, Schätzchen. Die beste Wohnfarbe außer natürlichem Holz. Ich bin in der Lage, sie dir sofort zu liefern – bis Mai hast du sie gewiß fertig.«

Ich fuhr sehr glücklich zurück nach Winterhude. Immerhin lebte ich seit mehr als zwei Monaten nicht nur auf einer Baustelle, sondern auch noch aus dem Koffer – oder vielmehr aus der Kiste. Etzis patenter Vorschlag, mir einfach das Notwendigste herauszuholen, funktionierte auf die Dauer nicht. Es gab immer wieder mal was neues Notwendiges, und inzwischen waren die meisten Kisten halbleer und meine Schränke und Kommoden auf äußerst originelle und unzweckmäßige Art halbvoll.
Jeden Morgen und jeden Abend wendelte ich mit meinem Kosmetikbeutel in der Hand die Treppe von Etzis Wohnraum hinauf in sein Schlafzimmer, neben dem das Bad lag. Ich traute mich nicht, hier meine Cremes und Fläschchen irgendwo auszubreiten. Ich kam mir vor wie beim Camping. Genauso verhielt es sich mit der Küchenbenutzung. In meinen Kommoden bunkerte ich Reis und Nudeln und Kartoffeln und Büchsen, weil ich die nicht auch noch in der Küche unterbringen mochte. Ich fand's schlimm genug, daß ich mein Grünzeug, die Möhrchen und den Joghurt im Kühlschrank lagerte.
Das würde jetzt zwar noch ein Weilchen so weitergehen, aber immerhin, ich konnte ein Ende absehen.
Etzi legte im Garten gerade einen Plattenweg. Er richtete sich auf, warf den Hammer, mit dessen Stiel er die Platten festgeklopft

hatte, beiseite und rief: »Gehst du mit mir Abendbrot essen? Nessi ist in Australien.«
Ich dachte zuerst, er wollte damit ausdrücken, sie sei mal wieder bei irgendwelchen Australiern. Wie sich jedoch herausstellte, als wir uns beim Griechen gegenübersaßen: Sie war wirklich am Vormittag losgeflogen, schnell entschlossen, nach einer knappen Stunde des Packens.
»Mit Flooi?«
»Nein. Die bleibt erst mal hier.«
»Und wie lange wird Nessi drüben sein?«
»Sie sagt, für immer.« Etzi kaute mit ausgeglichener Miene seinen Krautsalat.
Ich jagte eine schwarze Olive mit der Gabel über den Teller und versuchte bedauernd auszusehen und nicht zu zeigen, wie zufrieden mich diese Auskunft machte. Ich konnte meinen Kosmetikkrempel in Zukunft in Etzis Bad unterbringen und meine Lebensmittel in seiner Küche. Ich mußte nicht mehr dauernd taktvoll aufpassen, um die beiden nicht bei Zärtlichkeiten zu ertappen. Ich könnte mit Etzi wieder längere Gespräche führen, so wie früher. Weitere Folgen vom Raumschiff Voyager mit ihm zusammen sehen. Mal wieder mit ihm die gute Elke besuchen. Wir könnten vielleicht sogar …
In diesem Augenblick sagte eine Frau am Nebentisch zu ihrer Begleiterin: »Hast du gehört, daß die Bausch mit dem Curd Andreesen auf Ibiza rummacht? Der hat doch seine Familie schon wieder im Stich gelassen!«
Die Olive fiel vom Teller und rollte vom Tisch. Ich starrte Etzi mit großen Augen ins Gesicht.
»Curd Andreesen? Ist das dein Held?« fragte er. Eigentlich sehr findig von ihm, sofort den Zusammenhang zu durchschauen.
Ich nickte. »Komisch ist das. Kaum bist du wieder frei, bin ich wieder besetzt.«
»Besetzt? Fühlst du dich diesem Mann verpflichtet, obwohl er verheiratet ist – das ist er doch, oder? – und außerdem mit einer anderen Frau verreist?«
»Doch, ja. Trotzdem. Jetzt – wenn er sich wieder von seiner Fami-

lie getrennt hat –, dann ist wieder alles möglich. Ich glaube nicht, daß er Tanja Bausch wirklich liebt. Nicht richtig. Deshalb … Wenn ich mit jemand anderem zusammen bin, dann konzentriere ich mich nicht auf Curd Andreesen. Dann lasse ich ihn gewissermaßen los.«

Etzi nickte. »Ich verstehe, was du meinst. Ist doch auch egal. Freunde sind wir trotzdem. Ganz herzlich. Und ganz unverbindlich. Das hat ja nichts damit zu tun, oder?«

Ich blickte ihn erleichtert an. »Stimmt. Wenn es dir nichts ausmacht?«

Etzi lächelte entspannt. »Überhaupt nicht. Ich finde es einfach schön, dein Freund zu sein, Dodo.«

Ein paar Tage später bekam ich von Rüdiger einen Kleiderschrank, zwei Kommoden, ein Holzbett mit geschnitztem Kopfteil, eine hölzerne Vitrine, vier Stühle und einen rechteckigen Eßtisch sowie einen Sekretär mit passendem Stühlchen. Etzi schloß mir dafür einen Extraraum auf, in dem wir, auf dicken Lagen von Zeitungspapier, gemeinsam die Möbel bearbeiteten und lackierten, sobald wir Zeit dazu fanden.

Lorenz Maurelius zeigte mir das Appartement in der Eilenau. Im Moment wohnte eine junge Assistenzärztin darin, die heiratete im Juni einen Oberarzt. Wie sich alles fügte! Ich gratulierte ihr von Herzen.

Die Wohnung war etwas kleiner als meine letzte, aber tausendmal hübscher mit dem Balkon und der hübschen modernen Einbauküche.

Etzi bedauerte, nicht dagewesen zu sein, als Lorenz mich holte und brachte. Er hätte ihn gern kennengelernt, meinte er. Der Mann interessiere ihn, seit er die Geschichte von der Erpressung Ali Schimmelmanns gehört hätte.

»Den brauchst du gar nicht unbedingt kennenzulernen«, fand ich.

Etzi sah mich neugierig an: »Was hast du denn dagegen?«

»Ach, ich weiß auch nicht. Wahrscheinlich habe ich Angst, daß es so läuft wie mit Rüdiger und Engel-Bert: Ihr guckt euch an, fallt euch in die Arme und haltet den Rest eures Lebens Händchen …«

Etzi lachte sich kringelig. Er versicherte mir, er wüßte ganz genau, wie er veranlagt sei.
»Aber Lorenz ist so ein schöner Mann. Und eine interessante Persönlichkeit. Außerdem hat er maßlos viel Geld ...«
»Jetzt wirst du dreist!« protestierte Etzi. Er grinste indessen immer noch. »Was würde dich denn übrigens so sehr daran stören?«
Gott sei Dank klingelte in diesem Augenblick sein Telefon und enthob mich einer Antwort. Ich hätte ungern zugegeben, was für ein eifersüchtiger Mensch ich bin. Etzi hätte es sicher nur falsch verstanden.

Ich hatte eine schöne Zeit. Es war wundervoll, allein im Büro zu sitzen. Frohwein übertrug mir Aufgaben, deren Erledigung er mir früher nie zugetraut hätte und fand auch noch, ich machte es prima. Er vermißte Monika offenbar überhaupt nicht. Ich auch nicht.
Ebenso war's im häuslichen Bereich. Weder Etzi noch mir schien Vanessa zu fehlen. Wir unterhielten uns wieder oft; wir joggten gemeinsam vor dem Frühstück. Ganz hinten im Garten, dicht bei Dickys Grab, gab es eine eiserne Gartenpforte, und wenn man sich ein wenig durchs Gestrüpp gekämpft hatte, befand man sich auf einem der Stadtparkwege. Ich vertrug mich mit Etzi so gut wie mit Rüdiger auf der Reise und fing an zu glauben, daß ich ein besonderes Talent für platonische Beziehungen hatte. Vielleicht ja nur für die.
Die Zeitungen schrieben, daß Elena Andreesen ihrerseits die Scheidung eingereicht hatte, weil sie einem Fernsehproduzenten nähergekommen war. Meine Queste bewegte sich also, wenn auch langsam, weiter vorwärts. Eines Tages würde ich Curd wieder begegnen. Ich wartete ruhig und geduldig ab. Mir ging es gut. Das einzige, was mir fehlte, war mein Hund. Die typischen Gerüche und Geräusche, die mit einem Hund zusammenhingen, vom nassen Fell bis zum Trapsen der Krallen auf den Küchenfliesen.
Andererseits, wenn ich es richtig überlege, war das vielleicht doch nicht das *einzige*, was mir fehlte ...
»Ich bin seit einem halben Jahr nicht mehr geküßt worden!« teilte ich Etzi eines Abends mit, als wir gemeinsam an meinen neuen

Möbeln herumlackiert hatten und die Pinsel in einem der miesen alten Klos auswuschen – das heißt, im Waschbecken daneben.
Ich blickte in den schmalen, sommersprossigen Spiegel, der über dem Becken an der Wand befestigt war, und betrachtete mich kritisch. An meiner Figur gab's nichts mehr zu meckern, mein Haar sah gut aus, mein Make-up stimmte. Aber der Mund! Immer, wenn ich in meinem Gesicht herumguckte und soweit zufrieden war, stolperte mein Blick über diesen Mund. Obwohl ich doch inzwischen viel fröhlicher und geselliger geworden war – ich fand ihn immer noch verdrossen und mürrisch.
»Seit einem halben Jahr«, wiederholte ich traurig in den Spiegel. »Seit der Sache mit meinem Fahrlehrer.«
»Wieso hast du den eigentlich überhaupt so dicht an dich rangelassen? Bist du damals denn nicht dem Andreesen treu gewesen?« Etzi nahm mir den Pinsel weg, stellte ihn, zusammen mit seinem, in ein terpentingefülltes Einmachglas und säuberte seine Finger schnell und geschickt mit einem Lappen und Reiniger.
»Doch, eigentlich schon. Das war aus rein kosmetischen Gründen. Simone hat mich darauf aufmerksam gemacht, daß Küssen den Mund verschönt…«
Wir gingen zurück in Etzis Wohnung. Er blickte auf die Küchenuhr. Es war kurz vor sieben. »Ich kann das ja einstweilen übernehmen. Schließlich bin ich auch dein Joggingpartner«, sagte er. »Wir müssen uns nur etwas beeilen. Ich muß gleich zum Klempner.«
»Wieso triffst du den nicht tagsüber?«
»Weil wir da beide was anderes zu tun haben.« Etzi setzte sich in seinen großen Sessel und streckte die Hand nach mir aus: »Komm her. Ich hab wirklich nicht viel Zeit…«
Ich plumpste auf seinen Schoß und saß da ein bißchen zimperlich, mit einigem Abstand. Ich war mir plötzlich gar nicht sicher, ob ich das wollte. Würde es nicht unsere Freundschaft kaputtmachen? Künftig für Verlegenheit sorgen? Meine Körperzellen oder Nervenenden oder Hormone – oder was immer das war – fingen an zu zittern und verkrampften sich. Mit welchen Liedern könnte ich Etzi niedersingen, falls er irgendwann nicht mehr zu bremsen war?

Seine Schlitzaugen blinzelten mich heiter an. Er saß friedlich da, ohne mich zu berühren, seine Arme ruhten auf den Seitenpolstern. Er sah wirklich in keiner Weise aus wie jemand, der nicht zu bremsen sein würde. Sinnlose Gier schien ihm fernzuliegen. Sein Atem ging völlig ruhig. Als ob er das wirklich alles ganz unverbindlich auffaßte.

Dann tupfte er mir mit den Fingerspitzen ins Kreuz, eine schnelle, sanfte Bewegung vom Nacken nach unten. Ich bäumte mich unwillkürlich auf und kam ihm so sehr viel näher.

Sein großer, freundlicher Mund tippte gegen meinen und naschte ohne Eile außen an meinen Lippen herum. Ich entspannte mich. Alle meine Körperzellen oder Nervenenden oder Hormone räkelten sich und wollten mehr davon. Als hätte Etzi sie gehört, öffnete er mit einer kleinen Kaubewegung meinen Mund und legte richtig los. Da hat man jahrelang mit einem Mann zu tun, sieht ihn Bücherstapel schleppen und Regale reparieren, meint, er sei nichts als eine Kellerassel, und hat keinen Schimmer, was für ein Küsser das ist! Vanessa Kuchenbecker allerdings schien es auf den ersten Blick begriffen zu haben. Kluges Kind.

Etzi ließ mich los, schob mich hoch und stand auf: »Ich muß los, Dodo. Zum Klempner.«

Es war zwei Minuten nach sieben.

Etzi fuhr in seine Lederjacke und suchte den Autoschlüssel. Ich stand benommen da. Er guckte mir kurz noch mal ins Gesicht: »Alles in Ordnung?«

»Ja. Klar.«

»Gut. Wir können ja bei Gelegenheit weitermachen. Du mußt anmelden, wenn du Bedarf hast. Ich glaube, Simone hat recht. Dein Mund sieht im Augenblick einfach toll aus«, versicherte Etzi. Und dann fuhr er zum Klempner.

Die Welt ist klein, und Hamburg ist ein Dorf. Rüdiger und Lorenz waren sich am Gänsemarkt über den Weg gelaufen. Ich rannte im Hanseviertel fast Monika Hellwege über den Haufen.

»Gott, siehst du schlecht aus, mein Deern!« sagte sie mitleidig, »Du bist völlig überarbeitet, stimmt's?«

Weil ich wieder mal im entscheidenden Augenblick kein Nein herausbrachte, setzten wir uns zu einem Cappuccino zusammen. Monika erzählte, wie hervorragend es ihr ging. Sie arbeitete nicht mehr, weil die Ärzte bei ihr eine komplizierte Allergienkette entdeckt hatten, die ihre Nerven schädigte. Geld bekam sie satt von der Kasse, ebenso Luxus-Kuraufenthalte und so weiter.
»Außerdem läuft mein Prozeß gut. Kuchenbecker wird an mich zahlen müssen, nicht zu knapp! Das verdank ich nur dir und deinem Hund!« behauptete sie. »Wo ist er denn?« – und guckte unter das Tischtuch.
»Der ist tot.«
»Ach was!« seufzte Monika zufrieden. Sie fügte mit schalkhafter Bosheit hinzu: »Wer hat ihn denn umgebracht?«
»Kennst du nicht«, erwiderte ich kurz und ließ damit viele Fragen offen.
Monika hatte gehört, daß Kuchenbecker massenhaft Leute entließ und überhaupt die Pleite unabwendbar sei: »Du hast bestimmt schreckliche Angst, was?«
»Nein. Mir ist zugesichert worden, daß ich bleibe.«
Darauf kullerte sie mich verständnisvoll mit ihren großen braunen Augen an. Lüg du nur, sagte ihr Blick, ich weiß, wie dir zumute ist, du armes Luder.
»Du wirst schon sehen, Dörthe. Jeder, der nicht rechtzeitig vom Verlag abgesprungen ist, wird das bitter bereuen.«
Ich wurde so ärgerlich, daß ich forderte: »Kannst du zahlen? Ich hab nicht genug Geld bei mir…« Dabei platzte mein Portemonnaie fast, weil ich mir ein paar sehr teure Schuhe leisten wollte.
Monika zahlte tatsächlich. Für einen kurzen Augenblick entdeckte ich in ihrer Handtasche etwas Grün-Rotes, das mir entfernt bekannt vorkam. Das konnte doch wohl nicht wirklich –? Als sie die Quittung einsteckte, erkannte ich einen Weihnachtsmann, der ein rotnasiges Rentier knutschte. Sie trug also die Krawatte von Heino Frohwein immer mit sich herum.
Ich war nicht die einzige Maid auf Erden, die sich mit einer beknackten Queste abgab.

Sagte ich nicht, daß Dicky mir an allen Enden fehlte? Das fiel besonders auf, als eines Nachts wieder mein alter Alptraum auftauchte und niemand kläffend auf mir herumsprang, um mich zu retten. Ich wachte ungerettet auf, atemlos keuchend. Dann knipste ich meine Nachttischlampe an: Es war noch nicht einmal halb zwölf. Fast die ganze Nacht lag noch vor mir. Ich hatte öfter erlebt, daß dieser gräßliche Traum weiterging, wenn ich wieder einschlief. Das beste Mittel dagegen war erfahrungsgemäß, richtig wach zu werden.

Ich montierte mir die Beißschiene aus dem Mund, bürstete mein Haar und zog meinen hellgrauen Morgenrock an. Dann ging ich gucken, ob Etzi eventuell noch wach war. Er gab nicht viel auf den Schönheitsschlaf vor Mitternacht.

Ich hatte Glück: Durch den unteren Türspalt und das Schlüsselloch drang Licht.

Ich klopfte und bemühte mich um einen unbefangenen Gesichtsausdruck. Die Unbefangenheit war uns seit der kosmetischen Küsserei ein wenig abhanden gekommen. Zumindest mir. Ich hoffte eigentlich, daß er von selbst darauf zurückkommen würde. Denn ich war natürlich zu schüchtern oder zu stolz oder zu gehemmt, um weitere »Bedürfnisse anzumelden«.

Etzi saß am Computer, einen dampfenden Becher mit frischgekochtem Kaffee neben sich. »Nanu – kannst du nicht schlafen?«

»Doch. Aber ich will nicht. Ich hatte eben wieder meinen Alptraum. Erinnerst du dich? Den vom Ertrinken.«

»Ja, richtig. Hast du den immer noch? Engel-Bert hatte doch gemeint, du erinnerst dich da an ein früheres Leben …«

»Du meinst, ich war Passagier auf der Titanic? Ich weiß nicht recht …«

»Eben, du weißt nicht recht. Ich glaube, das ist der Fehler. Du solltest der Sache auf den Grund gehen, Dodo. Melde dich doch bei meiner Schwester zu einer Rückführung an.«

»Was ist das denn?«

»Sie hilft dir dabei, dich an frühere Leben zu erinnern. Vor allem an irgendwelche schrecklichen Sachen, die du durchlebt hast und die dich jetzt noch beeinträchtigen. So was macht sie öfter mit Pa-

tienten. Dadurch können wirklich alle möglichen Leiden geheilt werden.«
Ich spielte skeptisch mit den Büroklammern auf seinem Schreibtisch. »Im Ernst? Ich weiß nicht… Würdest du mich bei ihr anmelden, Etzi?«
Er nahm mir die Büroklammern weg und warf sie in das Schälchen, aus dem ich sie herausgeholt hatte. »Nein, würde ich nicht. Wenn du dich entscheidest, es zu tun, melde dich selbst an. Ich denke nicht daran, mich in dein Leben einzumischen. Mehr als Ratschläge gibt's nicht.«

Also lag ich ein paar Tage später in Elkes Behandlungszimmer auf einer Liege unter einer leichten Wolldecke, schloß meine Augen und begab mich weit zurück: »Wo ist das Wasser, Dodo? Erinnere dich an das Wasser…« Elke sprach leise und eintönig. Ich entspannte mich. Die Kirchenglocken schwiegen. Ich merkte, daß ich einduselte.
Gleich darauf zuckte ich hoch. Elke fing mich auf und streichelte beruhigend meine Schulter: »Du bist hier, und es ist alles in Ordnung, Dodo. Ich glaube, du hast kurz geschlafen.«
»Wie lange? Ich meine: wie kurz?«
»Ungefähr drei Minuten.«
»Mir kommt es noch kürzer vor«, sagte ich langsam. »Eine Sekunde, in der ich glücklich war. Eine Schrecksekunde. Und etwas Zeit, in der ich unterging…«
»Möchtest du mir erzählen, was du gesehen hast?«
»Also – ich hatte gerade eben einen Menschen getötet. Und ich hab mich unendlich gut gefühlt.«
»Wen hast du getötet?«
»Keine Ahnung. Einen Feind, namenlos. Ich war an Bord eines großen Schiffes. Um mich rum Gebrüll und Getümmel. Links noch ein Schiff, auf dem auch gekämpft wurde. Tiefe Sonne, ganz warme, goldene Töne. Es war schrecklich heiß, ich hab geschwitzt, aber das hab ich irgendwie genossen. Ich stand barfuß auf der breiten hölzernen Reling. Ich kann das noch spüren: Das Holz war glatt und warm. Und obwohl es doch rundum Mord und Totschlag

gab, fühlte ich triumphierende Sicherheit und Geborgenheit. Ich war ja ein großer, kräftiger Mann. Ich wußte, daß mein Körper gesund ist und mir vollkommen gehorcht. Daß er gewohnt ist, schneller zu sein als andere und stärker.«

»Was für eine Waffe hattest du?« Elke erinnerte mich an die Polizistin, die mich verhört hatte, nachdem Rüdiger zusammengeschlagen worden war. Sie machte sich ebenfalls Notizen.

»Eine Art Säbel, nicht so breit wie ein Schwert, nicht so schmal wie ein Degen, gekrümmt, mit einem Korb über dem Griff, der die Hand schützt.«

»Ein Säbel also ....« Elke schrieb. »Und dann?«

»Ich war an dieses Schiff gewöhnt – ich hab' jede Bewegung mitgemacht, als wär's meine eigene. Ich wußte auch, daß meine Mannschaft der anderen überlegen war.«

»Erinnerst du dich, wie du aussahst? Und die anderen, wie sahen die aus?«

»Hm. Keiner von uns trug Uniform. Auch die Gegner nicht. Wir waren bunt angezogen, einige trugen Helme. Mein Helm war mit einem Lederriemen unter meinem Kinn befestigt. Muß so ähnlich ausgesehen haben wie'n kleiner Feuerwehrhelm. Dann hatte ich noch einen Brustpanzer aus Metall am Oberkörper.«

»Wie alt warst du ungefähr?«

»Jung. Höchstens Mitte Zwanzig. Und ich hatte das Gefühl, noch ewig zu leben. Irgendwie unverletzlich.«

»Was passierte dann?«

»Ich hab' also meinen Säbel aus dem Feind gezogen, mit einem Ruck. Er ist auf die Planken gefallen. Ich hab' tief Atem geholt und hochgeguckt – so ungefähr: Wer ist der nächste? Das Wasser hat golden in der Sonne geglitzert. Das war die erste Sekunde ...«

Ich kam von der Liege hoch, ein wenig benommen, zog die Decke beiseite und stellte die Beine auf den Boden. Elke saß im Drehstuhl an ihrem Schreibtisch. Ich strich mir mit beiden Händen das Haar zurück und blickte aus dem Fenster. Ein knallgelber Busch blühte im Garten. Einige Enten watschelten davor herum.

»Dann bin ich über Bord gefallen. Vielleicht wegen einer größeren Welle, die das Schiff höher gehoben hat? Gestoßen hat mich keiner. Ich habe gedacht: Das ist unmöglich, das kann nicht sein! Trotzdem bin ich gefallen. In den Schatten, in das Tal zwischen den beiden Schiffen. Ich bin schräg aufgeprallt, mit der Schulter und dem linken Arm zuerst. Das war die zweite Sekunde …«

Ich stand auf und ging zum Fenster. Es tat mir wohl, mich zu überzeugen, daß rundum nur Land zu sehen war.

»Möchtest du was trinken? Etwas Saft?« fragte Elke. Sie goß schon welchen in ein Glas. Ich setzte mich wieder auf die Liege.

»Ja, danke. Na, und dann bin ich gesunken. Eigenartigerweise – obwohl ich doch keine Stiefel getragen hab, sondern einen Helm und Brustpanzer – mit den Füßen voraus, also im Stehen. Immer noch fassungslos. Ich glaube, ich bin gewohnt gewesen, zu schwimmen und zu tauchen. Ich hab nicht gestrampelt und kein Wasser geschluckt, sondern automatisch die Luft angehalten. Über mir das sonnengoldene Wasser. Die beiden dunklen Schiffsrümpfe. Zwei oder drei Leichen, die auch niedersinken. Waffen oder Holzteile, die neben mir trudeln. Ein verschreckter Fisch, der im Dunkeln entschwänzelt. Ich hab's immer noch nicht glauben können. Das Helle, Goldene blieb immer mehr zurück. Es wurde immer dunkler. Und dann ist mir plötzlich klargeworden, daß ich gleich Atem holen muß …«

Ich trank ein paar große Schlucke Saft. »Diesen letzten Teil träume ich immer. Ich glaube, der Schock war das Schlimmste. Daß ich mich geweigert habe, es zu glauben. Meinst du nicht, ich hätte sonst vielleicht noch den Helm lösen, den Brustpanzer abreißen und wieder nach oben kommen können?«

Elke zuckte mit den Schultern. »Vielleicht war es dir bestimmt, zu diesem Zeitpunkt dort zu sterben. Du solltest über die Erinnerung mal mit Engel-Bert sprechen. Der weiß viel. Vielleicht weiß er, wie du das heilen kannst.«

Und dann verschwand Max Kuchenbecker.

14. Kapitel

In dem Simone und Lorenz anfangen, sich zu streiten – einige Leute sich Sorgen machen und einige nicht – Engel-Bert einen Nachnamen erhält – Dodo unerwarteterweise noch viel größer rauskommt – Etzi auch mal frische Luft schnappen will – und etwas ganz Entscheidendes gelernt wird

Ich wurde mit dieser interessanten Tatsache an einem Sonntagnachmittag konfrontiert. Rüdiger, Engel-Bert und Lorenz waren bei uns zu Besuch. Die Spinnerei trug zu dieser Zeit ein Korsett aus Metallstangen, weil sie weiß gestrichen wurde.

Etzi zeigte stolz alle bisherigen Umbauten, und vor allem Rüdiger billigte, wie geschmackvoll es wurde. Engel-Bert und Etzi redeten über Feng-Shui und erklärten uns anderen ein bißchen, was das war: eine chinesische Lehre von der Lebensenergie, die sich an Ecken stößt und um Kurven herumfließt. Sehr faszinierend.

Zu meiner Erleichterung schienen Lorenz und Etzi nicht aufeinander zu fliegen, obwohl sie sich anscheinend ganz sympathisch fanden. Das wiederum sprach für Etzis Ausgeglichenheit, denn Lorenz gab sich an diesem Nachmittag gnatzig und gallig und meckerte an der ganzen Welt herum. Vielleicht ging ihm inzwischen doch das offensichtliche Glück von Rüdiger und Bert auf die Nerven.

Wir saßen alle beim Kaffee, und Rüdiger erzählte gerade, daß es ihm gelungen war, für einen Kunden ein sehr altes Exemplar eines Buches zu besorgen, das Kaiser Friedrich der Zweite im Mittelalter über die Falkenjagd geschrieben hatte. »Um einen übernervösen Falken zu beruhigen, empfahl er folgende Methode: Man verhülle dem Falken die Augen – spüle den eigenen Mund mehrmals aus, um allen Schleim daraus zu entfernen; sodann fülle man ihn mit kaltem Wasser, das man in dünnem Strahl dem Falken über das Gefieder sprüht. So beruhigt sich das Tier …«

An dieser Stelle drückte irgendwer mit entfesselter Leidenschaft den Klingelknopf. Wir fuhren alle zusammen und guckten uns er-

schrocken an. Etzi rannte zur Tür. Diese Art des Klingelns ließ keine gemächliche Gangart zu.
Er kam mit Simone wieder, die ihm ein Stück vorauseilte, mit fliegenden Locken und weitaufgerissenen Augen: »Kuchenbecker hat sich verdrückt! Ist abgehauen – seine Frau hat mich eben angerufen ...«
Etzi stellte Lorenz und Rüdiger Simone vor, die beide höflich aufgestanden waren, sobald sie in den Raum barst. Ganz alte Schule! dachte ich. Dann fiel mir ein, daß mein Vater noch älter war und eigentlich nicht völlig unerzogen, aber der stand bei Damenbesuch nur auf, um sich noch ein Bier zu holen oder auf's Klo zu gehen. Simone schüttelte den beiden flüchtig die Hand und redete gleich weiter: »Seit gestern ist er weg, heute hat seine Frau entdeckt, daß er ein paar nette Kleinigkeiten mitgenommen hat, unter anderem den Safeinhalt. Und in seinem Computer hat sie einen kurzen Abschiedsbrief gefunden. Er fängt mit Flooi ein völlig neues Leben an. Ihren Hund hat Flooi bei einem Bekannten untergestellt – »Nur für ein paar Stunden, Darling!« – Jetzt sitzt der Ärmste mit dem Riesenvieh da.«
»Ja, aber – wo sind sie denn hin?« fragte ich fassungslos.
»Möglicherweise nach Australien. Australien ist ja nicht klein. Und auch das kann schließlich eine bewußt falsch gelegte Spur sein ... Vielleicht sind sie in Ecuador. Oder im Himalaja. Auf jeden Fall sind wir sie los.« Simone setzte sich schweratmend. Etzi stellte ihr eine saubere Tasse hin. Engel-Bert goß ihr Kaffee ein. Sie mußte wirklich völlig außer sich sein, denn sie gab sowohl Zucker als auch Milch in ihren Kaffee. »Überlegt mal, was das für uns alle bedeutet! Zum Beispiel sieht es so aus, als ob wir nicht mal mehr unsere Gehälter bekommen. Etzi, du hockst auf deiner halb umgebauten Spinnerei, teilweise nach Kuchenbeckers ausdrücklichen Wünschen gestaltet – und dann läßt er dich damit im Stich! Der hat vielleicht Nerven!«
»Aber den Umbau finanziert doch eine Bank?« fragte ich unsicher.
Etzi schüttelte den Kopf: »Die Spinnerei gehört ja praktisch nicht mir, sondern meinem Onkel. Wenn ich ihm das Geld dafür nicht jeden Monat abstottere, kommt der seinerseits in Schwierigkeiten.

Max Kuchenbecker hat zwar für die Umbaukosten bei der Bank gebürgt. Aber wenn er weg ist und sein Verlag zusammenkracht – was er ja wohl unweigerlich tut?« Etzi blickte Simone fragend an. Sie nickte finster. »Dann wird die Bank spätestens aus der Presse davon erfahren und mich fragen, was ich denn für Sicherheiten habe.«
»Ja und – welche haben Sie?« erkundigte sich Lorenz.
»Ich bin kerngesund und optimistisch. Soviel ist sicher.«
Wir schauten ihn alle bewundernd an. Er bemerkte unseren Kollektivblick und grinste verlegen. »Ich denke einfach, ich werde andere Firmen finden, die in die Büroräume ziehen möchten und für den Umbau bürgen. So wie ihr –« er nickte Simone und mir zu, »andere Anstellungen finden werdet.«
Ich war kurz davor, mir auch Zucker und Milch in den Kaffee zu schütten. Am meisten wurmte mich, daß Monika schon wieder recht behalten hatte mit ihren düsteren Prophezeiungen.
Mit meinem großzügigen Gehalt hatte ich meinen neuen Lebensstil einigermaßen finanzieren können. Es war fraglich, ob ich wirklich so schnell einen neuen Job bekam. Vielleicht blieb ich jahrelang arbeitslos ... Ich konzentrierte mich auf Etzis ruhiges Gesicht. Ich wollte auch gern kerngesund und optimistisch sein.
Simone trank ihren Kaffee, zuckte zusammen, weil sie sich den Mund verbrannte, schien das aber kaum zu merken. »Dieser Kerl – der hat bestimmt dafür gesorgt, daß es ihm mit seiner Babybraut gutgeht, egal, wo er ist. Wir wissen hier alle nicht, wie's weitergehen soll. Was für eine Ungerechtigkeit! Da muß es doch Gesetze geben ...«
»Gott, wie rührend! Glauben Sie an einen Zusammenhang zwischen Gesetzen und Gerechtigkeit?« fragte Lorenz spöttisch.
»Wenn Sie das so rührend finden, dann heulen Sie doch!« gab Simone zurück.
»Lorenz war mal Anwalt«, sagte ich in begütigendem Ton.
»Die Gerechtigkeit hat es gewagt, ihn zu enttäuschen«, fügte Rüdiger hilfreich hinzu. »Jetzt ist er böse mit ihr. Darüber hinaus kaut er an seiner Midlifecrisis.«
»Was für einen Unsinn du redest!« wehrte Lorenz ab. »Ich stolpere

derzeit über die Schwelle zur Greisenweisheit. Greise sind bekanntlich unfreundlich zu schönen Frauen, aus Wut über ihr Unvermögen. Mit der Midlifecrisis müßtest *du* dich abstrampeln, wenn du nicht gerade im zweiten Frühling gelandet wärst.«

Simone starrte ihn immer noch pikiert an. Dann äußerte sie hochnäsig: »Sie sind tatsächlich Anwalt? Vielleicht könnten Sie uns ja helfen, aus dieser Patsche rauszukommen!«

»Nur, falls es Ihnen gelingt, meine Emotionen in Wallung zu bringen. Aus Vernunftsgründen rühre ich keinen Finger und keine Gehirnzelle!« Lorenz klang richtig schön arrogant. Ich sah traurig von einem zum anderen. Nun lernten sie sich mal kennen, und schon hackten sie aufeinander ein.

Simone sprang bereits wieder auf: »Entschuldigt, ich muß gleich weiter zu Heino! Wir telefonieren heute abend noch mal. Tschüs!« Sie nickte einmal in die Runde.

»Ich bring dich raus!« sagte ich hastig.

Im Flur fragte ich: »Was wird denn mit Curd Andreesen? Der hatte doch ein neues Buch in Vorbereitung, nicht?«

»Er wird sich einen anderen Verlag suchen«, murmelte Simone. »Ich fürchte fast, jetzt kannst du ihn wirklich abschreiben. Du hättest eher zuschnappen sollen.«

Nachdem unsere Freunde gegangen waren, räumten Etzi und ich das Kaffeegeschirr in die Küche. Ich ließ die Teelöffel mit Getöse ins Waschbecken fallen und zerbrach eine Untertasse.

»Könnte es sein, daß du ein bißchen nervös bist, Dodo?«

»Ich bin dem Irrsinn nahe! Wie soll es denn jetzt mit uns weitergehen?«

»Auf jeden Fall wird's interessant. Abenteuer! Herausforderungen! Geschichten, die von Anfang bis Ende nur aus Happy-End bestehen, sind doch langweilig.«

Ich mußte an die dänischen Wolken denken. »Wahrscheinlich hast du recht. Aber ich bin leider trotzdem völlig zappelig.«

Etzi schloß den Geschirrspüler und drehte den Einschaltknopf. »Dann sollten wir dich am besten mit der Falkenberuhigungskur behandeln.«

»Was meinst du damit?« Ich trat mißtrauisch ein paar Schritte zurück.
»Hat Rüdiger doch genau geschildert. Wir verbinden dir die Augen, ich spüle meinen Mund schön sauber und spucke dir dann von allen Seiten Wasser auf dein überreiztes Gefieder …«
»Das könnte dir so passen!« Ich war schon halb aus der Tür. Etzi fand das sehr komisch: »Dabei würde es dir bestimmt guttun. Ich hab dir doch gesagt – dies ist das Jahr des Wassers!« rief er mir hinterher.
Abends meldete sich Simone bei uns. Heino Frohwein hätte vor Wut einige seiner Einrichtungsstücke zertrümmert, erzählte sie. Ich konnte es mir gut vorstellen. Ich kannte seine Zornesausbrüche. Außerdem wollte sie sich am nächsten Tag mit Karen Kuchenbecker treffen und mögliche Auswege besprechen. Sie hätten schon wieder stundenlang telefoniert. Vielleicht, deutete sie geheimnisvoll an, gäbe es doch noch eine Rettung.

Von dieser Rettung sprach auch Heino am Montag im Verlag. Sein Büro war rummsvoll, es wurde so gut wie gar nicht gearbeitet, er saß fast den ganzen Tag auf seinem Schreibtisch, gab Audienzen und redete mit mir und den anderen.
Den Kuchenbecker-Verlag wollte die zurückgebliebene Gattin offenbar gnadenlos untergehen lassen, denn an dem hatte sie, entgegen früherer Vermutungen, keinerlei Besitzrechte. Sie würde die Gläubiger auszahlen, allerdings mehr aus Kulanz und um langwierige Prozesse zu vermeiden – und entsprechend knapp.
Sodann plante sie vermutlich, die Angestellten, die Autoren, die Druckerei und alle Verbindungen zu erhalten und zu einem neuen Verlag zusammenzukneten: »Klein und exklusiv, unter fachkundiger Leitung!« dröhnte Heino. Er sagte es kein einziges Mal wörtlich, doch es klang die ganze Zeit so, als sei er der Fachkundigste weit und breit. Was wahrscheinlich sogar stimmte.
Ich machte mir weiterhin Sorgen und beneidete Etzi, der sich keine machte, obwohl die Arbeiten an der Spinnerei vorerst aufhörten. Er war der Ansicht, das sei alles vorübergehend, eine richtige Pleite käme in seinem Film auf keinen Fall vor. Ich gab mir riesige Mühe, ebenfalls ständig guter Laune zu sein.

Als meine Mutter anrief, weil die Zeitungen über Max' Flucht und den Verlagszusammenbruch schrieben und sie nachts nicht mehr schlafen konnte vor Angst, ich würde demnächst asozial am Hauptbahnhof herumsitzen – da beruhigte ich sie in heiterer Seelenruhe. Ich gab ihr sogar mein Wort darauf, daß alles gut ausgehen würde. Ich lachte glockenhell. Und legte mit zitternden Händen den Hörer auf.
Heino wußte ja angeblich ganz genau, was Karen Kuchenbecker dachte. Simone wurde in diesen Tagen sogar zu ihrer engsten Vertrauten. Ich will damit nicht sagen, daß sie aus kaltschnäuzigem Ehrgeiz handelte. Frau Kuchenbecker war es wohl, die ihre Gesellschaft suchte und auch tröstlich fand. Und Simone empfand bestimmt Sympathie für die Frau ihres entschwundenen Chefs. Aber daß es äußerst günstig für sie war, in diesem kritischen Moment zu Karens bester Freundin zu werden, konnte niemand bestreiten.
Die große Krisensitzung fand noch in derselben Woche in der Kuchenbecker-Villa an der Schönen Aussicht statt. Zu meiner Überraschung wurde ich auch eingeladen. Da begriff ich erst richtig, wie günstig es für mich war, in diesem kritischen Moment Simones beste Freundin zu ein.
Außer Etzi und mir glitschten natürlich Heino und Simone auf den mordsmäßig eleganten, ungemütlichen weißen Ledersofas ab, außerdem einige der leitenden Angestellten des (inzwischen so gut wie ehemaligen) Kuchenbecker-Verlags und mehrere Anwälte von Frau Kuchenbecker. Dann erschienen noch Lorenz – und Bert, die Kringellocken zum Zopf gebändigt, im blauen Cordblazer zur Jeans. Man merkte deutlich, wer ihn jetzt einkleidete. Die Hammerkinn-Angestellte war entlassen, seit Rüdiger entdeckt hatte, daß sein neuer Partner ein Verkaufsgenie war. Wahrscheinlich dufte man das nicht an seinen Drücker-Qualitäten messen. Auf jeden Fall sah er wirklich fein aus. Andererseits – was wollte er hier? Karen Kuchenbecker war groß und hübsch, wirkte wie höchstens Mitte Fünfzig und hatte kastanienbraune Locken. Sie lief unruhig mit ihren langen, schlanken Beinen auf den pastellfarbenen chinesischen Plüschteppichen umher, zündete sich schon die zweite

Zigarette an, nötigte uns Sekt auf und brach hin und wieder in ein nettes, dröhnendes Holzfällerlachen aus, wenn Heino oder Etzi etwas Witziges sagten. Ich hatte mir die verlassene Frau von Max Kuchenbecker völlig anders vorgestellt.

»Das ist die Großmutter von Vanessa?« flüsterte ich Simone erstaunt ins Ohr.

»Aber nein! Nessi ist die Tochter von Kuchenbeckers Tochter aus seiner ersten Ehe. Mit Karen hatte er keine Kinder«, flüsterte Simone zurück.

Frau Kuchenbecker guckte auf ihre kleine brillantfunkelnde Armbanduhr und verkündete, wir würden jetzt einfach anfangen. Ich wußte sowieso nicht, was dagegen sprach. Sie stellte denjenigen, die ihn noch nicht kannten, Herrn Segner und seinen Rechtsberater vor. Da Lorenz der Rechtsberater zu sein schien, mußte Engel-Bert Herr Segner sein. Was für ein passender Name für jemanden, der fortgesetzt allen Leuten Gottes Segen wünscht.

»Wenn alles so klappt, wie wir uns das vorstellen, dann wird Der kleine Gartenengel, das entzückende Buch von Herrn Segner, als erstes in unserem neuen Verlag erscheinen, mit den reizenden Zeichnungen des Autors!« sagte Karen Kuchenbecker, und alle blickten Engel-Bert beifällig an.

Dann wurde verhandelt. Zwischendurch servierte eine junge Frau mit weißer Schürze Kaffee und Petits fours. Simone wollte Geld in den neuen Verlag einbringen und Mitgesellschafterin werden und außerdem natürlich Cheflektorin – aber sie fand mitten in der hitzigsten Diskussion darüber noch Zeit, mir zuzuzischeln: »Das ist dein drittes Petits four! Kannst du das verantworten?!«

»Kann ich«, entgegnete ich überzeugt. Inzwischen gönnte ich mir hin und wieder, vor allem, wenn ich eingeladen war, gute Sachen und legte anschließend zwei oder drei Salattage ein. Das hatte ich schon auf der Dänemarkreise mit Rüdiger erfolgreich praktiziert. Ich hielt seit fünf Monaten mein Gewicht.

Jetzt wurde über den Namen des neuen Verlages diskutiert. Er sollte sich deutlich von Kuchenbecker abheben. Jeder, außer Etzi, Lorenz, Engel-Bert und mir, hatte sich dazu Vorschläge notiert. Heino erklärte ohne weiteres, er würde seinen Namen unverbind-

lich zur Verfügung stellen. Frohwein-Verlag klinge doch fröhlich und mitreißend. Mit Besitzrechten hätte das überhaupt nichts zu tun. Natürlich wollte auch er Gesellschafter werden. Und außerdem Verlagsleiter.
Lorenz wandte ein, es sei bedenklich, wenn Kindern suggeriert werde, Alkohol mache lustig. Daraufhin schmollte Heino ein wenig. Der elegante dunkle Herr war ihm aber offenbar unheimlich. Er ließ sich auf keine Balgerei mit ihm ein.
Simone jedoch hakte sich daran fest und fragte: »Wie wäre es denn eventuell mit Frohsinn-Verlag?«
Lorenz teilte ihr ziemlich von oben herab mit, der Frohsinn sei dem deutschen Volk seit längerem abhanden gekommen, und das wäre auch besser so.
Worauf Simone erwiderte: »Gut, daß Sie darauf aufmerksam machen. Davon haben wir jungen Leute ja keine Ahnung. Die Greisenperspektive ist doch manchmal sehr nützlich!«
Karen Kuchenbecker blickte erstaunt von ihr zu Lorenz.
Herr Lang, unser ehemaliger und sicher auch zukünftiger Art-Director, schlug den Namen Sieben Engel Verlag vor und zeigte uns eine kleine Emblem-Skizze, die er entworfen hatte: sieben langflügelige Engel, die freundlich schmunzelnd um ein schmökerndes kleines Kind herumstanden. Karen Kuchenbecker fand das altmodisch und bezaubernd. Also Sieben Engel Verlag. Herr Bert Segner war mindestens so hingerissen wie Frau Kuchenbecker, das sah man deutlich. Daraufhin tranken wir erst mal noch mehr Sekt.
Simone wies darauf hin, daß fast alle der bewährten Verlagsautoren, darunter auch Curd Andreesen, mehr oder weniger zugesagt hatten, in Zukunft für den gerade entstehenden Verlag zu schreiben. Sie lächelte mich kurz an, als sie Curd erwähnte.
Es wurde noch viel mehr geredet, die Frau mit der Schürze brachte Platten mit belegten Broten. Ich trank schon lange keinen Sekt mehr, nur noch Orangensaft, obwohl ich mit Etzi gekommen war und er fahren mußte. Ich fürchtete, zu müde zu werden. Zwar war es interessant, den Verhandlungen zuzuhören, aber auch anstrengend. Ich fragte mich sowieso die ganze Zeit, was ich eigent-

lich dabei sollte. Dann wandte sich Karen Kuchenbecker an mich und rief: »Und nun zu Ihnen, Frau Rascher! Sie sind mir ja von Simone und Herrn Frohwein inniglich ans Herz gelegt worden…«

Wir kamen so spät in die Spinnerei zurück, daß ich meine Eltern nicht mehr anrufen konnte. Am nächsten Morgen, vom Büro aus – also noch im alten Gebäude in der Innenstadt – rief ich aufgeregt ins Telefon, daß ich im neuen Sieben Engel Verlag die Leiterin der Vertriebsabteilung werden sollte! Ich! Weil Heino und Simone meinten, das würde ich bestimmt schaffen. Heino, der künftige Verlagsleiter, hatte außerdem gebrummelt, er würde mir mit Rat und Tat zur Seite stehen. Ich sollte zunächst einmal das gewohnte Gehalt bekommen. Frau Kuchenbecker bat uns alle, Verständnis für die Situation des neuen Verlags zu haben, der erst einmal aus der Ruine des alten neu entstehen müßte. Sobald alles ins Laufen käme, würden wir natürlich angemessenere Gehälter bekommen.

»Was ist angemessen?« wollte meine Mutter wissen.

»Laß dich überraschen!« riet ich schelmisch, als wüßte ich es schon. »Ja, und der Umbau der Spinnerei geht mit Volldampf weiter, alles wie geplant. Und Lorenz – du weißt doch, dieser Anwalt – hat für Engel-Bert tolle Honorarbedingungen ausgehandelt.«

Meine Mutter meinte abschließend mit einem Seufzer, nun könnte sie wohl wieder etwas besser schlafen.

Gleich nach Büroschluß gingen Simone, Heino und ich in eine Hotelbar an der Alster und tranken dort Kaffee. Wir wollten die Besprechung besprechen.

Die beiden zeigten sich völlig einverstanden mit dem Ergebnis der Verhandlungen. Ab nächsten Monat waren sie Mitinhaber eines neuen Verlags, und davon versprachen sie sich eine Menge. Was mich anging: Ich hatte ja bestenfalls damit gerechnet, meinen Job behalten zu dürfen. Nun saß ich plötzlich auf einem leitenden Posten.

»Aber eins verstehe ich trotzdem nicht«, sagte ich. »Wieso sollen wir uns vorerst mit kleineren Gehältern begnügen? So schlimm kann es mit der Pleite nicht sein, wenn Frau Kuchenbecker immer noch in diesem Palast wohnt. An ihrer linken Hand saß ein riesiger Smaragd und an der rechten ein mordsmäßiger Brillant …«

»Man sollte ihr natürlich nahelegen, den Smaragd ins Pfandhaus zu bringen, um Frau Rascher davon bereits jetzt ein höheres Gehalt zu zahlen«, säuselte Simone so boshaft, daß ich die Ohren anlegte. Etzi hatte sich am Vorabend schon bemüht, mir zu erklären, ich sollte doch einfach erfreut und dankbar sein. Wahrscheinlich war das auch richtig.

Simone lächelte mich schon wieder an. »Sag mal, Dodo – dieser Anwalt, dieser Maurelius oder wie er heißt …« Sie sprach leiser und guckte zu Heino, der gerade in sein Handy trompetete.

»Lorenz. Ja. Der ist in letzter Zeit leider besonders schlechter Laune. Eigentlich ist er viel netter.«

»So? Aus netten Leuten mach ich mir nichts. Ihn finde ich – beachtenswert.«

Ich schaute sie verblüfft an. »Ich dachte, ihr könnt euch nicht ausstehen?«

»Nicht ausstehen … Doch, er gefällt mir. Ein heißer Mann.«

»Weniger heiß als warm. Sei vorsichtig, der macht sich nichts aus Frauen.«

»Der?!« Simones Augen wurden ganz groß. »Wenn das eine Tunte ist, dann bin ich ein Nymphensittich!«

Abends wollte Etzi unbedingt mit mir spazierengehen, in Hetlingen am Elbedeich. Er brauchte frische Luft, da er den ganzen Tag am Computer gesessen hatte und Kopfweh bekam. Wieso Hetlingen, wenn doch der Stadtpark hinterm Haus lag? Weil er mit Hetlingen so schöne Jugenderinnerungen verband.

Ich befürchtete, es würde regnen. Die letzten Tage waren ungewöhnlich warm gewesen für Ende April. An diesem Nachmittag hatte sich der Himmel zugezogen und hing grauviolett über der Stadt.

Je eher wir losführen, argumentierte Etzi, desto trockener kämen wir wieder zurück. Er klemmte sich einen schwarzen Schirm unter den Arm, und wir sprangen in seine alte Ente.

In Hetlingen sah der Himmel noch viel bedrohlicher aus, vor allem, weil man da mehr Himmel sehen konnte. Die Wetterwand schob sich aus Südwesten heran. Auf der anderen Elbseite gingen schon die Blitze nieder, der Donner hallte über das Wasser. Aber noch war es am nördlichen Ufer trocken und der Wind wirklich kühl und erfrischend. Wir kletterten auf die Deichkante und wanderten an den blökenden Schafen vorbei nach Westen.

Ich berichtete, daß ich vom Büro aus zu Rüdiger gefahren war. Ich wollte vor allem Engel-Bert von meiner seemännischen Vergangenheit erzählen, deshalb war's mir sehr recht, daß Rüdiger noch im Antiquitätengeschäft steckte.

»Ich hab ihm meinen Sturz vom Schiff ins Meer geschildert, wie ich ihn in dieser Rückführung bei Elke erlebt habe. Und ich hab ihn gefragt, ob er meint, ich wäre ein Pirat gewesen.«

»Was denkt er?«

»Er denkt vor allem, ich war katholisch. Ich hatte gerade getötet und bin gleich danach gestorben. Ohne Beichte, Absolution und Letzte Ölung. Engel-Bert sagt, für das Bewußtsein von so einem Seemann war das ein Zustand der vollkommenen Sünde. Er glaubt, das macht mir zu schaffen.« Ich kam beim Reden ein bißchen ins Keuchen, denn Etzi marschierte ungewöhnlich zackig voran.

»Interessante Theorie. Was sollst du nun machen?«

»Er findet, ich soll zu einem Pfarrer gehen und ihm das erklären, und der soll mir dann die Ölung verpassen. Also, ob so ein Pfarrer das versteht…?«

»Vielleicht reicht es ja, daß es dir jetzt bewußt ist. Ich an deiner Stelle…«

»Ja?«

»Auf die Gefahr hin, daß ich dir damit auf die Nerven gehe – ich denke, du solltest hinter den silbergrünen Wasserfall gehen, den Seemann oder Piraten in dir rufen, dir einen Priester dazu vorstellen und den dann bitten, dem Seemann ein ruhiges Gewissen zu verschaffen.«

»Genial! Das werde ich machen!« rief ich entzückt. »Na, und als wir noch darüber geredet haben, Bert und ich, da kam Lorenz zu

Besuch. Stell dir vor, er wollte auch nicht zu Rüdiger, sondern zu Bert. Er hat ihm was mitgebracht!«
»Mach's nicht so spannend. Was denn?«
»Es ist aber spannend. Er hat ihm einen Personalausweis und einen Reisepaß gebracht. Ich hab sie mir angeguckt. Beide für Bertram Segner. Nach dem Geburtsdatum zweiundzwanzig Jahre alt.«
»Ich dachte, Engel-Bert sei älter?«
»Ist er auch. Etzi, ich bin ganz sicher: Das waren gefälschte Papiere. Engel-Bert hatte keine Ausweise, überhaupt keine, das hat er mir mal erzählt. Deshalb kriegte er jedesmal Panik, wenn er einen Peterwagen nur am Horizont sah…«
»Er glaubt ja, er wäre vom Himmel gefallen. Logisch, daß man da keinen Ausweis mitnimmt. Sicher haben die Leute in der Psychoklinik seine ganzen Sachen behalten. Wo mag Lorenz die Papiere hergehabt haben?«
»Rüdiger hat mal gesagt, er hätte Kontakte zur Hamburger Unterwelt, noch aus seiner Anwaltszeit.«
»Auf jeden Fall ist es schön für Engel-Bert, jetzt keine Angst mehr haben zu müssen.«
»Das finde ich auch. Wenn er keine Verbrechen begeht – und das hat er ja wohl nicht vor –, wird hoffentlich nie jemand überprüfen, wie echt seine Ausweise sind. Weißt du übrigens, was ich merkwürdig finde? Bevor Lorenz wieder ging, hat er mich nach Simone ausgefragt. Und ich dachte immer, der interessiert sich nicht für Frauen!«
»Vielleicht ist er ein bißchen bi?« schlug Etzi vor.
»Ja, wer weiß… Warum rennst du eigentlich so? Wir sind jetzt schon ganz schön weit weg vom Auto, und der schwarze Himmel kommt immer näher!«
Er ging noch schneller. »Ich habe das Bedürfnis nach Bewegung – ich muß durchatmen…«
Etzi stürmte voran. Die unheimlichen Wolken, Blitz und Donner stürmten über die Elbe hinter uns her.
»Sollten wir nicht umkehren? Es fängt bestimmt gleich an zu regnen. Sogar wenn wir rennen, brauchen wir von hier aus zwanzig Minuten zurück.«

»Ich hab doch einen Schirm mit«, rief mein Begleiter über die Schulter. Er verschwand schon fast am Horizont. Ich mußte laufen, um mitzukommen.
Ein Donnerschlag grollte majestätisch. Ich dachte ärgerlich darüber nach, ob ich einfach allein umkehren sollte. Aber, wie er schon gesagt hatte: *Er* hatte den Schirm.
Patsch! sagte ein Tropfen neben mir auf dem Deich. Patsch – pateschipatsch – patsch, patsch, patsch! seine Kollegen.
Dann ging es richtig los.
»Etzi! – Etzi – der Schirm!!«
Er drehte sich wirklich um und lief auf mich zu, heftig an dem schwarzen Schirm herumzerrend. Er kämpfte damit und versuchte ihn aufzuspannen. Das Haar hing ihm schon triefend in die Stirn.
»Gib mal her!« Ich entriß ihm wütend das Ding. Der Knopf fehlte! So was hatte ich noch nie erlebt. Ich versuchte die Metallhülse einfach so nach oben zu schieben, aber sie rührte sich nicht.
»Dein blöder Schirm ist kaputt!«
»Gut, daß du das sagst. Das wäre mir nie aufgefallen.« Etzi blickte mich durch wasserverklebte Wimpern an. Ich blinzelte ebenfalls Tropfen beiseite. Weil es so warm gewesen war, trugen wir beide keine Jacken. Die hätten wir uns wenigstens über die Köpfe halten können.
»Wir sollten runter vom Deich. Wegen der Blitze ...« Etzi zog mich am Ellbogen den steilen, glitschigen, grasbewachsenen Hügel hinunter, vorbei an den zusammengedrängten Schafen. Die zeigten Sturm und Regen ihr Hinterteil. Ich wünschte mir auch einen Schafspelz, denn außer meinen Schuhen trug ich genau drei Kleidungsstücke: ein Höschen, eine Strumpfhose und ein schlabberiges graues Freizeitkleid aus T-Shirt-Stoff mit langen Ärmeln und langem Rock. Das war zuwenig. Einen Taucheranzug hätte ich tragen sollen.
Ich folgte dem nassen Etzi patschnaß über die nasse Deichwiese, endlich über den nassen Weg zur Kläranlage, wo unser nasses Auto parkte. Zuerst war es nur von außen naß. Bis wir auf die Sitze klatschten. Etzi blickte mich kurz an, sagte: »Uuuuii – Miss Wet-T-Shirt!« und ließ den Motor an.

Wir fuhren so schnell wie möglich nach Hause. Sehr schnell ging es nicht, weil der Regen so heftig gegen die Scheiben und auf die Straßen prasselte. Andererseits hielten uns nicht gerade viele andere Fahrzeuge auf.

In Hamburg regnete es genauso stark wie am Elbdeich. Die Scheibenwischer schaufelten das Wasser großzügig nach links und rechts. Als wir zur Spinnerei kamen, erkannten wir, daß irgendein Idiot das gußeiserne Tor der Einfahrt geschlossen hatte. Etzi sprang aus dem Wagen und wollte es öffnen, arbeitete auch eine Weile daran herum – und kam dann unverrichteter Dinge ins Auto zurück.

»Ich kriege es nicht auf, Dodo, weiß nicht, was damit los ist. Ich werd den Wagen hier am Straßenrand parken, und wir müssen durch die kleine Gartenpforte und ums Haus rum. Komm, schmoll nicht – nasser können wir doch jetzt kaum noch werden!«

Ich war mir da nicht so sicher. Von der Einfahrt durch den Seiteneingang ins Haus wären es höchstens fünf, sechs Meter gewesen. Durch die Gartenpforte an der Straßenseite, ums Haus herum bis zum Seiteneingang waren es gut und gern dreißig Meter. Der Haupteingang, für den Etzi auch Schlüssel hatte, nützte uns nichts, denn inzwischen waren die Türen, die den Büro- mit dem Wohnbereich verbunden hatten, zugemauert worden.

Als wir endlich vor Etzis Wohnung standen, tropften wir wie ungeschleuderte Wäsche. Ich wollte in mein Zimmer. Etzi zog mich am Arm hinter sich her zu seiner Wendeltreppe und die hinauf.

»Was soll denn das – was hast du vor?« fragte ich gereizt.

Er antwortete nicht, sondern zog mich weiter durch sein Schlafzimmer und in das Bad. Ich griff nach einem dicken Badelaken. Etzi nahm es mir weg und schob mich vor den Spiegel: »Guck mal! Was siehst du?«

»Eine halbersoffene Dodo.«

»Richtig. Schau dich mal genau an …«

Und das tat ich. Mein Haar klebte schwarz an meinem Schädel, von allen Strähnen tropfte es. Mein Gesicht triefte, unter den Augen trug ich zwei schwarze Halbmonde von der Wimperntusche. Möge Curd Andreesen mich niemals so zu Gesicht bekommen.

»Ich seh potthäßlich aus. Na und?«
»Quatsch. Du siehst nie häßlich aus. Was ich meine, ist: Du siehst so aus, als hättest du vergessen, dich vor dem Duschen auszuziehen und abzuschminken. Aber geduscht siehst du aus. Und du bist auch geduscht. Bloß kam das Wasser aus der ganz großen Brause. Das ist der einzige Unterschied. Deshalb meine ich, du solltest die Gelegenheit nutzen und sofort noch mal unter die kleine Brause gehen …« Etzi zog mich zu seiner Duschkabine. »Ist dir kalt?«
»Ja, ziemlich.«
»Dann stellen wir es warm ein, aber nicht zu heiß …« Etzi schob mich in die Kabine und trat hinterher.
»Was tust du denn?!«
»Ich dreh das Wasser an. Halt dich an mir fest, und stell dir vor, du wärst noch auf dem Deich.«
Wir standen vollständig angezogen, mit Schuhen und so weiter, in Etzis schöner, eben noch sauberer Duschkabine, und das warme Wasser prasselte auf uns herunter. Ich umklammerte Etzis Arme und legte den Kopf an seine Brust, um es nur über den Hinterkopf zu bekommen.
Mit einem hatte er recht: Nasser konnten wir nicht mehr werden. Die Hemmschwelle, die mir sonst zu schaffen machte, war abgebaut. Das Wasser lief seitwärts über meine Ohren, ohne mir etwas zu tun. Ich hob langsam und vorsichtig den Kopf und kniff die Augen fest zusammen – schon, damit es mir nicht die Linsen herausspülte. Das Wasser rauschte gleichmütig, weich und ohne Bosheit über mein Gesicht. Es erstickte mich nicht. Es ertränkte mich nicht.
Ich stand da wie eine Frau im Film – nur, daß die eigentlich nie bekleidet sind.
Etzi drehte den Wasserhahn ab, löste meine Hände von seinen Ärmeln und stieg aus der Wanne. Ich stand immer noch mit fest zusammengekniffenen Augen da. »Was machst du?«
»Ich zieh mich gerade aus, trockne mich ab und zieh meinen Bademantel an«, war die Antwort. »Und jetzt gebe ich dir ein Handtuch für deinen Kopf – hier. Ich geh gleich raus, dann kannst du dich abtrocknen – ich hänge dir hier ein Riesenhandtuch hin, in das

kannst du dich auch einwickeln und nachher in dein Zimmer rübergehen ...«

Ich trocknete mich gründlich ab und wickelte mich in das große Badetuch. Ich fühlte mich wie nach einer befriedigenden sportlichen Leistung und strahlte in den Spiegel. Mit Etzis Kamm riß ich mir viele nasse Haare aus – egal. Ich hatte geduscht!

Ich kam, ins Badetuch gewickelt, die Wendeltreppe hinunter. Etzi werkelte im Bademantel in der Küche herum.

»Ich werde morgen früh duschen, Etzi.«

»Natürlich. Es wird dir Spaß machen.«

»Hast du jemandem gesagt, er soll das Tor zur Einfahrt zumachen, sobald wir weg sind?«

»Wie kommst du darauf?«

»Und hast du deinen Schirm extra kaputtgemacht, damit man ihn nicht aufkriegt?«

»Es war ein ganz alter Schirm. Und es war ja für einen guten Zweck ...«

Ich ging zur Tür. Ich wollte warme Sachen anziehen und mir heiße Milch mit Honig machen.

»Sind wir deshalb ausgerechnet nach Hetlingen gefahren – weil es so weit weg ist?«

»Und weil da nichts zum Unterstellen ist.«

»Und wie hast du's geschafft, daß es so geregnet hat?«

»Das war Glückssache. Es hätte vorbeiziehen können. Oder schnell wieder aufhören. Ich hab doch immer viel Glück ... Außerdem hab ich natürlich den Wetterbericht gehört.«

Ich drehte mich in der Tür noch einmal um. Da stand er, dieser schlitzäugige Strolch, und sah sehr zufrieden aus.

»Danke, Etzi.«

15. Kapitel

In dem Dodos Geburtstag gebührend gefeiert wird – Simone und Lorenz fortfahren, sich zu streiten – wir etwas über die Unvollkommenheit der Gesetze erfahren – der Tierarzt zum Einschläfern rät – einige Umzüge stattfinden – und Curd Andreesen endlich anfängt zu begreifen, worum es geht

Du hast am 7. Mai Geburtstag«, sagte Heino Frohwein zu mir. Bevor ich erwidern konnte, daß mir das bekannt sei, fuhr er fort: »Wir sollten das groß feiern. Im neuen Verlagsgebäude. Dein Dreißigster, nicht?«
»Mein Vierunddreißigster.«
»Na egal, wie auch immer! Ich dachte, ich finanziere das so'n bißchen mit – also, Getränke gehen auf den Verlag. Wir laden den übriggebliebenen Rest vom Kuchenbecker-Verlag ein, gewissermaßen die neue Crew. Ein Paar Neue kommen dazu, die können sich gleich alle beschnuppern. Und die Location. Du wohnst doch da? Bist liiert mit Etzold? Das bietet sich doch an! Wir sollten das schöne Wetter nutzen, die Auffahrt eignet sich zum Schwofen, die ist schließlich asphaltiert, drumrum im Garten kann man sitzen … Warte mal, der 7. ist ein Sonntag, dann machen wir die Sause am Samstag und feiern rein!«
Mir gingen alle möglichen Antworten durch den Kopf: Ich wohnte da nur behelfsmäßig; ich war keineswegs mit Etzi liiert; ich wollte, wenn schon Wochenende war, allein feiern; ich war kein Verlagsinventar – aber dann nickte ich nur. Dörthe Mehlig hatte ihren Geburtstag nie groß gefeiert. Warum sollte Dodo Rascher ihn nicht mordsmäßig zelebrieren, wenn ihr die Gelegenheit geboten wurde? Das Wetter spielte tatsächlich mit, es war warm und trocken. Simone sagte, wenn es so bliebe, müßte sie demnächst mit einem Sauerstoffgerät herumrennen. Sie wachte jeden Morgen gegen vier auf, weil die herumfliegenden Pollen ihre Nase kitzelten, und nieste sich dumm und dusselig. Dadurch bekam sie wenig verschönernden Nachtschlaf.

Engel-Bert erschien vormittags und half, Tische und Stühle im Garten aufzustellen und Lampions aufzuhängen, ziemlich behindert übrigens, denn er trug einen von Rüdigers Kaftans, der ihm ein Spürchen zu lang war und auf den er ab und zu trappste. Elke kam auch früh und erzählte mir Hebammengeschichten, während wir Bowlen ansetzten und haufenweise Brote belegten.
Ursprünglich hatten Etzi und ich ja geplant, zu grillen. Dann versicherten Simone, Rüdiger und Lorenz unabhängig voneinander, Grillen sei ordinär. Daraufhin wollte Etzi, dem so was egal war, immer noch grillen. Aber ich machte einen Rückzieher. Kalte Platten waren letztendlich sogar preiswerter. Heino kam schließlich nur für die Getränke auf.
Wir luden auf eigene Faust alle meine Umzugshelfer und Spinnerei-Umbauhelfer ein. Frohwein wollte unbedingt Karen Kuchenbecker beim Fest dabei haben. Die weilte jedoch gerade zur Erholung auf einer Schönheitsfarm im Allgäu. Simone trug sich mit der Idee, Curd Andreesen einzuladen und erfuhr, daß er sich mit Tanja Bausch im Urlaub in Monaco befand. Seit er seine Frau wieder verlassen hatte, mußte er nicht mehr auf die Schulferien achten.
Vielleicht war es ganz gut, daß weder Frau Kuchenbecker noch Herr Andreesen kommen konnten. Auch so mußten die Gäste einige Toleranz aufbringen, um sich gegenseitig zu verkraften. Die Umzugshelfer waren ja mit Rüdiger bereits vertraut. Die Verlagsmitglieder jedoch hatten einige Mühe, ihr Befremden nicht deutlich zu zeigen, als Antiquitätenhändler Schättler, im bestickten orientalischen Seidenanzug, mit Engel-Bert im Kaftan ein heißes Tänzchen hinlegte.
Heino Frohwein tat so, als hätte er überhaupt nichts anderes erwartet und guckte den beiden betont wohlwollend zu. Im übrigen wuselte er den ganzen Abend zwischen allen Tischen herum, unterhielt sich mit jedem und brachte alle zum Lachen. Auch der Bär tanzte, und zwar mit Elke, das sah allerliebst aus. Auf der zur Tanzfläche ernannten Auffahrt, unter den kreuz und quer gespannten Leinen mit den Lampions, herrschte ordentlich Gedrängel.
Es machte mir Spaß, zuzugucken. Doch es ging mir auf die Ner-

ven, immer wieder zu erklären, daß ich nicht tanzen wollte. »Warum nicht?« fragten alle. Simone wurde sogar ärgerlich: »Das ist doch Firlefanz!« sagte sie. »Wenn du lernen konntest, zu duschen, kannst du auch lernen, zu tanzen!«

Ich saß neben Etzi, der auch nur zuguckte. »Tanzt du eigentlich nie?« fragte ich ihn.

»Nein. Nie.«

»Und wieso nervt dich deswegen keiner? Wieso zerren alle an mir rum?«

»Vielleicht, weil es dir peinlich ist. Du hast das Bedürfnis nach Anerkennung. Du möchtest dazugehören.«

»Du nicht?«

»Nein. Ich hab ja viele Freunde, die mich so mögen und akzeptieren, wie ich bin. Tanzen macht mir keinen Spaß. Ich hab schlechte Erfahrungen damit gemacht. Meine Talente liegen nun mal woanders.«

»Bist du unmusikalisch?«

Etzi seufzte tief. »Ich erinnere mich noch, wie unsere Musiklehrerin verzweifelt versucht hat, mich irgendwie im Schulorchester zu integrieren. ›Dirk, du nimmst die Triangel und schlägst mit dem Klöppel im Takt dagegen!‹ – Ping. – Ping. – Ping. – ›Aber nein, Dirk, merkst du denn nicht, das ist viel zu langsam. Im Takt, bitte, schneller!‹ – Pingpingpingpingpingping … ›Halt, nein! Menschenskind, das ist doch viel zu schnell!‹ Zum Schluß mußte ich in der Musikstunde immer das Butterbrotpapier auf dem Schulhof aufsammeln.«

»Dann hast du eine gute Entschuldigung. Ich bin musikalisch und will trotzdem nicht tanzen.«

Etzi drehte mir sein Gesicht zu, beleuchtet von einem orangefarbenen Lampion. »Na und? Warum meinst du, daß du irgendwem Rechenschaft schuldig bist? Spaß ist doch nicht gesetzlich angeordnet. Spaß ist immer nur das, was dir Freude macht.«

»Warum sieht das nicht jeder so wie du? Ich denke schon die ganze Zeit, ich muß mich zu einem Tanzkurs anmelden.«

»Hast du Lust dazu?«

»Überhaupt nicht.«

»Für mich«, sagte Etzi nach einem langen Schluck Bowle, »könnte es nur zwei Gründe geben, in diesem Leben noch tanzen zu lernen. Entweder, mich überkommt plötzlich die echte Gier danach. Oder ich begegne einer Frau, die mir unendlich wichtig ist, und ausgerechnet für die bedeutet Gesellschaftstanz das Leben.«

Nun hatte ich ja in der letzten Zeit ständig darum gekämpft, zu Etzi wieder ein unbefangenes Verhältnis zu bekommen. Aber als ich das hörte, wurde ich sofort eifersüchtig auf diese noch nicht vorhandene tanzwütige Frau.

Ich sagte nicht ohne Koketterie: »Das heißt, du findest es eigentlich gut, daß ich auch nicht tanzen möchte?«

Etzi grinste nur still in sich hinein.

Um Mitternacht stießen wir mit Sekt an, alle gratulierten mir, und die meisten überreichten mir Geschenke. Simone beispielsweise ein Duschhandtuch, besonders feines Duschgel und Handschuhe aus Luffa. Denn es hatte sich unter meinen Freunden herumgesprochen, wozu ich inzwischen fähig war.

Von Rüdiger und Bert bekam ich drei schöne Messinglampen für meine neue Wohnung. Von Lorenz ein Lexikon der Klassischen Musik und mehrere Klassik-CDs. Vor denen stand ich verlegen und traute mich nicht zu sagen, daß ich keinen CD-Player besaß. Lorenz jedoch hatte sich vorher mit Etzi abgesprochen; der schenkte mir einen Hifi-Turm mit allem Drum und Dran. Die ganz kleinen Fehler, um deretwillen er das Gerät billiger von seinem Großvater bekommen hatte, bemerkte ich sowieso nicht.

Von Heino bekam ich einen neuen Computer und einen neuen Drucker. Man hätte natürlich sagen können, er statte einfach seinen Verlag neu aus. Ich freute mich trotzdem.

Der Bär holte eine Gitarre aus seinem Auto und gab »Happy birthday to you«! zum besten – und zwar nicht das klassische, sondern das von Stevie Wonder. Er kannte den Text nicht sehr gut, also half ich ihm und sang mit. Danach spielte er alle möglichen Melodien, und ich sang dazu. Der Spinnereihof besaß eine gute Akustik. Heino Frohwein zeigte sich sehr beeindruckt, ich hätte ja eine Riesenstimme, und die müßten wir irgendwie bei der nächsten Buchmesse mit einbauen.

Die meisten Gäste gingen gegen zwei, bis auf meine engsten Freunde. Wir blieben draußen, denn es war noch warm – jedenfalls, wenn man eine Jacke überzog – und der Mond war gerade eben aufgegangen.
Ich schaute nach oben und dachte an meine kleine Sternschnuppe vor über einem Jahr. Um mich herum saßen Rüdiger mit einem Seidenkäppchen, Engel-Bert im Kaftan (ihm fehlten nur noch Pappflügel), Etzi und seine knallbunt gewandete kugelrunde Schwester, Simone – trotz Heuschnupfen traumhaft schön – und Lorenz, elegant wie immer, mit Brokatweste. Einer verrückter und origineller als der andere. Ich hatte sie alle sehr lieb, und ich hob das Glas zum Himmel und bedankte mich innerlich.
Seit einer Weile blickte Etzi immer wieder auf seine Uhr. Was plante er jetzt noch? Er wußte, daß ich Überraschungen nicht leiden konnte. Das kümmerte ihn jedoch nicht im geringsten.
Dann hielt ein Wagen vor der Spinnerei. Es wurde zweimal kurz gehupt. Etzi rannte hin, verhandelte dort – was geredet wurde, war nicht zu verstehen – und kam durch die Dunkelheit zurück zu uns. »Hier ist noch jemand, der dir gratulieren möchte!« sagte er von weitem. Er hielt sich ein wenig zurück und ließ den riesigen blaugrauen Hund allein auf uns zukommen. Es war Bluebelle-Lady mit einer dicken Seidenschleife um den Hals. Sie blieb unsicher vor uns stehen, blickte einmal sorgenvoll rundum, erkannte offensichtlich niemanden, machte eine Kehrtwendung, verließ mit hängendem Kopf den hellen Fleck und trabte wieder in die Dunkelheit. Etzi brachte sie an der Schleife zurück und zog sie zu mir. Er sagte: »Sitz, Lady!«, und der große Hund setzte sich. Er sagte: »Gib Pfoti!«, und Lady streckte mir brav die rechte Vorderpfote hin. Sie blickte dabei weder Etzi noch mich an, und sie legte die Ohren auf verkrampfte Art halb an den Hinterkopf. Ich schüttelte ihre Pfote und umarmte sie. Sie hielt still und sah ausdruckslos an mir vorbei. Etzi erzählte uns, daß er den Menschen angesprochen hatte, zu dem Flooi vor der plötzlichen Auswanderung ihren Hund für ein paar Stunden in Pension gab. Etzi wollte ihn fragen, ob er Lady gern behalten oder eventuell auch in gute Hände weitergeben würde. Da stellte sich heraus: Er hatte sie längst weitergegeben,

und zwar ins Tierasyl! Etzi fuhr also Hals über Kopf in die Süderstraße. Da saß Bluebelle-Lady in einem Zwinger. Er rief sie, und sie zuckte hoch – sie erkannte seine Stimme – blickte suchend um ihn herum und an ihm vorbei und fiel wieder in sich zusammen. Die Tierpflegerin erzählte ihm, sie sei für eine Woche bei einer Familie in Bahrenfeld gewesen. Dann hätte der Vater sie zurückgebracht. Er sagte, seine Kinder würden nicht damit fertig, daß sie sich wie ein Zombie benahm. Sie fraß zwar und sie trank – aber nur, wenn man sie am Halsband zum Napf zog und es ihr befahl. Der Vater sagte, sein jüngster Sohn finge schon dauernd an, zu weinen, sobald er auf den Hund guckte. Er tauschte die Dogge gegen einen verspielten Terrier-Mischling um.
»Sie besitzt Charakter«, sagte Rüdiger.
»Indem sie einem charakterlosen Biest hinterhertrauert!« meinte Simone verächtlich, bevor sie sich die Nase putzte. Sie hatte eine Korbtasche voller Papiertücher bei sich. »Es müßte Gesetze geben, die es solchen Menschen verbieten, Tiere zu halten.«
Lorenz reagierte aufs Stichwort: »Gesetze sind für Gehirnlose!«
»Haben Sie deshalb Jura studiert?« fragte Simone zuckersüß, wenn auch nasal.
»Sicher. Um den Gehirnlosen behilflich zu sein.«
»Das ist doch Schnickschnack! Wir brauchen Regeln und Gesetze, um miteinander klarzukommen. Sonst würde die Welt im Chaos versinken«, regte Simone sich auf.
»Und was denken Sie, worin die Welt derzeit gerade versinkt? Die Menschen werden bevormundet, geknebelt und eingepfercht von Regeln.«
Ich formulierte im Kopf an einem Satz herum, der Bezug auf den Prozeß von Kafka nehmen sollte. Ich fand, das paßte gut hierhin. Bevor ich ihn äußern konnte, sagte Rüdiger zu Simone: »Nehmen Sie mal die Zehn Gebote. Ich unterstelle, daß Sie darüber informiert sind, wie sie auf die Menschheit kamen?«
Simone trompetete einmal ihre Nase aus, bevor sie antwortete: »Natürlich. Ich hatte Religionsunterricht. Moses ging auf den Berg Dingsda …«
Rüdiger legte die Spitzen seiner langen Finger unter dem Kinn-

bart zusammen und schmunzelte vor sich hin, wie immer, wenn er etwas Schönes erzählen wollte. »Richtig. Mose ging auf den Berg Dingsda, Sinai heißt er, erhielt das steinerne Regelwerk und so weiter. In den Schriften der Essener – das war eine Bruderschaft am Toten Meer – steht es allerdings anders. Die richteten ihre Gebete außer an den Himmelsvater auch an die Erdenmutter ...«
Ich überlegte, ob ich mich zur Problematik des Matriarchats äußern sollte. Ich konnte zum Beispiel Robert von Ranke-Graves zitieren, das würde ganz gut hierhin passen.
»Manche Religionswissenschaftler glauben, Jesus hätte bei den Essenern gelebt und gelernt, bevor er zu predigen begann«, erläuterte Lorenz.
Rüdiger fuhr fort: »In der Version dieser Bruderschaft sprach Gott zu Mose: Ich bin das unsichtbare Gesetz ohne Anfang und Ende. Du sollst dir keine falschen Gesetze machen, denn ich bin die Weltenordnung, die alles einschließt.«
»Wie soll das zu verstehen sein?« Simone klang ungeduldig.
Lorenz antwortete: »Wenn die Weltenordnung alles einschließt, dann auch uns. Das bedeutet, Gott ist *in* uns, und damit jedes Gesetz. Seine Gerechtigkeit liegt in unserem Urwissen. Oder, mit anderen Worten: Unser Gewissen weiß eigentlich jederzeit, was richtig ist. Das ist das ganze Gesetz.«
»Ich glaube nicht, daß die Menschen groß auf ihr Gewissen lauschen, wenn Entscheidungen anstehen. Die wollen wissen, ob sie rechts oder links lang müssen«, behauptete Simone.
»Wie wahr!« erwiderte Lorenz verächtlich. »Und genau durch diesen Mangel an Differenziertheit werden Gewalttäter auf die Menschheit losgelassen und arme Würstchen in den Knast gestopft – werden mißhandelte und mißbrauchte Kinder ihren Peinigern so lange überlassen, bis sie endlich tot sind, während die Gesetzesbefolger andere Kinder ihren Eltern entreißen und in Heime quetschen, obwohl sie nur darunter leiden und totunglücklich sind. Alle Regeln des gesunden Menschenverstandes werden mißachtet, weil seine Heiligkeit, das Gesetz darüber steht! Wie sympathisch, daß Sie das befürworten!« Sie funkelten sich gegenseitig an, als wollten sie mit Bowlegläsern aufeinander einschlagen.

Etzi hatte sich damit beschäftigt, eine Wolldecke aus dem Haus zu holen, neben mich auf den Boden zu legen und Lady daraufzuschieben. »Vielleicht sollte Bert an dieser Stelle mal seine Geschichte vom Irrgarten vorlesen?« schlug er nun vor.
Rüdiger nahm die Hand seines Freundes und sagte mit seiner freundlichen, ganz unspöttischen Stimme: »Ja, wie ist das denn eigentlich bei den Engeln?«
Engel-Bert schlug seine schönen hellblauen Augen auf und lächelte einmal im Kreis. »Das Gesetz lautet, es gibt kein Gesetz. Und die Regel heißt, es gibt keine Regel. Amen«, deklamierte er.

Gegen halb vier erfolgte der allgemeine Aufbruch, der sich gemächlich hinzog. Etzi sprach mit Rüdiger über Wendeltreppen verschiedener Zeitalter. Simone ließ sich von Elke deren Telefonnummer aufschreiben, weil sie hoffte, daß sie etwas gegen ihren Heuschnupfen unternehmen könnte. Einige halfen, den Tisch abzudecken. Lady saß unbeweglich auf der Decke und schien nach innen zu lauschen, wie Simone es genannt hatte. Vielleicht stand für sie eine Entscheidung an.
Als ich Kaffeegeschirr in Etzis Küche bringen wollte, hörte ich leises Sprechen aus seinem Gästeklo, und ich bemerkte, daß dessen Tür ein Stück offenstand. Ich gebe zu, daß ich näher schlich. Ich war wirklich neugierig. Wer war denn da zu zweit auf der Toilette – oder sprach mit sich selbst?
Ich erkannte Simone und Lorenz, die aufgehört hatten, zu reden, und sich statt dessen küßten. Simone knöpfte gerade äußerst geschickt seine Brokatweste auf, ebenso das Hemd darunter, und vergrub ihre Hand in seiner schwarzweißen Brustwolle. Und das, nachdem sie sich so gefetzt hatten! Ob Simone gerade dabei war, etwas Luft zu schnappen? Oder war dies hier ernster gemeint? Überhaupt – ausgerechnet Lorenz!
Ich stand mit offenem Mund da wie der geborene Voyeur. Als Etzi mit Gläsern und dem Zuckernapf auf einem Tablett hinter mir her ins Haus schepperte, griff Lorenz, ohne hinzugucken oder auch nur die Augen zu öffnen, zur Türklinke, zog die Tür zu und schloß ab.

Etzi trat mir fast in die Hacken. »Was – –?!« fing er an. Ich legte ihm schnell einen Finger auf den Mund und schüttelte den Kopf, stellte das Geschirr eilig in die Spüle und rannte wieder in den Garten, zu Rüdiger, der sich mit Bert unterhielt.
»Rüdiger, darf ich dich mal was fragen?« flüsterte ich aufgeregt.
»Ausnahmsweise, meine Sternennacht. Und ich werde auch antworten. Eventuell sogar ehrlich!« flüsterte er zurück.
»Ist Lorenz – ist der eigentlich homosexuell?«
»Schätzchen, tu mir den Gefallen und sprich das mit weichem S aus. Sexy und Sex kommt aus dem Englischen und wird mit scharfem S gesprochen. Sexuell und Sexualität kommt aus dem Lateinischen. Auch, wenn abiturbelastete Radiomoderatoren das immer wieder falsch nuancieren. Und was Lorenz angeht: der hat stets *nur* mit Frauen zu tun gehabt. War mal kurz verheiratet. Leistet sich sogar zwei Enkel. Wußtest du das nicht?«
Ich setzte mich fassungslos auf einen Stuhl. »Nein. Ich habe die ganze Zeit gedacht…«
»Oh, schnöde Welt voller Vorurteile! Nur, weil der Mann sich nicht darüber erhaben fühlt, mit einer alten Tunte befreundet zu sein, wird er selbst zu einer gestempelt. Beruhige dich, das passiert ihm nicht zum ersten Mal. Es hat ihn noch nie gestört. Wenn's drauf ankommt, kann er jederzeit klarmachen, in welche Richtung sein Flaggenzipfel flattert. Schockiert, Rosenschnute?«
»Aber nein. Ich freu mich, daß meine Freundin kein Nymphensittich ist«, antwortete ich – um auch mal was Originelles zu sagen.

Jetzt hatte ich also wieder einen Hund. Einen – im Gegensatz zu Dicky – bildschönen, edlen Rassehund. Nur leider zutiefst schwermütig.
Ich fuhr mit Lady zu meinem alten Tierarzt in Eimsbüttel. Der horchte sie ab, entnahm ihr Blut, guckte in ihre Ohren, teilte mir mit, sie sei zwischen zwei und drei Jahren alt und kerngesund, aber depressiv. Er schimpfte auf Züchter und überzüchtete Rassen, unkte, demnächst werde man Hunde sowieso nur noch klonen oder genetisch völlig versauen, beklagte den Niedergang der Menschheit und damit auch den der Tierwelt, schimpfte auf die

Regierung und riet mir dringend, Lady einschläfern zu lassen: »Die wird nie wieder, die hat einen Knacks! Was wollen Sie denn mit einer dahinvegetierenden Dogge, Frau Mehlig?«
Ich erzählte ihm kein zweites Mal, daß ich inzwischen Rascher hieß. Ich rauschte mit Lady davon und vermerkte in meinem Kalender: neuen Tierarzt besorgen.
Erstens glaubte ich nicht, daß Lady nie wieder wurde. Zweitens hatte ich mir gleich am Tag nach meinem Geburtstag ein Hundenetz für's Auto, ein Kettenhalsband samt teurer Lederleine, einen gigantischen Hundekorb mit Polster, zwei überdimensionale Freßnäpfe und ein rotes Bällchen besorgt. Das sollte ich jetzt alles umsonst gekauft haben?
Selbst wenn der Mann recht haben sollte, entschied ich, war sie immer noch jeden Pfennig Hundesteuer wert: attraktiv wie ein modisches Accessoire, einschüchternd wie ein Kampfhund. Ich konnte durchaus genießen, wie die Leute auf der Straße uns hinterherguckten. Denen fiel nicht auf, daß Ladys Augen melancholisch in der Weite umhersuchten, anstatt mich anzulachen. Die meisten Menschen wissen sowieso nicht, daß Hunde lachen können.

Mitte Mai zogen Mieter in die Wohnungen im hinteren Teil der Spinnerei ein. Außerdem hatte Etzi Leute für mein Zimmer und das, in dem wir meine Möbel lackiert hatten, für Anfang Juni in Aussicht.
Die zwei Wochen nach meinem Auszug mußten reichen, um alles mit Bad und Einbauküche zu versehen.
Dann zog ich mit Lady in die Eilenau. Der gigantische Hundekorb bekam einen Platz im Flur, die überdimensionalen Freßnäpfe einen in der Küche. Etzis Freunde – und diesmal auch er selbst – halfen umziehen. Rüdiger half einrichten, indem er entschied, welche Möbel wohin sollten. Da er mir meine öffentliche Curd-Andreesen-Gedenkstätte verbot, legte ich eine heimliche in einem Schuhkarton unten im Kleiderschrank an.
Simone, Elke und Engel-Bert halfen auspacken und einräumen. Wenige Tage nach dem Umzug sah meine neue Wohnung absolut

perfekt aus. Ich war sehr glücklich damit. So geschmackvoll hatte ich noch nie gehaust.

Schließlich zog der Verlag um. Es war ein bißchen ulkig, von der Spinnerei wegzuziehen und einige Tage später rein beruflich zurückzukommen.

Ein eigenes Büro hatte ich jetzt nicht mehr, dazu war der neue Verlag zu klein. Ich saß aber mit zwei netten Mitarbeitern – auch leitenden Angestellten – in einem hübschen, hellen Raum. Der neue Verlag bestand mehr oder weniger nur noch aus leitenden Angestellten und ein paar Sekretärinnen.

Das klobige Gebäude sah viel hübscher aus, seit es weiß gestrichen war und grüne Fensterläden hatte. Es gab zwei Gartenpforten: rechts führte eine kleine auf einem Plattenweg um drei Hausecken herum zum Eingang der Wohnungen und dem Garten. Die linke war groß, stand meistens offen und führte zur Einfahrt und dem Parkplatz vor dem Haupteingang. Über diesem hing das neue grünweiße Verlagslogo, das lesende Kind, dem die sieben Engel über die Schulter sahen, und darunter stand SEV. Hinter dem Parkplatz gab es inzwischen einen Zaun, denn Etzi wollte nicht, daß jeder im Garten herumtrampelte und womöglich mit Kippen nach den Rosenbeeten warf.

Etzi steckte mitten in seiner Abschlußarbeit, während ich von Heino gebeutelt wurde, der innerhalb einer knappen Woche eine Abteilungsleiterin aus mir machen wollte. Zuerst gab es öfter Knatsch, und er fluchte schaurig. Dann merkte ich, daß er immer nett reagierte, wenn ich schonungslos ehrlich war. Auf der Basis funktionierte es ganz gut. Letztendlich verstanden wir uns gar nicht schlecht. Er führte ein strenges Regiment, doch ich begriff meistens, worauf er hinauswollte, und mußte zugeben, daß es durchdacht und sinnvoll war.

Am Wochenende nach meinem Umzug kamen meine Eltern zum Kaffee. Sie fanden die neue Wohnung mit den neuen Möbeln, der Einbauküche und dem Balkon tipptopp. Zu Ladys geistesabwesendem Blick meinte mein Vater nur: »Der ist ja sehr ruhig – nicht so quengelig wie dein kleiner Weißer.«

Meine Mutter wollte wissen, was aus dem Mann geworden war, bei dem ich das letzte halbe Jahr gewohnt hatte: »Warum habt ihr euch schon wieder getrennt?«
»Oh, das war keine Beziehung. Nur eine Freundschaft!« versicherte ich.
»Ach so... War das der, mit dem du Anfang des Jahres verreist gewesen bist?«
»Der Schwule? Nein, nein. Etzi ist völlig normal. Er hat mal versucht, mich im Fahrstuhl zu überfallen, letztes Jahr«, sagte ich beruhigend. Daraufhin blickte meine Mutter eine Weile ungewöhnlich schweigsam in alle Zimmerecken. Mein Vater kaute ruhig an seinem Keks. Er hatte gar nicht zugehört.
Später gingen wir mit Lady am Eilbekkanal spazieren, der zwar Kanal heißt, mit seinen Trauerweiden und Schwänen aber wie ein verträumtes Flüßchen aussieht, ein prima Ersatz für den Stadtpark als Hundespaziergehweg. »Und guckt mal, da vorne ist der Kuhmühlenteich, idyllisch, nicht?« Meine Eltern fanden es denn auch »bemerkenswert hübsch hier« und fuhren, alles in allem zufrieden, nach Hause.

Anfang Juni berichteten die Zeitungen, Curd Andreesen und Tanja Bausch hätten sich nach einem Streit getrennt. Danach erschien er zu einer Filmpremiere mit einer sehr jungen Jungschauspielerin und zu einem Fest auf Sylt mit einer unbekannten Schönheit.
Ich legte eine Endloskassette mit Get ready! in mein Autoradio ein und sang laut und geradezu drohend mit: »Get ready, get ready, here I come! I'm on my way...«
Eine Woche später schrieben die Zeitungen, Curd Andreesen und Tanja Bausch hätten sich wieder versöhnt. Auf dem dazugehörigen Foto sahen aber beide reichlich genervt aus.
»Es wackelt!« sagte Simone zu mir. »Komm heute gegen achtzehn Uhr zu mir, wir fahren gemeinsam in die City und treffen uns um halb sieben mit dem Autor Andreesen. Es geht um sein neues Buch.«
Ich ging ausführlich mit Lady und ließ sie in der Wohnung zurück. Sie jaulte nie – tatsächlich wußte ich nicht, was für eine Art Stimme

sie besaß. Ich hatte sie bisher weder knurren noch bellen gehört. Nur wie ihre Seufzer klangen, wußte ich genau. Ich sagte ihr, sie sollte sich in ihren Korb legen, und sie tat es sofort, stützte den großen, schweren Kopf auf den gepolsterten Rand und blickte mit schwimmenden Augen in die Ferne.

Simone öffnete mir im Bademantel: »Ich bin gleich soweit!« und rannte davon. Das fand ich sehr erstaunlich. Simone war immer die Pünktlichkeit in Person.

Sie brauchte wirklich nur wenige Minuten, rannte schon im Anzug vorbei, kämmte sich im Flur, puderte ihre Nase im Wohnzimmer und griff nach ihrer Tasche: »So! Komm!«

Da spazierte Lorenz aus dem Schlafzimmer, mit zerzaustem Haar und in Simones naturweißen Baumwollkimono gehüllt. Der Kimono war schlicht und weit und Lorenz zierlich, deshalb sah es nicht albern aus.

»Hallo, Dodo!« sagte Lorenz zu mir, und zu ihr: »Tschüs!«

»Tschüs, du«, erwiderte Simone. Sie küßten sich kurz und funkelten sich gegenseitig in die Augen, ihre haselnußbraunen in seine schwarzen. Sie schienen sich recht gut zu verstehen, obwohl zweifellos eine kämpferische Note über allem lag.

Im Treppenhaus blieb sie stehen und musterte mich. Sie drehte mich sogar einmal um mich selbst. »Du siehst großartig aus. Sexy und damenhaft zugleich. Kleid und Jacke neu?«

»Nur das Kleid. Die Jacke gehört zu dem lavendelblauen Kostüm …«

»Schön. Überaus schön. Hat Ario dir die Haare so hochgesteckt?«

»Nein. Das hab ich selbst fabriziert.«

»Und diese Farbe –?«

»Das war meine Idee. Ich spüle mit blauer Farbauffrischung für weißes Haar. Dadurch schimmert es metallisch und sieht nicht mehr so aschig aus. Du hast doch gesagt, alle bläulichen Töne sind meine.«

Simone nickte zufrieden. Wir gingen in den Hof und stiegen in ihren Wagen.

»Wie ist das so mit Lorenz?« traute ich mich unterwegs zu fragen. »Bist du glücklich?«

Simone zog eine Augenbraue hoch. »Firlefanz. Wer will schon *glücklich* sein? Es ist aufregend.« Sie nieste gegen die Windschutzscheibe und fügte hinzu: »Wenn ich meinen Heuschnupfen los wäre, wär ich glücklich…«

Wir waren in einem zur Zeit sehr populären Restaurant verabredet, das norddeutsche Küche des Barock servierte. Curd Andreesen saß schon in einer der gemütlichen Nischen. Neben ihm Tanja Bausch. Sie blickte uns aus ihren Katzenaugen wachsam an. Ich hatte sie x-mal Nachrichten präsentieren gesehen. Ihr Anblick, wie sie mit Korrespondenten in anderen Ländern über Tagesereignisse sprach oder Politiker um Kommentare bat, war mir vertraut. Es kam mir eigenartig vor, sie ohne den Rahmen des Bildschirms drumrum zu sehen. Sie sah ein wenig erschöpft aus, angestrengt. Ganz hatte sie die Augenringe nicht wegschminken können.

Wir aßen alle eine barocke Gurkensuppe. Hauptsächlich redeten der Autor und die Cheflektorin.

Curd Andreesen sah blendend aus, wirkte jedoch nervös. Er scherzte mit dem als Rokokolakai verkleideten Kellner darüber, daß er an diesem Abend von schönen Frauen umgeben sei: »Bin ich nicht beneidenswert?« Dabei wurde ich den Eindruck nicht los, er wäre gerade lieber allein gewesen. Oder unter Männern.

Sowohl er als auch seine Freundin bemühten sich, Harmonie zu demonstrieren. Er zündete immer gleich zwei Zigaretten an und reichte ihr dann eine – denn beide rauchten zwischen Suppe und Fischgang, zwischen klebriger Rokoko-Süßspeise und Kaffee und hinterher erst recht. Er küßte mitten im Gespräch ihre Hand, ohne sie anzusehen. Sie nahm seinen Arm und drehte ihn, bis sie seine Uhr lesen konnte. Er nannte sie Putti – sicher sollte das Engelchen heißen. Da er Hamburger war, sprach er es mit weichem t aus, dadurch klang es wie Pudding, und das war ein seltsamer Name für eine große, fast hagere Frau mit hohen Wangenknochen und Raubtiermund.

Vom Nebentisch kamen zwei Mädchen, schmachteten Curd an und wollten Autogramme. Dann erkannten sie Tanja und wollten noch mehr Autogramme. Anschließend betrachteten sie Simone und mich und zerbrachen sich den Kopf, ob wir auch autogramm-

würdig waren. Simone blickte kühl beiseite, da verzogen sie sich wieder.
In Curds neuem Kinderbuch ging es um eine Herde von Braunbären, die in einem Naturschutzgebiet lebte. Während sie Winterschlaf hielten, machte ein merkantiler Bösewicht einen Zoo daraus, und als die Bären aufwachten, wurden sie von allen Seiten fotografiert und von alten Tanten mit Zwieback gefüttert. Der eigentliche Held, ein pfiffiger kleiner Bär, brachte mit Hilfe eines kleinen Jungen wieder alles ins Lot. Hinterher schliefen die Bären nie wieder alle gemeinsam, und sie teilten Wachen ein wie Eichhörnchen und Häher, die Krach schlugen, sobald Gefahr drohte. Die Botschaft lautete: Paßt auf, seid wachsam, laßt euch nicht einschläfern und dann ausnutzen!
»Wie gefällt Ihnen die Idee?« fragte Curd plötzlich mich. Bevor ich auch nur Luft holen konnte, sagte Tanja schnell: »Mich stört, daß Curd Tiere nur als Symbol für menschliches Miteinander benutzt.«
Curd streichelte ihren Arm und sagte beruhigend: »Tiere *sind* ein Symbol für menschliches Miteinander!« – was ich ausgesprochen dumm fand. Er blickte mich indessen immer noch fragend an. Und wenn er auch gerade Blödsinn geredet hatte, sah er doch atemberaubend gut aus.
Jetzt konnte ich schlecht sagen, daß ich genau wie Tanja empfand. Weder sie noch er noch Simone hätten mir das gedankt. »Ich finde Wachsein wirklich wichtig und würde das auch meinen Kindern vermitteln wollen, wenn ich welche hätte. Ich bin selbst mit diesem Thema seit einer Weile beschäftigt«, schnörkelte ich diplomatisch herum.
»Ach, hätten Sie auch gern Kinder?« fragte Tanja.
»Die Frage gilt nicht Ihnen. Das ist nur ein Seitenhieb gegen mich«, feuerte Curd von der anderen Seite. Beide schienen gewohnt, ihre Scharmützel mit Hilfe anderer auszutragen, und taten so, als sei es Spaß. Demonstrativ und dadurch ein bißchen peinlich. Simone kam mir zu Hilfe, indem sie liebenswürdig über die Promotionspläne für das Buch sprach und die letzten Sätze ignorierte.

»Ach, nein, jetzt hört mal auf mit dem geschäftlichen Gerede. Wir sollten noch irgendwohin, wo es lustig ist!« verlangte Tanja.
In dem Moment klingelte das Handy in Simones Handtasche. Sie angelte es heraus: »Sawade?« – und lächelte breit, mit funkelnden Augen. »Warte mal, ich bin mir nicht sicher…« Zu Curd: »Frau Bausch war ja auch der Ansicht, unser Gespräch wäre beendet. Falls Sie übereinstimmen, würde ich gern…«
Curd war die Bereitwilligkeit selbst. »Selbstverständlich! Das Wesentliche haben wir allemal abgehakt. Falls sich noch Unklarheiten ergeben, können wir…«
Simone sprach das letzte Wort mit ihm gemeinsam: »… telefonieren!«
Sie – was bedeutete, der Verlag – wollte bezahlen. Das duldete Curd unter keinen Umständen. Jetzt verstand ich auch, warum Heino sich nicht selbst mit seinem Autor getroffen hatte. Er sparte immer, wo er konnte. Nebenbei bemerkt hätte er dieses Gespräch auch nicht besser führen können als Simone.
Die umarmte mich einmal kurz und wupps – weg war sie.
»Wir sollten jetzt Spaß haben«, verlangte Tanja wieder. »Wir sollten ins Café Carmencita gehen. Das ist gerade in. Das ist so richtig schön spießig.«
Ins Café Carmencita war meine Mutter schon als junges Mädchen gegangen, um zu tanzen und solide, nette junge Männer kennenzulernen. Sie hatte zuerst einen hellblonden Herrn Schwan aufgetan und sich beinah mit ihm verlobt. Um ein Haar wäre mein Leben dadurch völlig versaut worden, daß ich zu Dörthe auch noch Schwan geheißen hätte. Mein lieber Schwan! Gott sei Dank war damals mein Vater rasch dazwischengestürmt.
»Was sollen wir denn da?!« fragte ich entsetzt und ohne jede Diplomatie.
»Dieses kleine Mädchen möchte tanzen«, erklärte Curd schelmisch. Seine Grübchen hatten mich von Anfang an begeistert. Meine Rolle als Matrone, die mit ihm zusammen die kleine Putti niedlich fand, gefiel mir weniger. Ich guckte auf meine Uhr und sagte so richtig schön spießig (und dadurch hoffentlich im Trend): »Ich muß morgen wieder früh im Verlag sein…«

»Oh! Wollen Sie auch schon nach Hause fahren?« fragte Tanja sofort mit boshaft glitzernden Augen. Mir fiel das Interview ein, in dem sie gesagt hatte, eine Frau müßte ihren Mann zu halten verstehen.

»Ich würde gern, aber es gibt da ein Problem. Frau Sawade hatte, glaube ich, ganz vergessen, daß ich mit ihr gekommen bin ...« sagte ich. Ich sagte das nur zu Curd, mit einem bittenden Blick in seine tiefliegenden dunklen Augen.

»Und jetzt müssen Sie ein Taxi nehmen?« fragte Tanja.

Ich schaute weiter in Curds Augen. Zwischen uns schwangen kleine, zitternde bunte Linien. Er steckte sich eine neue Zigarette in den Mund – interessanterweise diesmal nur eine – und löste den Blick nicht, als er zu Tanja sagte: »Paß auf, Putti, ich bring dich eben schon ins Carmencita, fahr dann schnell Frau Rascher nach Hause und komme gleich wieder zu dir zurück, abgemacht?«

16. Kapitel

In dem die Frage auftaucht, ob dickköpfige Verbissenheit sich lohnt – ebenso die Frage, ob Hunde und Körperzellen wirklich alles verstehen – eine Verkäuferin genötigt wird, zu verkaufen – Dodo sich weigert, als Schmerzpille zu fungieren – und Etzi Vertrauen bis in die Fingerspitzen zeigt

Endlich fuhr ich in dem metallicroten Cabrio. Zuerst nur auf dem Rücksitz, während Curd und Tanja sich vorn leise zankten. Ich verstand sowieso kein Wort, sie hätten ruhig lauter sprechen können. Es zog höllisch dort hinten, meine Frisur löste sich auf, mein Haar wirbelte wie in einem Mixer vor meinem Gesicht herum. Nachdem Tanja ausgestiegen war, wechselte ich nach vorn.

»Wenn Pablo da ist, tanz ich mit Pablo, das ist dir doch wohl klar!« sagte sie drohend, bevor sie auf ihren überschlanken Beinen davonschlenderte. Mir nickte sie nur noch kurz zu.

Natürlich konnte ich Curd jetzt einfach bitten, mich zu meinem Auto, das hieß, zu Simones Haus zu fahren. Dann würde ich aussteigen und mich verabschieden – und das wär's gewesen.

In meinem Kopf jubilierte Diana Ross: »Get ready«! Ich erklärte Curd, wo meine neue Wohnung in Eilbek lag.

Lady stemmte sich gemächlich aus ihrem Korb hoch, als wir in die Wohnung kamen, und ging uns ein Stück entgegen. Nicht erfreut und aufgeregt wedelnd, wie ein normaler Hund, sondern leicht geduckt, mit angelegten Ohren. Warnend, wenn auch nicht wirklich feindlich. Ihre Augen glühten im Halbdunkel grünlich und schauten an uns vorbei. Ich tat so, als wäre alles in Ordnung, tätschelte ihren Kopf und rief: »Na, meine Alte! Ist sie nicht umwerfend? Ich hab sie zum Geburtstag bekommen!«

»Imponierend«, kommentierte Curd. Er schien erleichtert, als sie sich wieder in den Korb legte, und sah sich kurz in der Wohnung um: »Sehr geschmackvoll. Ja, Mensch, ich will dann gleich mal wieder los. Tanja neigt leider sehr zur Eifersucht …«

Das fand ich nicht loyal ihr gegenüber. »Kann ich gut verstehen. Ich neige selbst dazu.«
Wenn er lächelte, war er schlichtweg unwiderstehlich. Kinn und Nase verschoben sich, sein perfektes Gesicht wurde auf reizvolle Weise unvollkommen und liebenswert. »Wirklich? Sie machen auf mich so einen beherrschten Eindruck... Schade, daß Sie keine Lust hatten, noch mit uns zu kommen. Tanzen Sie nicht gern?«
Über das Thema wollte ich nun wirklich nicht diskutieren.
»Ich eigne mich nicht zum dritten Rad am Wagen«, bemerkte ich sanft und schnappte innerlich nach Luft. Erstaunlich, was Dodo sich so alles zu sagen traute. So was hätte Dörthe nie gewagt.
»Das glaube ich Ihnen. Der Typ sind Sie ganz und gar nicht!« stimmte er sofort zu. Er trat dicht vor mich hin und hob mein Kinn. »Was für eine faszinierende Frau...« sagte er leise und gedehnt zu sich selbst. Er fuhr mit seinem Daumen über meine Unterlippe. Dann drehte er sich um und verließ hastig die Wohnung.
Ich blieb benommen stehen. Sein Daumen hatte nach Tabak gerochen. Oder, um ehrlich zu sein: nach schlappem alten Zigarettenrauch.
Nun hatte ich wieder nicht mit meinem Kulturwissen funkeln können. Es schien ja auch gar nicht nötig zu sein, wenn er mich ohnehin faszinierend fand.
Ich ging in die Küche, goß mir ein Glas Mineralwasser ein und blickte nachdenklich aus dem Fenster in die helle Sommernacht. Lady kam hinterher und schlabberte ebenfalls ein wenig Wasser aus ihrem Napf. Das tat sie inzwischen freiwillig.
»Das ist der Mann, um den es geht«, teilte ich ihr mit. »Wie würdest du's finden, wenn er eines Tages unser Herrchen wäre?«
Erwartungsgemäß reagierte sie überhaupt nicht. Von ihrem Kinn tropfte ein wenig Wasser. Als sie es merkte, wischte sie es artig mit ihrer großen rosa Zunge von den Fliesen.
»Mein Dicky hätte geknurrt, wenn jemand meine Unterlippe betascht! Dir ist so was piepegal, stimmt's? Wenn jemand in deiner Gegenwart über mich herfiele, würdest du bloß den Kopf wegdrehen...« warf ich ihr vor.
Lady blickte ihrerseits aus dem Fenster. Ihre Ohren zuckten

leicht. Sie begriff, daß ich mit ihr redete. Sie bekam mit, daß ich gern mit ihr befreundet sein wollte. Der Tierarzt glaubte, sie sei gemütskrank und hätte einen Klaps weg. Das war ein Irrtum. Sie hatte sich einfach entschlossen, auf Floois Rückkehr zu warten und bis dahin mit niemandem zu kommunizieren.
»Warum willst du beweisen, daß Flooi der einzige Mensch in deinem Leben ist? Das ist unrealistisch. Du hast dich da in etwas verbissen«, sagte ich – wobei mir unwillkürlich der Schuhkarton voller Curd-Andreesen-Bilder in meinem Schrank einfiel. Ich hatte es gerade nötig, jemand anderem seine Queste vorzuwerfen.
»Wenn man sich schon in jemanden verbeißt, dann sollte er es jedenfalls auch wert sein!« behauptete ich. Lady drehte sich um und trottete mit hängendem Kopf aus der Küche. Ich hörte sie über den Flur trapsen und ihren schweren Körper im knirschenden Korb versenken.
Dann ging ich auch ins Bett, um den Schlaf vor Mitternacht zu konsumieren.

Elke rief mich an und fragte, ob ich am Wochenende ein wenig mit ihr radfahren würde. »Wir werden nicht rasend schnell fahren, natürlich, du kannst deinen neuen Hund mitbringen. Ich geb dir weiße Johannisbeeren, ganz dicke, milde! Mindestens ein Kilo, die tragen dies Jahr ganz gewaltig…«
»Du brauchst mich nicht zu bestechen. Solange wir nicht ausgerechnet über Hosenträgerwege die Strecke nach Tornesch fahren, hab ich Lust zu einer Fahrradtour«, sagte ich.
»Wirklich? Ich nicht!«
»Warum machst du sie dann?«
»Simone war bei mir. Ich hab ihren Heuschnupfen behandelt. Da hat sie gesagt, ich wäre zu dick…«
»Oh. Sie ist manchmal ein bißchen direkt.«
»Mein Gott, ich weiß, daß ich dick bin. Sie sagt, du warst auch mal mollig?«
Nichts als die Wahrheit, aber es gefiel mir nicht, daß Simone darüber tratschte.
»Sie sagt, du hast mit einer beispiellosen Disziplin innerhalb kür-

zester Zeit ganz viel Gewicht verloren, einen Traumkörper durch Gymnastik bekommen und deinen modischen Geschmack vervollkommnet. Sie sagt, davon kann sich mancher ein Scheibchen abschneiden.«

Andererseits – warum sollte Simone nicht auch mal ein bißchen tratschen.

Wir radelten an Raps und Kornfeldern vorbei, Elke auf einem alten gelben, ich auf ihrem schwarzen Rad. Lady lief in gleichmäßigem Trab mit, ohne einen von uns wirklich zur Kenntnis zu nehmen. Sie gehorchte einfach, das war alles. Mittags setzten wir uns zwischen Korn- und Mohnblumen unter einen schönen alten Baum und aßen Möhrenstreifen und Gurkenscheiben. Lady bekam Wasser aus einer mitgebrachten Flasche, das in einen mitgebrachten Napf gegossen wurde.

»Glaubst du, sie wird immer so bleiben?« fragte Elke. »Sie scheint ein Trauma zu haben …«

»Ich glaube, daß ihre ehemalige Besitzerin – ich will den Namen jetzt nicht nennen, dieser Hund versteht sowieso viel zuviel – daß die zum Schluß so was wie ›Warte schön, ich komme gleich wieder!‹ gesagt hat.«

»Du meinst, sie wartet immer noch darauf, daß die Frau wieder auftaucht?«

»Da bin ich mir gar nicht so sicher. Das würde bedeuten, daß sie ziemlich dusselig ist – naiv, treuherzig, hündisch.«

»Ach? Ich finde das doch ganz klug, wenn ein Hund versteht, was man ihm sagt?« meinte Elke.

»Ich glaube, sie versteht viel mehr, als man ihr sagt. Sie ist äußerst intelligent …« Und ich konnte an Ladys Augen, die scheinbar uninteressiert einer Fliege folgten, sehen, daß sie genau zuhörte. »Ich glaube, sie hat bereits, als ihr damals gesagt wurde: ›Ich komme gleich wieder‹ gespürt: Das war gelogen. Ich denke mir, seitdem ist sie über alle Maßen beleidigt. Irgendwie ja zu Recht, oder? Und deshalb spielt sie hier den deutschen Gemütshund, treu bis ins Grab. Sie will die Sache auf die Spitze treiben. Vielleicht will sie auf diese Art erzwingen, daß ihr altes Frauchen zurückkommt. Siehst du, was sie gerade getan hat?«

»Sie hat gegähnt. Sicher ist sie müde.«
»Nein, nein. So kurz und nebenbei gähnen Hunde, wenn sie merken, daß man von ihnen spricht. Es ist ein unwillkürliches Zeichen für Verlegenheit«, erklärte ich.
Elke schaute Lady zweifelnd an. »Für mich sieht sie müde aus.«
Ich wechselte lieber das Thema. »Was macht denn Simone nun mit ihrem Heuschnupfen?«
»Sie spricht mit ihm.«
»Sie – –?!«
»Sie spricht mit den Zellen ihrer Nasenschleimhaut. Die zeigen eine Überreaktion. Sie fühlen sich von den fliegenden Pollen angegriffen – zu Unrecht. Die Pollen tun ja nichts. Jetzt legt sich Simone mehrmals am Tag hin, entspannt sich und spricht mit ihrer Nase.«
»Was sagt sie? Stell dich nicht so an, Nase – das ist doch alles nur Schnickschnack –?«
»Um Gottes willen! Erstens verstehen die Zellen das ›nicht‹ nicht und würden sich anstellen. Zweitens ist das der falsche Ton. Sie spricht beruhigend und liebevoll. Sie wiederholt immer wieder dieselben Worte – sie affirmiert, weißt du? Zum Beispiel: Alles ist gut, alles ist in Ordnung, ihr könnt ganz ruhig sein, entspannt euch. Oder: Alles ist gut, laßt auch ihr es gut sein …«
Ich versuchte, mir Simone dabei vorzustellen, wie sie mit ihrer Nase redete. Beruhigend und liebevoll.
»Hast du ihr auch Medikamente gegeben?«
»Nein. Sie muß sich vor allem darüber im klaren sein, daß sie für ihr Befinden die volle Verantwortung hat, für Krankheit und Gesundheit. Und das kann sie wohl akzeptieren.«
Ich riß drei Grashalme aus und flocht daraus ein Zöpfchen. »Hm. Wenn alle Menschen selbst verantwortlich sind für ihre Gesundheit – warum bist du dann überhaupt noch Heilpraktikerin?«
»Zum Beispiel, um sie darauf aufmerksam zu machen. Um sie in ihrer Selbstheilung zu unterstützen.«
Ich warf das Zöpfchen beiseite. »Ich kann mir denken, daß die meisten Ärzte von dieser Theorie nicht begeistert wären.«
Elke stand auf und klopfte ihren Hosenboden ab. »Völlig richtig. Na, es gibt ja immer noch jede Menge Menschen, die sich ihnen

in die Arme stürzen und alle Verantwortung an sie abgeben. Fahren wir weiter?«
Wir packten unseren Picknickkram auf die Gepäckträger und stiegen auf die Räder. Als wir ein paar Meter gefahren waren, drehte ich mich zu Lady um, die liegen geblieben war. Ich sprang wieder ab. »Du meinst, wenn du keinen Befehl bekommst, bleibst du da bis in alle Ewigkeit liegen und verhungerst?«
Lady schaute zum dunstigen Horizont. Sie schien nichts zu hören.
»Komm, Lady!«
Sie stand auf und kam auf mich zu, indem sie an mir vorbeiblickte.
»Du bist der schlimmste Dickkopf, der mir je begegnet ist. Außer mir selbst!« sagte ich ärgerlich.
»Vielleicht«, meinte Elke, die ebenfalls wieder von ihrem Postbotenrad abgestiegen war, »hast du sie deshalb gekriegt. Sie ist ein Spiegel für dich.«

»Warte mal – bleib mal stehen!« rief Etzi vor dem Schaufenster einer kleinen Boutique im großen Einkaufszentrum in der Hamburger Straße. »Guck doch mal, das Kleid hier!«
Ich guckte. Das Kleid war auf einen schwarzen Filzkörper drapiert – ein typischer Boutiquenfummel: Spaghetti-Träger, ein miederartiges Oberteil, vorn geknöpft, ein Rock wie ein Wasserfall aus losen schmalen Stoffbahnen, längeren und kürzeren, weicher, dünner Stoff in metallisch schimmernder Farbe.
»Silbergrün!« sagte Etzi andächtig. »Es ist silbergrün! Das mußt du probieren …«
»Etzi, das sieht sündhaft teuer aus, und ich bin ziemlich pleite! Wir wollten ein Buch für dich kaufen, und …«
»Ich schenk dir's! Das mußt du anziehen …« Etzi zerrte mich hinter sich her in den dunklen kleinen Laden, in dem ein Ventilator schnurrte und die Verkäuferin hinter einem zierlichen Schreibtisch in einem Magazin blätterte. »Das silbergrüne Kleid im Fenster – dürfen wir das mal probieren?«
Die Verkäuferin sah Etzi lustlos an. »Das ist sehr eng – Größe 36.«
»Ja, und?«
»Da muß man magersüchtig sein, damit's paßt!« erklärte sie.

»Quatsch. Das paßt. Können wir es bitte anziehen?« Etzi marschierte zum Schaufenster und zog die erste Stecknadel aus dem Kleid.
»Moment mal!« Die Verkäuferin kam ergrimmt auf ihn zu. »Das mache ich!«
»Etzi – ich komme gerade mal in Größe 38 – mein Busen paßt eigentlich nur in 40...«
»Das paßt dir!« verlangte er fanatisch. Seine Wolfsaugen glühten richtig. Er führte sich auf wie James Stewart in Vertigo.
Die Verkäuferin und ich wechselten einen genervten Blick. Sie pfriemelte haufenweise Stecknadeln ab, ließ welche fallen, hob sie wieder auf und hätte Etzi gerne erwürgt. Entweder gehörte ihr das Geschäft nicht selbst, oder sie erhoffte aus irgendwelchen Gründen eine Pleite.
Endlich verschwand ich mit dem Ballen aus weichem Stoff hinter dem Kabinenvorhang. Im letzten Moment reichte mir die Verkäuferin ein Höschen aus demselben Material hinein: »Hier, das gehört noch dazu. Weil der Rock bis obenhin geschlitzt ist...«
In dem Kleid stand wirklich: Größe 36. Trotzdem hatte Etzi recht gehabt, es paßte mir perfekt. Meine Oberweite konnte ich verstauen, weil sie im oberen Miederteil wie auf einem Balkon gelagert wurde. Ich kam aus der Kabine und blickte erstaunt in den Spiegel. Ich sah aus wie die Prinzessin im Weihnachtsmärchen. Die Verkäuferin murmelte: »Ist ja gediegen! Hätt ich nicht gedacht...«
Etzi guckte ganz andächtig. »Ja. Genauso. Silbergrün!«
»Das Kleid ist aber graublau... Naja, also silberblau!« verlangte die Verkäuferin. Etzi verzog ungeduldig den Mund und schob mich ins Einkaufszentrum. »He, he, he!« rief die Verkäuferin entsetzt und kam hinterher. Hier, im Tageslicht, gab sie ungern zu: »Doch, wirklich. Silbergrün. Ist ja gediegen...«
Es kostete exakt ein Viertel meines Gehaltes. (Das ja demnächst aufgestockt werden sollte, aber das half mir im Moment nichts.)
»Etzi, das ist der nackte Wahnsinn! Wann kann ich das schon mal anziehen?!«
»Zu deinem ersten wirklichen Rendezvous mit Curd Andreesen«,

erklärte Etzi leise. »Außerdem hab ich ja vorhin schon gesagt, ich schenk's dir.«
»Das kann ich nicht annehmen!« schrie ich empört.
»Ja, was denn nun?« fragte die Verkäuferin. Sie schien immer noch zu hoffen, daß wir es nicht kauften.
»Entweder du kaufst es dir selbst, oder ich schenk es dir. Auf jeden Fall nehmen wir es. Es ist dein Kleid! Es hat genau die Farbe deiner Augen…« sagte Etzi fanatisch. Die Verkäuferin blickte forschend in meine Augen, wollte etwas sagen, hielt aber den Mund. Wir teilten uns den Spaß.
Dann gingen wir noch passende Schuhe suchen. Wir fanden Sandaletten aus Schlangenleder, grüngraugesprenkelt, mit doppeltem Riemchen um den Fußknöchel. Ich konnte ungefähr sechs Schritte in ihnen gehen, bevor mir alles weh tat. Sie scheuerten an den Zehen und am Spann, und natürlich waren die Absätze viel zu hoch. Dafür kosteten sie lächerlich wenig. »Du sollst sie nur anhaben, nicht darin laufen. Andreesen hat doch ein Auto!« versicherte Etzi.
»Können wir jetzt vielleicht endlich dein Buch besorgen?« fragte ich gereizt. Ich fand es doch merkwürdig, daß er mich hier so für einen anderen Mann ausstaffierte.

Nachts wachte ich davon auf, daß mein Anrufbeantworter plauderte. Er benutzte dazu die Stimme von Curd Andreesen – ich erkannte sie sofort, weil ich sie zunächst entsetzt für die von Ali Schimmelmann hielt.
»Sie ist nicht da, oder? Nee, sie ist wirklich nicht da. Oder sie schläft schon…« sagte die Stimme.
Ich kletterte aus dem Bett und tapste zum Telefon. Er mußte sich die Mühe gemacht haben, meine Nummer über die Auskunft zu erforschen. Sollte ich abnehmen?
»Also, wenn Sie wirklich schon schlafen, das's ja verdammt früh. Kurz nach elf, Mensch, da fängt die Nacht ja gerade an. Schade, schade, schade. Ich würde Sie gern sehen. Ich brauch irgend jemand gerade jetzt…«
Meine Hand rutschte vom Hörer. Irgend jemanden? Dazu hatte ich zu lange daran gearbeitet, jemand Spezielles für ihn zu sein.

»Naja, kann man nichts machen. Wir hätten ein bißchen tanzen können. Dancing the night away. Boogie-Woogie. Mögen Sie Boogie-Woogie? Sie müssen gut tanzen können auf Ihren Gazellenbeinen.« Er kicherte. »Ich bin 'n bißchen angekifft. Hört man das? Gute Nacht, Zaubermäuschen …«
Klick.
Ich krabbelte wieder ins Bett, konnte aber eine ganze Weile nicht einschlafen. Ich machte mir Sorgen.
Kurz nach elf fing für Curd Andreesen also die Nacht erst an. Wie ließ sich das mit dem Schönheitsschlaf vor Mitternacht vereinbaren? Gar nicht. Und so sah Tanja Bausch auch aus.
Ich war an diesem Abend im Verlag erst sehr spät fertig geworden, dann ging ich mit Lady in den Stadtpark und fuhr anschließend zum Fitneßstudio. Lady schlief ohne Probleme auf dem Autorücksitz, während ich meinen Körper stählte. Gegen zehn kam ich nach Hause, trank einen flüssigen Joghurt, absolvierte mein Abtakeln und kroch hundemüde ins Bett.
Und um diese Zeit begann Curd, sich ein bißchen anzukiffen und auf Boogie-Woogie zu freuen.
Warum konnte er in seinem Alter nicht ein Bandscheibenleiden oder etwas Ähnliches haben, das seinen Bewegungsdrang etwas eindämmte? Oder wenn es ihn schon nach Bewegung verlangte – wieso konnte er nicht mit Lady und mir morgens, wenn der Tag taufrisch war, um den Kuhmühlenteich joggen? Doch das war kaum zu erwarten, wenn er die Nacht durchtanzt hatte.
Ich beschloß, darüber weiterzugrübeln, wenn ich wirklich seine Freundin war. Bis dahin wollte ich mich daran freuen, daß er mich wieder Zaubermäuschen genannt hatte. Wie bei unserer ersten Begegnung …
Am nächsten Tag stand in der Zeitung, daß Tanja Bausch und Curd Andreesen sich getrennt hätten. Am frühen Abend sei er mit zwei Koffern aus dem gemeinsamen Appartement aus- und ins Hotel gezogen. Nach Mitternacht sah man ihn mit der blutjungen, attraktiven Miss Travemünde, die er bei einer Ferienveranstaltung kennengelernt hatte, in verschiedenen Lokalen. Sie begleitete ihn dann auch im Morgengrauen ins Hotel.

Aha. Er hatte also irgend jemanden gefunden. Ich konnte nicht meckern: Mich hatte er zuerst gefragt. Auf jeden Fall vor Miss Travemünde.
Tanja Bausch war zu keinem Kommentar bereit, aber die beinah geschiedene Elena Andreesen sagte in einem Extra-Kasten ihre Meinung: »Ich glaube, daß Curd seiner Jugend hinterherjagt wie eine Katze ihrem Schwanz. Wenn er meint, daß er sie mit möglichst jungen Frauen erwischt – er muß es wissen. Die Enttäuschung ist doch jedesmal vorprogrammiert. Das mit Miss Travemünde dürfte etwa eine Woche halten...«
Ich nickte beim Lesen. So sah ich das auch. Ich merkte, daß ich keine Eifersucht verspürte. Ausgerechnet ich!
Ich war froh, am vergangenen Abend den Hörer nicht abgenommen zu haben. Vielleicht hätte ich mich überreden lassen, mitzukommen. Dann würden die Zeitungen jetzt schreiben, daß ich Curd Andreesen im Morgengrauen ins Hotel gefolgt war. Und Elena Andreesen würde über mich in einem Extra-Kasten sagen, das sei in einer Woche vorbei.
Früher schaute ich gerne uralte Filme im Fernsehen an. Zum Beispiel die mit Doris Day und Rock Hudson. Er war immer ein toller Hecht und konnte jedes beliebige Rasseweib haben. Dann kam sie angestöckelt, mit der Ausstrahlung von Deo, Zahnpasta und Pünktlichkeit, nicht die Jüngste und nicht die Schönste, mit fest zusammengekniffenem Mund. Und er kriegte ein heftiges Verlangen nach ihr, einfach deswegen, weil sie stets und ständig nein! sagte. Sie war die einzige, die er nicht problemlos haben konnte. Deshalb reizte sie ihn über alle Maßen. Und zum Schluß wurde dann echte Liebe draus.
Doch, es war sehr gut, daß er mich gestern abend nicht erreicht hatte. Als schnelle Schmerztablette nach dem Verlust von Tanja Bausch war ich mir wirklich zu schade.

Einen neuen Verlag aufzubauen, macht ganz schön viel Arbeit. Und einen pleitegegangenen alten Verlag in einen neuen miteinzukneten, das macht auch viel Arbeit. In diesem Sommer waren Überstunden im Sieben Engel Verlag schon gang und gäbe.

Manchmal hockte jemand abends so lange da, daß Heino sagte, er sollte am nächsten Tag ruhig ein paar Stunden später kommen. Dadurch kamen wir uns nicht ausgebeutet vor. Es machte ja auch Spaß, an etwas Schönem, Neuen mitzuwirken.

An einem Freitagabend saß ich als einzige noch da und wertete Programmsegmente aus. Ich rechnete Absatzzahlen hoch und machte mich schließlich an die gesamte Vertreterprovisionsabrechnung. Keiner störte mich, ich konnte wundervoll konzentriert arbeiten.

Es war so hell draußen, daß ich nicht merkte, wie es immer später wurde. Irgendwann fiel mir auf, daß Lady vor der Bürotür saß, und zwar nicht gerade in entspannter Haltung. Natürlich verschmähte sie es, zu fiepen. Ich guckte auf die Uhr und bekam einen Riesenschreck. Wir gingen etwa eine halbe Stunde im Stadtpark umher, dann kehrten wir ins Büro zurück. Ich hatte nunmal den Ehrgeiz, es an diesem Abend noch zu schaffen. Kurz vor zwölf war ich fertig.

Da klopfte es von draußen ans Fenster. Ich erblickte erstaunt Etzis Gesicht.

»Was machst du denn noch hier?« fragte er.

»Die Provisionsabrechnung. Jetzt hab ich sie auch fertig ...«

»Entschuldige, Dodo, mit dir stimmt was nicht.«

»Wieso?«

»Wenn eine so schöne junge Frau an einem Freitagabend alleine im Büro sitzt und Strafarbeiten macht ...«

»Ich weiß nicht, was du willst. Du hast selbst gesagt, Spaß ist, was einem Freude macht. Dies hier hat mir Freude gemacht.«

»Gut. Du weißt, ich will mich nicht einmischen ...«

»Die oberste Direktive. Ich weiß.«

»Aber ich möchte dich bitten, dich mit mir in den Garten zu setzen. Hier findet 'ne kleine Feier statt. Es gibt einen herrlichen Prosecco. Komm mit, entspann dich ein bißchen.«

»Feier? Wer ist denn alles da?«

»Ich. Und gleich auch noch du. Und Lady.«

»Hm. Prosecco? Ich muß doch gleich fahren ...«

Etzi seufzte. »Jetzt hör bitte mal auf, vernünftig zu sein!«

Ich schaltete den Computer aus, puderte mir kurz die Nase und verließ den Sieben Engel Verlag. Dann wanderte ich um das Haus herum. Die Luft war traumhaft schön und immer noch warm.
»Hier bin ich!« sagte Etzis Stimme aus der Dunkelheit. Er saß in einer Stoff-Hängematte, die zwischen dem Zaun und einem Baum hing. Vor ihm auf dem Rasen stand ein Tischchen mit einer Flasche und Gläsern darauf.
Ich ließ mich neben ihm in die Hängematte sinken, stieß uns vom Boden ab und schaukelte ein wenig.
Die große Stadt um uns herum atmete und vibrierte in der Sommernacht. Der Duft von Gegrilltem, von irgendwelchen Blüten – entfernte Stimmen und Gelächter überall rundherum, vorbeifahrende, laute Musik aus einem Auto.
Der Prosecco war eiskalt und sehr gut. Etzi legte einen Arm um meine Schultern und sagte: »Nun erzähl mal. Was ist inzwischen alles passiert?«
Vielleicht wollte er etwas über Curd Andreesen hören, aber da gab's nichts zu erzählen. Mir fiel ein: »Ich hab meinem Piraten oder kriegerischen Seemann oder was immer er war die Letzte Ölung verpassen lassen.«
»Hat's funktioniert?«
»Ich hoffe. Den Piraten zu holen war kein Problem, den konnte ich mir ungefähr aus meinem Traum vorstellen, obwohl ich da ja drinsteckte. Für den Pastor hab ich mir eine Art Don Camillo gerufen. Ich wußte bloß nicht genau, wie das geht mit der Beichte und der Letzten Ölung. Deshalb hab ich um die beiden einen Wandschirm gebaut und sie miteinander allein gelassen. Ich dachte mir, die machen's schon. Und der Pirat kam auch sehr erleichtert raus, glaube ich. Seitdem habe ich jedenfalls keinen Alptraum mehr gehabt. Ist ja auch erst ein paar Wochen her.«
»Und du duschst immer schön?«
»Und wie! Jeden Morgen nach dem Joggen – und im Fitneßstudio nach dem Training. Ich hab inzwischen fünfzehn verschiedene Duschgels. Ich mach schon einen Kult draus. Neulich hab ich mir das Wasser so lange über's Gesicht laufen lassen, bis das warme Wasser alle war. Du glaubst nicht, wie glücklich ich darüber bin.«

»Das freut mich!« sagte Etzi inniglich.
»Und was gibt's bei dir so? Hast du deine Arbeit schon abgegeben?«
»Schon vor einer Weile.«
»Und wann erfährst du das Ergebnis?«
Etzi schaukelte mit der Hängematte. »Hab ich heute erfahren. Alles in Ordnung. Ich bin jetzt ein richtiger Architekt.«
»Oh, Etzi! Herzlichen Glückwunsch! Und das feierst du gar nicht?!«
»Doch. Hier – mit dir und Prosecco. Seit ungefähr sieben Stunden hab ich gewartet, bis du endlich Feierabend machst... Los, stoß mit mir an auf eine große Karriere!«
Wir stießen an, bis die Flasche leer war. Dann war mir schwindelig.
»Das liegt an der Hängematte«, behauptete Etzi.
»Nein. Das liegt daran, daß ich drei Gläser von dem Gesöff in einen leeren Magen gekippt hab. Ich werd's nie lernen. Hast du was zu essen für mich?«
Etzi stand auf. »Du bringst mich in Verlegenheit – darauf war ich nicht gefaßt... Ich dachte, wir stoßen am späten Nachmittag an und gehen abends zusammen essen. Jetzt kriegen wir hier in der Gegend nichts mehr. Sollen wir in die City fahren?«
»Hast du denn überhaupt keine Lebensmittel im Haus? Ich möchte nur ein Süppchen. Ein kleines Süppchen...«
Wir gingen ins Haus, und Etzi klappte seinen Kühlschrank auf. Ein Sortiment wie ein Almbauer: Milch, Sahne, Butter, Käse, Buttermilch. Und zwei weitere Flaschen Prosecco. »Ein kleines Süppchen...« murmelte er ratlos vor sich hin. »Moment mal – ich hab heute Zwiebeln weggeworfen, die waren eigentlich noch gut...«
Etzi holte den Mülleimer unter der Spüle hervor und begann emsig, ihn zu durchsuchen. Nach und nach legte er ungefähr ein Dutzend mittelgroßer Zwiebeln auf den Küchentisch, die meisten hatten grüne Triebe.
»Daraus läßt sich was machen!« erklärte er optimistisch. Ich setzte mich zweifelnd dazu. Etzi schälte die Zwiebeln, sortierte alles Schlechte aus, schnitt den Rest in Stückchen und warf die mit Öl in einen Topf. Er dünstete die Zwiebeln glasig, goß Wasser dazu

und kochte das Ganze. Eine Viertelstunde später schmeckte er mit Sojasoße ab, goß einen Schuß Sahne und etwas Prosecco aus der zweiten, inzwischen geöffneten Flasche, hinein und servierte: »Bitteschön. Ein kleines Süppchen.«
Es schmeckte richtig gut.
»Ich wußte nicht, daß du kochen kannst.«
»Ich auch nicht. Du trinkst doch noch ein Gläschen?«
»Etzi – es ist schon nach eins! Ich muß nach Hause ...«
»Wieso?«
»Wieso? Ich bin hundemüde ... Ich will endlich meine Kontaktlinsen rausnehmen, mir tun die Augen weh ... O Gott, ich muß ein Taxi nehmen. Ich bin immer noch viel zu breit – und du sowieso ... Dazu war mein Führerschein zu schwer zu kriegen, um ihn womöglich gleich wieder loszuwerden.«
»Ein Taxi? Warum bleibst du nicht hier?« Ich musterte ihn konsterniert. Er fuhr ärgerlich fort: »Komm mir jetzt nicht wieder mit der Fahrstuhlattacke! Ich verbürge mich für eine keusche Nacht. Morgen ist Samstag, du kannst ausschlafen, ich geh vor dem Frühstück zum Bäcker, wir laufen mit Lady im Park wie früher – und dann fährst du in Ruhe nach Hause. Was ist denn dagegen einzuwenden?«
»Zum Beispiel, daß ich mich abschminken muß. Und ich muß meine Kontaktlinsen reinigen und in Flüssigkeit aufbewahren. Sonst kann ich morgen überhaupt nicht nach Hause fahren.«
»Was tust du eigentlich, wenn mal mit einer Linse was passiert? Wenn dir eine Amsel ins Auge fliegt oder so was? Tastest du dich dann halb blind zum Optiker? Und wenn dir das unterwegs passiert?«
Ich stöhnte ungeduldig. »Für den Fall der Fälle hab ich natürlich meine Brille in der Handtasche.«
»Dann kannst du also morgen doch nach Hause fahren.«
»Mit Brille?!« fragte ich entsetzt.
»Mit Brille. Auf die Gefahr hin, daß Curd Andreesen in Winterhude an der Straßenecke steht.«
»Der erholt sich um die Zeit noch von der Nacht ...« mußte ich zugeben.

»In Flüssigkeit müssen die Linsen aufbewahrt werden? Hol sie mal raus!« verlangte Etzi. Er kramte in seinem Küchenschrank herum und stellte mir zwei Marmeladengläschen voll Leitungswasser hin. Auf eins hatte er ein Zettelchen mit der Aufschrift Rechts geklebt, auf dem anderen stand Links. Ich versenkte meine Kontaktlinsen in diese Behelfscontainer.
»Und nun zum Abschminken!« Etzi reichte mir Wattebäusche und Buttermilch in einem Glasschälchen. »Das müßte doch klappen?« Er fand für alles eine Lösung. Lady bekam eine Decke auf dem Wohnzimmerfußboden und eine Salatschüssel voll Wasser. Ich erhielt ein riesen T-Shirt als Nachthemd.
»Aber mein Beißschutz! Ich werd mir die Zähne kaputtknirschen…«
»Programmier dir das nicht erst ein. Vielleicht knirschst du ja diese Nacht überhaupt nicht…«
Im Schlafzimmer zündete Etzi eine dicke Kerze auf dem Nachtschrank an. »Die hat mir kürzlich jemand geschenkt. Dir zu Ehren wird sie entzündet, Dodo! Guck doch, wie schön die Flamme ist…«
»Wirklich schön. Vor allem ohne Kontaktlinsen. Ganz verschwommen.«
»Man sollte das besingen«, behauptete Etzi. Er wuselte die Wendeltreppe hinunter und klöterte in der Küche herum, kam mit einem kleinen Gegenstand in der Hand zurückgehetzt, griff sich ein großes Handtuch aus dem Bad, das er sich um den Körper schlang wie eine Toga, und machte seltsame Geräusche mit dem kleinen Gegenstand: Es war ein Eierschneider. Etzi klimperte auf den Drahtseiten wie auf einer Leier und sang wie Peter Ustinov als Nero die kleine Kerzenflamme an: »Oh, loderndes Feuer – Oh, göttliche Macht – Oh, alles vernichtendes Feuer…«
»Hör auf, das klingt ja fürchterlich! Ich kann verstehen, daß du in der Musikstunde immer Butterbrotpapier aufsammeln mußtest.«
»Erhaben, nicht? Wo ich hinsinge, wächst kein Gras mehr«, sagte Etzi zufrieden. Er legte Toga und Eierschneider zur Seite, pustete die Kerze aus und kam zu mir ins Bett. »Aber eins sag ich dir, Dodo: Nutz nicht die Situation aus! Ich vertraue auf dein Ehrgefühl… Gute Nacht!«

Ich träumte, daß ich unter dem silbergrünen Wasserfall stand und es voller Glück genoß, mich ohne Angst duschen zu können. Patschnaß trat ich in die kühle, dämmerige Höhle dahinter. Hier stand Etzi und lachte mich an. Er war ebenfalls naß. »Komm mit, ich muß dir was zeigen!« sagte er mit seiner typischen Begeisterung. Er zog mich durch einen Gang zu einem zweiten Höhleneingang, beziehungsweise -ausgang. Hier befand sich ein Klostergarten mit einem Springbrunnen in der Mitte, daneben war ein steinerner Wandelgang. »Hör mal, klingt das nicht herrlich?« fragte Etzi. Irgendwo im Kloster sang ein Chor von Mönchen eine strahlende Hymne. Wir umarmten uns voller Glück und voller Vertrauen. Über Etzis Schulter sah ich Ladys schönes Hundegesicht. Auch sie schien dem Gesang zu lauschen. Dann trat Curd Andreesen aus dem Wandelgang. Er kniff kritisch die Augen zusammen, als er uns sah, und schnipste seinen Zigarettenstummel in den Springbrunnen. »So war das aber nicht abgemacht, Zaubermäuschen, oder wie?« fragte er ärgerlich.
Ich wachte auf, weil ich so mit den Zähnen knirschte. Etzi war davon auch wach geworden. Er knipste die Nachttischlampe an.
»Uh, das hört sich ja wirklich schaurig an. Das muß doch weh tun?«
»Tut es auch«, antwortete ich schläfrig. »Das ganze Gesicht. Was soll ich machen?«
»Vielleicht solltest du etwas weniger machen. Warst du früher auch schon so bienenfleißig wie jetzt? Überstunden bis zum Morgengrauen und so?«
»Wann früher? Als ich noch dick und häßlich war? Da war ich faul und schlampig. Ich hab dauernd etwas verschusselt. Meinen Schlüssel zum Beispiel in der Wohnung vergessen – der Schlosser mußte dreimal die Tür aufbrechen, während der arme Dicky sich drinnen totgekläfft hat. Nein, so auf Zack wie jetzt war ich früher nie. Das kam so nach und nach, mit der Disziplin für die Gymnastik und die Diät. Simone sagt, wer perfekt aussehen will, muß perfekt sein.«
Etzi knüllte sein Kissen unter dem Kopf zusammen. »Das ist sicher richtig. Falsch ist nur, wenn Perfektionismus draus wird. Deine Disziplin an sich ist prächtig – nur wird sie wahrscheinlich allmäh-

lich zu verbissen. Du solltest mal lockerlassen, das wäre gesund für deine Zähne.«

»Daß ich lockerlassen soll, hat sogar Heino Frohwein neulich zu mir gesagt. Aber Etzi – jetzt habe ich gerade gelernt, fleißig zu sein, und es befriedigt mich doch auch! Ich hab ständig ein gutes Gewissen, das ist ein angenehmer Zustand. Und jetzt soll ich wieder schlampig werden?«

Etzi lachte. »Denk bitte an Engel-Berts Geschichte vom Irrgarten. Das ist ja der Witz – nicht nur entweder-oder, sondern ein vernünftiges Mittelmaß, mal so und mal so. Das Gesetz lautet, es gibt kein Gesetz.«

»Die Irrgarten-Sache hat dir mächtig imponiert, was?« fragte ich gähnend.

»Ich finde sie genial.«

»Übrigens liegt da dauernd was Schweres auf meinen Beinen, was ist denn das?«

»Ladys Kopf. Sie schläft hier auf dem Bettende, muß es irgendwie geschafft haben, die Wendeltreppe raufzuklettern. Vielleicht war's ihr unheimlich unten alleine.«

Ich richtete mich auf und guckte mir das Wunder an. Wirklich, da lag das blaugraue Riesenkalb. Platz wäre in Etzis Stadionbett sogar noch für ein paar Personen und einige Doggen mehr gewesen. Ich rief sie etwas lauter: »Lady?«

Sie sah uns an – und gleich an uns vorbei. Dann öffnete und schloß sie ein paarmal mit leisen Schmatzgeräuschen das Maul und klappte die Lider zu.

»Schon hat sie wieder geschlossen.«

»Wir sollten auch weiterschlafen. Komm mal her, Dodo – mach dein Mäulchen auf. Wenn ich dir meinen kleinen Finger in den Schnabel schiebe, kannst du daraufbeißen. Dann tust du dir nicht so weh.«

»Aber dir! Ich kann dir den Finger abbeißen!«

»So schnell geht das nicht. Laß es uns versuchen. Vielleicht bremst das dein bissiges Unterbewußtsein …« Er knipste das Licht aus.

Ich kaute ein wenig auf Etzis Finger herum und schlief wieder ein. Als wir aufwachten, schien uns die Sonne ins Gesicht. Etzis Finger

steckte in meinem Mund – und war noch dran. Eine kleine Zakkenkante ringsum zeigte, wo ich daraufgebissen hatte.
»Aber nicht schlimm. Sonst wäre ich aufgewacht!« versicherte Etzi. »Willst du duschen, während ich Brötchen hole? Ich muß dir meinen Traum erzählen, Dodo. Ich hab von einem Kloster und singenden Mönchen geträumt…«

17. Kapitel

In dem zumindest Lady ihre Queste aufgibt – eine Glasnudel-Erotik-Show großen Erfolg hat – Curd einem Foxterrier samt Besitzer trotzt – Dodo noch viel stärker mit den Zähnen knirscht – Etzi eine Lösung findet und viele Gesichter zeigt – und Rüdiger und Engel-Bert in letzter Minute erwischt werden

Etzi hatte wirklich dasselbe geträumt wie ich. Bloß den Mann, der seine Zigarette in den Springbrunnen warf, erkannte er nicht als Curd Andreesen. Er beschrieb ihn nur als »einen düsteren Typen, der alles kaputtmacht«.

Ich sagte ihm nicht, daß auch ich diesen Traum gehabt hatte. Ich fand es unheimlich genug. Vermutlich lag es einfach daran, daß wir dasselbe Kopfkissen geteilt hatten.

Ich fuhr mit Brille nach Hause, gönnte meiner Haut eine Pakkung – obwohl sie mit der Buttermilch-Reinigung ganz zufrieden zu sein schien – und sang leise vor mich hin.

Ich versuchte, die zauberhafte Hymne der Mönche aus meinem Traum zu rekonstruieren: »Daa-daa-dam-dam-daa-daa – hmmmm – hmmmm – hmmm – di dadadamm-ddadidadamm – dadadamm – dada…«

Da passierte etwas Merkwürdiges. Lady kam ziemlich lebhaft und schnell angetrabt, öffnete die angelehnte Badezimmertür mit ihrer Schnauze und guckte mich mit glänzenden Augen an! Sie guckte wirklich mich an, kein Zweifel. Ich starrte gebannt zurück, das halbe Gesicht bedeckt mit vanillegelber Reinigungsmaske. Dann zog sie sich langsam wieder zurück. Schade. Aber immerhin. Ich freute mich.

Ich fuhr fort, den Pamps auf meinem Gesicht zu verteilen, und sang weiter. Ich konnte mich immer besser an die Hymne erinnern. Im Spiegel bemerkte ich, wie die Tür sich wieder öffnete und erneut Ladys Kopf erschien. Sie drehte ihn ganz schief auf eine Seite, während ihre Augen, nahezu schielend vor Intensität, mich beobachteten.

Diesmal hörte ich nicht auf, zu singen. Ich hockte mich vor den großen Hund und jubelte mönchisch zu Ende. Lady blickte mir die ganze Zeit ins Gesicht. Als ich geendet hatte, schleckte sie mir ein bißchen Maske von der Nase.
»Nun sag nur noch, du hast auch denselben Traum gehabt, Lady?«
Sie wedelte. Nicht übertrieben lebhaft, aber keineswegs lahm. Ich wusch mir die Hände und bemühte mich, diese Sensation zu verdauen. Mein Hund war soeben aus seinem autistischen Käfig getreten! Oder…?
Als ich über den Flur ging, schubste sie mir das rote Bällchen vor die Füße, das neben dem Schirmhalter parkte und von ihr noch nie beachtet worden war. Ich warf es ins Wohnzimmer. Es rollte vor eine der Kommoden.
Lady raste hinterher, bremste rutschend, knallte in die Kommode, warf eine daraufstehende Vase zu Boden, nahm überhaupt keine Notiz davon, sondern polterte zurück zu mir und präsentierte stolz das Bällchen.

Keine einzige Zeitung teilte dem begierigen Publikum mit, ob Miss Travemünde und Curd Andreesen es wirklich genau eine Woche miteinander ausgehalten hatten oder nicht. Vielleicht passierten einfach wichtigere Dinge.
Gut möglich allerdings, daß seit dem nächtlichen Anruf ungefähr eine Woche vergangen war, als das Ziel meiner Queste in mein Büro tänzelte. Es war schon wieder weit nach Feierabend, und Lady legte seit einer guten Weile ihr Kinn auf meinen Oberschenkel und suchte meinen Blick.
Curd blieb neben mir stehen und lächelte mich an, mit Grübchen und leuchtenden Augen. Er trug ein rotes T-Shirt, rote Jeans und weiß-rote Tennisschuhe. Mir fiel zum ersten Mal auf, daß seine Beine im Gesamtverhältnis etwas kurz geraten waren. Sehr rührend. Sehr menschlich.
Meine Kollegin am anderen Schreibtisch, die ebenfalls an diesem prachtvollen Sommerabend noch vor sich hin schuftete (für Max Kuchenbecker hätte freiwillig niemand so etwas getan, das mußte man Heino lassen!), guckte neugierig zu uns herüber.

»Ich will Sie entführen. Frohwein gibt seine allergnädigste Erlaubnis. Gehen Sie mit mir essen – irgendwo anonym?« fragte Curd in seiner schmeichelnden Stimme, die immer ein bißchen klang, als sei er gerade aufgewacht.
Ich fuhr den Computer herunter, streckte mich und stützte mein Kinn auf die Hände. Mir fiel auf, daß ich mich genauso präsentierte wie er sich. Das schien anzustecken.
»Gut. Ich muß mir nur eben die Haare kämmen …« und mein Make-up auffrischen, vollendete ich den Satz im Geiste.
Ich trug ein hübsches sandfarbenes Leinenkleid ohne Ärmel, das mir gut stand. Nur war's natürlich nicht das Silbergrüne, das mich zu einer Sensation machte.
Ich kam frisch geschniegelt und gebürstet vom Klo zurück. Curd saß inzwischen auf meinem Platz und klopfte Lady den Rücken. Sie nahm nicht die geringste Notiz von ihm, sie betete nur die Tür an und wedelte erleichtert, als ich wieder erschien.
»Das ist ein treues Tier – die sieht nur Sie!« stellte er leicht beleidigt fest.
»Ja. Und mit der müssen wir jetzt auch kurz rausgehen. Das steht ihr zu«, versicherte ich, denn Curd sah wenig begeistert aus.
»Wollen Sie das vielleicht erst mal alleine erledigen? Ich spreche so lange noch mit Frohwein und Frau Sawade!« schlug er vor.
Ich sagte dazu gar nichts, rief nur: »Komm, Lady!«
Sie sprang auf und folgte mir in den Flur.
Curd kam hinterher, sehr eilig, und hielt mich am Arm fest: »Sie sind doch jetzt nicht sauer?«
Ich blickte ihm ein Momentchen ernst in die Augen, dann lächelte ich beruhigend: »Nein. Bin ich nicht. Bis nachher!«
Solange ich ernst guckte, machte er ein besorgtes Gesicht. Als ich lächelte, machte er ein erleichtertes Gesicht. Es war gar nicht schwierig, den berühmten Curd Andreesen ein bißchen zu zügeln.
Ich ging ausgiebig mit meinem schönen großen Hund im Stadtpark spazieren und dachte dabei gründlich nach. Seit einem Jahr und drei Monaten beschäftigte ich mich mit diesem Mann. Von Anfang an hatte ich mir vorgenommen: *Er* sollte nach *mir*

schmachten. Grotesk, solange ich Dörthe Mehlig war. Inzwischen jedoch …

Ich wollte weder verbittert im Hintergrund stehen wie seine Frau, noch in nervenzerfetzende Machtkämpfe mit ihm verwickelt sein wie Tanja Bausch. Ich wollte schon gar nicht kurz aufgesammelt und wieder weggeworfen werden, wie irgendeine Miss Travemünde. Ich wollte eine Beziehung nach meinen Spielregeln.

Im Moment war er interessiert. Jetzt mußte er sich über alle Maßen in mich verlieben. Nur ein bis zum Wahnsinn verknallter Mann ist manipulierbar. Das wußte ich nicht aus eigener Erfahrung. Aber es stand in allen Romanen und wurde in allen Filmen gezeigt. Es mußte einfach stimmen.

Ich brachte Lady zu Etzi, bat ihn, ihr eine Büchse Hundefutter in seine Salatschüssel zu schütten und ihr dauernd zu versichern, ich käme bestimmt zurück, noch vor Mitternacht.

»Bist du sicher?« fragte Etzi zweifelnd.

»Sonst würde ich's nicht behaupten. Dieser Hund soll nie wieder angelogen werden!« sagte ich.

Ich gab Lady einen Kuß auf die schöne Stelle über dem schwarzen Nasenknopf, an der es nicht mehr naß, aber noch kühl ist, und lief ums Haus, meiner Romanze entgegen.

Wir gingen zu einem Chinesen in der Dorotheenstraße, von dem Curd hoffte, er sei anonym genug. Ob anonym oder nicht, wir wurden jedenfalls weder von Autogrammjägern noch von der Weltpresse belästigt, und das Essen war großartig. Ich wollte eine Suppe, denn ich liebe Suppen. Curd wollte Krebssalat. In meiner Suppe schwammen riesige Hühnerfleischstücke und endlos lange Glasnudeln.

Ich stand vor der Aufgabe, das Zeug in mich hineinzulöffeln, ohne mein Kleid oder mein Kinn zu bekleckern (Sie haben da was im Gesicht!), ohne lächerlich auszusehen, ohne mein Make-up zu verwüsten, ohne mich zu verschlucken. Dabei ließ mich dieser Kerl mir gegenüber nicht eine Sekunde aus den Augen. Er stocherte ohne hinzugucken in seinem zivilisierten Krebssalat herum und beobachtete ungerührt, wie ich einen großen Porzellanlöffel zum

Munde führte, von dem Glasnudeln herniederringelten wie Nattern.
Ich fing eine davon mit den Zähnen und verspeiste sie. Die nächste sammelte ich mit den Fingerspitzen auf und warf sie mir in den Mund. Die ganze Zeit blickte ich Curd von unten her lasziv an. Ich machte eine Erotik-Show aus der Suppe. Die nahm kein Ende. Immer noch ein Löffel. Der Schweiß lief mir den Rücken hinunter. Ich trank den Rest aus dem Schälchen und leckte einmal kindlich am Rand, bevor ich es mit zitternden Händen hinstellte.
Ich wollte nach Hause. Mir reichte es für diesen Abend. Curd Andreesen flüsterte: »Mein Gott, sind Sie ein bezauberndes Weibsstück!«
Demnach war die Suppen-Nummer ein voller Erfolg gewesen. Ich atmete tief durch und entspannte mich etwas.
Nach dem Essen gingen wir in den Stadtpark. Wir setzten uns in den Biergarten, tranken Alsterwasser und lachten beide, als Curd gewohnheitsmäßig zwei Zigaretten anzündete und mir eine reichte. Er warf sie unter den Tisch und trat sie tot: »Entschuldigung. Ich glaube, ich kannte noch nie eine Frau, die nicht raucht…«
Er machte mich mit der Tatsache vertraut, daß er demnächst in einem Fernsehkrimi mitspielen würde; anderthalb Drehwochen immerhin! Er gab sich selbst, einen Fernsehstar, der entführt wurde. Eine Kußszene mit einer Gangsterbraut war auch dabei.
»Ist das ein Traum von Ihnen – Schauspieler zu sein?«
»Ach, ich träume eigentlich nie«, wehrte er ab. »Weder tagsüber noch nachts. Ich *plane*. Angeblich träumt nachts ja jeder Mensch. Ich erinnere mich nie!«
Dann kam er wieder auf sein neues Buch zu sprechen. Einige Änderungen schwebten ihm noch vor. Er beugte sich weit über den Tisch, mit dunkel schimmernden Augen. Das beschäftigte ihn wirklich, er vergaß, gedehnt und sinnlich zu sprechen.
Ich sagte: »Eine sehr moralische Geschichte ist das mit den Bären. Erinnert mich ein bißchen an Kästners ›Konferenz der Tiere‹.«
»Finden Sie wirklich?« fragte er erfreut.
Wunderbar. Endlich waren wir mitten in der schönsten Kultur ge-

landet. Ich gedachte der Berliner Szene der zwanziger und dreißiger Jahre, des Romanischen Cafés, ich erwähnte Tucholsky und sein Lottchen (ich hätte gern seine ganzen Pseudonyme hergebetet, aber es ergab sich nicht), ich träumte vom alten Hiddensee und all den damaligen Prominenten in Topfhüten, Asta Nielsen an der Spitze. Asta Nielsen, nicht wahr, hatte mal den Hamlet gespielt, ungeachtet der Tatsache, daß sie ein Weibchen war.
Das brachte mich zu Shakespeare, Lady Macbeth und den anderen Königsdramen. Von da aus wühlte ich mich in die englische Geschichte. (Die war Rüdigers Leidenschaft. In französischer Geschichte war er viel weniger beschlagen.) Ulkig, nicht, daß Peter O'Toole zweimal im Film Heinrich Kurzmantel dargestellt hatte: einmal in »Becket« mit Richard Burton in der Titelrolle und später in »Der Löwe im Winter« mit Katherine Hepburn.
Curd kniff die Augen zusammen und erklärte, Peter O'Toole sei nicht sein Fall, der wirke so schwul – ob er's nun wirklich wäre oder nicht. Genau wüßte man so was ja nie, von Albert von Monaco würde das schließlich auch dauernd behauptet und sei definitiv Quatsch. Albert hatte er im Urlaub in Monaco kennengelernt, ein furchtbar netter Kerl, hätte er gar nicht erwartet.
Dazu konnte ich leider nichts sagen. Monika wäre jetzt die ideale Gesprächspartnerin gewesen, die kannte sich im Leben der europäischen Fürstenfamilien bestens aus. Wieso hatte ich eigentlich Kultur gepaukt, anstatt einfach fleißig die »Neue Frauenwelt« zu studieren?
Ich machte den großen Regenrüsselsprung, spekulierte ein bißchen mit über das Sexualleben der Monegassen, leitete zum englischen Prinzen Andrew über, von dem munkelte man ja auch dies und das (zumindest Monika hatte immer gemunkelt) und landete in der nächsten Pfütze meines Wissens: Oscar Wilde und sein Lord Alfred. Davon hatte Rüdiger natürlich ausführlich berichtet. Ich leitete über zu Wildes Märchen und Theaterstücken.
Die Märchen kannte Curd nicht, und die Theaterstücke fand er doch ziemlich verstaubt. Was er liebte, war die Oper. Wagner! In Bayreuth hatte er letztes Jahr Gunther Sachs kennengelernt, ein unglaublich sympathischer Kerl, würde man gar nicht denken.

»Wie wär's jetzt mit'm bißchen Abtanzen?« fragte er kurz vor zehn. »In der Großen Freiheit haben sie gerade einen witzigen neuen Club eröffnet…«

»Ich weiß was Besseres!« behauptete ich. Wir gingen zu einem der großen, jetzt leeren Spielplätze im Park, schaukelten und rutschten die Rutsche hinunter und wippten und kletterten in einem Kletterhäuschen umher. Ich möchte bemerken, daß ich das sehr anmutig machte, wenn man bedenkt, daß ich durch ein enges Kleid behindert war. Curd war nicht wirklich der verspielte Typ, aber er ging darauf ein, weil er gute Laune hatte.

Schließlich hatten wir jedes Gerät durchprobiert. Wir setzten uns nebeneinander auf einen Balancierbaum. Curd zündete sich eine Zigarette an und fragte: »Und was machen wir jetzt?«

»Jetzt singe ich Ihnen was vor«, fiel mir mein Patentrezept ein.

Er schwieg abwartend.

Endlich sang ich ihm »Get ready«! vor. Unser Lied. Hoffentlich achtete er auf den Text. Und hoffentlich dachte er trotzdem nicht, daß ich hinter ihm her wäre. Ich sang so schön wie noch nie. Oder zumindest so bemüht wie noch nie. Curd lauschte mit versonnenem Gesichtsausdruck. Gerade, als ich schmetterte: »I'm bringing you a love that's true…« fuhr der Sinn meines Lebens auf dem Absatz herum und starrte grimmig auf den Eingang des Spielplatzes.

Dort war gerade ein älterer Mann mit einem Foxterrier an der Leine aufgetaucht und guckte mißtrauisch zu uns herüber.

Curd stand auf, ging mit wiegenden Schritten auf ihn zu und rief mit tiefer Stimme: »Na, mein Freund, was gibt es denn?«

Mir blieb das letzte ›Get ready!‹ in der Kehle stecken. Machte nichts, es hörte sowieso keiner zu.

»Wieso, was wollen Sie denn überhaupt hier? Der Spielplatz ist für Kinder!« meckerte das angegriffene Männchen tapfer zurück.

»Wir sind großwüchsige Kinder. Was geht Sie das denn an? Sie sollten sehen, daß Sie mit dem Hundchen verschwinden, bevor er sich in der Sandkiste verewigt!« röhrte Curd. Er hatte die Situation und den Spielplatz vollkommen unter Kontrolle. Der Hund kläffte, sein Herrchen zog ihn hastig an der Leine zurück und verschwand.

Curd drehte sich mit stolzem Lächeln zu mir um. »Das hat er sich so gedacht!«
Ich schwieg. Ich wußte nicht recht, ob ich noch mal von vorn anfangen, in der Mitte weitersingen oder den Schnabel halten sollte. Ich beschloß, abzuwarten, was das Publikum verlangte.
Das Publikum freute sich noch ein Weilchen über seinen Sieg, dann fiel ihm wohl auf, wie still ich auf dem Balancierbaum saß, es packte den Kriegertriumph beiseite und sagte mit weicher, schläfriger Stimme: »Das ist der schönste Abend, den ich je erlebt habe. Und Sie sind die bemerkenswerteste Frau, die mir je begegnet ist…«
Das nuschelte er bestimmt nicht zum ersten Mal so sexy. Wichtig fand ich nur, daß er es im Augenblick selbst glaubte.
Es dämmerte, ich konnte meine Uhr kaum noch erkennen: »Herr Andreesen, ich muß zum Verlag zurück. Lady wartet auf mich…«
Curd protestierte nicht. Wir gingen mit einigem Abstand nebeneinander her vom Spielplatz auf den Parkweg. Die Drosseln sangen immer noch schmelzend, hellwach trotz der Dämmerung.
Auf dem Verlagsparkplatz, vor seinem Cabrio, verabschiedete ich mich von ihm: »Danke für den schönen Abend!«
Das Verlagslogo über der Tür beleuchtete sein hübsches Gesicht grünlich. Er blickte mich sinnend an, versicherte, er seinerseits habe sich zu bedanken und er würde mich gern sehr bald anrufen, wenn es mir recht sei. Er machte keinen weiteren Annäherungsversuch. Ich wertete das als positiv. Offenbar wollte er demonstrieren, wie tief beeindruckt und angerührt er war.
Ich verschwand schnell um die Hausecke, als er in seinen Wagen stieg. Hinterhergucken wollte ich ihm nicht.
Lady schmiß mich fast um, als sie an mir hochsprang. Ich mußte mich ordentlich dagegenstemmen. Sie schminkte mich schon mal provisorisch ab.
»Na?« sagte Etzi. »Haben wir bald mit dem Endsieg zu rechnen?«
»Oh, es läuft. Es wird!« versicherte ich.
»Und bist du bis zum sabbernden Schwachsinn verliebt?« wollte er wissen.
Ich guckte in seinen Kühlschrank, holte mir ein Möhrchen aus

dem Gemüsefach, wusch es ab und biß hinein. »Ich? Nein. Verliebt bin ich eigentlich gar nicht.«
»Ach. War denn das nicht der Sinn der Sache?«
»Nach allem, was ich weiß«, sagte ich nachdenklich, »geschieht Verlieben unerwartet und plötzlich. Nun sag mir mal: Wie kann ich denn unerwartete und plötzliche Gefühle für jemanden entwickeln, den ich so lange angepeilt habe?«

Natürlich kam ich in dieser Nacht nicht vor eins ins Bett, und ich schlief miserabel. Dauernd wachte ich von meinem eigenen Knirschen auf. Am Morgen war die durchsichtige Plastikbeißschiene rubinrot von meinem Zahnfleischblut, und mir brummte der Kopf.
Curd rief mich vormittags im Verlag an. Er schnurrte wie ein zufriedener Tiger, erklärte, er sei am Vorabend gleich brav nach Hause gefahren und ins Bett gegangen und hätte von mir geträumt. Sachen, die er mir überhaupt nicht erzählen könnte. Alles nicht jugendfrei. Jetzt flöge er nach Berlin, zu den Dreharbeiten. Und nächsten Freitagabend wollte er mich sehen. Ausführlich. Und dann …« Er atmete einmal tief ein und aus. Ich bemühte mich nach Kräften, es nicht peinlich zu finden. Mindestens achtzig Prozent aller deutschen Frauen verzehrten sich danach, von Curd Andreesen angeschnauft zu werden. Das peinlich zu finden war einfach absurd.
Ich schob meine miese Stimmung auf mein Kopfweh und schluckte zwei Aspirin.
Mittags ging ich mit Lady in den Garten. Etzi saß in seiner Hängematte und sonnte sich, einen Aktenordner mit technischen Zeichnungen auf dem Bauch und einen Wildwest-Lederhut auf dem Kopf. Ich nahm ihm den Hut ab, setzte ihn auf und mich auf den Rand der Hängematte.
»Du siehst nicht restlos glücklich aus«, stellte er fest. Er roch ausgesprochen angenehm nach Sonnenöl und schwitzendem Mann.
»Ich hab Kopfweh, weil ich nachts wieder so geknirscht habe.«
»Trotz Beißschiene?«
»Trotz Beißschiene!« Ich legte mich neben ihn, und wir schaukelten.

Ich fand's nett von ihm, nichts in der Art zu sagen, wie: Ach, nach einem Abend mit deinem Traummann beißt du dich selbst halb tot?
Etzi grübelte halblaut vor sich hin: »Du bist verkrampft und verspannt. Du solltest das lösen. Wie löst man etwas? Man knotet auf. Man entriegelt…«
Ich machte mit: »Oder man schmeißt es ins Wasser und rührt um.«
Etzi lachte mich an. »Richtig! Wir haben doch das Jahr des Wassers. Dodo, wir sollten dich ins Wasser schmeißen und umrühren. Sieh mal, es ist so ein heißer Tag… Wir sollten nachher zur Badeanstalt gehen, und…«
Ich bekam eine Gänsehaut, ich schauderte richtig. »Bitte nicht. Das ist der schlimmste Horror für mich.«
»Aber der Pirat ist doch endlich im Paradies?«
»Ich hab ja auch keine Angst mehr vor dem Ertrinken, Etzi. Es ist das Drum und Dran… Als ich noch in der Schule war – die häßliche dünne Dörthe…«
»Ich denke, das war die häßliche dicke Dörthe?«
»Später. Zuerst war ich dünn. Ich sah aus wie ein Lineal im Badeanzug. Und um mich herum war Gekreisch und Geplansche und Chlorgeruch und wildes Gespritze. Und die Lehrerin schrie: ›Dörthe, nun stell dich nicht an und komm ins Wasser, oder ich muß mit deinen Eltern sprechen!‹ Ich hab mich umgedreht und bin weggerannt und hab mich in der Umkleidekabine eingeschlossen und von drinnen rausgeschrieen: ›Dann sprechen Sie doch mit ihnen!‹«
»Und was haben deine Eltern gemacht?«
»Meine Mutter hat mich am nächsten Wochenende mit ihrer Freundin ins Freibad geschickt: Gekreisch, Geplansche und Chlorgeruch, wildes Gespritze. Aber ich hab mich überreden lassen und bin mit reingegangen und fast abgesoffen. Mir lief das Wasser durch die Nase in den Magen.«
»Wie ist das möglich?«
»Keine Ahnung. Aber es ist möglich. Mein guter Vater hat schließlich einen Arzt aufgetan, der bescheinigt hat, daß ich gegen Chlor allergisch bin. Da wurde ich vom Schwimmunterricht befreit.«
Etzi nahm mir den Hut wieder weg und setzte ihn selbst auf. »Bis

heute abend weiß ich eine Lösung. Komm auf jeden Fall vorbei, bevor du nach Hause fährst, versprochen?«

Ich tastete ärgerlich über die dicke Binde, die vor meinen Augen saß, und knurrte: »Ich hasse Überraschungen, das weißt du doch!«
»Diese wirst du lieben«, versicherte Etzi, wie immer.
»Wo fahren wir überhaupt hin?«
»Nicht weit. Nach Alsterdorf. Oder warte mal – ist das vielleicht schon Ohlsdorf?«
»Du weißt noch nicht mal, wo wir hinwollen?!«
»Doch! Ich war sogar schon mal da. Ich weiß bloß nicht genau, welcher Stadtteil das ist… Entspann dich!«
Wir bogen von der Straße ab, Etzi stieg aus, ließ den Motor jedoch laufen, öffnete ein quietschendes Tor, kam zurück und fuhr langsamer irgendwo hinein. Hier parkten wir.
»Ich muß schnell das Tor wieder schließen… Laß die Binde drauf, hörst du!«
»Jajaja. Aber ich schwitze unter dem Ding. Wo ist Lady?«
Als Antwort bohrte sich mir eine patschnasse Nase in den Nacken. Etzi führte mich in ein Haus, über dicke Teppichböden, zwei Stufen hinunter, über Kacheln oder Fliesen. Hier roch es schon etwas nach Chlor. Eine weitere Stufe hinunter, durch eine weitere Tür. Hier piepste, quiekte und krächzte es. Hagenbeck lag doch in Stellingen? Jetzt hörte ich auch leises Wasserschwappen und das Summen irgendeines Gerätes, wahrscheinlich eines Poolreinigers. Sehr warm war es und sehr feucht.
Etzi nahm mir die Binde ab – und ich quietschte vor Entzücken. Wir standen in einem riesigen Wintergarten. Langgestreckt, nach drei Seiten hin verglast. Rundum in den Boden waren Beete voller Palmen und exotischer Büsche eingelassen, sogar blühende Sträucher befanden sich darunter. Hinten reichte eine Volière vom Boden bis zur Decke, in der bunte Vögel umherhüpften. Ein majestätischer Pool wellte sich vornehm dunkelblau in der Mitte. An beiden Enden führten Marmortreppen mit Messinggeländern hinein. Lady wagte sich auf die oberste Stufe einer Treppe vor und kostete das Poolwasser.

»Gott, Etzi, hast du schnell Karriere gemacht!«
»Na, um ganz ehrlich zu sein, das gehört nicht mir. Ich hab heute Nachmittag rumtelefoniert und alle Leute gefragt, die ich kenne – und das sind bekanntlich nicht wenige. Lorenz kannte natürlich Leute mit Pool – und Frohwein … Aber die Besitzer waren alle anwesend. Dies hier gehört guten Freunden von Karen Kuchenbecker. Die sind zur Zeit auf den Bahamas. Oder waren's die Bermudas? Karen hat den Schlüssel, weil die Dame des Hauses das Gießen der Pflanzen und das Füttern der Vögel nur ihr zutraut und nicht irgendwelchem schnöden Personal. Und Karen darf hier so oft baden, wie sie will. Sie will aber nicht. Sie sagt, wenn wir jeden Nachmittag den Schlüssel holen und jeden Abend zurückbringen und keinen Quatsch machen, dann kannst du hier in aller Ruhe schwimmen lernen. Du mußt zugeben, daß niemand kreischt und planscht …«
»Es ist traumhaft! Was schleppst du da für einen Kasten mit dir herum?«
»Das ist eine Kühlbox. Ich dachte, wir wollen nach dem Baden was essen und trinken.«
»Aber ich habe keinen Badeanzug –?«
»Richtig!« Etzi machte die Kühlbox auf und holte etwas Gelbes heraus: »Hier ist einer. Simone sagt, der paßt jedem. Schön kühl ist er jetzt auch.«
Gelb stand mir nicht. Das war Simones Farbe. Der Anzug würde jedoch wirklich passen, weil er aus dehnbarem Krepp war.
»Geh die Stufe hoch, links ist ein Bad«, sagte Etzi, der sich schon aus dem T-Shirt rangelte. »Ich hab meine Badehose drunter.«
Ich blieb stehen. »Etzi, du hast eine wirklich gute Figur.«
»Danke«, sagte er erstaunt und drehte sich zu mir um. Ich eilte in das Badezimmer, um mich umzuziehen.

An einem Mittwoch fingen wir an. Etzi schwamm nur mit einem Arm, ich hielt mich am anderen fest und ließ mich von ihm durch das Wasser ziehen. Am Donnerstag konnte ich allein einmal quer durch das Becken schwimmen – und mußte mich sofort am Rand festklammern. Freitag schwamm ich, ganz am Ende unserer

Übungen, von Treppe zu Treppe. Am Samstag und Sonntag badeten wir zum ersten Mal vormittags im Pool, in dem das Sonnenlicht schimmerte: Man schwamm wie in geschmolzenem Gold. Da traute ich mich auch, das Gesicht ins Wasser zu tauchen. Montag schwamm ich zwei Runden umher, ohne mich irgendwo festzuhalten. Dienstag konnte ich drei bemühte Stöße unter Wasser schwimmen – obwohl Etzi sagte, mein Hinterkopf guckte noch raus. Mittwoch machte ich einen Hopser von der obersten Treppenstufe, kam ziemlich tief unter Wasser und schwamm mühelos und ohne jede Angst fünf, sechs, sieben Stöße – dann kam ich ganz ruhig hoch und holte Luft.

Die ganze Zeit lief mir kein einziges Mal Wasser in den Magen. Leider hatte ich keine Ahnung, was ich nun plötzlich richtig machte.

»Kann ich jetzt schwimmen, Etzi?«

»So ziemlich. Du kannst immer noch mehr lernen. Tiefer tauchen, was vom Boden raufholen, richtig von der Höhe reinspringen, Freischwimmen und Fahrtenschwimmen und Rettungsschwimmen. Das kommt alles mit der Zeit.«

Ich schwänzte die ganze Zeit mein Fitneßstudio und machte in diesen Tagen auch keine Überstunden. Heino drückte ein Auge zu: Es war ja sowieso Ferienzeit und alles lief nur mit halber Kraft. Curd rief mich dreimal aus Berlin an und erzählte eine Menge von den Dreharbeiten und von den Leuten, die er traf. Ich schien ihn immer noch sehr zu beschäftigen. Es gefiel ihm, mir seine Eindrücke mitzuteilen. Er fragte nicht ein einziges Mal, was ich so machte. Deshalb erfuhr er auch nichts von meinem Schwimmunterricht. Einmal meinte er, die Dreharbeiten würden länger dauern als geplant und er käme noch gar nicht am Freitag zurück. Als nächstes hatte sich wieder ergeben, daß der Zeitplan doch eingehalten werden konnte. Er freute sich wahnsinnig auf unser Wiedersehen. Schnauf!

Am Donnerstagnachmittag ging ich zu Etzi und sagte: »Heute kann ich nicht, ich bin mit Simone verabredet. Na, und morgen kann ich auch nicht, da ist bekanntlich Curd zurück…«

»Ist das so?« sagte Etzi. »Dann waren wir gestern zum letzten Mal schwimmen. Am Wochenende kommen die Hausbesitzer aus dem Urlaub.«
»Ach, schade. Es war wunderschön. Danke, Etzi!«
Er blickte mich nachdenklich aus seinen schmalen gelben Wolfsaugen an. »Es war mir ein Vergnügen. Setz dich – oder mußt du auf der Stelle los? Magst du was trinken?«
»Mineralwasser, wenn du so nett bist.«
Etzi stellte mir ein Glas hin, nahm sich selbst eins und setzte sich mir gegenüber in einen Sessel. Im Zimmer war es nicht sehr hell, denn er hatte morgens alle Gardinen wegen der Sonne zugezogen, die inzwischen längst ums Haus herumgewandert war.
Wir sagten nichts, wir schauten uns nur an. Lady biß an einer juckenden Stelle auf ihrer Hüfte herum, seufzte dann leise und streckte sich lang zum Schlafen aus. Die Kohlensäure in den Gläsern klingelte. Im Garten tschilpten ein paar Vögel. Ein Auto quälte sich rückwärts durch die Straße und hielt an; die Autotür klappte. Im Park bellte ein Hund. Lady, im Halbschlaf, wackelte nur kurz mit den Ohren.
Etzi sah mir die ganze Zeit unverwandt in die Augen, und ich erwiderte den Blick. Ganz scharf und deutlich sah ich ihn durch das Halbdunkel im Zimmer nicht. Und plötzlich schienen sich seine Gesichtszüge zu ändern: Er sah aus wie eine alte orientalische Frau. Ich zwinkerte, um diesen Eindruck richtigzustellen. Nun wirkte er wie ein mexikanischer Bandit! Immer schneller wechselten die Gesichter, wie in einer Computeranimation: alte und junge, weibliche und männliche, europäische und exotische. Mein Herz klopfte hastig. War ich gerade dabei, den Verstand zu verlieren? Träumte ich?
In diesem Moment sagte Etzi langsam und leise: »Ich sehe ganz viele verschiedene Gesichter in dir.«
Ich geriet in Panik. Immer passierten solch unheimliche Sachen mit diesem Mann und mir! Ich sprang auf, riß meine Tasche vom Boden und lief zur Tür. Lady war zusammengefahren und konnte kaum schnell genug ihre Pfoten sortieren, um mir zu folgen.
»Ich muß los!« rief ich von der Tür aus. »Tschüs! Komm, Lady…«

Vor der Tür schien die Sonne, auf dem Parkplatz roch es beruhigend nach Autoabgasen. Ich hatte geschwindelt – die Verabredung mit Simone war viel später. Ich beschloß, bis dahin Rüdiger und Engel-Bert zu besuchen. Es tat mir wohl, über den Winterhuder Marktplatz zu fahren, denn hier tobte der Feierabendverkehr. Ich war hungrig nach Realität.

»Du bist ja vom Glück begünstigt, daß du uns so knapp vor dem Enteilen noch antriffst«, empfing mich Rüdiger. Er und Bert waren damit beschäftigt, Reisetaschen vollzustopfen – sie wollten in einer Stunde zum Flughafen und ganz spontan nach Tunesien fliegen.

»Berts Argumente haben mich schließlich überzeugt – im Laden herrscht vollkommene Flaute, wir können uns ebenso eine Vakanz genehmigen wie das gemeine Volk…« erklärte Rüdiger und wickelte ein paar schöne schwarze Halbschuhe in ein Handtuch, um sie in der Tasche zu versenken. Engel-Bert nahm sie ihm weg und wickelte sie wieder aus: »Die brauchst du da nicht! Je weniger Gepäck, desto besser…«

Rüdiger kicherte zufrieden in sich hinein. »Ich bin noch nie Last Minute geflogen. Bert hat einige Erfahrung mit derartigen Abenteuern.«

Ich war beleidigt. »Und wenn ich nicht zufällig hier reingeschneit wäre, hätte ich gar nicht erfahren, wo ihr steckt? Das könnt ihr doch nicht mit mir machen!« beklagte ich mich.

»Wir hätten dir selbstverständlich ein anonymes Schreiben zukommen lassen. Mit einer Lösegeldforderung«, meckerte Rüdiger. Er schien extrem guter Laune zu sein.

»Seit du mit Bert zusammen bist, hast du mich überhaupt nicht mehr richtig gern!« Ich war wirklich verletzt.

Daraufhin fielen sie von beiden Seiten über mich her, knuddelten mich und versicherten sehr glaubwürdig, wie lieb sie mich hätten.

»Wir hatten ganz vergessen, wie sehr du immer alles unter Kontrolle haben mußt«, versicherte Engel-Bert ohne Vorwurf. »Sonst hätten wir dich informiert. Ganz bestimmt!«

Das fand ich rührend, und mich selbst fand ich blöd, falls es wirk-

lich stimmte, daß ich immer alles unter Kontrolle haben mußte.
»Was hast du denn in der Zwischenzeit betrieben, meine Sternennacht?« fragte Rüdiger versöhnlich, während er sich zwischen seinen Hängebärten rasierte.
»Schwimmen gelernt. Von Etzi.«
»Na, superb!« fand Rüdiger, und Engel-Bert meinte: »Dirk ist ein feiner Kerl.«
»Aber etwas unheimlich«, murmelte ich. Als sie dazu nichts sagten, guckte ich hoch. Rüdigers türkisfarbene und Berts hellblaue Augen waren erstaunt auf mich gerichtet.
»Also, mir kommt's einfach so vor. Neulich haben wir denselben Traum gehabt. Und vorhin haben wir uns angeguckt und beide lauter verschiedene Gesichter gesehen. Ich finde das gruselig.«
Rüdiger und Bert wechselten einen tiefsinnigen Blick. Bert begann sich die Locken zurückzubürsten, um ein Gummiband drumrum zu binden. Rüdiger klatschte sich Rasierwasser ins Gesicht.
»Sagt doch mal was dazu!«
Bert legte mir eine sanfte Engelshand auf die Schulter: »Ihr habt all die Leben gesehen, die ihr in euch tragt. Alle Inkarnationen. Dazu ist eine tiefe seelische Verbindung nötig. Weißt du, Dodo, viele Menschen wünschen sich einen Partner, mit dem sie solche Erlebnisse teilen können. Sie suchen danach und finden ihn nie ...«
Rüdiger schraubte das Rasierwasser zu und kam in einer Duftwolke zu uns. Er legte den Arm leicht um Bert und fügte hinzu: »Es sei denn, sie haben ein ganz seltenes Glück.«
»Ach so«, sagte ich ungläubig. Mit Curd würde mir so was jedenfalls nicht passieren. Der hatte mir erzählt, er erinnerte sich nie an seine Träume.
Engel-Bert sah mich immer noch sehr mitfühlend an. »Du wirst das schon richtig machen, Dodo. Wie auch immer du dich entscheidest – du wirst daraus lernen. Und ganz allein darauf kommt es an. Nur du hast die Verantwortung für dein Schicksal.«
»Du meinst, dem lieben Gott und seinen Engeln ist es schnurzegal, wie ich mich entscheide und was ich tue?«
»Ganz egal. Die Engel sind lediglich Helfer und Ratgeber, wenn

du sie rufst. Die wollen nichts. Und Gott will schon gar nichts. Er ist nur Liebe, ohne jede Absicht.«

»Das finde ich aber gleichgültig und achtlos von ihnen!« sagte ich schmollend.

»Gott«, sagte Bert mit seinem entrückten und beseelten Blick, »ist die alles durchdringende Grundenergie. Er lernt mit dir, weil er in dir ist.«

»Ausgerechnet in mir?« fragte ich entsetzt.

»In uns allen. In allem, was ist. Er hat sich milliardenmal aufgeteilt, um alles zu lernen«, versicherte Engel-Bert.

»Aber er muß nicht unbedingt in uns lernen, den Last-Minute-Flug in letzter Minute zu verpassen?« fragte Rüdiger. »Wir sollten uns genau jetzt ein Taxi rufen.«

»Darf ich euch nicht bringen?« fragte ich.

»Wenn du dir das antun willst? Die Straßen sind ziemlich voll zur Zeit...«

»Bert muß sich nur irgendwie den Rücksitz mit Lady teilen.«

Auf diese Art waren wir doch noch ein wenig länger zusammen.

»Warum«, fragte Rüdiger plötzlich, »trägst du eigentlich nie das silberne Armband, das ich dir vor langer Zeit verehrt habe, als unsere Freundschaft gerade zu knospen begann?«

Ich blickte ihn betroffen an. Das Armband lag nach wie vor in seinem Kästchen in einem Schrankregal. Damals hatte es nicht um meinen molligen Arm gepaßt, und seitdem hatte ich nie daran gedacht, es wieder anzuprobieren.

»Ich werde es morgen abend tragen, falls es paßt!« versprach ich. »Es ist orientalisch, oder?«

»Ägyptisch. Ein dunkler Jugendfreund meiner Mutter hat es ihr zu Füßen gelegt, als sie noch zart und knusprig war.«

»Was bedeuten die Schriftzeichen? Weißt du das?«

Rüdiger kniff grübelnd die Augen zusammen. »Wenn ich mich recht erinnere – und das pflegt gewöhnlich der Fall zu sein – besagen sie: Gott ist schön – und Wissen ist Licht. Letzteres hätten wir beide erfolgreich bewiesen, Rosenschnute. Und mit welch überwältigendem Erfolg! Mon dieu, wenn wir zurückkehren, werden wir vielleicht schon deine Brautjungfern!«

18. Kapitel

In dem Simone Krieg und Frieden erklärt – Karen Kuchenbecker keine Lust hat, exklusiv zu sein – Curd mit Überraschungen droht – Heino Frohwein sich als wirklich netter Kerl erweist – Dodo offensichtlich keine Gehaltserhöhung braucht – und Madame Fátima jeden Vorwurf von sich weist

Setz dich schon mal irgendwo hin«, begrüßte uns Simone, »und nimm bloß keinen Anstoß daran, wie ich aussehe. Ich bemühe mich zur Zeit um den etwas lässigeren Kurs ...« Ihr Haar hing ihr frisch gewaschen und noch feucht auf die Schultern. Außerdem war sie ungeschminkt. Ich hatte sie – abgesehen von unserem Wochenende an der Ostsee – noch nie so leger gesehen. »Entschuldige mich bitte – ich muß noch mit meiner Nase reden.«
Da ich von Elke wußte, worum es sich handelte, war ich nicht weiter bestürzt über diese Mitteilung.
Mein Hund und ich ließen uns im Wohnzimmer nieder und lauschten nicht unbeeindruckt dem zarten Gesäusel, das aus dem Schlafzimmer zu uns drang: »Ist doch gut! Alles ist gut, also laßt auch ihr es gut sein! Ihr werdet geliebt, laßt es gut sein! Alles ist gut ...«
Nach einer Viertelstunde erschien unsere Gastgeberin. Sie sah munter und frisch aus. »Daß meine Schleimhautzellen wirklich auf Ansprache reagieren, finde ich sensationell. Der Heuschnupfen ist kaum noch zu spüren. Ich krieg's mit jedem Mal besser in den Griff!« erklärte sie heiter. »Ach, stimmt, das soll ich ja nicht sagen. Also, ich krieg's nicht in den Griff, sondern ich *löse* das Problem.«
»Interessant. Etzi ist auch der Ansicht, daß ich lösen sollte. Mein Zahnknirschproblem nämlich.«
»Der Ursprung von beidem dürfte ziemlich gleich sein. Das übertriebene Bedürfnis, alles unter Kontrolle haben zu wollen«, meinte Simone weise.
»Ist denn das nicht gut?«
»Kommt drauf an. ›Alles unter Kontrolle‹ gilt in unserem Zeitalter

in der westlichen Welt natürlich als überaus positiver Satz. Wir haben tausend Ängste und bemühen uns dauernd, die zu beruhigen. Durch Rentenvorsorge und Krebsvorsorge und Eheverträge und noch 'ne Zusatzversicherung und so weiter. Bloß nichts dem bösen Zufall überlassen. Und deshalb knirschst du – ich ja auch, wenn auch nicht mehr so schlimm wie früher. Du willst vorsichtshalber festhalten. Was auch immer. Kommst du mit in die Küche?«
Lady kam ebenfalls mit, weil Lady ja neuerdings überall hinging, wo ich war.
»Ich hatte schon mit dem Salat angefangen. Hilfst du mir?« Simone rührte eine Kräutersoße an und wusch Tomaten. Ich schnitt Radieschen in dünne Scheiben und warf sie in die große Glasschüssel.
»Aber wieso ist Heuschnupfen auch so eine Angstvorsorge-Krankheit?« wollte ich wissen.
»Weil die Abwehrkräfte überreagieren. Sie fühlen sich von irgendwelchen harmlosen Pollen gekitzelt, brüllen ›Alarm, alle Mann an die Waffen!‹ und entwickeln wie verrückt Schleim, um die vermeintliche Gefahr aus dem Körper zu schwemmen. Viel zuviel Kontrolle. Wie in einem Polizeistaat«, versicherte Simone und steckte sich ein unzerschnittenes Radieschen in den Mund. »Ich bemühe mich nun, ihnen beizubringen, sich zu beruhigen. Vertrauen zu haben. Alles nicht so eng zu sehen. In deinem Fall würde ich sagen: alles nicht so verbissen zu sehen. Natürlich müssen wir da bei uns selbst anfangen, denn unsere Körperzellen, sagt Elke, zeigen nur unseren seelischen Zustand. Ich muß beispielsweise lernen, einzusehen, daß die Welt nicht untergeht, wenn ich mal unpünktlich bin. Oder mich, falls ich Lust habe, einfach zu entspannen, statt noch was Mittelwichtiges zu erledigen. Ich setze neue Prioritäten. Elke sagt, ich muß viel hopfiger werden.«
»Gibt sie dir auch Bier?«
»Sie hat es mir empfohlen, ja. Ich nehme Hopfen jedoch lieber nur als Extrakt zu mir. Bier hat zuviele Kalorien. Ich will ja nicht gleich so hopfig werden wie Elke.«
Ich guckte die halbvolle Salatschüssel von der Seite an: »Ist das nur für uns beide? Oder ißt Lorenz auch davon?«

»Lorenz wird heute nicht erscheinen, schätze ich. Gestern ist er abgehauen, voller Wut und Grimm. Ich hab was über Recht und Ordnung gesagt, was ihn in Braß kommen ließ. Er hat gesagt, er wird ein für allemal auswandern.«

»Um Himmels willen, Simone!«

»Larifari. Der fährt noch nicht mal in die Holsteinische Schweiz. Spätestens übermorgen klingelt er hier wieder – wetten? Dazu streitet er viel zu gern mit mir!« Simones braungrüne Augen strahlten mich munter an. Sie schien sich völlig sicher zu sein.

»Ich versteh das nicht ganz. Warum muß es bei euch so feindselig zugehen?« traute ich mich zu fragen.

Simone blickte nachdenklich vor sich hin. »Wir sind uns da, glaube ich, beide sehr ähnlich, Lorenz und ich. Wir wirken sehr selbstsicher und sind eigentlich überaus sensibel und verletzlich. Wir fürchten, daß man uns weh tut, wenn wir uns öffnen.«

»Und deshalb haut ihr euch dauernd gegenseitig was an die Ohren?«

»Ja. Es beruhigt uns. Im Kriegszustand ist man sowieso auf alles gefaßt. Da ist man wach – und dankbar für jeden kleinen Waffenstillstand. Richtiger Frieden wäre unheimlich, bedrohlich. Wenn einer von uns zu lange nett ist, pikst und haut der andere auf ihn ein. Dann ist die gefährliche Ruhe vorbei. Allerdings hab ich bisher immer nur Männer erlebt, die mich ernsthaft bekämpft haben. Die mich platt machen wollten, um alle Macht für sich zu haben. Um über mich zu bestimmen. Da mußte ich mich wirklich wehren. Das tat richtig weh. Schließlich blieb das Gefühl dabei auf der Strecke. Man hatte sich gegenseitig zu oft und zu schwer verletzt, irgendwann kann man sich das dann nicht mehr verzeihen.«

»Das ist mit Lorenz anders?«

»Ganz und gar. Ich denke, er liebt mich. Er paßt haarscharf auf, immer an mir vorbeizuschießen. Er trifft mich nie wirklich. Er wird nicht persönlich. Er zielt nicht nach meinen Schwachpunkten. Ich mache das bei ihm genauso. Wir achten darauf, letztendlich den Respekt voreinander zu bewahren und die Achtung. Auf diese Art können wir uns relativ sicher miteinander

fühlen. So, wie wir geartet sind, sogar viel sicherer als in Harmonie.«
»Ich verstehe. Im Frieden löst sich alles so erschreckend auf, im Kriegszustand ist alles unter Kontrolle ...«
Simone lachte. »Jetzt werd nicht gemein. Darüber hinaus: bei Harmonie vergeht mir immer jede Lust auf Sex! Das war bisher ein Dilemma für mich. Auf meine Feinde war ich scharf, Männer, die mich lieb behandelt haben, fand ich langweilig. Ich finde, Pfeffer muß dabeisein. Lorenz sieht das übrigens ganz genauso.«
»Da habt ihr ja wirklich Glück miteinander«, sagte ich lahm.
»Nicht wahr? Und ich glaube, wir werden noch recht lange zusammenbleiben.«
»Von kleinen Trennungen abgesehen.«
»Natürlich. An ihm stört mich nicht mal sein Alter.«
»So alt ist er doch noch nicht –?«
»Das ist Ansichtssache. Im Prinzip bin ich für jüngere Partner, aus Potenzgründen und wenn man langanhaltende Beziehungen anpeilt. Immerhin leben Frauen entschieden länger als Männer. Ich habe keine Lust, mich im Alter alleine zu langweilen. Na, andererseits: Bei Lorenz gibt es ordentlich was zu erben ...«
Sie lachte, als sie mein schockiertes Gesicht sah, und sagte: »Das war ein Scherz!« – wie damals, als sie vorgeschlagen hatte, ich sollte Dicky doch einfach einschläfern lassen, wenn ich nie wußte, wohin mit ihm.
»Ich werde ihn weder heiraten noch mich von ihm adoptieren lassen, und er hat zwei geschiedene Frauen, einen Sohn und zwei Enkel – wenn auch in New York. Die werden alles aufsaugen, was an Geld da ist. Und darauf kommt es mir auch nicht an, keine Sorge.« Simone biß nachdenklich auf ihre Unterlippe und fügte hinzu: »Jedenfalls nicht besonders. Ich glaube allerdings, ich könnte nicht gut damit umgehen, einen vollkommen mittellosen Mann womöglich unterstützen zu müssen. Da käme mir dann wieder der Respekt abhanden. So, und jetzt erzähl du mal, Dodo! Kannst du denn nun schwimmen?«
Ihr Telefon klingelte, bevor ich antworten konnte. Simone lief ins Wohnzimmer. Lady und ich blieben in der Küchentür stehen.

»Hallo, Karen – Ja, natürlich – Dodo ist hier, wir wollten gerade ein bißchen Salat zum Abendbrot essen – ich glaube nicht, daß sie was dagegen hat (dabei guckte Simone mich nicht einmal an) – Aber sicher! Dann bis gleich!«
Sie legte auf: »Es macht dir doch nichts aus? Seit Max abgehauen ist, kriegt sie hin und wieder den Totalfrust… Wir verdanken ihr schließlich eine Menge, und sie ist doch wirklich nett.«
Nein, es machte mir nichts aus. Ich hatte Frau Kuchenbecker auch viel zu verdanken. Zum Beispiel den märchenhaften Pool im Wintergarten, der mir meine letzte Angst vor Wasser genommen hatte. Wir gingen zurück in die Küche und schnipselten noch mehr Tomaten und Gurke in den Salat. Und Simone rührte noch mehr Joghurt mit Kräutern und Zitronensaft an.
Karen Kuchenbecker trug ein Kleid aus dünnem schwarzen Leinen, schwarze Perlen in den Ohren und einen ungefähr zehn Zentimeter breiten goldenen Armreifen, der mit Rubinen besetzt war. Ich sah immer noch nicht ganz ein, wieso mein Gehalt nicht langsam erhöht werden konnte.
Sie sagte zu mir: »Kind, haben Sie schön schwimmen können? Das freut mich!«, aß sehr wenig Salat und rauchte dafür in einer Stunde fünf Zigaretten. Es wären sicher noch mehr geworden, wenn Simone nicht darauf bestanden hätte, daß Karen dazu jedesmal auf den Balkon ging.
»Mir fällt zu Hause wirklich manchmal die Decke auf den Kopf. Das Gefühl, allein zu sein…« teilte sie uns mit.
Sie fing schon fast an, mir leid zu tun. Arme reiche Frau, so einsam in ihrer Prachtvilla. Da lief sie vielleicht hin und her über den chinesischen Plüschteppichen… Ich überlegte, ob ich ihr raten sollte, sich einen Hund anzuschaffen.
Dann erzählte sie uns von dem Fest bei Reemtsma und dem Krebsessen auf Sylt letztes Wochenende und der Premiere im Schauspielhaus. Hinterher hatte sie mit dem ganzen Ensemble gefeiert, da sie den Regisseur seit ihrer Jugend kannte.
Ach so.
»Ich habe ein Anliegen, Simonchen!« gestand Frau Kuchenbecker schließlich, als die Salatschüssel leer war. »Morgen nachmittag um

vier hab ich einen Termin bei einer Wahrsagerin – das heißt, eigentlich habe ich sogar zwei Termine. Nadja Steinschleifer wollte ursprünglich mit. Jetzt hat sie Angst bekommen, die kleine Ziege. Alleine möchte ich auch nicht so gerne hin… Komm du doch bitte mit!«

»***Wo***hin –!?!«

»Zu einer Wahrsagerin oder Hellseherin. Alle meine Freundinnen waren schon bei ihr. Die ist zur Zeit ganz groß in Mode. Nur Nadja und ich waren noch nicht da. Und jetzt läßt die mich im Stich…«

»Karen, ich bitte dich! Das ist doch der absolute Firlefanz«, erklärte Simone. »Du willst mir doch nicht erzählen, daß du an so was glaubst?«

Karen zwinkerte mir zu und sagte mit einem kleinen Schulterzucken: »Naja, ein bißchen?«

»Sei nicht böse – so einen Blödsinn mache ich nicht mit!«

Karen Kuchenbecker wurde verlegen. Simone wirkte immer so, als hätte sie objektiv recht. »Aber *alle* gehen zu Madame Fátima…«

»Dann sei du doch so exklusiv, nicht zu gehen!« empfahl Simone energisch, stapelte mit schnellen, sicheren Bewegungen die Salatteller aufeinander, setzte sie mit den Gabeln in die leere Schüssel und trug alles in die Küche.

Karen sah mich mit eingezogenem Kopf an, die Unterlippe vorgeschoben. »Würden Sie mitkommen?« flüsterte sie.

Daran hatte ich selbst schon gedacht, obwohl ich es vor Simone nie zugegeben hätte – schon gar nicht, daß ich bereits bei Madame Fátima gewesen war, bevor die überhaupt in Mode kam. Ich war allerdings kaum neugierig auf irgendwelche Zukunftsprognosen. Es reizte mich nur gewaltig, mich dieser Dame zu präsentieren und zu zeigen, wie unrecht sie mit der Beurteilung meiner Person gehabt hatte.

Ich zischelte also zurück: »Morgen nachmittag um vier? Abgemacht!«

Karen steckte mir hastig und heimlich eine Madame-Fátima-Visitenkarte zu. Die Adresse war noch dieselbe.

Als Simone aus der Küche kam, streichelten Frau Kuchenbecker und ich gemeinsam Lady und sprachen über Doggen als solche.

Spätabends setzte ich mich hin und stellte mir den silbergrünen Wasserfall vor. Ich wollte ergründen, was Curd dachte, plante, fühlte, obwohl ich mir dabei ein bißchen unfair vorkam.
Meine Mutter sagte immer: Im Krieg und in der Liebe sind alle Mittel erlaubt. Allerdings hat sie nie irgendeinen Krieg mitgemacht, und die Mittel, die sie in der Beziehung mit dem tanzenden Herrn Schwan oder meinem sanftmütigen Vater gebraucht hatte, dürften so raffiniert nicht gewesen sein.
Trotzdem, dachte ich, wenn mir schon diese Möglichkeit zur Verfügung steht, kann ich sie schließlich auch nutzen!
Ich stellte mir also wieder einmal vor, daß ich mich in der hellen Höhle befand.
Ich rief Curd.
Ich wartete.
Ich rief ihn wieder.
Entweder war er verhindert, oder er hatte keine Lust, sich aushorchen zu lassen. Vielleicht erinnerte er sich auch an den Gemeinschaftstraum (er auch?!) und ärgerte sich noch über den Mönchsgesang. Nein, nein – er hatte doch gesagt, daß er sich nie an Träume erinnerte.
Ich suchte eine Weile nach dem zweiten Ausgang, den Etzi mir im Traum gezeigt hatte und der in den Klosterhof führte. Den gab es auch nicht. Nichts als die leere Höhle. Und draußen rauschte ungerührt der Wasserfall.
Ich öffnete mißmutig die Augen und gab es auf.

Dann kam dieser Freitag Ende Juni. Ein schicksalhafter Tag. Nachmittags wollte ich mit Karen Kuchenbecker zu Madame Fátima. Und danach würde ich den entscheidenden Abend mit Curd Andreesen verbringen.
Morgens rief er noch mal aus seinem Hotel in Berlin an: »Hallo, Sie Zaubermäuschen. Jetzt ist hier alles abgeschlossen. War ganz interessant. Ich muß Ihnen viel erzählen. Stellen Sie sich vor, die

Kußszene mit der Dronte haben wir einen ganzen Vormittag lang gedreht. Sie hatten doch behauptet, daß Sie eifersüchtig sind? Sind Sie jetzt schön eifersüchtig?«
»Wenn Sie Wert drauf legen.«
Er lachte ein sehr sinnliches Lachen. »Ich freu mich auf heute abend. Aber heute gehen wir mal nicht auf den Spielplatz, abgemacht?«
»Abgemacht.«
»Soll ich Sie im Verlag abholen – oder in Ihrer Wohnung?«
»Bitte hier im Verlag. Ich hab heute nachmittag noch einen Termin mit Karen Kuchenbecker, von da aus müßte ich entweder genau im Feierabendverkehr mitten durch die Innenstadt, um nach Hause zu kommen. Oder Riesenumwege fahren. Zuviel Streß. Bekannte von mir wohnen hier im Haus, da kann ich mich umziehen. Und den Hund kann ich auch hierlassen.«
»Gut. Ich bin so gegen halb acht bei Ihnen. Und dann haben wir die ganze Nacht für uns alleine, nur Sie und ich…« schnurrte Curd. Zaubermäuschen einerseits, aber andererseits immer noch per Sie. Dabei klang seine Stimme hochpornographisch. Eine eigenartige Mischung. »Ich kann's kaum erwarten. Ich bin sehr ungeduldig. Ich hab auch eine Überraschung für Sie…« versprach er. Auweia! Was kam jetzt? Eine Tanzfläche samt Mamboband nur für uns, bei der alle Mann mit verbundenen Augen spielten und wir mit einer Rose quer im Schnabel stundenlang vor uns hin tanzen mußten?
»Überraschungen machen mich immer so nervös.«
»Ach, im Ernst? Na gut, dann sag ich's Ihnen jetzt schon: Ich muß nicht im Hotel kampieren. Ist ja ganz nett, aber irgendwie immer so öffentlich. Ein guter Freund von mir ist sechs Wochen in Urlaub gefahren und stellt mir – oder uns – solange seine Behausung zur Verfügung. Eine wirklich schöne, große Wohnung in der Isestraße. Na, Sie werden ja sehen!«
Ich legte auf und ertappte mich bei dem Gedanken: wenn ich diese Nacht doch bloß schon hinter mir hätte…
Heino war während meines Telefongespräches mit Curd vorbeigekommen und hatte aufgeschnappt, daß ich nachmittags Karen

treffen wollte. Ich ging gleich anschließend zu ihm, um offiziell um Erlaubnis zu bitten.
»Was will die denn von dir?«
»Das ist privat. Krieg ich trotzdem früher frei?«
»Natürlich. Für private Veranstaltungen mit unserer Haupt-Verlagsbesitzerin doch wohl immer… Und danach kommt eine private Veranstaltung mit dem Andreesen, was?« Heino zog seine buschigen Brauen zusammen. »Paß auf dich auf, Dodo. Als Geschäftspartner und Freund mag er ein netter Kerl sein, aber ich denke mir, Frauen gegenüber ist der ein ganz glatter Hund.«
»Ich weiß.«
»Fühl dich zu nichts verpflichtet! Wenn du plötzlich den Einfall kriegst, alles zusammenzukneifen, wird er sich deshalb gewiß keinen anderen Verlag suchen. Er wird in Zukunft höchstens schmollend an deinem Zimmer vorbeischleichen. Also, keine Rücksichten auf's Geschäft in diesem Falle, hörst du?«
Ich ging spontan zu ihm und gab ihm ein Küßchen auf seinen borstigen Dreitagebart.
Er grinste erfreut. »Auf jeden Fall – viel Spaß!« Und klopfte verabschiedend auf den Schreibtisch.

Ich spielte kurz mit dem Gedanken, Madame Fátima in Silbergrün zu verdutzen – denn ich hatte natürlich das Kleid für den Abend mitgebracht. Dann beließ ich es bei meinem neuesten und schönsten Kostüm aus altrosa Wildseide.
Als Karen Kuchenbecker mich vor dem Haus der Wahrsagerin in der Rothenbaumchaussee sah, lachte sie ihr herzhaftes Holzfällerlachen und meinte: »Frau Rascher, Sie sind immer derart schick und teuer angezogen, daß ich mich wirklich frage, wozu *Sie* noch eine Gehaltserhöhung brauchen!«
Schrecklich komisch. Zum Totlachen.
Ich hatte ganz bewußt Lady mitgenommen, um Madame Fátima zu beweisen, daß ich mich (bei allem ehrenden Gedenken an Dicky) auch hundemäßig mächtig rausgemacht hatte.
Ich brannte darauf, ihr erstauntes Gesicht zu sehen, wenn sie anhand der Daten merkte, um wen es sich handelte.

Karen, Lady und ich saßen miteinander in dem kleinen Wartezimmer, in dem immer noch das Plakat mit der hübschen orientalischen Frau darauf an der Wand hing.
Während wir warteten, vertraute Karen mir an: »Es gibt da so einige neue Lebensmöglichkeiten für mich. Zwei Männer kommen in Betracht. Einer ist ein bildhübscher Bengel, ein ganz wilder. Der hat immer wieder neue irrsinnige Ideen.«
»Wenn Sie das mögen?«
»Och, und wie ich das mag. Wissen Sie, Frau Rascher, meine Ehe war doch recht fad. Konventionell, nie was los. Dagegen dieser Bengel! So was kenne ich gar nicht, immer neue Ideen. Der nimmt mich hinten auf seinem Motorrad mit und brettert mit mir über die Autobahn. Neulich hat er mich in seiner Küche 'n bißchen gefesselt und mit Lebensmitteln auf mir rumgespielt, so wie in ›Neuneinhalb Wochen‹. Irre! Mit dem verliere ich womöglich noch ganz den Boden unter den Füßen ...«
Nicht doch, dachte ich. Das kann der Verlag aber gar nicht brauchen.
»Aber natürlich beinhaltet das auch so seine Risiken. Gesundheitlich zum Beispiel«, sagte Karen vernünftig. »Dann denk ich immer, das muß ich mir ja auch nicht auf die Dauer antun. Da gibt's noch einen anderen Herrn, der sich schon lange um mich bemüht. Etwas älter, doch noch sehr attraktiv. Alte Schule. *Sehr* betucht ...«
Wenn sie das schon sagte!
»Was macht er denn?« fragte ich interessiert.
»Der ist Bankier. Andererseits kenne ich seit kurzem einen Juwelier, der ist im Grunde ebenfalls ganz reizend ...«
Arme reiche Frau, so allein in ihrer Prachtvilla. Ich hoffte, Madame Fátima würde ihr zu einem der Etablierten raten.
Durch eine knacksende Lautsprecheranlage wurde »Frau Kuchenbecker, bitte!« ins Sprechzimmer gebeten.
Das dauerte. Und dauerte. Eine gute Dreiviertelstunde saßen Lady und ich da und langweilten uns. Ich wurde schließlich ganz nervös. Wenn das so weiterging, mußte ich Curd anrufen und unsere Verabredung verschieben.
Endlich kam Karen zurück, mit hektischen roten Bäckchen: »Ich

heirate bald wieder! Einen reichen Geschäftsmann. Ob das nun der Bankier ist oder der Juwelier – den jungen Wilden soll ich jedenfalls sausen lassen.«
Na Gott sei Dank.
»Frau Steinschleifer!« verlangte die Knacks-Anlage, und Karen Kuchenbecker sagte beschämt: »Ach, jetzt hab ich ganz vergessen, zu sagen, daß Sie jemand anders sind!«
»Ich werd's ihr schon beweisen«, versicherte ich.

Wenn ich erwartet hatte, daß Hilde Bohne bei meinem Anblick betroffen die Augen aufreißen würde, hatte ich mich schwer getäuscht. Statt dessen riß ich bei ihrem Anblick betroffen die Augen auf. Sie sah nämlich nicht unbedingt aus wie Hilde Bohne. Eher wie Madame Bohnima.
Als ich abends bei ihr erschien, hatte ich sie demaskiert erwischt. Momentan war sie im Dienst: Sie trug ein orientalisches Gewand zu den Gesundheitssandalen, einen mit Haarklammern festgesteckten Schleier über der graublonden Dauerwelle und schwarzen Kajalstrich um die wasserhellen Augen.
»Ich bin übrigens nicht Nadja Steinschleifer«, teilte ich ihr als erstes mit, nahm ungebeten auf dem Besucherstuhl Platz und sagte kurz zu Lady, die ich einfach mitgebracht hatte: »Sitz!« Mein schöner großer Hund setzte sich sofort dicht neben mich.
»Ach, das ist doch Quatschkram ist das doch!« Madame Fátima reagierte säuerlich. Sie hob anklagend Computerausdrucke hoch und zeigte sie mir: »Ich hab hier das Horoskop von Frau Steinschleifer ausgerechnet! Jetzt brauch ich doch aber *Ihre* Daten!«
»Keine Sorge, die haben Sie. Ich war vor etwas über einem Jahr schon mal hier. Mitte März«, beruhigte ich sie.
»Ach so. Und wie ist der Name?«
»Damals hieß ich noch Mehlig. Dörthe Mehlig…«
Madame Fátima suchte und tippte und rechnete und hackte auf ihren Computer ein. »Dör – the Meh – lig… Hier… Ich muß das aktuelle Datum eingeben, das dauert 'ne Weile… Warten Sie mal ab…«
Ich guckte zweifelnd auf meine Uhr.

»Momentchen noch. So, nu…«
Hilde Bohne mit Schleier ließ den Drucker etliche Seiten ausspucken: »Gucken Sie mal, das sieht doch alles sehr gut aus, Frau Mehlig…«
»Rascher!«
»Was?«
»Ich heiße inzwischen Rascher. Dodo Rascher.«
Sie runzelte die umschleierte Stirn und verbesserte den Namen.
»Gut, schön. Also, schon das Grundhoroskop ist ja prima. Pluto im fünften Haus, das bedeutet geistige Erneuerung durch Liebe… Sie haben den Jupiter im Trigon zu Pluto, Sie sind fähig zu einem Glauben, der Berge versetzt. Sie können Ihr eigenes Leben total verändern, wenn Sie wollen. Ja, und denn können Sie dadurch auch andere Schicksale verändern, nicht wahr. Venus im Trigon zum MC, das sind Charme und Schönheit, vielleicht auch Berühmtheit. Mit Uranus im fünften Haus und der Sonne im Stier könnten Sie Sängerin werden. Haben Sie 'ne gute Stimme?«
Sie sah mich fragend an.
Ich starrte fassungslos zurück.
»Und die aktuellen Planetenstände sind ja sonderfein. Beruflicher Aufstieg, Sie machen noch groß Karriere, egal wie. Und denn stehen Sie ja privat derzeit knapp vorm ganz großen Happy-End, was? Hat lange gedauert, aber jetzt ist das so weit. Geradezu heute, Frau… Frau Rascher. Heute ist der Stichtag für Ihre Liebesgeschichte, und das sieht alles gut aus. Sie werden das erreichen, was Sie sich mühsam erarbeitet haben, also auch privat. Großes Glück verspricht die Venus. Die Beziehung kann lange halten, kann die…«
»Sagen Sie mal, sind Sie sicher, daß Sie da nicht ein falsches Geburtsdatum erwischt haben? Wirklich Dörthe Mehlig –?«
Madame Fátima guckte noch mal sorgfältig nach. »Siebter Mai, nicht wahr, vier Uhr früh? Nee, das stimmt alles. Ganz korrekt. Wieso?«
»Weil… Letztes Mal haben Sie mir vollkommen andere Sachen gesagt! Das reine Gegenteil von dem, was Sie gerade behauptet haben!« regte ich mich auf.

Hilde Bohne zerrte sich den Schleier enger um die Ohren und lehnte sich kriegerisch zurück. »Vielleicht waren Sie überhaupt nicht bei mir, sondern bei jemand anders? Ich kann mich auch gar nicht an Sie erinnern, dabei hab ich ein fotografierndes Gedächtnis!«

»Ich sah damals ja noch ganz anders aus. Ich war viel dicker; ich hatte eine Brille; ich war anders angezogen... Meine Haare waren kurz und verfärbt und strubbelig...«

Hilde Bohne betrachtete Lady und kniff sinnend die Augen zusammen: »Ich erinner' mich! Sie hatten auch 'n andern Hund, nicht? So'n selbstgestrickten, dicken, weißen, der immerzu gejault hat?«

»Stimmt genau.«

»Und 'n andern Namen hatten Sie sogar? Mädchen, da wundern Sie sich, wenn ich Ihnen jetzt was anderes sage als früher?«

»Natürlich wundere ich mich. Wenn das alles von meinem Geburtsdatum ausgeht...«

»Tut's ja so nicht!« stellte Madame Fátima seelenruhig fest.

»Ich verstehe nicht...«

»Wenn das alles nur vom Geburtsdatum ausginge, dann müßten Sie nicht zu mir kommen. Da gibt es tausend Astrologie-Computerprogramme, die Ihnen Auskunft geben können, nicht wahr. Aber das ist ja nichts wert. Das ist ganz mechanisch. Tausende Menschen werden zur gleichen Zeit geboren. Da müßten ja Tausende von Menschen das gleiche Schicksal haben, ist ja lachhaft. Dadurch unterscheidet sich ein guter Astrologe doch gerade von so 'ner Maschine – ich seh den ganzen Menschen, wie er sich bewegt, was er anhat, was er ausstrahlt! Das seh ich auf den ersten Blick, und daraus kann ich was machen. Was hab ich denn letztes Jahr zu Ihnen gesagt?«

»Daß ich's nie schaffe. Daß Menschen wie ich ewig unten hocken bleiben und nie was Besonderes erleben. Kein Erfolg, keine Beziehungen, schon gar keine große Liebe!« Ich heulte nachträglich noch fast vor Wut.

»Wenn ich das damals gesagt habe, dann wird das auch wohl so gewesen sein. Dann haben Sie das so ausgestrahlt. Dann war das damals Ihre Zukunft.«

Mir blieb der Mund offenstehen.
»Die Zukunft ist ja immer nur, was wir draus machen. Junge nochmal, jeder Mensch bestimmt selbst über sein Leben. Sie haben so und so viele Möglichkeiten, nicht wahr, und für irgendeine entscheiden Sie sich. Wenn Sie Ihr ganzes Leben ratzfatz ändern, dafür kann ich ja nix.«
Ich sprach sehr laut. Ich brüllte fast: »Sie haben aber behauptet, die Möglichkeiten, für die ich mich entschieden habe, die hätte ich alle gar nicht! Nie und nimmer! Völlig unmöglich!«
Madame Bohne lächelte mütterlich und legte ihr Kinn dabei von Ohr zu Ohr in vier Falten. »Und wie schnell danach hat sich für Sie alles geändert?«
»Praktisch sofort. Bestimmt auch, weil ich das so nicht stehenlassen wollte«, knurrte ich.
»Na, sehen Sie. Da hat also meine Prognose Sie damals in Fahrt gebracht. Ich hab Ihnen praktisch den entscheidenden Kick versetzt. Sie ham sich die Begegnung mit mir ausgesucht, um sich so stark reizen zu lassen, daß Sie aus der Schiene gesprungen sind in ein ganz neues Leben! Das verdanken Sie nun praktisch alles mir«, erklärte die Wahrsagerin unerschütterlich. »Aber lassen Sie man – ich bild mir darauf nix ein. Wir dienen uns ja alle gegenseitig zum Wegweiser.«
»Eben gerade haben Sie noch gesagt, wenn ich mein Leben ratzfatz ändere, können Sie überhaupt nichts dafür!«
»Frau Rascher, nun beruhigen Sie sich doch bloß! Es geht Ihnen doch wohl entschieden besser als letztes Mal?«
»Allerdings.«
»Na, sehen Sie!« sagte Madame Fátima schon wieder. »Was wollen Sie denn noch? Und Ihre Zukunft …« Sie blätterte wieder in den Ausdrucken, »… die ist doch so was von rosig … Ja, wie gesagt, heute schlägt Venus denn ja wohl unerbittlich zu. Würde mich gar nicht wundern, wenn da sogar ’ne Ehe draus wird!«
»Als ich zum ersten Mal hier war, haben Sie gesagt, die nächste Partnerschaft hab ich mit sechzig und die geht auch schnell vorbei.«
»Na, mit der Frisur, die Sie damals auf’m Kopf hatten! Inzwischen

und mit so'm Kostüm hier ziehen Sie sich doch ganz was anderes an Land. Das ist 'n feiner Kerl, den Sie da an der Angel haben. Lassen Sie den man nicht schnell wieder los!« Madame schmunzelte wohlwollend. »Zahlen Sie mit Scheck oder in bar?«

19. Kapitel

In dem Dodo endlich restlos perfekt aussieht, abgesehen von einer Kleinigkeit – Etzi sich wieder mal opfert, ganz unverbindlich – wir eine romantische Nacht mit allem Drum und Dran miterleben dürfen – ein Chamäleon seine Stielaugen in jeder Lebenslage benutzt – und schließlich die Liebe triumphiert

Ich stand ewig unter der Dusche, ließ mir das warme Wasser übers Gesicht laufen und ärgerte mich, daß ich im Januar nicht mit Rüdiger zusammen in den schönen dänischen Swimming-pool gesprungen war. Schade, schade …

Ob Curd gern badete? Oder war allein tanzen seine Passion?

Würde ich tatsächlich gezwungen sein, mich demnächst zu einem Kursus in Gesellschaftstanz anzumelden?

An diesem Abend, soviel stand fest, würde ich nicht tanzen können. Unter keinen Umständen. Nicht in diesen Schuhen!

Ob Curd etwas mit meinen verrückten Freunden anfangen konnte – und sie mit ihm? Engel-Bert und Rüdiger waren ihm wahrscheinlich zu schräg – und Elke zu fett und unelegant. Lorenz würde ihm im Prinzip wohl zusagen. Dem jedoch traute ich wiederum zu, daß er Curd gegenüber aggressiv wurde. Vielleicht erinnerte der ihn sogar an Ali Schimmelmann! Mich selbst schließlich auch hin und wieder …

Es wurde heftig an die Badezimmertür geklopft: »Lebst du noch? Oder rauscht das Wasser auf deine Leiche herab? Wenn ich richtig höre, duschst du seit ungefähr zwanzig Minuten. Was hab' ich da bloß angerichtet!«

Ich stellte das Wasser ab und angelte nach dem Handtuch. »Entschuldige, Etzi! Ich war so tief in Gedanken …«

Ich hatte einen großen Beutel mit tausend Schönheitsutensilien mitgebracht. Ich fönte mein Haar nach allen Regeln der Kunst. Ich rasierte mir noch einmal die Achseln. Ich wollte perfekt sein, absolut perfekt! Wenn mir einer meiner Fingernägel abgebrochen wäre, hätte ich einen Schreikrampf gekriegt.

Auf jede Art von Strümpfen mußte ich verzichten; erstens öffnete sich der rundherum geschlitzte Rock je nach Bewegung manchmal bis zur Hüfte und zeigte dann das gleichfarbige Höschen. Strapse hätten ordinär ausgesehen, eine Strumpfhose unmöglich. Außerdem hätten keine Strümpfe in die Sandaletten gepaßt. Machte nichts: Meine Beine waren gleichmäßig braun und glatt. Perfekt.
Ich kam schließlich aus dem Bad, angezogen, geschminkt, gekämmt, parfümiert, Rüdigers ägyptisches Armband um das rechte Handgelenk geschlugen. Lady sprang auf und trabte mir wedelnd entgegen. Etzi rief von unten: »Bist du fertig? Darf man gucken?« und kam die Wendeltreppe rauf.
Er ging um mich herum. »Bloß die Handtasche paßt nicht...«
»Ich weiß...« Ich schaute sie unglücklich an. Ein bißchen zu groß und grau. »Das hab ich dir doch schon vorgejammert. Zu den graugrünen Schuhen kann ich doch weder eine schwarze nehmen noch eine braune. Und meine rote schon gar nicht.«
Etzi holte etwas aus seinem Kleiderschrank und hielt es mir vor die Nase: »Nun schau mal, was der gute alte Etzi hier für dich hat!«
Ich konnte es nicht fassen: eine schmale, ganz runde Schultertasche an dünnen Riemchen – aus graugrünem Reptilleder, passend zu den Sandaletten.
»Etzi! Wo hast du die denn bloß her?«
»Aus einem ganz gewöhnlichen Kaufhaus. Ein Sonderangebot. Ich sag dir lieber gar nicht erst, wie billig die war. Ich glaub', es ist Rind oder Schwein, auf Schlange gequält. Außerdem war sie ursprünglich nur grau. Die grünen Schuppen hab ich ihr mit Tusche gemalt. Sieh zu, daß du damit nicht in den Regen kommst.«
Ich räumte schon um. »Süß ist die – aber so schmal... Da krieg ich kaum was rein...«
»Mußt du denn so viel mitnehmen? Schmeiß den Kosmetikkram einfach so rein, ohne das Täschchen – die Puderdose auch. Deine Schlüssel läßt du hier. Und deine Brieftasche. Wenn du mit so'm berühmten Mann zusammen bist, brauchst du dich nicht auszuweisen, und Geld brauchst du auch nicht. Aber die hier...«
»Meine alte Brille? Wozu soll ich die denn ausgerechnet einstecken?«

»Man kann nie wissen. Stell dir vor, ihr fahrt irgendwohin, er erleidet einen Schlaganfall – in seinem Alter nichts Besonderes –, oder ihr baut gemeinsam einen Verkehrsunfall, weil ein tollgewordener Fan euch in die Seite rauscht –, Curd Andreesen ist kampfunfähig, dir sind nur die Linsen aus den Augen gesprungen, und nun liegt es an dir, ihn in die nächste Klinik zu befördern. Solange er bewußtlos auf dem Rücksitz ruht, sieht er dich doch sowieso nicht mit Brille ...«

»Du hast eine Phantasie, Etzi!«

»Ja, Gott sei Dank.«

Ich sah auf die Uhr. »Kurz vor halb acht ... Laß uns runtergehen ...«

Zuerst wendelte Etzi nach unten, dann Lady, dann ich. Es war sehenswert, wie der Hund in dem hölzernen Schneckenhaus hin und her schaukelte.

»Was soll ich Lady diesmal versprechen? Wann können wir dich zurückerwarten?«

»Ich ... O Gott, ich weiß doch nicht ...«

»Irgendwas muß ich ihr sagen. Sei's auch nur: Mit der brauchst du gar nicht mehr zu rechnen ...«

»Nein, warte mal ... Also, ich komme auf jeden Fall morgen vormittag vorbei. Falls Curd das ganze Wochenende mit mir verbringen möchte – falls sich das so ergibt –, dann hole ich Lady dazu. Damit muß er irgendwie leben. Sie gehört ja schließlich zu mir.«

Etzi blickte mich ausdruckslos aus seinen schrägen Schlitzaugen an und sagte nichts dazu.

»Gut, dann ... Ist alles in Ordnung? Seh ich – Etzi, seh ich perfekt aus?«

»Ich kann das so schlecht beurteilen. Für mich hast du schon immer perfekt ausgesehen. Einfach, weil du aussiehst wie du.«

»Ach, Etzi! Dann guck doch bitte mal ganz kalt und überkritisch!«

»Warum? Wird dich heute abend irgendwer so ansehen? Gut, gut, warte – geh ein paar Schritte – dreh dich – ja. Doch, du siehst aus wie ein Hollywoodtraum. Bloß eins ...«

»Ja?« sagte ich ängstlich.

»Dein Mund…«
»Oh, Mist! Was ist mit meinem blöden Mund?«
»Guck mal in deinen Spiegel.«
Ich riß die Puderdose aus der neuen runden Handtasche, klappte sie hektisch auf und starrte in den Spiegel. Er hatte leider recht. Ich hatte einen Mund wie Bette Davis in ihren sehr späten Filmen.
»Hilfe! Wieso seh ich denn schon wieder so vergrämelt und verklemmt aus?!«
»Weil du nervös bist, schätzungsweise. Entspann dich!«
»Ich hasse meinen Mund!!«
»Dodo, auf die Art wird er bestimmt nicht locker. Ich sehe schon, da bleibt nur eins…« Etzi warf seinen Kaugummi zielsicher in den Papierkorb und zog mich in seine Arme. »Komm. Ganz unverbindlich!«
»Warte – du machst mein Make-up kaputt…«
»Das kannst du erneuern!« versicherte Etzi. Er biß zart in meine Unterlippe, guckte sich das Ergebnis mit schiefem Kopf an, biß noch einmal, pikte vorsichtig seine Zungenspitze einmal links und einmal rechts in meine Mundwinkel, guckte wieder und nickte: »Es wird schon!«
Dann biß er noch vorsichtiger in meine Oberlippe. Dann rieb er seinen Mund behutsam über meinen, von links nach rechts und von rechts nach links. Dann hielt er mich fester und fing an, mich ernsthaft zu küssen.
Nach drei Minuten dachte ich verschwommen: Wenn Curd jetzt klingelt, hat er Pech gehabt. *Ich* mach ihm jedenfalls nicht auf…
Etzi hob den Kopf: »Hörst du? Das ist sein Auto! Mal dir schnell den Mund nach!«
Das tat ich, mit zitternden Händen. Im Spiegel der Puderdose hatte ich einen Mund wie eine Göttin: aufgeworfen, prall und mit leicht hochgezogenen Mundwinkeln. Perfekt. Absolut perfekt.

Ich trat aus der Tür, bevor Curd angekommen war, und glitt in Zeitlupe auf ihn zu. Mein Haar bauschte weich um meine Schultern, die Stoffbahnen des Rockes umschwebten sanft meine Beine und gaben sie hier und da vollkommen frei.

Der große Curd Andreesen blickte andächtig zu mir auf – und, als ich direkt vor ihm stand, zu mir runter. »Ich bin überwältigt. Mir bleibt die Luft weg. Los – jetzt geben wir miteinander an!« sagte er.

Wir stiegen in sein Cabrio und fuhren in den warmen Sommerabend hinein. Zuerst an die Außenalster. Hier wurden auf einer großen Wiese die Hunde spazierengeführt, und nebenan zeigten sich die bildschönen Herrchen und Frauchen, kamen wie auf dem Laufsteg herein und wurden von den Tischen aus bewundert und vielleicht auch begrüßt.

Wir gingen Hand in Hand. Ich lächelte rätselhaft die Alster an, weil ich sehr unsicher war und den vielen Menschen nicht direkt in die Gesichter sehen mochte. Curd schritt mit leicht gesenktem Kopf einher, auf interessante Art von unten nach oben blickend.

»Hallo, Curd!« und »Cutti, mein Gold!« rief man uns entgegen. An verschiedenen Tischen wurde gewinkt. Wir stellten uns einmal hierhin und einmal dorthin, und Curd unterhielt sich mit seinen Bekannten. Die Herren standen nicht auf und wurden mir auch nicht vorgestellt. Sie sprachen allesamt über Fernsehtermine. Derjenige, der Cutti, mein Gold, gerufen hatte, schaute mich zum Schluß sehr neugierig an, dann guckte er Curd an – und der grinste breit und sagte, als würde er auf eine Frage antworten: »Jaaaaaah!« Worauf er meine Hand hin und her schwenkte und mich weiterzog.

Unten auf dem Bootssteg wartete ein schmaler Jüngling an einem Tisch auf uns, begrüßte mich mit dem Druck seiner heißen, schwitzigen Hand und brabbelte: »Alles nach Wunsch, Herr Andreesen! Herr Jubel muß auch gleich kommen …«

Herr Jubel erschien wirklich gleich darauf. Er war breit und segelohrig und hatte mehr Falten auf der Stirn, als einem einzelnen Menschen zustanden. An seiner Seite ging ein Mädchen mit einem Gesicht ohne besondere Merkmale und ohne besonderen Ausdruck, aber mit einem Wasserfall messingblonder Locken, der bis zum Po reichte. Ihre Beine waren von völlig unnatürlicher Länge und wurden durch ein absolutes Nichts von Rock und dicksohlige Schuhe mit sehr hohen Absätzen betont.

Herr Jubel begrüßte auf seinem Weg zu unserem Tisch auch etliche Bekannte und scherzte mit ihnen. Ich erfuhr, daß er Fernsehproduzent war. Die mit den Messinglocken hieß Dolores und wurde als seine Assistentin vorgestellt. Curd wies mit der Hand auf mich und sagte: »Frau Rascher vom Sieben Engel Verlag …«
Dann vertiefte er sich mit Herrn Jubel in ein Gespräch über Termine. Wenigstens wurde ich, als die Kellnerin an unseren Tisch kam, gefragt: »Was möchten Sie trinken?«
Alle tranken Cocktails.
Ich wollte ein Bier. Mir war aufgefallen, daß ich an diesem Abend sogar schon im wachen Zustand meine Zähne aufeinanderkrampfte. Ich hatte das Bedürfnis, hopfiger zu werden. Curd sah mich *sehr* verwundert an, sagte aber nichts weiter.
Nach einer guten Stunde auf dem Bootssteg blickte Curd auf seine Uhr und meinte: »Dann wollen wir mal weiter, was?«
Herr Jubel schien zu bezahlen. Wir verabschiedeten uns von ihm, seiner Assistentin und dem verschwitzten Jüngling und verließen langsam und mit sehr eleganten Bewegungen das Lokal. Noch konnte ich in den Sandaletten anmutig wandeln, ohne zu kreischen. Aber die Riemchen schmirgelten gnadenlos an meinem Fleisch. Gut, daß die Parkplätze in der Nähe lagen.
»Was meinst du – essen wir im ›Wollenberg‹?« fragte Curd, als wir an dem schönen alten Gebäude, der ehemaligen Insel, vorbeifuhren. Er lächelte mir entspannt zu.
Ich starrte ihn mit weitaufgerissenen Augen an, ohne zu antworten. Mir war gerade in diesem Augenblick zu meinem Entsetzen eingefallen, daß ich weder Beißschutz noch Kontaktlinsenpflege bei mir hatte. Wie sollte ich mit ihm die Nacht verbringen ohne diese lebenswichtigen Utensilien? Gut, die Linsen konnte ich, wie mir Etzi beigebracht hatte, kurzfristig einfach in Wasser parken. Und dann irgendwo verstecken. Eine perfekte Traumfrau trug keine Plastikeumel in den Augen. Genausogut hätte ich gleich klirrend ein komplettes Gebiß in ein Wasserglas schmeißen können.
Was das Zähneknirschen anging: Es machte mich zu einer Behinderten. Das durfte Curd ebenfalls nicht bemerken. Wie hatte ich den Gedanken daran eigentlich so völlig verdrängen können? Am

besten blieb ich die ganze Nacht wach. Es gab ja genug, worüber ich nachzudenken hatte.
Inzwischen waren wir längst am ›Wollenberg‹ vorbei, und Curd schaltete in den vierten Gang: »Na gut, gehen wir ins ›Cuneo‹, da war ich lange nicht…«

Im Cuneo steigerten sich die Begrüßungsrufe zu Ovationen. Zufällig waren lauter gute Freunde von Curd anwesend. Er bekam von ihren Assistentinnen Küßchen. Ich küßte niemanden – ich blickte mit rätselhaftem Lächeln in die Speisekarte, denn inzwischen war es kurz nach neun und Zeit für ein kleines Abendbrot.
Nach Antipasti – Olivenöl hatte Simone mir bisher nur in Haarpackungen erlaubt – nahm Curd ein Kalbsmedaillon in Zitrone zu sich, während ich mir Wachtelbrust auf Rucola bestellte. Das war allein schon von der Menge her kalorienarm, es gab keine Riesenwachteln. Außerdem fühlte ich mich bei diesen Vögeln heimisch. Die hatte ich schon mal mit Lorenz gegessen.
Übrigens blieb ich beim Bier, und der charmante brünette Herr, der uns das Essen brachte, fand das weit weniger sonderbar als Curd.
»Keinen Gavi dei Gavi La Scolca?« fragte mein Begleiter ganz verstört.
»Nein, wirklich nicht.«
Also trank er den allein. Und funkelte mich über dem Weinglas aus seinen tiefliegenden dunklen Augen an: »Sollten wir jetzt vielleicht Brüderschaft trinken?«
Das schockierte mich.
Brüderschaft?! So was Spießiges hatte ich zum letzten Mal als Sechzehnjährige mitgemacht – mit einem Kollegen meines Vaters, im Schützenverein. Wir mußten dazu unsere Arme mitsamt der Gläser umeinander krempeln und trinken und uns danach einen Kuß geben. Dabei war damals meine Brille gegen die vom Schützenbruder geknallt und sein Puschelhut runtergefallen.
Curd indessen stieß sein Weinglas nur dezent an mein Bierglas und flüsterte: »Dodo, nicht? Ich bin leider hoffnungslos verschossen in dich, kleine Dodo…«

Nach dem Espresso ging ich mir die Nase pudern. Meine Nervosität war durch all den Hopfen im Bier wirklich abgeklungen. Dennoch konnte ich nicht gehen, ohne die Zähne fest zusammenzubeißen, einfach, weil die Sandaletten bei jedem Schritt so stark scheuerten.
Wie die kleine Seejungfrau, dachte ich. Die fühlte sich auch, als ob sie bei jedem Schritt über scharfe Messer ginge, das war der Preis dafür, daß ihr Fischschwanz in Füße umgetauscht wurde. Aber es war ihr egal, weil sie bei dem Prinzen sein durfte.
Ich frischte mein Make-up auf, zupfte mein Haar mit den Fingern in Form und bettete, weil ich gerade allein war, meine Kurven im Balkon des Ausschnitts zurecht. Ich betrachtete mein Spiegelbild mit Ehrfurcht. Unwirklich sah ich aus. Erlogen.
Wollte ich den armen Curd Andreesen nicht beschwindeln? In dieser strahlenden Verpackung hier steckte doch letztendlich Dörthe Mehlig – plump, ungeschickt und mürrisch. Alles andere war angepappt, aufgesetzt, angelernt. Entsprang der Kreativität von Simone und Rüdiger, Lorenz und Etzi.
Ich kam äußerst nachdenklich vom Klo und erwischte Curd dabei, wie er mit einer reizenden Rothaarigen schäkerte. Er verabschiedete sich aber sofort von ihr, als ich kam: »Bis bald, Zaubermäuschen!«

Vom Cuneo aus gingen wir zu »Erich«, weil's nun wirklich um die Ecke lag. Das stimmte und wäre in halbwegs normalen Schuhen kein Thema gewesen. Natürlich hielten sich hier viele gute Bekannte von Curd auf. Seit wir Brüderschaft getrunken hatten – oder weil das bei Erich eher zum guten Ton gehörte? – stellte er mich nun vor: »Das ist meine Dodo!«
»Neue Romanze?« fragte ein Herr von der Presse und erfuhr: »Pfusch uns hier mal nicht in die Entwicklung, Wölfi. Wir wollen ganz behutsam vorgehen …«
Curd küßte mir, nachdem er das verkündet hatte, öffentlich die Hand. Leider machte niemand ein Foto davon. Dabei hingen zweien, darunter auch Wölfi, die Apparate um den Hals.
Ich verstand Ernst August von Hannover, der immer fuchtig wird,

sobald er einen Auslöser klicken hört, in keiner Weise. Ich hätte die anwesenden Presseleute mit einem Regenschirm zusammendreschen können, weil sie *nicht* ihre Pflicht taten. Wer wußte denn, wie die Entwicklung weitergehen würde, ob mit Pfusch oder ohne? Ich hätte gern im Altersheim ein gerahmtes Zeitungsbild gehabt, das mich als Traumfrau im silbergrünen Kleid zeigte und den großen Curd Andreesen, der gerade meine Hand küßt – Bildunterschrift: ›Eine neue Romanze?‹

Immerhin konnte ich mich in vielen neidischen Blicken der anwesenden schönen Frauen baden. Wenn die alle gewußt hätten, daß ich nichts weiter war als Dörthe Mehligs Mogelpackung! Ich dachte an das Lied aus »My Fair Lady«, das Lorenz damals gesummt hatte: ›Sie sind es, der's geschafft hat…‹

Ich hatte es geschafft. Meine Queste war am Ende, die Aufgabe gelöst.

›Willst du den Fernsehknülch heiraten, oder genügt es dir, sein Herz zu brechen?‹ hatte Rüdiger damals gefragt.

›Ich will nur eine Frau sein, die ihm gefallen könnte…‹

»Bist du müde?« fragte Curd. Sein besorgter Blick ließ mich das sofort leidenschaftlich bestreiten. »Großartig. Dann fahren wir noch ins ›Cius‹, ja?«

Wo zwischen braunen Marmorsäulen eine Menschentraube bestrebt war, hinein zu gelangen. Das durfte aber nicht jeder. Nur ein Curd Andreesen mit Begleiterin zum Beispiel.

Da er schon den Verdacht geäußert hatte, ich könnte müde sein, gab ich mich sehr munter. Um viertel nach sechs am Morgen bereits war ich mit Lady am Eilbekkanal entlanggelaufen. Seit fast sieben Stunden steckten meine Füße in raffinierten Folterwerkzeugen. Eigentlich stand es mir zu, ein bißchen müde zu sein.

Statt dessen erzählte ich Curd den leicht frivolen Witz vom kleinen Eichhörnchenfräulein, das gern aus dem fremden Wald herausfinden möchte und jeden um Rat fragt. Es war gar nicht einfach, das auf damenhafte Art wiederzugeben. Statt über die Pointe zu lachen, funkelte er nur wild mit den Augen und zerquetschte meine Hand: »Wir fahren bald nach Hause. Was meinst du – noch ein kleines Abtanzen zum Schluß?«

Meine Füße jaulten im Duett. Ich schüttelte lächelnd den Kopf.
»Aber du magst doch Tiere so gern? Dort schwimmt ein kleiner Hai herum…«
Ich blieb beim Kopfschütteln. Daraufhin zahlte Curd, ich humpelte unter gedämpftem Zähneknirschen neben ihm her zum Cabrio.
Ein wenig enttäuscht wirkte er schon, und ich machte mir so meine Gedanken. Die Theorie, daß alle Männer immer nur das *Eine* wollten, hatte ich meiner Mutter noch nie so ohne weiteres abgekauft. Nicht alle. Nicht immer. Hier war zum Beispiel einer, dem es viel wichtiger war zu zeigen, zu glänzen, sich beneiden zu lassen. Es genügte ihm vielleicht sogar, als schrecklich potenter Hengst zu *gelten*. Der körperliche Genuß selbst schien zweitrangig.
Wir fuhren langsam die Grindelallee hinauf, als Curd mißbilligend nach oben blickte: »Sieh mal, es bezieht sich! Ich will doch morgen mit dir nach Sylt fliegen…«
Ach?! Wie Lady sich wohl in einem Flugzeug benahm? Ich ging dieser Frage einstweilen nicht weiter auf den Grund, sondern legte den Kopf in den Nacken und schaute mir an, wie die Mondhälfte von schwarzen Wolken umzingelt wurde. Es sah sehr leidenschaftlich aus. Nun würden wir ja wohl bald im Bett landen, der große Curd Andreesen und ich. Bei dem Gedanken Bett überwältigte mich ein Gähnen. Ich drehte den Kopf beiseite, damit mein Begleiter es nicht sah.
Wir bogen in die Isestraße ein, fuhren einmal unter der U-Bahn-Brücke hindurch und ein Stückchen wieder zurück. »Hier ist es!«
Ziemlich still war es in der Straße. Jetzt fuhr keine U-Bahn mehr. Nur aus einer Kneipe auf der anderen Seite erklang lautes Gelächter und Gebrüll. Das Geräusch klappernder Absätze kam näher – eine einsame, schlanke Frau mit langem dunklen Haar ging vorbei.
Curd griff sich forsch mein Kinn, bog meinen Kopf zurück und küßte mich. Ich war glücklich. Restlos glücklich. Wie lange hatte ich davon geträumt.
Echse… Wieso mußte ich an eine Echse denken? Waran…Le-

guan… Salamander…? Nein, am ehesten Chamäleon! Während es mich mit seiner hektischen, dünnen, spitzen kleinen Züngelzunge beschäftigte, blickten seine Stielaugen links und rechts nach neuen leckeren Insekten aus…

Ich blinzelte durch die Wimpern. Das Chamäleon hatte tatsächlich seine Augen geöffnet und guckte der Brünetten hinterher, die gerade die Straße überquerte.

Ob Etzi Curd nicht mal von Mann zu Mann erklären konnte, wie man küßt?

Zu allem Elend schmeckte er nach alter Zigarette. Im Gegensatz zu Etzi: der schmeckte nach Doublemint. Millionen Frauen wünschten sich, von Curd Andreesen geküßt zu werden. Wenn die alle wüßten…

War das denn seiner Frau nie aufgefallen? Oder Tanja Bausch? Oder Miss Travemünde? Hatte noch nie eine Frau zu ihm gesagt: ›Hör mal zu, was du da machst, ist albern bis abstoßend‹ –?

Offenbar nicht. Ich sagte es ja auch nicht. Ich hoffte nur, wir würden es so bald nicht wieder tun.

Curd zeigte mir die Wohnung seines guten Freundes, eine typisch hochherrschaftliche Erdgeschoß-Altbauwohnung mit endlos langem Flur in der Mitte. Etzi hätte gesagt: »Das ist schlecht für's Chi!« Aber was wußten die Hamburger Architekten damals schon von der Feng-Shui-Lehre?

Curd öffnete augenzwinkernd die Schlafzimmertür, flüsterte mir ins Ohr, er hätte die Betten selbst bezogen und machte Anstalten, weiterzuküssen. Ich bemerkte das in keiner Weise und flitzte ins Wohnzimmer, von dem aus eine Treppe in den Garten führte, legte meine Handtasche auf den Tisch und sah mich um. Eine bildhübsche Einrichtung, aber kein einziges Bücherregal. Wer hier wohnte, konnte nicht lesen.

Ich öffnete neugierig die Terrassentür und stieg hinaus. Büsche und Rabatten, dazwischen schlängelte sich ein weißer Plattenweg. Der Mann meiner Träume kam hinterher, nicht im geringsten beleidigt. Er zündete sich eine weitere Zigarette an und inhalierte tief. »Ist das ein Garten, was? Schade, daß es so dunkel ist. Mor-

gen früh zeig ich dir… Guck mal, da unten…« – denn der Garten war abschüssig, wir wanderten durch feuchtes Gras zu Tale – »Hier ist der Isebekanal!«
In der Tat, hier plätscherte dunkles, matt glitzerndes Wasser und roch nicht besonders gut. Eine Steintreppe führte direkt in die schwarzen Wellen. Irgendein Tier kam daneben gluckernd hoch, krabbelte ans Ufer und wuselte durch die Hecke davon.
»Was war das denn? Doch keine Katze –??«
»Eher eine Wasserratte. Die tun nichts…« brummte Curd beruhigend, als ich unwillkürlich sehr viel näher an ihn herantrat. Er legte einen Arm um meine Schulter und zog mich noch dichter zur Uferkante. Da schwappte etwas Grosses, Rundliches. Gerade rangelte sich der Mond ein wenig aus den Wolken frei und beleuchtete die Sache. Hier war ein solides hölzernes Ruderboot vertäut. Aha – deshalb die Treppe.
»Gehört Herbert. Warte mal, wie heißt das noch, ich kann's jetzt nicht lesen – ›Fleetenperle‹ oder so. Dürfen wir natürlich benutzen.«
»Ja? Toll«, sagte ich unvorsichtigerweise.
Curd war sofort entflammt: »Los, wir machen eine kleine Ruderpartie!«
Wurde der Kerl denn nie müde?
Mitten in der Nacht auf einem stinkenden Gewässer voller Wasserratten umherzupaddeln, darauf war ich schon immer scharf gewesen. Aber nachdem ich Curd bereits dauernd das Tanzen versagte, konnte ich ihm dies unschuldige kleine Vergnügen nicht auch noch versauen.
Curd half mir an Bord, ich knickte prompt um, weil die Sandaletten wenig Halt fanden. »Das hat sich ja eben fast angehört, als ob du mit den Zähnen knirschst!« rief er lachend.
Ich wurde nach hinten gesetzt, er knotete den Strick auf, die Fleetenperle dümpelte los. Curd fluchte vor sich hin, die Zigarette im Mundwinkel, während er die Ruder in die Dollen quälte und sich bemühte, uns in die Mitte des schmalen Kanals zu bekommen. Ich war naß, bevor wir uns auch nur einen Meter weit weg bewegt hatten. Im Boot stand schon eine großzügige Pfütze – das Herum-

schwenken der nassen Ruder beträufelte mein Kleid und mein Haar.

Curd rief: »Macht's dir Spaß?« und ich zeigte ihm meine Zähne. Ob es sich um ein echtes Lächeln handelte, konnte er bei der Beleuchtung sowieso nicht erkennen. Es reichte, wenn er es in meinem Gesicht weiß blitzen sah.

Wie unendlich romantisch. Da ruderte der große Curd Andreesen mit mir in einer warmen – naja, inzwischen mäßig warmen – Sommernacht umher.

Ich hatte den Eindruck, als säßen hier hinten auf dem unbequemen Holzbänkchen zwei Frauen nebeneinander. Dörthe Mehlig und Dodo Rascher diskutierten den Fall.

Dodo: Da hast du ja endlich, was du wolltest. Dann können wir ja gleich in aller Ruhe nach Hause fahren.

Dörthe: Warum denn das? Jetzt geht's doch erst richtig los! Er hat die Betten selbst bezogen...

Dodo: Wenn der Mann alles andere so gut kann wie küssen, dann gute Nacht!

Dörthe: Darauf kommt es doch nicht an. Wer weiß das schon? Ich kann behaupten, es war phantastisch. Glaubt mir jeder. Alle werden neidisch sein. Sie werden mich für eine Wahnsinnsfrau halten.

Dodo: Das mag für dich ja relevant sein. Ich *bin* eine Wahnsinnsfrau, ganz ohne Curd Andreesen.

Dörthe (quengelig): Mach mir das jetzt nicht kaputt! Ich habe fast siebzehn Monate lang daran gearbeitet, hierhin zu kommen...

Dodo: In diesen blöden Kahn?

Dörthe: An die Seite dieses Mannes. Ich habe mich kasteit, gedarbt, geschuftet – ich bin sogar dafür gestorben! Mich gibt es nicht mehr. Ich habe mich geopfert, damit du geboren werden konntest. Der Grund für dein Entstehen war allein, Curd Andreesen zu erobern.

Dodo: Erobert ist er ja nun. Auftrag abgehakt. Ich könnte, wenn ich wollte. Mit ihm ins Bett sowieso, das ist er sich selbst und seinem Ruf schuldig. Vielleicht sogar die Gefährtin seiner nächsten Jahre sein. Mit Raffinesse, Diplomatie und Psychologie kann man ihn wahrscheinlich hinreichend vernünftig gängeln. Aber wozu? Es steht nicht dafür.

Dörthe: Da vor dir sitzt *Curd Andreesen*!!
Dodo: Er sitzt nicht, er zappelt. Kriegt den Kahn nicht unter Kontrolle. Wenn man ihn näher kennenlernt, ist er langweilig. Er hat den ganzen Abend keinen einzigen wirklich witzigen Satz gesagt. Nichts, was mich beeindruckt hätte. Da bin ich von Etzi und Rüdiger und Lorenz und sogar von Engel-Bert Interessanteres gewöhnt.
Dörthe: Na und? Die kennt keiner. Um die beneidet dich niemand. Du kannst doch nicht ausgerechnet jetzt, am Ziel, aufhören. Nach allem, was du deinen Freunden über diese Queste erzählt hast. Du blamierst dich ja jämmerlich ...
Während dieser Dialog ablief, hantierte Curd die ganze Zeit unter Lärm und Gepolter mit den Rudern herum. Er wechselte sie sogar aus: von rechts nach links und umgekehrt.
Die Fleetenperle eierte eigensinnig in einem kurvenreichen Schlingerkurs herum wie ein kaputter Einkaufswagen. Sie schien sowenig Lust auf eine nächtliche Ruderpartie zu verspüren wie ich und steuerte immer wieder wahlweise beide Uferseiten an, statt sich flott in der Mitte zu halten. Zweimal waren wir schon rückwärts gegen die steinerne Kante gerumst. Dörthe und Dodo drehten sich um und guckten, was da eigentlich los war.
Curd fluchte leise vor sich hin, die Zigarette immer noch im Mundwinkel. Ich wußte, daß er eine Motoryacht besaß – auf der mußte er bloß nicht rudern.
Rawummssel! – da waren wir schon wieder irgendwo draufgeknallt, vermutlich gegen eine der Steintreppen, die sich in den Kanal reckten. Das Boot wurde recht heftig zurückgestoßen, gelangte dadurch endlich in die Wassermitte, drehte sich zweimal langsam um sich selbst – und begann, mit sehr unflätigen Begleitgeräuschen ziemlich direkt unter mir, zu versinken.
Schon hatte ich nasse Füße, denn wir kenterten mit dem durchlöcherten Hinterteil voran.
»Oh, Scheiße!« sagte Curd und spuckte seine Zigarette in den Kanal. Er erhob sich halb und versuchte, uns mit den Rudern wieder mehr in Ufernähe zu bringen. Vergeblich – wir sanken schneller als die Titanic.

»Oh, Scheiße, Scheiße!« sagte Curd.
Hatte nicht irgend jemand dauernd behauptet, dies sei das Jahr des Wassers?
Ich saß fassungslos da. Ich konnte es einfach nicht glauben. Wir sanken doch wohl nicht wirklich? Was sollte ich tun?
Noch hockte ich wie in einer Sitzwanne – meine Rockteile wedelten um mich herum wie Seetang –, doch jetzt schwappte es energisch um meine Taille. Und stieg höher. Vor mir platschte es auf, als der Mann meiner Träume ins Wasser sprang. Er spuckte und rief heiser: »Schwimm!«
Vermutlich meinte er mich.
Ich wollte nicht.
Ich mußte aber – jetzt stand es mir ganz buchstäblich bis zum Hals. Wie schnell so was ging. Gut, daß ich schwimmen konnte. Es machte gar nichts, daß mein Herz raste. Ganz ruhig. Tief Luft holen – Arme vorausstrecken, und…
Und ich hing fest. Der Absatz meiner rechten Sandalette hatte sich verklemmt. Die Fleetenperle hatte die Absicht, mich mit auf den Grund zu ziehen.
Da schlug mir das Wasser über dem Kopf zusammen. Ich hielt die Luft an und strampelte mit meinem rechten Bein. Für einen Augenblick geriet ich in absolute Panik. Mein Alptraum – jetzt erlebte ich ihn wirklich!
Getötet von einem Schuh…
Aber dann riß endlich das Fesselriemchen, und ich stieg, da ich mit den Armen ruderte, nach oben. Dabei wurde mir klar, daß ich nicht sehr tief unter Wasser gewesen war. Ungefähr zwanzig oder dreißig Zentimeter, nicht mehr. Obwohl ich mich kurzfristig gefühlt hatte wie auf dem Grund des Ozeans.
Ich spuckte wütend um mich und nahm Kurs auf das Ufer.
Leider patschte ich eine gute Weile an einer steilen Steinkante herum, dann an einem glitschigen Grasabhang – ich kriegte schon wieder Zustände –, bis ich endlich meine Ellbogen und gleich darauf meine Knie auf einer Treppe kaputtschürfen konnte. Wenn Treppen hier derart schwer zu finden waren – wieso hatten wir dann den Kahn so zielsicher an einer zerlegt?!

Anstatt mich am Ufer zu erwarten und kraftvoll zu sich emporzuziehen, kam Curd gleich darauf keuchend und schnaufend aus den Fluten hinterhergekrabbelt. Ich erkannte ihn nur undeutlich. Ich hatte ihn schließlich noch nie völlig naß gesehen. Außerdem fehlte mir eine Kontaktlinse. Die war rausgespült worden, als ich auf den Grund des Ozeans sank. Meine Uhr war wahrscheinlich ertrunken, sie tickte nicht mehr. Das silberne Armband hatte ich Gott sei Dank noch um. Ich knipperte kurz die zweite Sandalette ab und warf sie – platsch! – der ersten hinterher.
Curd hustete und spuckte noch einmal in den Kanal. »Wir werden Herbert das Boot natürlich ersetzen müssen…« sagte er.
Ich fand es lustig, daß er »wir« sagte. Wahrscheinlich stand er noch unter Schock.
Ein frischer Nachtwind war aufgekommen. Ich schnatterte zur Abwechslung mit den Zähnen, statt zu knirschen.
»Komm!« sagte Curd entschlossen und stand auf. Er drückte sich mit beiden Händen das Wasser aus den Hosenbeinen, strich sein Haar zurück und reichte mir jetzt doch eine kalte, nasse Hand, um mich hochzuziehen.

Erfreulicherweise hatten wir instinktiv das Ufer erklommen, von dem wir gekommen waren. Wir brauchten nichts weiter zu tun, als über einige Mauern und Hecken zu klettern und um ein Drahtgitter herum, um im Heimatgarten zu landen. Der war schon deshalb leicht zu erkennen, weil wir im Wohnzimmer das Licht angelassen hatten, während ringsumher alles dunkel war.
Wir hasteten schweigend den Gartenweg entlang nach oben.
»Oh, Mist, wir tropfen hier alles voll«, ärgerte sich Curd auf den hellen Wohnzimmerteppichen. »Zieh dich bloß schnell aus.«
Das klang weder zärtlich noch erotisch. Ich drehte schon die ganze Zeit, seit wir wieder ins Licht getreten waren, meinen nassen Kopf beiseite. Wenn er bloß nicht gründlich guckte, solange ich noch triefte…
Ich raffte meine Tasche vom Wohnzimmertisch und verschwand mit wenigen tropfenden Sprüngen im Badezimmer.
Dieser Schock, als ich in den Spiegel sah! Zwei verschwommene

Exemplare einer verschmierten Dörthe Mehlig. Nachdem ich die zweite Kontaktlinse herausgenommen hatte, wurde es deutlicher und schlimmer.
Blaß und übernächtigt sah ich aus. Schwarz verklebt um rotgeäderte Augen. Kein Wunder, ich hatte die Linsen jetzt einundzwanzig Stunden lang drin gehabt, die letzten Stunden von Qualm umwölkt und zum Schluß im Kanalwasser gebadet. Mein Haar strähnte naß auf meine Schultern. Das teure silbergrüne Kleid war am Ausschnitt und in der Taille eingerissen, nicht nur die Naht, auch der Stoff. Irgendwo mußte ich hängengeblieben sein, sicher an dem Drahtgitter oder in den Hecken zwischen den Gärten. Ich zog entschlossen die Reste mitsamt dem Höschen aus und stopfte alles in das Mülleimerchen unter dem Waschbecken. Was für eine teure Nacht.
Meine nackten Füße schließlich bluteten alle beide an den Fesseln. Da hatten mich die Riemchen der Sandaletten die ganze Nacht über angesägt. Vielleicht hatte es schon geblutet, bevor ich an Bord ging.
Ich suchte mir Duschgel und Shampoo von einem Regal und duschte heiß. Das weckte meine Lebensgeister wieder.
Als ich aus der Wanne stieg, stand ich vor einer schwierigen Entscheidung: Wie ging diese Nacht weiter?
Zog ich das zarte, spitzenverzierte rosa Morgenmäntelchen an, das an der Tür hing – sicher ein Stück der Hausfrau – oder den großen gestreiften Frotteemantel, der vermutlich dem Hausherrn gehörte?
Richtete ich mich erneut so atemberaubend wie möglich her, oder ließ ich es jetzt gut sein?
Torkelte ich den Rest des Wochenendes halbblind durch die Gegend, oder knallte ich mir meine alte Hornbrille auf die Nase?
Um Gottes willen, jammerte Dörthe, du verdirbst alles! Denk doch an Ali Schimmelmann …
Ausgerechnet! Warum denn an den?!
Der kam doch auch am frühen Morgen, als wir zerknautscht und ungeschminkt und ungekämmt waren. Da haben wir uns gerade gehalten und gestrahlt, und er hat sich täuschen lassen und uns für schön gehalten …

Stimmt. Ich trat dicht vor den beschlagenen Spiegel, rieb ihn blank und blickte hinein. Gerade halten, strahlen, feuchte Haarsträhnen ins Gesicht fallen lassen – doch, vor allem ohne Kontaktlinsen sah ich sofort ganz reizvoll aus. Wahrscheinlich würde auch Curd so zu täuschen sein. Also das rosa Morgenröckchen?
Ich setzte meine alte Brille auf, ließ das Lächeln fallen, meine Schultern sinken und ich schaufelte mir die Haare hinter die Ohren. So sah eine Freundin von Curd Andreesen nicht aus. Nie.
Dieses NIE hallte in mir nach wie ein Gong. Nie würde ich mich gehenlassen können – nie Pause haben. Gnadenlos wäre ununterbrochene Attraktivität angesagt. Wofür eigentlich?
Wenn er auch nur einen Funken Format hat, dann akzeptiert er, daß ich nicht in Glamour und Glanz erscheine, nachdem er mich nachts in den Kanal geschmissen hat. Dann mag er mich auch mit Brille. Er *weiß* ja, daß ich anders aussehen kann. Dann kommt es ihm auch ein bißchen darauf an, wer ich bin – und nicht nur, was für einen Eindruck ich auf andere mache.
Ich setzte die Brille auf, verzichtete auf jedes Make-up und schlüpfte in den dicken warmen Herrenbademantel.

»Guten Morgen!« sagte der Taxifahrer, knitterte seine Zeitung beiseite und lächelte mich aus seinem freundlichen runden Gesicht an. »So früh schon unterwegs? Wo soll's denn hingehen?«
»Nach Winterhude, bitte! Zum Sieben Engel Verlag – wissen Sie, wo der ist?« Ich setzte mich auf den Beifahrersitz, mein Schlangenleder-Abendtäschchen in beiden Händen. Ich hatte eine Jogginghose von Curd an und ein älteres, kariertes Oberhemd von ihm, die Ärmel waren hochgekrempelt.
Der Taxifahrer nickte, ließ den Wagen an und fuhr los.
»Ich bin nicht *schon* unterwegs, sondern *immer noch*«, erklärte ich. Er schaute skeptisch auf meine bunten Hosenbeine. »Ich weiß, ich seh' nicht so aus. Als es losging, hatte ich auch noch was anderes an. Inzwischen bin ich ins Wasser gefallen.«
»Schlimm? Ist Ihnen was passiert?«
»Ich hab eine Kontaktlinse verloren und meine Schuhe – mein Kleid ist hin … Und ein großer Traum ist abgesoffen.«

»Das tut mir leid.«
»Kein Grund zur Trauer. Im Gegenteil. Ich bin auch Fesseln losgeworden.«
Der Taxifahrer blickte, da wir gerade an einer Ampel hielten, auf meine nackten Füße mit den frischen Schorfstellen um die Knöchel. »Echt?«
»Nicht wirklich. Nur symbolisch. Es war, als ob...« Ich suchte nach einem passenden Vergleich. »Als ob ich lange Zeit in einer Kutsche gefahren bin, die von einem Fabeltier gezogen worden ist. Ich hab dabei immer das Fabeltier angestarrt und gedacht, darum geht es. Dann hat sich herausgestellt: das Fabeltier ist bloß aus Pappe. Aber das Wunderbare ist, daß die Kutsche mich inzwischen auf einen Gipfel gebracht hat, und ich bin sehr glücklich hier...«
»Ach«, sagte der Taxifahrer, »ging's um einen Mann?«
Wir lachten beide. Die Ampel wurde grün.
Es war schon fast hell. Ein gleichmäßiger, grauer Morgen. Ich hatte große Lust, gleich mit Lady im Stadtpark spazierenzugehen. Müde war ich überhaupt nicht mehr.
»Ich hoffe, das ist für Sie kein Problem – ich hab kein Geld bei mir. Gucken Sie mal, das Täschchen ist so klein, da hätte kein Portemonnaie reingepaßt. Schlüssel hab ich auch nicht mit. Wir müssen gleich jemanden wecken...«
»Na, hoffentlich ist der nicht böse.«
»Ich glaub eher, er freut sich...«
Ich lehnte mich zurück und summte die Hymne der Mönche vor mich hin. »Daa-daa-dam-dam-daa-daa – hmmmm – hmmmm – hmmm – di dadadamm-dadidadamm – dadadamm – dada...«
Der Taxifahrer lächelte breit: »Sie sind auch ein Trekkie!«
»Wieso –?«
»Das, was Sie da singen, ist die Titelmelodie von Raumschiff Voyager. Sie singen es nur etwas zu langsam.«
Ich schlug mir an die Stirn: »Natürlich! Daß ich das nicht eher begriffen habe! Daß Etzi das noch nicht mal aufgefallen ist –! Na, das wird ihn amüsieren...«
Bis wir vor der Pforte des Verlags ankamen, sangen wir gemein-

sam: »Daa-daa-dam-dam-daa-daa – hmmmm – hmmmm – hmmm – di dadadamm-dadidadamm – dadadamm – dada …« Der Taxifahrer machte dazu mit Baßstimme die Paukenschläge nach: »Bomm – Bommbomm – Bomm – Bommbomm …« und schlug sie gleichzeitig mit den Fingern auf dem Steuerrad.

20. Kapitel

In dem Monika immer noch meint,
das wird ja doch nichts

Lady ist eine bildschöne Hundedame, und viele Rüden verlieben sich in sie. Als wir auf der Wiese vor dem Planetarium saßen, um uns zu sonnen, kam quer über das gelblich versengte Gras ein Spitz auf uns zu gehechelt, der sein zierliches, dünnes Frauchen unerbittlich hinter sich herzerrte. Das sah ausgesprochen witzig aus.

Erst, als der Spitz uns erreicht hatte und begeistert an Lady herumschnüffelte, erkannte ich die riesigen braunen Augen, das zipfelige dünne Haar der Frau: »Monika! Du – mit einem Hund?! Ist deine Allergie denn überwunden? Komm, setz dich hier mit auf die Decke!«

Das war ihr richtig schön peinlich. Der Spitz, stellte sich heraus, gehörte dem Chef ihrer Schwester. Er hatte einen Vollbart wie ein Wikinger und ganz buschige Augenbrauen – nicht der Spitz. Der Chef. Demnächst würde es dann auch ihr Chef sein. Sie fing nächsten Monat in seiner Firma an: Farben und Lacke.

»Und er vorhin so: ›Manno, ich muß noch mit dem Hund und hab keine Zeit! Und ich so: ›Soll ich mal mit ihm in den Stadtpark? Ist doch keine Sache ...‹«

Hörte sich an, als hätte Monika die Weihnachtsmannkrawatte weggeworfen.

»Und du? Was machst du so, Dörthe? Wie geht's Curt Andreesen?«

»Der taucht zur Zeit in der Karibik rum. Hast du schon sein neues Buch gesehen, das mit den Bären? Ist im Sieben Engel Verlag erschienen. Verkauft sich nicht schlecht.«

»Bist du denn übernommen worden?« wunderte sich Monika.

»O ja. Ich bin Leiterin der Vertriebsabteilung.«
»Gott, so viel Verantwortung. Wo du doch schon immer mit den Zähnen knirschst...«
»Stell dir vor, ich knirsche nicht mehr! Also jedenfalls kaum noch. Seit einigen Wochen...«
»Das kann wiederkommen. In so'm kleinen Verlag gibt's ja dann überhaupt nur noch leitende Angestellte, und die verdienen gar nicht entsprechend.«
Sollte ich Lady auf sie hetzten oder sie mit der Hundeleine erdrosseln?
»Ich bin zufrieden. Mein Gehalt ist gerade erhöht worden.«
»Na, da hast du ja Geld für noch mehr Schönheitsoperationen.«
»Für – –?? Wie kommst du denn darauf, daß ich Schönheitsoperationen hab machen lassen?«
Monika lächelte fein. »Das seh ich doch. Dazu kenn' ich dein Gesicht zu gut, mein Deern. Dein Mund sieht ganz anders aus als früher. Der war immer etwas beleidigt und altjüngferlich. Und plötzlich hast du 'n Mund wie so'n Serienstar, ganz prall und voll. Da steckt doch was drin, das weiß man doch.«
»Irrtum, Monika. Da steckt nichts drin. Ich werde in letzter Zeit einfach sehr oft und sehr gut geküßt, das ist alles.«
»So ist das. Von wem denn? Heino Frohwein?« Da entgleiste ihr das boshafte Lächeln. Ganz war sie noch nicht drüber weg.
»Nein. Von Etzi.«
»Was??!!« Monika lachte laut, schrill und lange. Lady zuckte unruhig mit den Ohren und sah sie zweifelnd an.
»Laß deinen Spitz mal von der Leine, dann können sie ein bißchen toben«, empfahl ich. »Hier auf der Wiese laufen sie doch nicht weg.«
Monika machte den Spitz frei, und er rannte mit Lady im großen Bogen los.
»Sag mal, Dörthe, das kann doch nicht dein Ernst sein? Etzi – der Kerl für alles aus dem Keller? Der dich im Fahrstuhl ver... – der dich verarscht hat? Der mit seiner großen Nase und den Schlitzaugen –? Tischler ist der, nicht?«
»Jetzt ist er Architekt.«

»Na, trotzdem. Das hat doch keine Zukunft.«
Ich legte mich zufrieden zurück und schloß die Augen gegen die Sonne. »Das hat bestimmt Zukunft. Wir heiraten demnächst.«
Monika lachte noch mehr. »Heiraten? Was soll das denn? Bist du schwanger?«
»Nö.«
»Weshalb denn dann, Dörthe? Wer heiratet heutzutage denn noch?«
»Wir.«
»Aber wozu? Weshalb braucht ihr so'n Stück Papier vom Staat? Das ist doch völlig veraltet, so was. Ich heirate bestimmt nie!«
Ich blinzelte in die Baumkronen. »Das glaube ich allerdings auch, Monika.«
Sie schwieg eine Weile und blickte mit ihren großen runden Augen auf der Wiese umher. »Und du meinst, ihr werdet glücklich, was?«
»Wir sind schon glücklich. Ich war noch nie so glücklich wie jetzt.«
»Das glaubst du. Das bildet man sich so ein. In Wirklichkeit kämpft jeder mit dem Leben und dem Schicksal und lauter Widerständen.«
»Dann passiert so was eben in deiner Wirklichkeit. Im Film von dir und solchen Menschen wie dir, Monika. In meinem Film kann man sehr wohl glücklich sein«, beharrte ich.
»Was denn für'n Film? Du machst dir was vor, du verdrängst, daß du unglücklich bist. Mein Therapeut hat mir das erklärt. Es gibt wirklich Menschen, die glauben, sie sind glücklich ...«
»Und die irren sich alle?«
»Natürlich. Wie kann man denn auf dieser Welt glücklich sein? Bei all dem Mist und Dreck, der dauernd passiert. Die ganzen Gefahren... All die Unsicherheiten... Wer da keine Angst hat, der ist nicht normal.«
»Wenn das wirklich so ist, dann bin ich eben nicht normal. Ich fühle mich jedenfalls vollkommen glücklich. Und ich glaube auch, das bleibt so und wird immer noch schöner«, meinte ich voller Überzeugung.
Hinten auf der Wiese versuchte der Spitz, auf Ladys Hinterteil zu krabbeln. Sie blieb gutmütig stehen und guckte ihm über die

Schulter zu, wie er, hektisch und hechelnd, immer wieder mit den Vorderpfoten abrutschte.
Monika betrachtete das und nickte, grimmig und düster: »Das wird ja doch nichts!«

Entschuldigung

Ich möchte mich aufrichtig und ernsthaft bei allen Frauen entschuldigen, die Dörthe heißen.

Ich persönlich finde diesen Namen *nicht* schrecklich – es ist die subjektive Wahrnehmung meiner Heldin, und diese Wahrnehmung wird anfangs von Rüdiger widergespiegelt. Vor einigen Jahren las ich meinem Sohn aus einem Jugendbuch vor (der Bengel ließ sich noch vorlesen, als er schon vierzehn war) und stieß auf eine Stelle, in der ein junger Mann hofft, die Frau seiner Träume möge nicht so einen häßlichen Namen haben wie etwa Dagmar.

Obwohl ich meinen Namen mag, mußte mein Sohn mir lange auf die Schulter klopfen und mich mit Gummibärchen füttern, bis ich mich erholt hatte.

In Namen liegt Magie.

Ich teile keineswegs die Ansicht vieler Esoteriker, wenn es unseren Eltern ein gesellschaftliches Grundbedürfnis war, uns Theophila-Alexandra zu taufen, müßten wir nun unsere gesamte Umgebung zwingen, uns fortgesetzt Theophila-Alexandra zu rufen (was in Katastrophenfällen tödlich sein könnte!).

Es kann in Ordnung sein, Phili genannt zu werden (oder Mopsi oder Püppi), und das ein Leben lang – solange wir uns damit wohl fühlen.

Wenn uns allerdings der Name, der uns verpaßt wurde, ein Ärgernis und eine Last ist, dann wäre zu überlegen, ob wir ihn nicht ändern sollten.

Bei Naturvölkern ist es eine Selbstverständlichkeit, daß ein neuer Mensch – einer, der an sich gearbeitet, einen Ritus bestanden, sich geändert hat – einen neuen Namen bekommt.

Natürlich wird es Mitmenschen geben, die plausibel machen können, Sie müßten zu Ihrem nun mal gegebenen Namen stehen.
Es dürfte auch Behörden geben, die Ihnen klarmachen, wenn Sie darauf beharren, in Zukunft anders zu heißen, franst der Kosmos aus.
Das ist Unsinn. Es ist möglich, sich zu ändern.
Es ist möglich, sich umzubenennen. Alles ist möglich.
Falls Sie aber Dörthe heißen, und Sie heißen gern so und sind zufrieden damit, dann finde ich das großartig.
Dörthe ist eigentlich wirklich ein hübscher Name.